HEYNE <

Das Buch

Werden, nachdem ihre Freundin Paula geheiratet hat, für Alix und Melli nun auch die Hochzeitsglocken läuten? Das Schicksal scheint anderes mit den beiden vorzuhaben. Jedenfalls herrscht in der WG nach Paulas Auszug erst einmal Chaos. Als Lars sich an der Börse verspekuliert, Justin sich verliebt, Paula plötzlich schwanger wird und Karlos seinen Job verliert, liegen die Nerven blank. Und dann wird auch noch Alix, die bei ihrem Rundfunkpraktikum ausgerechnet die Nachtsendung »Seelentröster“ moderieren muss, von einem anonymen Verehrer terrorisiert. Wer zum Teufel ist dieser Typ, den sie jede Nacht mit seinem Liebesgesäusel in der Leitung hat?

Die Autorinnen

Bianka Minte-König, gebürtige Berlinerin, ist promovierte Literatur- und Medienwissenschaftlerin und lehrt seit 1980 als Professorin an der Fachhochschule Braunschweig. Sie ist Autorin der Bestsellerreihe »Freche Mädchen – Freche Bücher«. Ihre Romane wurden in 21 Sprachen übersetzt, als Hörbücher vertont und verfilmt.

Gwyneth Minte, Jahrgang 1983, schloss ihr Jurastudium ab, sammelte Erfahrungen bei Theater, Film und Rundfunk und als Hörbuchsprecherin und studierte Schauspiel an der Theaterakademie in Köln. Sie ist Autorin der Bestsellerreihe »Freche Mädchen – Freche Bücher« und arbeitet als freie Autorin und Schauspielerin.

Weitere Informationen über die Autorinnen und ihre Bücher unter www.biankaminte-koenig.de

Lieferbare Titel

*Liebe? Aber klar doch!*
*Liebe? Immer wieder!*
*Liebe? Jetzt sofort?!*
*Liebe? Nur mit dir!*
*Liebe? Für immer!*

Bianka Minte-König
& Gwyneth Minte

# Liebe?
## Ohne Wenn und Aber!

Roman

Wilhelm Heyne Verlag
München

FSC
Mix
Produktgruppe aus vorbildlich bewirtschafteten Wäldern und anderen kontrollierten Herkünften
Zert.-Nr. SGS-COC-1940
www.fsc.org


Verlagsgruppe Random House
FSC-DEU-0100
Das für dieses Buch verwendete
FSC-zertifizierte Papier *Holmen Book Cream*
liefert Holmen Paper, Hallstavik, Schweden.

Originalausgabe 04/2009

Printed in Germany 2009
Redaktion: Christiane Wirtz
Umschlaggestaltung: init.Büro für Gestaltung, Bielefeld
Satz: KompetenzCenter, Mönchengladbach
Druck und Bindung: GGP Media GmbH, Pößneck
ISBN: 978-3-453-40543-1

www.heyne.de

♡ ♡ ♡

# *ALIX: Turbulenzen voraus*

*Er hatte eine Stimme wie Samt, und was er sagte, war so unglaublich schön. Seine Worte drangen bis in meine Seele. Ja, es war, als hätte jemand mit sanften Fingern mein Herz berührt.*

Ahhrrg!

Ich verschluckte mich an der Spucke, die sich beim Lesen dieser zuckersüßen Zeilen in meinem Mund gesammelt hatte, und brach in bellenden Husten aus.

*Jetzt aber nicht gleich ersticken, Alix Auwald,* mahnte mein innerer Coach. *Du hast schließlich noch Großes vor.*

Ich würgte noch ein wenig, nahm mir dann aber diese Mahnung zu Herzen und entspannte den Kehlkopf und ganz langsam auch den Rest von mir. Das war nicht allzu schwer, denn ich lag auf dem Sofa in der Wohndiele meiner WG und betrieb Quellenstudium für meinen neuen Job als Rundfunkpraktikantin. Der Roman, den ich gerade las, erzählte nämlich von einer potthässlichen Radiomoderatorin, die bei ihrer eigenen Kuppelsendung ihr Glück fand. Zwar war der Typ genauso hässlich wie sie, außerdem Gefängnisinsasse und wegen mehrfacher Vergewaltigung von Frauen vorbestraft, aber sie verfiel sofort seiner begnadeten Stimme und heiratete ihn wenige

Wochen nach dem ersten Kontakt in der Gefängniskapelle. Sogar in Weiß, denn ein Mann mit einer solch gefühlvollen Stimme konnte einfach nicht von Grund auf schlecht sein.

Warte es ab, dachte ich, trank einen Schluck Kaffee und fragte mich, was mir das nun sagen sollte. Hm, am besten keine Kuppelsendung moderieren. Wobei ich mir nicht mal sicher war, ob unser Lokalsender, bei dem ich mein Praktikum heute Nachmittag antreten sollte, so etwas überhaupt im Programm hatte.

Andererseits ... Ich kicherte. Einen gewissen Thrill hatte der Gedanke schon, über das Radio Menschen miteinander zu verkuppeln. Aber nein, das war viel zu viel Verantwortung. Das würden sie eine Praktikantin sowieso nicht machen lassen. Und wie ich mich kannte, würde ich unweigerlich schon bei der Kandidatenbefragung in jedes Fettnäpfchen treten und garantiert ausgerechnet diejenigen zusammenbringen, die auf keinen Fall zusammengehörten: biedere Hausfrau mit Lustmolch, Manager mit Putzfrau, Zweimetermann mit Liliputanerin, Vollhonk mit Nobelpreisträgerin. Also ließ ich mal besser die Finger von derartigen Sendungen. Trotz des Nervenkitzels.

Ich schloss die Augen und genoss noch einen kurzen Augenblick die Vorstellung, Jacqueline Niederstrasser, die von uns allen gehasste Ex von Mellis Freund Lars, mit einem Rübenbauern aus dem Harz zu verbandeln, als sich jemand am Fußende des Sofas in den alten AWO-Sessel setzte. Ich hob ein wenig die Lider und sah direkt in Mellis blasses Gesicht, das einen krassen Kontrast zu ihren kurzen roten Haaren bildete. Sie studierte seit einer kleinen Ewigkeit freie Malerei, und ich hatte sie in meinem zweiten Semester kennengelernt, als sie halb verhungert und mit blau gefrorenen Fingern in einem unbeheizten Loft in einem ehemaligen Schlachthof lebte und malte. Nun bewohnte sie den beheizten Jugendstilwintergarten unserer WG, der ein sehr viel komfortableres Atelier abgab. Und da unser Kühlschrank inzwischen einigermaßen gut gefüllt war, musste sie auch nicht mehr am Hungertuch nagen, zumal unser Mitbewohner Justin, ein kochender Schauspieler, meistens für alle mitkochte. Und wirklich lecker!

Mellis Augen waren grün und glitzerten unternehmungslustig.

Vermutlich war es dieses Glitzern, verbunden mit meinen Kuppelgedanken, das mich veranlasste, spontan zu fragen: »Melli? Ach, sag mal, wann wird denn eigentlich bei euch geheiratet?«

Melli setzte mit einem Knall ihren Kaffeepott auf dem Sofatisch ab und starrte mich entsetzt an.

»Mit so was macht man keine Scherze, Alix!«

»Das war kein Scherz, sondern eine durchaus ernst gemeinte Frage«, entgegnete ich. »Schließlich bist du mit Lars ja verlobt, und wer sich verlobt, heiratet auch meistens. Also ist es doch logisch, zu fragen, *wann* ihr euch traut.«

»Nie!«, sagte Melli barsch und putzte mit einem Taschentuch den verschütteten Kaffee von der Tischplatte. »Wenn es nach mir ginge, würde ich die Ehe gleich ganz abschaffen …«

»Und warum, Melli? Ist es unter der Würde einer Kunststudentin, so eine spießige Lebensform zu praktizieren, oder was?«

Das war Justin, der einzige männliche Bewohner der WG. Das hieß, im Moment war er gar nicht allein, denn mein pubertierender Bruder Robbie hielt es mal wieder nicht bei unseren Eltern aus und hatte sich vorübergehend in Paulas ehemaligem Zimmer einquartiert. Aber eigentlich zählte der ja noch nicht als Mann, obwohl er ständig seine kleine Punkerbraut Jenna im Schlepptau hatte.

Ich seufzte. Es war wirklich traurig, dass Paula ihren Karlos so schnell geheiratet hatte und ausgezogen war.

Justin holte noch die Kaffeekanne aus der Küche und goss sich nun Kaffee ein. Unter Mellis missmutigem Blick ließ er sich auf dem letzten freien Sessel nieder. Im selben Moment klingelte es an der Wohnungstür Sturm.

Liebes Lieschen, wer war denn das so früh am Vormittag?

»Ich geh schon«, sagte ich, hievte mich vom Sofa hoch und pilgerte zur Tür. Hoffentlich nicht die Tussi von unten, dachte ich, die sich wieder darüber beschweren wollte, dass wir uns in unserer Wohnung frei bewegten.

Ich lag nur ein klein wenig daneben.

»Fräulein Alix!«, raunzte mich unser Hausdrachen Frau Waschkowski an. »Heute is schon Montag, haben Se vergessen, dat Se mit der Hauswoche dran sind? Freitag war die Treppe fällig, wenn ich daran erinnern darf ...«

Ja, ja, ja! Durfte sie, durfte sie immer wieder, seit Paula ausgezogen war, denn das war normal, dass wir die Hauswoche seitdem ständig vergaßen. Freitags hatten wir wirklich anderes zu tun, als die Treppe zu putzen. Aber früher hatte Paula uns immer daran erinnert und darauf bestanden, dass wir uns darum kümmerten, bevor wir ins Partyleben unserer Stadt abtauchten.

Tja, Paula ... Frau Waschkowskis Stimme drang wie durch einen dichten Nebel an mein Ohr.

»... und ich muss wirklich sagen, als dat Fräulein Paula, äh, Frau Meyer-Möllering, so heißt se ja jetzt wohl, also, als die noch hier wohnte, war dat anders. Und dann noch dieser Hund. Se sehen doch selbst, wat der Riesenköter für nen zusätzlichen Dreck ins Treppenhaus trägt.«

Ich war mir zwar nicht sicher, ob der Schlamm auf den Stufen wirklich von Putzi und nicht von dem verdreckten Bobbycar der Familie unter uns stammte, aber ich gab mich friedfertig. Mit Frau Waschkowski zu streiten, brachte eh nichts.

Ich schluckte also meinen Ärger runter, grinste innerlich über die völlig schiefen Lockenwickler auf ihrem Kopf und sagte deeskalierend: »Ich mache es gleich, bevor ich zum Rundfunk gehe. Wirklich! Und für Putzi kaufe ich ein Paar Hundepantoffeln, die kann er anziehen, wenn er durchs Treppenhaus läuft.«

Frau Waschkowski sah mich misstrauisch an, was ich angesichts eines so abwegigen Vorschlags auch getan hätte, und fragte in ihrem rheinischen Dialekt, der noch breiter wurde, wenn sie verunsichert war oder vertraulich wurde: »Jibbet dat denn?«

Gab es bestimmt, schließlich gab es heute nichts mehr, was es nicht gab, im Geschäft mit Tierzubehör. Diamantenbesetzte Halsbänder, Strampelanzüge mit Windeleinlage für Hundebabys, Schottenröckchen für Scotch Terrier ... Warum also nicht auch Hundepantoffeln? Allenfalls Putzis Größe könnte ein Problem darstellen, schließlich war er mit den Maßen eines mittleren Wolfes nicht grade ein Schoßhündchen.

»Klar, gibt es bestimmt«, sagte ich also, »und wenn es keine passende Größe gibt, dann häkle ich ihm selbst welche.«

Ähm, ja. Frau Waschkowski legte sofort den Finger auf die Schwachstelle meines Vorschlags.

»Häkeln? Können Se dat denn überhaupt?«

»Na ja, ich kann es probieren.«

»Wenn Se mir Wolle bringen, kann ich et ja machen …«

Das war doch mal ein Angebot! Ich wäre ja vom Pferd getreten gewesen, wenn ich das nicht gleich angenommen hätte.

Wir verabschiedeten uns, und nachdem ich die Tür geschlossen hatte, sah ich durch den Türspion Frau Waschkowski tatsächlich nach unten gehen. Wie ungewöhnlich, denn sonst legte sie meist sofort ihr Ohr an die Tür, um zu lauschen. Aber im Grunde war sie ganz okay. Einer musste ja schließlich den Überblick behalten, was in diesem ehrenwerten Haus so vor sich ging und was die Leute so redeten. Unangenehm wurde es nur, wenn sie es einem bei jeder unpassenden Gelegenheit aufs Butterbrot schmierte.

Aber na ja … *Lass die Leute reden* … die sind halt so.

Im Wohnzimmer war die Debatte zwischen Justin und Melli über das Für und Wider der Eheschließung inzwischen eskaliert, und die beiden gifteten sich in bewährter Art und Weise an.

»Heiraten ist was für Spießer!«, tönte Melli ziemlich lautstark. »Eine kreative Künstlerin wird durch die Ehe gelähmt! Das solltest du als Schauspieler doch am ehesten verstehen können, Justin!«

»Kann ich auch! Kann ich wirklich, Melli«, sagte Justin betont ruhig mit überlegenem Johnny-Depp-Grinsen. »Die Frage ist nur – natürlich rein wissenschaftlich: Warum hast du dich dann überhaupt mit Lars verlobt?«

Melli klackerte nervös mit ihrem Zungenpiercing und blieb ansonsten die Antwort schuldig. Wusste sie nicht, was sie dazu sagen sollte, oder hatte sie ein schlechtes Gewissen? Mir war diese spontane Verlobung auch immer etwas suspekt gewesen, denn dass Melli so plötzlich ihre Einstellung geändert haben könnte, wollte mir nicht wirklich einleuchten.

Lars, der ehemalige King des One-Night-Stands, mochte ja als Lover okay sein, wenn man die Toleranz aufbrachte, nicht hinter jeder Tussi, die ihn angrinste, abbusserlte oder umarmte, eine seiner Beglückten zu vermuten, oder wenn man es vermutete und es einen störte, es sich trotzdem nicht anmerken zu lassen. Aber eine *Ehe* mit einem solchen Mann war dann doch noch etwas anderes. Also, ich hätte die dafür nötige mentale Stärke ganz gewiss nicht. Während ich noch darüber nachdachte, goss Justin kräftig Öl ins Feuer.

»Doch echt, Melli, ich verstehe dich. Wenn mir eine reiche Erbin ein eigenes kleines Theater einrichten würde, dann könnte ich durchaus auch schwach werden ...«

Melli warf ihm ein Sofakissen an den Kopf.

»Was willst du damit andeuten?«, keifte sie. »Willst du behaupten, ich hätte mich mit Lars nur verlobt, damit er mir die Galerie einrichtet?«

Justin fing das Kissen auf und zuckte nur lässig die linke Schulter. Dabei zog er in unnachahmlicher

Weise die rechte Augenbraue hoch. Geht nicht? Physiologisch unmöglich? Keine Ahnung, er schaffte es jedenfalls.

»Reg dich ab, Melli«, sagte er. »Selbst wenn es so wäre, der Zweck heiligt die Mittel, denke ich.«

Melli sprang auf und rannte mit wütenden Schritten durch die Wohndiele.

»Ich denke das keineswegs!«, blaffte sie. »Du unterstellst mir deine eigene geldgierige Gesinnung. Wie mies ist denn das!?«

»Jetzt hört aber mal auf!«, mischte ich mich nun ein, obwohl mein innerer Coach mahnte: *Lass es, das dankt dir keiner!* Das Ganze war doch wirklich zu dumm. Dass Justin Melli aber auch immer reizen musste. »Melli ist ja wohl die Letzte, die geldgierig ist. Schließlich hat sie jahrelang klaglos in einem unbeheizten Loft im ehemaligen Schlachthof gelebt. Du musst doch allmählich begriffen haben, Justin, dass sie für ihre Kunst alles tun würde …«

Hm, da hatte ich ihm leider das passende Stichwort geliefert. Auf so was sind Schauspieler ja voll programmiert, und Justin ließ es sich natürlich nicht entgehen.

»Klar, weiß ich das! Sie würde wirklich alles tun – bis hin zur Prostitution!«

Batsch! Melli blieb abrupt stehen, so, als wären die Worte wie eine Ohrfeige an ihre Wange geklatscht. Dann stürzte sie sich auf Justin und trommelte blindlings mit ihren Fäusten auf ihn ein.

Mir wurde angst und bange, denn Justin saß noch im Sessel, und der Schlaghagel traf ihn völlig unvorbereitet und ungeschützt. Schließlich sprang er auf und versuchte Mellis Arme zu greifen und festzuhalten. Was aber schwierig war, denn sie boxte nun mit rasender Geschwindigkeit gegen seine Brust.

»Du Arsch, du gemeiner, widerlicher Arsch«, kreischte sie.

Meine Güte, da musste sich bei ihr ja einiges aufgestaut haben. Wieso rastete sie wegen dieser einen Bemerkung denn so aus? Wir wussten doch, dass Justin sie nur zu gerne mit seinen zynischen Bemerkungen provozierte. Andererseits, mit dieser Anschuldigung war er auch in meinen Augen etwas zu weit gegangen. Ich weiß nicht, was ich mit ihm gemacht hätte, wenn er mir so etwas vorgeworfen hätte. Melli prostituierte sich doch nicht! Was für eine bodenlose Frechheit!

Schließlich bekam Justin doch noch Mellis Hände zu packen.

»Hör auf, Melli«, sagte er keuchend, aber in ruhigem Ton, um sie zu besänftigen. Sie wand sich in seinem Griff, bis er sie schließlich an sich zog und mit beiden Armen umklammerte. So hielt man hyperaktive Kinder, wenn man sie beruhigen wollte.

»Ich hasse dich, Justin«, stieß sie dennoch weiter hervor. »Ich hasse dich!«

Und weil es klang, als weinte sie innerlich, musste ich ihr einfach beistehen.

»Wie kannst du so etwas nur sagen, Justin?«, schnauzte ich ihn empört an. »Das ist unverschämt und unsensibel! Siehst du nicht, wie du Melli verletzt hast?!«

»Wie kannst du so etwas sagen … tzzz«, äffte Justin mich völlig uneinsichtig nach. »Was ist es denn in deinen Augen, was Melli mit Lars abzieht? Liebe? Das glaubst du doch selber nicht! Wie korrumpierbar bist du, Alix? Würdest du Jean-Paul heiraten, wenn er dir …« Er überlegte einen Moment, weil er wohl nicht wirklich wusste, was mich Moral und Sitte vergessen lassen würde. »… wenn er dir, ein … äh … ein Velociraptorskelett schenken würde? Zum Beispiel …«

Nun musste ich aber doch lachen, auch wenn das angesichts der schluchzend in seinen Armen hängenden Melli etwas unsolidarisch rüberkam.

»Na, das hätte doch wohl eher bei Jean-Paul Chancen«, sagte ich, wobei ich dachte, dass mein Freund mich vermutlich nicht mal dann ehelichen würde, wenn ich einen Brontosaurus in Einzelteilen vor seine Haustür karren ließe. Er würde sich lediglich strahlend bedanken und sofort damit beginnen, den Knochenhaufen zu sortieren, zu nummerieren, zu katalogisieren und dann zusammenzupuzzeln. Nee, Justins an sich witzige Idee war einer Eheschließung eher abträglich.

Mein Gelächter fand Melli angesichts ihrer Lage alles andere als lustig. Und als sie erneut versuchte, sich aus Justins Klammergriff zu befreien, unterstützte ich sie.

»Jetzt lass Melli endlich los«, forderte ich. »Und entschuldige dich.«

In dem Moment, als er seine Umarmung löste, kam Robbie in die Wohndiele geschlurft.

»Was'n hier für'n Stress?«, fragte er verschlafen und schaute höchst irritiert aus seinen verquollenen Augen. »Is' ja wie bei Mama und Papa.«

Der hatte doch garantiert wieder gekifft.

Das sah Justin auch so. »Äh, Alter«, sagte er mit gerümpfter Nase, »du riechst ja wie 'n ganzer Coffeeshop! Wie viele Joints hast du dir denn durchgezogen gestern?«

Aber Melli hatte sich noch immer nicht beruhigt. »Nimm das zurück, Justin!«, verlangte sie.

»Was? Dass Robbie gekifft hat?«

»Quatsch! Du weißt schon, was.«

Justin grinste süffisant. »Ach, meinst du das mit der Prostitution?«

Melli lief schlagartig rot an, wodurch ihre Gesichtsfarbe noch ungesunder aussah.

»Ich prostituiere mich für gar nichts, ist das klar?«

»Das stimmt so nicht«, beharrte Justin. »Jeder Künstler würde sich für seine Kunst prostituieren. Alle haben es getan: Mozart, Bach, Raffael, da Vinci, Rembrandt, Gründgens, Leni Riefenstahl, Bert Brecht ... Warum also nicht auch eine Melli Kubinski? Du glaubst doch nicht, dass du die große moralische Ausnahme bist?«

Wie er das sagte, klang es durchaus ernst gemeint, und wenn ich daran dachte, wie Melli im Whirlpool den Galeristen aus Berlin angegraben hatte, nur um von ihm entdeckt zu werden ... Aber egal, mit Lars war das anders. Er wollte ihr helfen, ohne dass sie ihn darum gebeten hatte. Ursprünglich wollte sie lediglich hin und wieder ein Bild an ihn verkaufen, um nicht zu verhungern. Das war doch nicht verwerflich. Kein Mensch hatte geahnt, dass ausgerechnet er sich in Melli so unsterblich verlieben würde. Schließlich war er der Gockel der Stadt und als notorischer Junggeselle mit Bindungsproblemen bekannt. Nee, da tat Justin ihr wirklich Unrecht. Auf eine Verlobung mit Lars hatte Melli unter den gegebenen Umständen gar nicht spekulieren können.

»Lars hat mir die Galerie aufgedrängt«, sagte Melli denn auch. »Alix kann bezeugen, dass es ganz alleine seine Idee war. Er hat mich damit und mit der Verlobung völlig überrumpelt. Ich hätte ihn nie um so etwas gebeten.«

»Aha«, sagte Justin und setzte sich wieder, um seinen Kaffee zu Ende zu trinken. »Aufgedrängt. Da konntest du ja auf keinen Fall ablehnen.«

Ich schielte zu ihm rüber. Warum hackte er eigentlich so lange auf diesem Thema herum? Konnte es sein, dass er tatsächlich eifersüchtig auf Lars war? War er vielleicht doch, wie Paula behauptete, selbst in Melli verliebt?

Melli war die Auseinandersetzung nun leid. Sie hatte sich wieder gefangen und gewann ihre gewohnte Souveränität zurück.

»Weißt du was, Justin?«, sagte sie jetzt mit einigermaßen gefasster Stimme. »Ich wüsste wirklich gerne, was dich das alles eigentlich angeht. Nur weil du hier wohnst – was ich nach wie vor nicht gut finde –, musst du dich nicht zur moralischen Instanz für deine Mitbewohner aufgeilen.«

Justin ging darauf gar nicht ein, sondern sagte nur grinsend: »Nun, Melli, wenn dir das alles so unangenehm ist – die aufgedrängte Verlobung nebst Galerie –, dann habe ich ja noch Chancen bei dir. Also falls du alles rückgängig machen möchtest … Meine Arme sind für dich immer offen …«

Melli sah aus, als würde sie jeden Moment explodieren. Sie schubste Robbie zur Seite und stürzte in ihr Atelier im Wintergarten. Dabei murmelte sie etwas, das wie »schwule Sau« klang.

»Bi, Melli, ich bin bi! Und im Übrigen, du willst doch wohl nicht behaupten, dass du es noch nie mit einer Frau getan hast!?«

Robbie riss seine verquollenen Augen megaweit auf. Die Ohren vermutlich ebenfalls, nur bei denen fiel es nicht so auf.

»Stopp, Justin!«, sagte ich und war nun echt sauer. »Hier sind Minderjährige anwesend.«

»Meinst du mich?«, fragte Robbie in beleidigtem Tonfall. »Falls ja, nur zu deiner Info: Nichts Menschliches ist deinem Bruder fremd.«

Justin lachte. »Brav gesprochen, Bürschchen!«

Wenn die jetzt anfingen, sich gegenseitig Theaterzitate um die Ohren zu hauen, machte ich wohl besser den Abflug. Außerdem musste ich eh bald beim Radiosender auflaufen. Na, denn!

Ich stand auf und sagte zum Abschied: »Frau Waschkowski hat die Hauswoche angemahnt. Ich denke, diesmal seid ihr dran, Jungs.«

Der Jubel war überwältigend.

♡ ♡ ♡

»Verdammt noch mal! Muss hier ständig einer reingurken, wenn wir auf Sendung sind?«

Joey stand schon fast der Schaum vorm Mund, weil das Studio einem Taubenschlag glich.

»Ihr simuliert doch nur«, sagte Sabrina gelassen und stellte mir einen Pott Kaffee hin. »Lass dich bloß nicht von ihm ausbeuten. Du bist nur Praktikantin, das heißt, du hast zwar ein Recht auf ausführliche Anleitung, aber auch auf eine Kaffeepause zwischendurch.«

Ich lächelte sie dankbar an, denn ich war ganz froh, mal ein Verschnäuferchen machen zu können. Joey war ja total nett, aber er war Rundfunkmann mit

Leib und Seele und hatte sich offenbar in den Kopf gesetzt, mir schon am dritten Tag meines Praktikums sein komplettes Handwerk in einem Crashkurs beizubringen. Am Anfang war ich ja noch sehr lernbegierig gewesen, aber nach einem zweistündigen Einführungsmarathon hing ich echt in den Seilen, was meine Konzentration anging. Meine Festplatte war derart mit Informationen vollgepackt, dass ich befürchtete, bei jedem weiteren Wort von Joey würde sich mein überhitztes Gehirn zischend in stinkenden schwarzen Rauch auflösen, weil sämtliche Relais wegen Überlastung verschmorten.

Aber, Gott sei Dank, war ja in letzter Sekunde Sabrina als rettender Engel aufgetaucht. Sie versorgte auch Joey mit Kaffee, was er aber nicht wirklich freundlich aufnahm. Stattdessen brummte er aus der Tiefe seines etwas beleibten Körpers: »Simulation oder nicht, wenn die rote Lampe leuchtet, hat hier keiner was zu suchen.« Er hob den Kaffeepott an den Mund, nur um gleich darauf zu grunzen: »Seit wann, zum Teufel, trinke ich Kaffee mit Zucker und Milch?«

»Oh, pardon!« Sabrina riss mir meinen Becher aus der Hand und schob ihn Joey rüber. »Das war ein Versehen. Der hier ist deiner!«

Ich sah meinem Kaffee noch hinterher, als Joey mir seinen Becher rüberschob.

*Hoffentlich hat der den noch nicht eingespeichelt*, meinte mein innerer Coach. *Hygiene ist anders!*

Er nun wieder!

»Dann ist das wohl deiner«, sagte Joey, hob seinen Pott und prostete mir zu: »Prost, Kaffee!«

»Äh, ja, Prost«, antwortete ich und hob zögerlich den Becher, wobei ich versuchte, den Rand auf Speichelreste abzuchecken. Nun, wo mein Coach mich schon darauf aufmerksam gemacht hatte ... Hm, nichts zu entdecken. Dennoch ... Als Joey sich Sabrina zuwandte, stellte ich den Becher wieder ab, ohne davon getrunken zu haben, und schob ihn so weit wie möglich weg. Joey hatte schon den ganzen Vormittag gehustet und geniest, eine Grippe musste ich mir nicht unbedingt einfangen. Es waren zwar Semesterferien, aber wenn ich jetzt im Praktikum krank wurde, konnte ich die Zeit kaum wieder aufholen. Aber ich wollte schließlich etwas lernen beim Rundfunk.

Es war sowieso das reinste Glück gewesen, dass ich bei unserem Lokalsender noch reingerutscht war. Darum hatte mich selbst Neville beneidet. Aber dafür hatte er nun meinen Job bei Professor Kiesling. Der Typ musste ja auch nicht ständig auf einer Schweinebacke ausrutschen. Ich hatte auch mal ein bisschen Glück verdient.

»Ja, ja«, hatte Neville gelästert. »Du bist auch wirklich die reinste Pechmarie!«

Das zwar nicht grade, aber wenn ich mich mit Paula verglich, die nun als verheiratete Frau mit ihrem Karlos in einer Luxusaltbauwohnung residierte, während ich mich mit einem kochenden Schauspieler, einer krassen Künstlerin und einem kiffenden Bruder nebst Riesenköter und Punkerbraut in einer WG herumschlagen musste, dann sah ich mich nicht unbedingt auf der Sonnenseite des Lebens.

Nicht, dass ich Paula Karlos, die Ehe und die Luxuswohnung missgönnte ... Da soll jetzt kein falscher Eindruck entstehen, ich gönnte es ihr sogar über alle Maßen, weil sie wirklich schwer darum gekämpft und es hundertprozentig verdient hatte. Aber natürlich fing frau an zu vergleichen. Nach jedem Besuch bei ihr kam mir die WG schäbiger vor. Laut, versifft und ungemütlich. Der AWO-Sessel in der Wohndiele, einst Paulas und mein Lieblingsplatz, wirkte abgesessen, und seine Armlehnen waren speckig, was mir vorher gar nicht aufgefallen war. Der Teppich war voller Flecken, die auch nach gründlichster Bearbeitung mit Teppichschaum nicht mehr rausgingen, und seit Paula nicht mehr regelmäßig spülte, stapelte sich in der Küche das dreckige Geschirr, und es stank zum Himmel.

Nein, Gemütlichkeit war wirklich etwas anderes. In meinem Zimmer ging es ja noch, aber auch das erschien mir nach einem Teestündchen bei Paula reichlich primitiv mit den Billy-Regalen, dem selbst gebauten Schreibtisch und dem durchgelegenen Sultanbett. Das einzig Erfreuliche war die Aussicht von meinem Schreibtisch, denn sie gab den Blick frei in Nevilles Schlafzimmer im gegenüberliegenden Hinterhaus. Immer wenn er es betrat, winkte er mich mit einladender Geste herüber, obwohl er wusste, dass ich dieser Einladung wegen meiner Beziehung mit Jean-Paul auf keinen Fall folgen konnte. Manchmal machte er sich einen regelrechten Jux daraus, mich zu provozieren, und legte einen Striptease hin, der sich gewaschen hatte. Neuerdings jedoch fiel sein Winken meist sehr kurz aus, und er zog, gleich nachdem er den Raum betreten hatte, die Vorhänge zu.

Hm, ob er eine Freundin hatte? Hin und wieder war er in letzter Zeit mit einer kleinen Brünetten in der Mensa aufgetaucht und hatte sich dann immer sehr weit weg von Melli und mir einen Platz gesucht.

Als ich Melli gefragt hatte, ob das wohl seine neue Freundin sein könnte, hielt sie es für sehr wahrscheinlich. Der Gedanke ließ mich seufzen.

»Warum seufzt du?«, fragte Sabrina, die von Natur aus ziemlich neugierig zu sein schien.

»Ach, ich habe nur an einen Freund gedacht. Ich glaube, er wird auch früher verheiratet sein als ich.«

»Auch? Wer ist denn früher verheiratet als du?«

»Meine beste Freundin Paula. Sie hat in meiner WG gewohnt und fehlt mir sehr«, erzählte ich freimütiger, als ich eigentlich wollte. Mein Privatleben ging hier ja schließlich niemanden etwas an, und dieses Zentralorgan von Sabrina schon mal gar nicht. Klar, dass sie sofort in die Kerbe schlug.

»Und jetzt beneidest du sie und hast Torschlusspanik?«, fragte sie grinsend.

Nun, das wäre wohl doch etwas übertrieben.

Ich schüttelte den Kopf. »Nee«, widersprach ich ihren Spekulationen, »ich will schließlich erst mal meinen Abschluss machen und freue mich auch schon auf einen Job. Wozu studiere ich schließlich?«

»Bravo«, sagte Joey und klatschte demonstrativ Beifall. »Das war die politisch korrekte Antwort. Zehn Punkte für die Kandidatin!« Er grinste Sabrina herausfordernd an. »Habe ich dir nicht gesagt, dass Alix eine voll emanzipierte Frau ist und Köpfchen hat?«

Sabrina stand lachend auf. »Ja, hast du gesagt, und zwar, *obwohl sie blond ist*!«

Joey bekam rote Ohren, was bei seinen riesigen Löffeln schon sehr auffällig war, und ich stimmte in Sabrinas Lachen mit ein. So ein Machospruch passte zu Joey, und ich war mir sicher, dass er ihn ganz genauso abgelassen hatte.

»Okay«, sagte er nun ein bisschen verlegen. »Dann machen wir Schluss für heute. Kannst ja noch mal in die Nachrichtenredaktion gehen und beim Verlesen der Meldungen helfen. Morgen machen wir dann eine echte On-Air-Mod.«

Ich verließ mit Sabrina das Studio, und sie zeigte mir die Nachrichtenredaktion.

»Katrin, das ist Alix, unsere neue Praktikantin. Joey meint, du sollst sie ein paar Meldungen lesen lassen. Sie hat in der Schule schon mal einen Vorlesewettbewerb gewonnen.«

Himmel, woher wusste sie denn das schon wieder? Ich hatte es gestern doch nur ganz beiläufig Joey gegenüber erwähnt, als er gefragt hatte, ob ich gut vorlesen könnte. Die Frau hatte wirklich lange Ohren. Aber da sie sonst echt nett war, ließ sich damit vermutlich leben. Allerdings sollte ich in Zukunft etwas sorgfältiger überlegen, bevor ich etwas sagte.

*Was ja bei dir generell nicht schaden kann,* stimmte mein Coach sofort zu.

Katrin war zwar nicht sehr begeistert, gab mir aber zwei Zettel mit Meldungen, die ich verlesen sollte.

»Schau es dir schnell an«, sagte sie. »Wir sind in zehn Minuten auf Sendung.«

Ich verließ das Studio und setzte mich im Flur an einen Tisch.

Ach, du liebes bisschen, was war denn das für ein Schrotttext. Voller Bandwurmsätze und gespickt mit Fachausdrücken. Das war doch kein Nachrichtendeutsch!

Wer dachte sich denn so eine Meldung aus und warum musste man das überhaupt senden? Das interessierte doch garantiert niemanden.

»Alix, kommst du? Wir gehen on air!«

Ich folgte Katrin ins Nachrichtenstudio und hörte, wie Lothar, der Techniker, erst den Auftakt und dann, nach der Anmod von Katrin, den ersten Einspieler brachte, eine Befragung zur Finanzkrise. Glauben Sie, dass Ihre Ersparnisse trotz der Bankenpleite in den USA sicher sind? Glaubte ich zwar nicht so wirklich, aber die meisten Leute erwiesen sich als erstaunlich krisenfest. Tenor: Frau Merkel wird es schon richten. Na, denn!

Katrin las noch eine Meldung aus Berlin, dann kamen die Lokalnachrichten. Sie nickte mir zu. Also los.

»Am frühen Vormittag trafen sich an der Universität am Institut für Psychologie und Sexualtherapie Experten aus ganz Europa zu einem Symposion zum Thema *Differenzielle Psychologie der heterogenen Ambivalenz im prädisponierten homosexuellen Syndromkomplex*. Professor Messerschmidt sagte dazu in seinem Eröffnungsvortrag, die Präposition, äh ... Prädisposition als prä... äh ... pränatale Genmanifestation stelle die differenzielle Psychologie auf der Ebene der Parthenogenese vor multifaktorielle Probleme, deren ... äh ... heuristische und experimentelle Durchdringung ...«

Die Buchstaben verschwammen vor meinen Augen, mein Mund war vollkommen ausgetrocknet, und die Zunge lag pelzig wie der Schwanz eines Iltis in meinem Rachen.

Ich krieg das nicht hin, dachte ich panisch. Ich krieg diesen Scheißtext nicht zu Ende gelesen, ohne mir die Zunge zu brechen.

Vermutlich stand mir die Panik ins Gesicht geschrieben, denn als ich mir grade an dem Wort Diskriminierungsverhalten total einen abbrach, dröhnte plötzlich fette Mucke dazwischen. Ich sah erschrocken auf und blickte direkt in das breite Grinsen von Lothar, dem Katrin hektische Zeichen machte, ehe sie wütend losgiftete: »Geht es dir noch gut? Was soll das? Du bist mitten in die Meldung gefahren.«

»Das war auch meine Absicht und gut so«, sagte Lothar lässig. »Oder wäre es dir lieber gewesen, die Kleine hätte sich auf Sendung einen Knoten in die Zunge gelesen? Hast *du* ihr diesen schwachsinnigen Text gegeben?«

Katrin stieg eine leicht hektische Röte in die Wangen und drehte sich weg. Dabei murmelte sie: »Ich schreibe ja schließlich nicht alle Meldungen selber, so genau habe ich mir das vorher auch nicht angeguckt.«

Na, da war ich mir aber nicht so sicher. Die wollte mich bestimmt als blutige Anfängerin vorführen und blamieren. Zicke! Wie gut, dass Lothar dem unwürdigen Schauspiel ein Ende gemacht hatte.

Katrin setzte sich wieder ans Pult, und als Lothar die Musik runterfuhr, sagte sie: »Wir bitten um Entschuldigung. Durch einen technischen Fehler konnte die letzte Meldung nicht vollständig verlesen werden. Sie folgt darum hier noch einmal im vollständigen Wortlaut. Bitte, Alix!«

Ich hätte sie erwürgen können, wedelte aber nur abwehrend mit den Händen und ergriff die Flucht aus dem Nachrichtenstudio. Das musste ich wirklich nicht noch einmal haben. Im Flur hörte ich dann, wie Katrin sich selber beim Verlesen der Nachricht ständig verhaspelte. Das geschah der Zicke zwar recht, aber mit dieser Aktion hatte ich mir Katrin nicht grade zur Freundin gemacht. Shit! Doch im Grunde interessierte mich die Nachrichtenredaktion auch nicht so besonders. Da gab es wirklich spannendere Formate.

Ich pilgerte zum Büro und fragte, ob noch etwas für mich zu tun wäre.

Sabrina schüttelte den Kopf. »Mach mal ruhig Schluss für heute. Übrigens, Leander hätte dich gerne als Assistentin in seiner Nachtsendung.«

»Nachtsendung? Welche denn?«

»Was? Du kennst Leanders Nachtsendung nicht? Die ist doch Kult!«

Ich schüttelte den Kopf. »Wie ... wie heißt sie denn?« Konnte es sein, dass mir da etwas Bedeutendes auf diesem Sender entgangen war?

»*Seelentröster*«, sagte Sabrina lachend. »Unser absoluter Einschaltquotenhit! Sag nicht, du hast den Mann mit der Samtstimme noch nie gehört?«

Mann mit der Samtstimme? Ich fühlte mich plötzlich ungut an meinen Herzschmerzroman erinnert. Zugleich aber kribbelte es ganz mächtig in meinen Eingeweiden. Das war doch zumindest mal eine Sendung, die etwas Spannung versprach, nicht so ein öder Nachrichtenquark. Und da ich ohnehin für das Onlinemagazin *Nightlife*, für das ich jobbte, oft abends Fotos schießen musste, passte mir ein später Termin auch ganz gut. Da wegen der Semesterferien keine Vorlesungen auf mich warteten, konnte ich ja am nächsten Tag immer schön ausschlafen. Also nahm ich das Angebot von Leander an.

Schon im Gehen fragte ich aber noch: »Sag mal, Sabrina, ist die Katrin immer so?«

Sabrina grinste mich an. Klar, dass sie das Nachrichtendesaster komplett mitgehört hatte, denn in nahezu allen Räumen des Senders hingen Lautsprecher, über die das aktuelle Programm übertragen wurde. Schon zur Info für die anderen Mitarbeiter, damit sie wussten, wann sie dran waren.

Aber natürlich stellte sie sich unwissend. »Was meinst du? Wie soll Katrin immer sein?«

Hm, Tussi, bestimmt waren die beiden befreundet, und ich hatte mich mal wieder zu weit vorgewagt. Also machte ich mich davon und brummte nur: »Na, so halt ... Aber lass mal, passt schon.«

Als ich am Fahrradständer mein Rad aufschloss, nahm ich mir vor, gleich heute Abend die Sendung *Seelentröster* einzuschalten.

Es ging schließlich nicht, dass die halbe City diesem phänomenalen Leander mit der Samtstimme lauschte, während ich ihn noch nie gehört hatte. Ein echter Fauxpas für eine Praktikantin. Dabei hatte doch gerade ich in meinem Leben schon sehr oft Seelentrost gebraucht.

Hatte da mein innerer Coach gekichert? Respektloser Typ!

♡ ♡ ♡

Als ich im Treppenhaus an Jean-Pauls Apartment vorbeikam, beschloss ich, ihm einen kleinen spontanen Besuch abzustatten. Er saß zwar an seiner Doktorarbeit und wollte nicht so gern gestört werden, weil der Abgabetermin unaufhaltsam näher rückte, aber heute war schließlich Stammtisch im Irish Pub. Das verschwitzte er bestimmt, wenn ich ihn nicht noch einmal daran erinnerte. Ich klingelte also unser SOS-Signal, und Jean-Paul öffnete die Tür.

»Störe ich?«

»Aber immer!«, sagte er grinsend, um gleich hinzuzufügen: »Nein, im Moment nicht. Habe grade eh eine schöpferische Pause. Magst du einen Tee trinken?«

Natürlich gerne. Ich warf Jacke und Tasche in den Flur und ging ins Wohnzimmer, während Jean-Paul in der Küche den Tee kochte.

Über dem Sofa hingen immer noch Mellis Bilder aus ihrer abstrakten Periode. *Anfang 1* und *Anfang 2* oder so ähnlich. Ziemlich Ton-in-Ton und ziemlich grau. Was sie jetzt malte, fand ich sehr viel spannender. Altmeisterlicher Stil mit hochdramatischen Weltuntergangsszenarien. Komplex und krass. Dagegen waren diese Bilder nur langweilige Dekorationsobjekte. Aber das hatte Melli selber auch längst erkannt.

»Das ist halt der Stil von Professor Geschwindner. Den haben wir alle zuerst kopiert, weil wir dachten, er steht da drauf. Tat er aber nicht wirklich, also hab ich mal was Eigenes probiert«, hatte Melli gesagt und mir ihr riesiges Bild über die Apokalypse enthüllt. Es hatte mir den Atem verschlagen, als ich die verwesten Dinosaurierskelette und Justins Haupt betrachtete, das im Stil von Gunther von Hagens Plastinationen auf einem Silbertablett liegend dargestellt war. Besonders genial aber war Mellis kiffender Kunsthochschulkumpel Boris getroffen, den sie nackt in einer Corona gleißenden Lichts als den Erleuchteten gemalt hatte.

Ich musste allein bei dem Gedanken wieder grinsen. Doch, das Gemälde hatte schon jede Menge Witz und Power. Kein Wunder, dass die Städtische Kunsthalle es gekauft hatte.

Ich ließ mich aufs Sofa plumpsen, zog die Schuhe aus und machte es mir gemütlich.

Ach, wie liebte ich Jean-Paul doch, und wie schön war es, dass er aus Amerika zurück war und nun brav an seiner Doktorarbeit saß. Da musste ich wenigstens auf niemanden mehr eifersüchtig sein. Amy, die vollbusige Blondine, die mit ihm zusammen in Amerika an der Ausgrabung einer neuen Dinoart beteiligt gewesen war, hatte mir das Leben nämlich ganz schön zur Hölle gemacht. Ich hätte nie gedacht, dass Eifersucht so schmerzhaft sein könnte. An manchen Tagen, an denen ich nichts von Jean-Paul gehört hatte, fühlte ich mich, als hätte mir jemand ein Loch ins Herz gefräst. Einfach nur scheußlich!

Na, das war zum Glück vorbei, und ich würde ihn nun nie, nie mehr alleine auf Forschungsreise gehen lassen.

»Ich liebe dich!«, rutschte es mir darum spontan heraus, als Jean-Paul ein Tablett mit dem Tee und Keksen hereinbalancierte.

»Wie schön«, sagte er lächelnd und stellte es auf dem Beistelltisch ab, »ich mag es, wenn man mich liebt.«

Macho! Hätte er nicht einfach mal sagen können, dass er mich auch liebte? Wieso kriegten Männer solche einfachen Sätze nicht über die Lippen?

»Ich mag's auch«, reagierte ich ein wenig muffig, worauf er aber überhaupt nicht einging.

»Wie war es beim Rundfunk? Hast du heute ein paar Meldungen in den Nachrichten verlesen? Mir war so, als hätte ich deine Stimme gehört.«

Ach herrje, er hatte doch nicht etwa mein Desaster mitangehört.

Doch hatte er.

»War es sehr schlimm?«, wollte ich nun aber doch wissen.

Er schüttelte grinsend den Kopf.

»Nee, du hast es bis zu der Stelle, wo die Musik plötzlich reinfuhr, ganz gut gemacht, aber als die Meldung nachher noch mal verlesen wurde, waren ziemlich viele Schnitzer drin ... Das warst aber nicht mehr du, oder?«

Ich schüttelte den Kopf. »Nee, das war Katrin, die macht meistens die Nachrichten. Damit hatte ich Gott sei Dank nichts mehr zu tun.«

Und im Stillen dachte ich zufrieden: Wer anderen eine Grube gräbt, fällt zu Recht meist selber rein.

Dann erzählte ich Jean-Paul von meiner neuen Aufgabe bei *Seelentröster*, aber auch er hatte die Sendung noch nie gehört.

»Wozu auch?«, meinte er lachend. »Ich hab doch meinen eigenen, ganz privaten Seelentröster.«

Mit diesen Worten stand er auf, ergriff meine Hand und zog mich vom Sofa.

»Wie wäre es? Ich könnte grade mal wieder eine Dosis Seelentrost gebrauchen. Danach arbeitet es sich sehr viel besser.«

Er dirigierte mich ins Schlafzimmer, und während ich mich noch fragte, ob das jetzt wirklich der richtige Zeitpunkt war, zog er sich schon das T-Shirt vom Leib und sprang aus der Jeans.

Also pellte ich mich auch aus meinen Klamotten und warf mich zu einem entspannenden Quickie in seine Arme.

Die Liebe ist eben immer wieder voller Überraschungen.

Ach, tat das gut!

♡ ♡ ♡

Später am Abend traf ich mich zum Stammtisch mit Paula, Karlos und Lars im Irish Pub, wo Melli im Nebenjob kellnerte. Jean-Paul hatte sich mit einer reichlich fadenscheinigen Entschuldigung abgemeldet. Er stand einfach nicht so auf Karaoke, und weil unser Nachmittagssex echt schön war, gab ich ihm ausnahmsweise mal frei. Ich hatte noch bei Frau Waschkowski die Wolle für Putzis Hausschuhe vorbeigebracht, ein wenig Geschirr gespült und an meinem Praktikumsbericht geschrieben. Nun freute ich mich auf ein paar gemütliche Stunden mit meinen Freunden.

Paulas Augen strahlten vor Glück, als sie mich liebevoll umarmte. Dieses Mädchen war offenbar wirklich für die Ehe gemacht, und wie es schien, konnte ihr nicht einmal ihre nervige Schwiegermutter etwas anhaben. Also waren alle diesbezüglichen Sorgen umsonst gewesen.

Nicht ganz ... Kaum hatten wir alle zusammen bei etwas Smalltalk die erste Runde Guinness getrunken, begannen die Männer, sich über die Krise auf den Finanzmärkten zu unterhalten, und Paula schüttete mir ihr Herz aus.

»Es ist alles ganz wunderbar«, sagte sie und sah dabei auch sehr glaubwürdig aus, »aber neuerdings ruft meine Schwiegermutter nicht mehr nur jeden Tag an, sondern läuft ständig bei uns auf. Immer, wenn Karlos abends grade von der Arbeit nach Hause gekommen ist und wir ein bisschen kuscheln wollen, steht sie vor der Tür.«

»Mit welcher Begründung denn?«, wollte ich wissen.

»Das weiß ich so genau auch nicht. Irgendwas mit Geldgeschäften. Sie behauptet, sie bräuchte Karlos' Rat, weil sie irgendwelche Fondspapiere dringend abstoßen müsste. Seit Tagen geht das nun schon so. Ich glaube, das ist nur ein Vorwand, um mich zu nerven.«

Das traute ich der alten Hexe durchaus zu, und auch Melli, die grade die zweite Runde Bier an unseren Tisch schleppte, meinte: »So ein Monster! Sieh bloß zu, dass sie das schleunigst wieder abstellt. Sonst kriegst du die nie mehr von der Backe.«

»Das befürchte ich auch.« Paula seufzte und flüsterte dann: »Ich hab schon überlegt, ob ich ihr was in den Tee tun soll.«

Melli kicherte. »Ich würde ein Abführmittel empfehlen. Das schmeckt man kaum, und es hat eine durchschlagende Wirkung.«

»Aber dann kommt sie ja nie mehr vom Pott runter. Das wäre doch eher eine Kontraindikation, meinst du nicht?«, fragte ich grinsend. »Paula möchte ja eigentlich, dass sie schneller geht, und nicht, dass sie länger … Ihr wisst schon …«

»Du musst es nur richtig dosieren«, meinte Melli. »Dann schafft sie es noch bis zu sich nach Hause. Wenn ihr das zwei-, dreimal bei euch passiert ist, kommt sie garantiert so schnell nicht wieder.«

»Und wenn es doch was Wichtiges ist, was sie mit Karlos besprechen muss?«

Melli und ich sahen Paula erschüttert an und sagten wie aus einem Munde: »Nun knick aber nicht wieder ein!«

Dieses Mädchen war einfach immer noch zu wenig selbstbewusst.

»Nee, tue ich ja nicht.« In dem Moment startete die erste Karaokerunde, und so stand sie auf und ging zu der kleinen Bühne hinüber.

*And I hold you in my arms, and I kissed you with my lips, and I loved you all of my day and all of my night and all of my life …*

Ich lauschte wie immer fasziniert. Paula hatte eine unglaublich schöne Stimme, immer schon, aber heute war jeder Ton, jedes Wort, das sie sang, so authentisch, dass es fast nicht zu ertragen war.

Paula, Süße, dachte ich, ich wünsche dir ja so sehr, dass dein Glück für immer hält. Aber eigentlich war es beinahe zu schön, um wahr zu sein. Und als mein Blick von Paula zu Karlos und Lars zurückwanderte, sah ich die beiden mit ernsten Mienen in eine offenbar kontrovers verlaufende Diskussion vertieft. Na, so was!

Seine Frau sang sich die Seele für ihn aus dem Leib, und Karlos bekam es gar nicht mit. Da fragte ich mich doch, was denn so viel wichtiger war, als Paulas gesungener Liebeserklärung zu lauschen.

Ich stellte meine Ohren auf.

»Es geht nicht, Lars«, sagte Karlos grade. »So gerne ich dir helfen möchte, aber uns sind in dieser Situation die Hände gebunden. Und ich selber bin als Vorstandsassistent überhaupt nicht ins Kreditgeschäft involviert. Ich dürfte eigenmächtig gar nicht solche Verträge abschließen. Es tut mir echt leid.

Hast du denn niemand anderen, der dir mit einem Kredit oder wenigstens einer Bürgschaft aushelfen kann?«

Lars schüttelte den Kopf und kippte das ganze Pint fast in einem Zug runter.

»Ich habe auf fallende Kurse gewettet, und was tut diese Scheißaktie? Sie steigt und steigt. Der gesamte Aktienmarkt bricht zusammen, und ausgerechnet diese Autoaktie bleibt nicht nur stabil, sondern verdoppelt und verdreifacht ihren Wert. Ich muss kaufen, um meine Kunden zu bedienen, und kann die Dinger einfach nicht mehr bezahlen. Es ist ja nicht für lange, ein kurzfristiger Kredit würde mir schon helfen.«

Karlos schaute nur noch deprimierter drein und bekam nun garantiert überhaupt nichts mehr von Paulas Lovesong mit.

»Lars, ich würde dir wirklich gerne helfen, aber in dieser Höhe sind auch meiner Bank zurzeit die Hände gebunden. Wir haben selbst Unsummen in Lehman-Zertifikate investiert und sind froh, dass wir überhaupt noch zahlungsfähig sind.« Er schaute sich um. »Das bleibt aber unter uns.«

Nun schien Lars die Hoffnungslosigkeit seiner Lage erst richtig klarzuwerden. Er stand abrupt auf, klopfte zum Abschied auf den Tisch, murmelte einen kurzen Gruß und gab am Ausgang Melli noch einen raschen Kuss.

»Was ist passiert?«, fragte Melli irritiert, als sie kam, um die leeren Gläser abzuräumen und neues Bier zu bringen. »Warum geht er denn schon?«

Ich zuckte die Achseln.

»Hat er sich mit Karlos gestritten?«

Ich schüttelte den Kopf. »Nee, er hat wohl beruflich etwas Stress«, sagte ich.

Melli nickte. »Das wundert mich nicht, bei dem Trouble, der momentan auf den Finanzmärkten herrscht. Da haben alle Börsenmakler reichlich was um die Ohren.«

»Stimmt«, sagte Paula, die wieder am Tisch Platz nahm und gerade noch Lars' Abgang mitgekriegt hatte. »Aber das wird schon wieder, nicht wahr, Karlos? Frau Merkel hat doch gesagt, dass unsere Spareinlagen sicher sind.«

Karlos seufzte. »Das ja, aber ich befürchte, es gibt viele Leute, die etwas mehr brauchen als eine Beschwichtigung durch die Bundeskanzlerin. Da geht es um Investitionen in Millionen-, wenn nicht in Milliardenhöhe, für die es plötzlich keine Sicherheiten mehr gibt. Keine leichte Zeit, die da auf uns zukommt.«

Paula machte große Augen.

Und weil Karlos ihre Verunsicherung spürte, schob er sofort hinterher: »Aber du musst dir keine Sorgen machen, Paulchen.«

»Wirklich nicht?«

Er lachte, was allerdings für meinen Geschmack etwas gequält wirkte. »Wirklich nicht!«

»Und ich?«, fragte nun auch Melli. »Ich meine, muss ich mir wegen Lars Sorgen machen?«

Karlos zuckte die Schultern. »Melli, Sorgen müssen wir uns alle mehr oder weniger machen. Aber ich bin sicher, dass wir das schon hinkriegen werden. Ein Bankenzusammenbruch in den USA wird schon nicht die ganze Welt erschüttern. Genauso wenig wie eine Kokosnuss, die in Honolulu von der Palme fällt, in Frankfurt ein Erdbeben auslöst.«

Trotz der zuversichtlichen Worte von Karlos kam an diesem Abend keine richtige Stimmung mehr auf, und so verabschiedeten wir uns relativ früh. Weil Melli noch bis Mitternacht knechten musste, machte ich mich alleine auf den restlichen Heimweg, nachdem ich Paula und Karlos bis zum Theaterpark begleitet hatte.

Es nieselte leicht, und ich fragte mich, ob es nicht doch möglich war, dass eine Kokosnuss, die in Honolulu von der Palme fiel, in Frankfurt ein Erdbeben auslösen konnte?

Es war dann zwar keine Kokosnuss, sondern eine andere faule Nuss, die die Frankfurter Finanzwelt erbeben und die dortigen Bankenpaläste ganz schön erzittern ließ, aber selbst als ich davon am nächsten Morgen in der Zeitung las, brachte ich das nicht eine Sekunde lang mit Lars in Verbindung. Jemand, der von Beruf reicher Erbe war und nur nebenbei ein wenig an der Börse spekulierte, konnte doch von so etwas nicht ernstlich betroffen sein.

Konnte er wohl doch …

♡ ♡ ♡

## *MELLI: Zwischen Mogelpackungen und Scheingeschäften*

Ich wachte an diesem Morgen auf und fragte mich ernsthaft, ob das wirklich mein Leben war, das ich in den vergangenen Monaten gelebt hatte.

Gut, jede Frau, die auf die dreißig zuging, hatte irgendwann einmal so einen Moment. Das musste noch nichts heißen und war auch nicht unbedingt ein Grund zur Panik. Eine Tasse frisch gebrühter Kaffee, ein heißer Toast mit zerlaufener Butter und samtiger Marmelade, eventuell noch begleitet von einem weich gekochten Ei und einem prickelnden Glas Sekt, halfen bei so einem depressiven Erwachen normalerweise schnell wieder in die Spur.

Wenn man denn eine hatte. Eine Spur. Eine klare Leitlinie durchs Leben. Daran aber haperte es nach wie vor bei Melli Kubinski, der verstrubbelten, rothaarigen Endzwanzigerin, die mich aus dem Badezimmerspiegel ansah. Und die Behauptung, dass das Leben einer Künstlerin per se anderen Gesetzmäßigkeiten folgte als das einer Normalofrau, konnte ich nicht wirklich gelten lassen. Grade ich hatte mir nämlich klare Ziele für mein Leben gesetzt, beruflich und privat, nur nahm leider niemand Rücksicht darauf, am wenigsten das Leben selbst.

Mieses Karma, dachte ich frustriert, schrubbte mir die Zähne und stellte beim Ausspucken des Schaums fest, das ich Zahnfleischbluten hatte. Da war wohl mal wieder eine Ernährungsumstellung fällig. Lakritzschnecken gegen Vitaminbomben austauschen, notierte ich mir im Kopf. Dabei hasste ich Vitamine. Obst brachte mich zum Speien und Gemüse zum Göbeln. Paula war mir mit ihren Biobrötchen ja schon immer tierisch auf die Nerven gegangen. Aber jetzt kochte auch Justin, dieser selbst ernannte Tim Mälzer, nur noch halbgares Gemüse mit Biss, so dass ich mich fragte, ob er damit eine vampirische Ader offenbarte oder mich einfach nur terrorisieren wollte. Schmackhaft war das alles jedenfalls nicht.

Grundgütiger, wie sah ich heute denn schon wieder aus? Komisch, früher hatten mir nächtliche Saufgelage überhaupt nichts ausgemacht, und jetzt wirkte ich wie mein eigener Schatten in dreißig Jahren. Zerknittertes Gesicht, schwarze Ränder unter den Augen und eine hepatitisverdächtige gelbliche Gesichtsfarbe. Shit, ob ich einen Leberschaden hatte? Lars stopfte mich schließlich ständig mit seinen Lieblingsmeeresfrüchtchen voll und sorgte dann dafür, dass sie auch noch ordentlich in Champagner badeten. Das konnte so ein Organ ganz schön fordern. Von wegen, die Leber wächst mit ihren Aufgaben! Vermutlich war die letzte Guinnessrunde, die Pat im Irish Pub bei Dienstschluss für die Mitarbeiter und die letzten Stammgäste geschmissen hatte, der berühmte Tropfen gewesen, der die Leber zum Anschwellen brachte. Spürte ich da nicht ein brennendes Stechen unter dem rechten Rippenbogen?

Verdammt! Ich wurde alt. Sonst hatte mich doch immer eine Bärenkonstitution ausgezeichnet. Melli, die Unkaputtbare! Shit! Schwächeln konnte ich mir jetzt gar nicht leisten. Ich hatte doch so viel vor.

Am besten alles noch mal auf Anfang. Ich beschloss, die unerfreuliche Begegnung mit mir selbst im Badezimmerspiegel zu beenden, mit einem Kaffee ins Bett zurückzupilgern und einfach den Tag noch einmal zu beginnen. Ohne Depression und vor allem ohne Selbstmitleid. War doch auch gar nicht nötig. Schließlich hatte ich in meinem Leben ja schon einiges erreicht: Ich war Meisterschülerin in der Malklasse von Professor Geschwindner, der immerhin so berühmt war, dass er es sich leisten konnte, zwischen unserer Hochschule und der Akademie in New York im Jetsetstil zu pendeln. Außerdem wurde mein Bild *Apokalypse* bei der Ausstellung der *Jury-Freien* ausgezeichnet und daraufhin von der Städtischen Kunsthalle gekauft. Für einen nicht unerheblichen Betrag. Damit hatte ich Geld auf der Bank, das als Rücklage eine gewisse finanzielle Sicherheit in mein Leben brachte.

Ich packte mich in mein Bett und schlürfte den heißen Kaffee. Mit angezogenen Beinen und bis zum Hals unter die Bettdecke gekuschelt, saß ich eine Weile da und betrachtete die zahlreichen Leinwände mit fertigen und angefangenen Arbeiten, die im ganzen Atelier herumstanden.

Gut, mein Atelier im Jugendstilwintergarten der WG, in der ich jetzt, nach Paulas Auszug, nur noch mit meiner Freundin Alix und dem unsäglichen Schauspieler Justin lebte, war nicht eben groß, aber es hatte ein unvergleichliches Licht und inspirierte mich allein deswegen ganz ungemein. Weniger inspirierend war dieser Justin, der mir ständig in meine Angelegenheiten reinredete und das Rauchen, Kiffen und Saufen verbieten wollte.

Okay, das Rauchen hatte ich von allein aufgegeben, weil Paula und Alix das in der Wohnung auch nicht so toll fanden. Heutzutage wurde man als Raucher ja geradezu kriminalisiert, aber irgendeine Art von Bewusstseinserweiterung musste einer Künstlerin schließlich erlaubt sein. Ich kannte kaum einen Künstler, der nicht ab und zu mal Drogen nahm oder sich in einen Schaffensrausch soff.

Hm, aber dieses Brennen in der Lebergegend gab mir heute doch zu denken. Aber es war schließlich nicht Justins Sache! Gut, produktiv war die Sauferei nicht immer, und wenn ich an meinen letzten Vollrausch zurückdachte, hatte der mir nicht wirklich einen künstlerischen Höhenflug beschert, sondern mich eher an den Rand einer künstlerischen Katastrophe gebracht. Dass ich es ausgerechnet Justin zu verdanken hatte, dass ich dabei lediglich mit ein paar zusätzlichen Krähenfüßen in den Augenwinkeln davongekommen war, wurmte mich heute noch.

Warum hatte nicht Lars mich davor bewahren können, mein spektakulärstes Gemälde fast zu zerstören? Warum musste ausgerechnet Justin mir das Messer aus der Hand nehmen, mit dem ich die Leinwand zerschnitten hatte? Nun konnte er mir ständig damit aufs Butterbrot schmieren, wie zerstörerisch seiner Ansicht nach solche Formen der Bewusstseinserweiterung durch Alkohol und Drogen waren. Dabei war er als Schauspieler doch auch eine Art Künstler. Aber das war eben der Unterschied zwischen reproduzierenden Menschen wie ihm und schöpferischen Menschen wie mir.

Wie gesagt, alles wäre viel einfacher gewesen, wenn Lars damals zur Stelle gewesen wäre, schließlich tauchte er sonst ja auch zu jeder möglichen und unmöglichen Tages- und Nachtzeit auf, um irgendwelche komplexen Blumengebinde, ein Tablett mit Austern oder eine Flasche Champagner und sich selbst in meinem Bett abzulegen.

Warum Mr. One-Night-Stand, der attraktive Obergockel der Stadt, gerade mich zu seiner Herzdame auserwählt hatte, war mir nach wie vor ein Rätsel. Dabei war ich nun seit ein paar Monaten sogar mit ihm verlobt.

Mir lief ein Schauer über den Rücken, und ich stürzte hastig den Rest Kaffee runter, um wenigstens innerlich warm zu bleiben. Ich starrte auf die leere Weinflasche vor meinem Bett und das daneben liegende zerbrochene Glas. So eine Sauerei. Hm, mit wem hatte ich denn gestern Abend noch Wein getrunken? Mir fiel niemand ein. Kein Wunder, dass es mir heute so mies ging, wenn ich die ganze Flasche Rotwein alleine ausgetrunken hatte. Aber warum?

Schemenhaft kehrte die Erinnerung zurück. Lars hatte den ganzen Abend nur mit Karlos geredet, und dann war er irgendwann einfach abgehauen. Das war schon nicht sehr freundlich von ihm gewesen. Ich hatte es mir zwar nicht anmerken lassen, aber reichlich frustrierend fand ich das schon. Zumal er sich in letzter Zeit ohnehin ziemlich rarmachte. Er hatte doch nicht etwa was mit einer anderen Frau am Laufen?

Erst jetzt fühlte ich einen Schmerz am linken Fuß, und als ich ihn vorsichtig unter der Bettdecke vorstreckte, sah ich, dass ich an der Ferse einen Schnitt hatte, an dem etwas getrocknetes Blut klebte.

Mist, da war ich eben offenbar voll in die Scherben gelatscht. Vielleicht hatte Justin doch recht, und ich sollte etwas weniger trinken. Aber wie sollte ich das hinkriegen? Schließlich war nicht *er* mit Lars verlobt! Und sosehr mich Paula um diese Verlobung auch beneidet hatte, für mich war sie eine einzige Katastrophe! Zumindest überwiegend.

Und dann musste dieses Mädchen selbst auch noch heiraten und mir die ganze Zeit was von Doppelhochzeit vorsülzen. Klar, dass Lars das sofort ausnutzen wollte, um mich endgültig rumzukriegen. Wenigstens war Alix Frau genug, mir angesichts dieses doppelten Nestbausyndroms von zwei Seiten den Rücken zu stärken. Aber seit Paula wirklich geheiratet hatte und bei jedem Besuch in der WG in penetranter Weise ihr Glück abstrahlte, war nichts mehr wie vorher. Freie Liebe konnte ich vergessen! Nicht der kleinste Seitensprung mit meinem Kunsthochschulkumpel Boris war mehr drin, weil es Lars garantiert zu Tode betrübt hätte. Da er mir jedoch eine Galerie zur Verlobung geschenkt hatte, fühlte ich mich schon ein wenig verpflichtet, auf seine Gefühle Rücksicht zu nehmen.

Scheiße, scheiße, scheiße! Ich wollte das nicht! Ich hatte das nie gewollt. Mein ganzes Leben lang, jedenfalls meine ganze Kindheit und Jugend hindurch, hatte ich auf jemanden Rücksicht nehmen müssen: meine Eltern, meine Geschwister, die Nachbarn, die Trottel in dem Kuhkaff, in dem ich aufgewachsen war ... Nie durfte ich machen, was *ich* wollte. Nie war es passend und immer, immer, immer musste ich auf irgendwen und irgendwas Rücksicht nehmen. Erst als ich endlich mit der Schule fertig war und mit dem Ersparten meiner Oma, das sie mir großzügig als Starthilfe zugesteckt hatte, in die Stadt und an die Kunsthochschule verschwinden konnte, war dieser Anpassungsterror vorbei. Die ersten Semester in meinem unbeheizten Loft in dem ehemaligen Schlachthof waren hart und kalt, aber mich wärmte das Glück, endlich mein eigenes, selbstbestimmtes Leben führen zu können. Endlich produktiv sein zu können, ohne durch ständige Rücksichtnahme gebremst, ja, gelähmt zu werden.

Es war mir darum ziemlich schwer gefallen, mit Alix und Paula in eine WG zu ziehen, denn im Gegensatz zu ihnen, die sich durch diesen Schritt von ihren Elternhäusern befreit hatten, war es für mich ein Schritt zurück in eine Abhängigkeit, die erneut Rücksichtnahme und damit Einschränkungen mit sich brachte. Ich hatte es ihnen nie so direkt gesagt, aber als Justin einzog und anfing, mich erziehen zu wollen, da war bei mir eigentlich schon das Maß voll, und ich wollte mich nach einer anderen Bleibe umsehen. Doch dann kam Lars …

Ich hatte wirklich nur einen Sponsor für meine Kunst gesucht und darum auch jeden Sex mit ihm abgelehnt, bis auf den einen One-Night-Stand natürlich, der uns überhaupt erst zusammengebracht hatte. Aber von da an galt: kein Sex mit Big Spender. Das hatte ihn dann anscheinend total gereizt, denn obwohl ihm sonst die Frauen scharenweise hinterherliefen, ließ ich ihn nicht in mein Lotterbett. Tja, und dann fuhr er schwerere Geschütze auf: ein Heiratsantrag und als Verlobungsgeschenk der Mietvertrag für eine kleine Galerie. Ganz alleine für Melli.

Das hatte schon was, und Justin, dieser Klugschwätzer, sollte mir den Menschen mal zeigen, der da Nein gesagt hätte.

Aber ich hatte auch nicht wirklich Ja gesagt, denn anders als bei Paula bedeutete für mich eine Verlobung nicht zwangsläufig auch eine Hochzeit. Das war eine Zeit des Ausprobierens, eine Testphase, eine Pilotstudie – nicht mehr, aber auch nicht weniger. Was, bitte schön, war daran Prostitution? Dieser Justin war doch wirklich ein Arsch! Ich wollte nicht wissen, was der alles tun würde, um eine Hauptrolle zu kriegen. Wer weiß, ob dieser Didi, mit dem er kürzlich abgestürzt war, ihm nicht genau das versprochen hatte. Vielleicht war der ja ein schwuler Filmemacher. Solche Typen liefen bei uns an der Hochschule doch massenweise in den Filmklassen herum. Nee, Justin sollte mir ja nicht so kommen. Lars war glücklich mit mir, und die Galerie war ein seinen Verhältnissen durchaus angemessenes Verlobungsgeschenk. Da musste ich mir nun wirklich keinen Kopf machen.

Ich schüttelte die lästigen Gedanken ab, gab etwas Spucke auf den rechten Zeigefinger und wischte damit das Blut von meiner Ferse. War nur ein kleiner Kratzer, nicht der Rede wert. Ich war schließlich keine Frau von der wehleidigen Sorte. Es war nun wirklich an der Zeit, aufzustehen und etwas Produktives mit dem angebrochenen Tag anzufangen.

Die WG war wie ausgestorben. Alix war vermutlich beim Rundfunk, Justin zur Vormittagsprobe im Staatstheater und Robbie und seine Mischpoke pennten garantiert noch. Ich huschte ins Bad und stellte mit Make-up, viel Mascara, Lidschatten und Lippenstift ein alltagstaugliches Gesicht her, als ich plötzlich lautes Gelächter vernahm.

Es kam vermutlich aus der Küche und war sehr schrill und sehr albern. Höchst merkwürdig. Hatte Robbie einen seiner Freakfreunde aus der Punkerszene mitgeschleppt, der sich mal wieder nicht zu benehmen wusste? Eine derartig abartige Lache stammte definitiv nicht von einer meiner Freundinnen. Und von deren Freunden garantiert auch nicht. Es sei denn, Jean-Paul war von einem auferstandenen Velociraptor in seinen kleinen J. P. gebissen und zum Eunuchen geworden. Aber das erschien mir doch etwas unwahrscheinlich.

Ich pilgerte also in die Küche, um nachzusehen, wer sich da in unserer WG aufführte wie eine wild gewordene Hyäne.

Und wen sah ich? Natürlich Justin! Allerdings war nicht er selbst der Verursacher dieses abartigen Gekichers. Meine Assoziation mit der Hyäne war gar nicht so verkehrt – ostafrikanische Streifenhyäne. So ähnlich jedenfalls sah das blond gesträhnte Mädel aus, das mit Justin am Küchentisch saß und lachend ein Glas Milch trank. Da Hyänen das normalerweise nicht tun, nahm ich mal an, dass es ein Mädchen war. Für einen Typ war die Stimme entschieden zu schrill, aber ganz sicher konnte ich mir nicht sein, denn allzu viel erkennen konnte man von dem Wesen wirklich nicht. Ein endloser Pony hing ihm bis in die Augen, und auch die restlichen Haare fielen fransig ins Gesicht und verdeckten es weitgehend. Eigentlich konnte ich nur die spitze Nase und einen riesigen Mund sehen, der auch noch weit aufgerissen war und ununterbrochen eine Art sirenenhaftes Lachen produzierte.

Justin war echt das Letzte. Was der alles in unsere WG schleppte, war wirklich unmöglich. Erst seinen schwulen und treulosen Freund Didi, den er wer weiß wo aufgerissen hatte und dem er die härteste Liebeskrise seines Lebens zu verdanken hatte, und nun offensichtlich einen Freigänger aus dem Irrenhaus!

Als Justin mich entdeckte, grinste er und fragte: »Hey, Melli, wo hast du denn deinen Verlobten gelassen?«

Grr … Ich dreh ihm den Hals um, dachte ich. Bevor ich noch reagieren konnte, verstummte das Lachen mit einem schrillen letzten Ton.

Das Wesen, das ich nun doch als Mädchen identifizierte, starrte mich wie das achte Weltwunder an und sagte mit einem feuchten Glanz in ihren Kalbsaugen: »Du bist verlobt? Wie romantisch. Das wär ich auch gern. Ich bin Zara. Hey!«

Sie streckte mir ihre Flosse entgegen. Die Hand war schmal und klein, wie von einem Schulmädchen. Natürlich ignorierte ich sie und brummte nur ein unfreundliches »Tach«. Die sollte gar nicht erst glauben, dass sie hier willkommen war. So ein Seelchen wie die brauchten wir wirklich nicht. Was sollte denn an meiner Verlobung romantisch sein? Eine Geschäftsbeziehung war das, nicht mehr und nicht weniger. Da schien ja nicht viel Grips unter ihrem Mopp zu stecken.

Ich ging schnell zum Wasserkocher und tat so, als wollte ich mir einen Tee machen. Das fehlte ja noch, dass Justin auf die Idee kam, ich wäre nur aus

Neugier wegen dem Gelächter in die Küche gekommen.

»Das ist Melli«, klärte Justin Zara auf. »Sie ist Malerin.« Er kicherte verschwörerisch. »Schwieriger Charakter. Aber Melli ist gewaltig stolz darauf, überall anzuecken! Außerdem säuft und kifft sie, weil sie glaubt, dass das alle Künstler tun.« Nun lachte er richtig provozierend.

Ging's dem noch gut? Wie redete der denn vor fremden Leuten über mich?

»Hast du heute mal wieder zu warm geduscht?«, erwiderte ich spitz. Zara brach sofort wieder in Gelächter aus. Albernes Huhn!

»Ach, Melli.« Justin seufzte theatralisch. »Warum immer so gehässig? Ist völlig verschossenes Pulver. Zara kannst du damit nicht beeindrucken. Die versteht mich. Nicht wahr, Süße?« Dabei legte er den Arm um Zara und sah sie fragend an.

»Natürlich, Darling«, erwiderte sie und hauchte Justin ein Küsschen direkt auf den Mund.

Für einen Moment erstarrte ich. Was ging denn da ab? Hatte ich was verpasst? Ich spürte einen kleinen Stich in der Brust. Litt der Typ an Geschmacksverirrung? Justin konnte doch nicht wirklich auf wandelnde Kicherhyänen mit Moppfrisur stehen. Schließlich hatte er noch vor kurzem mich angebaggert. Mich! Eine Künstlerin mit Stil. Wie konnte er jetzt mit so einer kleinen Göre hier auflaufen? Wie alt war die überhaupt? Doch sicher nicht älter als zwanzig. Zartgemüse war doch sonst nicht sein Geschmack. Er stand doch eher auf al dente, knackig und mit Biss, so wie ich. Wo hatte er die überhaupt aufgegabelt? Na ja, ging mich ja eigentlich nichts an.

Zara – was war das überhaupt für ein Name? – hatte sich inzwischen erhoben und verabschiedete sich. »Ich muss dann mal los. Hab am Nachmittag noch Szenenstudium. Danke für die Gastfreundschaft.« Und an mich gewandt, sagte sie: »Ciao, Melli, war schön dich kennenzulernen. Justin hat ja schon sooo viel über dich erzählt. Man sieht sich.«

Uh, mich schauderte es, wie klebrig ihre Höflichkeit doch war. Die wollte jetzt doch hoffentlich nicht öfter hier auflaufen? Und wie kam Justin eigentlich dazu, mit dieser kleinen Tussi über mich zu sprechen?

Er brachte Zara gerade zur Wohnungstür, aber wenn er zurückkam, würde ich ihn mir gleich mal vorknöpfen.

Kaum war Justin zurück in der Küche, blaffte ich ihn an: »Was fällt dir ein, mit so einer über mich zu reden? Und wieso schleppst du überhaupt irgendwelche Tussis in unsere Wohnung?«

Justin lachte. »Melli, das Thema haben wir doch schon x-mal durchgekaut. Wir zahlen alle gleich viel Miete, also haben wir auch alle die gleichen Rechte. Ich kann mitbringen, wen ich will. Könnte das vielleicht mal in deinen zugedröhnten Kopf gehen?«

»Mein Kopf ist nicht zugedröhnt!«, blaffte ich zurück. »Eher stimmt doch in deinem Kopf was nicht, wenn du ausgerechnet so eine mitbringst! Hast du etwa was mit der?«

Ich wusste selbst nicht, wieso mir das rausgerutscht war, denn Justin und seine Affären gingen mir schließlich am Allerwertesten vorbei. Klar, dass meine unsägliche Neugier gleich wieder Wasser auf seine Mühle war.

»Hör ich da einen Anflug von Eifersucht heraus?«, neckte er mich prompt.

»Ach, vergiss es.«

Ich hatte heute wirklich keine Lust auf seine albernen Spielchen. Dass Schauspieler sich auch ständig produzieren mussten! Merkte er eigentlich nicht, wie er sich damit bei normalen Menschen blamierte?

Mein Tee war inzwischen fertig, und ich beschloss, mit ihm das Weite zu suchen, das hieß, in den geschützten Raum meines justinfreien Ateliers zu flüchten. Also drängte ich mich mit einem unsanften Bodycheck an Justin vorbei, der nach wie vor grinsend in der Tür stand und den Ausgang blockierte.

»Mach Platz, Casanova!«, sagte ich ironisch.

»Zu viel der Ehre, Melli. Zara ist nur eine Freundin, eine Kollegin«, rief er mir hinterher. »Sie ist Schauspielschülerin. Ich hab sie im Theater kennengelernt. Kein Grund, auf sie eifersüchtig zu sein.« Und weil ich schon fast in meinem Atelier verschwunden war, deklamierte er inbrünstig und lautstark: »Noch gehört mein Herz ganz und gar dir, geliebte Melli! Ein Zeichen nur, und es bleibt ewig dein! Doch lasst's mich nicht zu lang erharren …«

Schmierenkomödiant! Ich knallte die Tür hinter mir zu, stellte den Tee auf die Kommode und packte meine Mappe zusammen. Es war an der Zeit, mal wieder in meiner Galerie nach dem Rechten zu sehen.

♡ ♡ ♡

Die Galerie war ein kleines Schmuckstück geworden, nachdem meine Freundinnen und ich viel Arbeitskraft und Lars eine nicht unbeträchtliche Geldsumme in den Umbau investiert hatten.

Eine wirklich wunderschöne Galerie, mit nur einem Fehler – niemand kaufte dort meine Bilder. Die Vernissagen waren zwar sehr beliebt und stets gut besucht, aber nachdem das Büfett leergegessen war, hingen die Wände immer noch voller Bilder, und die bisherigen Verkäufe konnte ich an zehn Fingern abzählen. Wenn Lars mir nicht großzügig die Miete sponsern würde, könnte ich sofort zumachen.

Kein Mensch in dieser Stadt interessierte sich für meine Kunst, und ich könnte wetten, dass die wenigen Bilder, die ich verkauft hatte, an Freunde von Lars und Karlos gegangen waren, denen die beiden sich dafür irgendwie erkenntlich gezeigt hatten. Diese ganze Galerie war nichts als eine aufgeblasene Fassade für Scheingeschäfte. Kaufst du meiner Freundin ein Bild ab, gebe ich dir ein paar Prozente Rabatt bei einem anderen Deal. Wie entwürdigend für eine Künstlerin wie mich.

Ich machte Licht und schaltete den Brunnen an, der in der Mitte der Galerie stand. Sein leises Plätschern wirkte beruhigend auf mich. Ich ließ mich in einen der Egg-Designersessel von Arne Jacobsen sinken und wippte gedankenverloren vor mich hin.

Was war nur los mit mir?

Ich hatte eine Schaffenskrise, okay, das kam vor, besonders, wenn man so große Rosinen im Kopf hatte wie ich und von dem Gedanken an eine Weltkarriere besessen war. Da fragte man sich ständig, ob man eher im Mainstream mitschwimmen sollte, um ordentlich Kohle zu machen, oder ob es nicht besser wäre, den sehr viel risikoreicheren, aber eventuell auch ruhmvolleren eigenen Weg zu gehen. Mit allen Höhenflügen und Abstürzen, aber ohne sich der Knechtschaft des Mammons zu unterwerfen. Ich hatte immer die These vertreten, dass Geld sattmachte, ein Künstler aber hungrig sein müsse.

»Quatsch«, hatte Lars gesagt. »Toulouse-Lautrec hat auch Wein, Weib und Gesang geliebt und dennoch hervorragend gemalt.«

Toulouse-Lautrec! Der war aber auch ein Mann und eigentlich ein Auftragsmaler, was ich auf keinen Fall sein wollte.

Als mich die Frau Bürgermeisterin nach dem Erfolg meiner *Apokalypse* engagieren wollte, um ein Porträt ihres Gatten zu malen, da hatte ich das als eher wenig schmeichelhaft empfunden. Also fragte ich sie, ob nicht ein Doppelporträt im Salomestil spektakulärer wäre, und ob sie den Kopf des Bürgermeisters auf dem Silbertablett lieber in Aspik oder wie auf der *Apokalypse* seziert und plastiniert nach Art von Gunther von Hagens haben wollte? Sie hat den verabredeten Termin für die erste Sitzung dann abgesagt.

Ich stand auf und schlenderte durch die Räume. Vor einem kleinen Bild in altmeisterlicher Manier blieb ich stehen. Es war eine gut ausgearbeitete Vorstudie zu dem Bild, das ich Paula zu ihrer Hochzeit geschenkt hatte: eine deftige Szene nach Art der Bauernhochzeit von Breughel. Eigentlich ein sehr gelungenes Werk.

Ich seufzte, denn Paulas Hochzeit war mir wirklich nahegegangen. Nicht nur, weil Paula ausgezogen war, was Unruhe in die WG gebracht hatte, sondern, weil Heiraten schrecklich konkret wurde, wenn es eine gute Freundin tat und man selbst auch schon verlobt war.

Irgendwie fühlte ich mich seitdem wie auf der Flucht und ständig bedroht. Mir war, als könnte jeder Tag der letzte eines freien, ungebundenen Lebens für mich sein.

Lars war mir von da an noch lästiger, weil ich das Gefühl hatte, er wartete nur noch auf eine günstige Gelegenheit, um sich selbst an den Glockenstrang zu hängen und für uns die Hochzeit einzuläuten. Ich erinnerte mich noch gut daran, wie er mich nach Paulas standesamtlicher Trauung auf das Lotterbett in seinem Luxusapartment gezerrt und geseufzt hatte: »Melli, das war eine so schöne Hochzeit ...«

Ich war alarmiert gewesen und hatte den gut aussehenden Mann neben mir entsprechend panisch angestarrt. »Lars, komm jetzt bitte nicht auf die Idee zu fragen, ob wir nicht auch heiraten wollen. Das wollen wir nämlich nicht!«

»Warum nicht?«, hatte er gemurmelt. »Ich fände es schön ...«

Er umarmte mich und küsste mich leidenschaftlich, so dass ich mit seiner Zunge im Rachen nur relativ unverständlich röcheln konnte: »Vergiss es! Man soll solche Dinge nicht besprechen, wenn man gerade von einer Hochzeit kommt. Das ist ein Ausnahmezustand – emotional, meine ich. Da sagt man Dinge, die man später bereuen könnte.«

Paulas Hochzeit lag grade mal ein paar Stunden zurück, und wir hatten uns davon in der Tat weder physisch noch psychisch erholt. Der Sex hatte zwar geholfen, den Alkoholspiegel etwas abzubauen, aber die traumatischen Auswirkungen von Paulas Eheschließung auf mich ließen sich nicht so einfach wegpoppen.

Ein Krake griff plötzlich nach meinem Hals, zog mich nach hinten und drückte mir die Luft ab … Ade, cruel world! Aber es war nur Lars gewesen, der immer noch Lust auf mich hatte. Aber ich hatte keine mehr auf ihn.

»Das Leben besteht doch nicht nur aus Sex«, hatte ich gesagt und mich aufgesetzt. »Es muss doch noch etwas anderes geben.«

Lars hatte mich verständnislos angesehen. »Muss es? Mir würde Sex als Lebenszweck vollkommen genügen, und weil ich ihn gerne morgens, mittags und abends mit dir hätte, würde ich dich am liebsten sofort vom Fleck weg heiraten.«

Es konnte doch wohl jede unabhängige und selbstbewusste Frau verstehen, dass ich mich seit diesem Augenblick in Lars' Gegenwart irgendwie unwohl fühlte, wie eine gespaltene Persönlichkeit. Einerseits hatte mich die zweifellos vorhandene Romantik von Paulas Hochzeit emotional total weichgespült, so dass ich mir schon minutenlang meine Hochzeit mit Lars in den buntesten Farben ausgemalt hatte. Andererseits aber schreckte ich geradezu panisch davor zurück, mein eigenes Leben für immer mit dem von Lars zu verkoppeln. Ich wollte nicht als Frau eines Berufserben in einer mittleren deutschen Großstadt enden, die eine Galerie betrieb, bei der Kaschmirladys etwas Dekoratives für die nackte Wand neben dem Garderobenspiegel suchten und die ein echtes Kubinski-Werk nur kauften, um einer anderen Kaschmirlady damit zu imponieren.

Nein, das ging nicht, auch wenn der Kunstmarkt

zurzeit gebeutelt wurde. Melli Kubinski war zu Höherem berufen. Der Platz für meine Bilder war nicht das Gästeklo, sondern eine der großen Galerien in Berlin, London, Paris oder New York.

Ich ging hinüber in den Raum, wo meine frühen abstrakten Werke hingen, die so gut in die stylischen Apartments von Lars, Karlos und Jean-Paul passten. Von denen hatte ich eigentlich am meisten verkauft. Aber Kunst war das doch wirklich nicht! Klar, Professor Geschwindner hatte mit diesem Spachtelzeug ein Vermögen gemacht und einen Ruf an die Akademie nach New York erhalten. Dennoch, Kunst musste eine Aussage vermitteln und durfte nicht nur ein Dekorationsgegenstand sein. Es gab immerhin einige Leute, die das ähnlich sahen, sonst hätte ich ja nicht die Auszeichnung für meine *Apokalypse* bekommen.

Mir war langweilig. Malen konnte ich in der Galerie nicht, denn die Leute sahen sich zwar gerne Ölgemälde an, aber nach Öl stinken durfte es dabei nicht. Am Anfang war Lars öfters mal spontan vorbeigekommen, hatte einen kleinen Snack mitgebracht und Galerist gespielt. Aber in letzter Zeit kam er immer seltener.

»Geschäfte«, hatte er behauptet, als ich ihn darauf angesprochen hatte. »An der Börse ist im Moment die Hölle los!«

An der Börse! Was hatte er damit zu tun? Konnte er nicht stressfrei von seinem ausgezahlten Erbanteil leben?

»Melli, das verstehst du nicht«, hatte er meine diesbezügliche Frage abgeblockt. »Man muss sein Geld arbeiten lassen, sonst wird es mit der Zeit immer weniger. Wir sind noch jung und haben eine lange Zukunft vor uns. Wir wollen heiraten, eine Familie gründen, Kinder haben … ein eigenes Haus … Dafür braucht man viel Geld.«

Ich hatte ihn entsetzt angestarrt und schließlich fassungslos gestammelt: »Äh, Lars, nur um das mal klarzustellen: Ich, äh, brauche das nicht … äh … ich brauche das alles nicht …«

Aber er hatte nur gelacht, mich in den Arm genommen und alle potenziellen Gegenargumente weggeküsst.

»Ach, Melli, du Traumtänzerin!«, hatte er gesagt. »Das Leben besteht nicht nur aus Leinwand, Pinsel und Farbe. Jedenfalls nicht, wenn man eine Familie gründen will.«

Ich will aber keine Familie gründen, hätte ich ihm am liebsten ins Gesicht geschrien. Aber dann sah er mich so lieb an, dass ich es einfach nicht fertigbrachte.

Also hatte ich nur die Schultern gezuckt und scherzhaft gesagt: »Na gut, dann nichts wie ran an die Börse, aber verzock nicht alles! Sonst muss ich deine Kinder auf einem Strohsack gebären, und statt Austern und Champagner gibt es nur noch Kraneburger und Brot aus der Vortagsbäckerei.«

Ich kicherte bei der Erinnerung an diese Szene.

»Was gibt's zu lachen?«, fragte eine belustigt klingende Stimme ganz dicht an meinem Ohr. Jemand beugte sich von hinten über mich und drückte mir einen sanften Kuss aufs Haar. Lars!

»Was machst du denn hier um diese Zeit? Musst du nicht im Büro sein?«

»Ich habe ein Gespräch mit Karlos in der Bank. Da

dachte ich, ich schaue auf dem Weg dorthin mal vorbei.«

»Aber … ich wäre doch normalerweise gar nicht hier gewesen …«

Er grinste frech. »Intuition! Dich hab ich immer im Gefühl! Egal, wo du bist, ich finde dich.«

Sicher hätte sich fast jede Frau darüber gefreut, doch in meinen Ohren klang es eher wie eine Drohung. *Ich finde dich überall* … eine leichte Gänsehaut kroch meine Beine hoch.

Was machte ich denn nur falsch? War es so unanständig, frei sein zu wollen, um das zu tun, was ich mein ganzes Leben lang tun wollte? Einfach nur malen?

Ja, war es offenbar. Denn als Lars mich auf die weiße Couch in einem der Galerieräume mit meinen abstrakten Bildern ziehen wollte und ich mich ihm entzog, meinte er verständnislos: »Ist was?«

»Nein«, sagte ich angepisst. »Nichts ist. Du bist eine Offenbarung im Bett, ich weiß, aber ich bin grade nicht in Stimmung. Ehrlich gesagt, will ich nicht vögeln, weil ich grade ein ziemlich schwerwiegendes persönliches Problem lösen muss.«

Lars sah mich verwundert an. »Komisch«, sagte er und kratzte sich am Kopf. »Ich habe auch ein schwerwiegendes Problem, und gerade darum würde ich sehr gerne mit dir …«

»Tja«, antwortete ich und ging in den Brunnenraum zurück. »Deswegen können sich Männer und Frauen offenbar auch nicht wirklich verstehen.«

»Aber Sex ist immer gut«, meinte Lars kopfschüttelnd.

Das hatte ich auch mal geglaubt, aber inzwischen

sah ich das anders. Sex war durchaus auch ein höchst gefährliches Mittel zur Unterdrückung der Frau. Nee, heute war ich wirklich nicht zu Sexspielchen auf weißen Ledersofas aufgelegt.

Und als Lars es noch einmal versuchte, wurde ich richtig wütend. Verdammt noch mal, redete ich denn gegen eine Wand?

»Mach dich vom Acker!«, schnaubte ich und schob ihn aus der Ladentür.

Er war völlig verdutzt und sah dabei unglaublich attraktiv aus. Das knallte aber mal wieder bis tief in die Eingeweide durch! Verdammt noch mal!

Ich disponierte spontan um. Der Tag war eh im Arsch, warum also nicht ein bisschen Spaß haben? Ganz unverbindlich.

»Hey, Fremder!«, rief ich also lockend. »Warum so eilig?«

Ich griff nach seiner Hand und zerrte ihn zurück in die Galerie. Noch auf dem Weg zum weißen Sofa fetzten wir uns gegenseitig die Klamotten vom Leib. Wir schafften es nur bis in den Brunnenraum, lehnten küssend und saugend an der plätschernden Säule und vögelten, was das Zeug hielt. Schließlich erfrischten wir uns mit Brunnenwasser, gurrten uns liebevolle Zärtlichkeiten in die Ohren und sammelten auf dem Weg zur kleinen Bar unsere Kleidungsstücke wieder ein. Dann tranken wir ein Glas Sekt.

»Melli?«, fragte Lars, als wir mit dem köstlichen Gesöff anstießen. »Hängst du eigentlich sehr an dieser Galerie?«

Ich schaute ihn verdattert an. »Äh, ja, nein … also … geht so«, rutschte es mir heraus. »Äh, warum fragst du?«

Lars zuckte die Schultern. »Ach, nur so, kein konkreter Anlass. Warten wir erst mal mein Gespräch mit Karlos ab.«

»Worum geht es denn?«, fragte ich Interesse heuchelnd, denn seine Finanzgeschäfte ließen mich wirklich absolut kalt. Ich nahm an, dass sie auch für ihn keine wirkliche Bedeutung hatten, und dass er sie nur betrieb, um damit zu kaschieren, dass er im Hauptberuf Erbe war. Er sprach auch nur ganz selten darüber, so dass es mich wunderte, warum er heute so ausführlich antwortete.

»Ich möchte von Karlos eine Kreditzusage. Es ist sehr wichtig. Hoffentlich klappt es, denn ich muss einen Kunden mit Aktien bedienen, die leider ganz gegen den Trend sehr im Wert gestiegen sind. Dazu brauche ich ein bisschen finanzielle Unterstützung – kurzfristig. Aber viel Geld kurzfristig zu annehmbaren Zinsen zu kriegen, ist im Moment ziemlich unmöglich. Aber ich setze auf Karlos. Wozu ist er schließlich Vorstandsassistent bei einer der größten deutschen Banken?«

Ich sah ihn verwirrt an, doch er blickte auf seine Uhr und stand auf.

»Mach dir keine Gedanken, Melli, das kriege ich mit Karlos schon hin.« Er küsste mich auf die Stirn und düste zu seinem Termin.

Er kriegte es nicht hin. Aber davon bekam ich erst mal gar nichts mit, und das war sehr schade, denn dann wären sicherlich einige Dinge schon damals ganz anders gelaufen.

♡ ♡ ♡

Ich hatte nun auch keine Lust mehr, alleine in der Galerie rumzuhängen, schloss ab, kaufte noch ein bisschen Kuchen beim Bäcker an der Ecke und fuhr mit der Vespa zurück in die WG. Hoffentlich war Alix jetzt wieder da, denn mir war plötzlich nach einem Weibergespräch.

Als ich die Wohnung betrat, klang aus der Wohndiele tiefes Gebell. Sauber, das war Putzi, dieses Monstrum von einem Straßenköter, der die WG endgültig in einen Zoo verwandelte, seit Robbie, Alix' pubertierender Bruder, zur Zwischenmiete in Paulas ehemaligem Zimmer hauste. »Hausen« war genau der richtige Ausdruck für das, was er da mit Putzi und seiner kleinen Punkerbraut Jenna tat. Ich mochte den Freak ja eigentlich, aber seit er mit diesem Tross durch die Gegend zog, nervte er nur noch. Hoffentlich fand er bald woanders eine Bleibe, denn lange würde ich es mit ihm und seinem Anhang hier nicht mehr aushalten. Das war sogar schwerer zu ertragen als Justins ständige Kocherei, die mit ihren Knoblauchschwaden den anregenden Duft meiner Farben überlagerte.

»Lieber Knoblauch als Terpentin und Öl«, meinten zwar außer mir alle WG-Mitbewohner unisono, aber die hatten ja gar keine Ahnung davon, wie lieblich es duftete, wenn ich meine Farbpigmente zu einer satten Farbe anrührte.

Warum zum Teufel winselte der Köter denn immer noch?

Ich zog mir die Schuhe aus und meine Wollsocken über und brachte den Kuchen in die Küche. Das Vieh gab keine Ruhe. Was hatte der Köter denn bloß? Ich spitzte vom Flur in die Wohndiele. Mir blieb fast das Herz stehen.

Auf dem Teppich lag eine leblose Paula, und über ihr stand dieser räudige Köter. Er hat sie umgebracht, schoss es mir durch den Kopf. Diese Bestie hatte ihr die Kehle durchgebissen!

Panisch starrte ich auf die Szene des Grauens, als Putzis lange rosa Zunge über Paulas Gesicht schlabberte. Der wollte sie jetzt doch nicht auch noch auffressen? Aber was konnte ich dagegen tun? Ich hatte vor großen Hunden eine heilige Furcht, seit mich im Kindergartenalter so ein Monster mal zu Boden gerissen und am Pulloverärmel einige hundert Meter durch die Botanik geschleift hatte. Da war es doch verständlich, dass ich über derartige Mitbewohner nicht sonderlich erbaut war. Zu Recht, wie man gerade wieder sah.

Oh, Gott, Paula, unsere süße Paula! Das konnte doch nicht sein, dass sie dieser Töle zum Opfer gefallen war!

Aber vielleicht war sie noch nicht tot, und ich konnte ihr mit etwas Mut und Entschlossenheit das Leben retten. Hm, war ich mutig und entschlossen? Mitnichten!

Ich stürzte zurück in die Küche, riss die Schranktür zu unserer geheimen Hausbar auf und goss mir einen doppelten Gin ein.

Grundgütiger, das zischte wie Feuer meine Kehle herunter. Danach fühlte ich mich wie Angelina Jolie in ihrem letzten Actionthriller: unheimlich cool und sexy, trotz der Wollsocken, und natürlich auch mutig und entschlossen. Also, zieh dich warm an, Putzi, ich komme! Superwoman beamt sich an den Ort des Grauens.

Ich riss die Tür auf und staunte nicht schlecht, als

ich Paula mit aufgerichtetem Oberkörper am Boden sitzen sah. Den einen Arm hatte sie um Putzis Hals geschlungen, und mit der anderen Hand tätschelte sie seine sabbernde Schnauze. Wirklich gefährlich sah das nicht aus. Ich war sauer. Wie konnte sie mich nur so erschrecken?

»Geht es dir noch gut!?«, pfiff ich sie genervt an. »Was machst du hier? Warum pennst du auf dem Boden unserer Wohndiele? Hast du kein Bett in deiner Luxuswohnung?«

Paula lachte und strich sich ihre brünetten Locken aus dem Gesicht.

»War keine Absicht, Melli. Keine Ahnung, wie ich hier auf den Teppich komme. Ich hab wohl einen kleinen Kreislaufzusammenbruch gehabt ... Putzi hat mich wieder aufgeweckt.« Sie wandte sich erneut dem Köter zu. »Guter Putzi, braver Hund!«

Hm, deswegen hatte er also die ganze Zeit herumgejault und gewinselt. Nun bekam ich ein schlechtes Gewissen, weil ich nicht eher nachgeschaut hatte, aber wer rechnete denn mit so was?

»Was wolltest du denn hier?«

Ich ging zu Paula rüber, zog sie vom Boden hoch und half ihr in den alten AWO-Sessel, in dem sie sonst immer so gerne gesessen hatte. Sie quittierte es mit einem dankbaren Lächeln.

»Ach, ich war bei meiner Frauenärztin, und da dachte ich, ich schaue mal bei euch vorbei. Justin hat mir aufgemacht, und ich war grade auf dem Weg zu Alix, als mir plötzlich so schwummerig wurde, und dann war auf einmal alles schwarz ...«

Das fand selbst ich nun besorgniserregend.

»Damit solltest du aber zum Arzt gehen«, sagte ich

daher. »Das hört sich nicht gut an. Mich würde es jedenfalls nervös machen, wenn ich aus heiterem Himmel plötzlich irgendwo umfallen würde ... Dagegen musst du was unternehmen.«

Paula lächelte seltsam unaufgeregt, was mir angesichts ihrer Lage direkt etwas unheimlich vorkam. Sie wirkte überhaupt total entspannt und glücklich und kein bisschen so, wie man es von einem Menschen erwarten würde, der grade aus einem Koma aufgewacht war.

»Wieso grinst du so?«, fragte ich ein wenig ungehalten.

»Ich grinse nicht, Melli«, sagte sie sanftmütig wie ein Reh. »Ich lächele, und dazu habe ich auch allen Grund.«

»Weil du dem Tod von der Schippe gesprungen bist? Putzi hätte dir die Kehle durchbeißen können!«

Nun kichert sie. »Putzi doch nicht. Du machst Witze, Melli!«

Machte ich keineswegs. Aber sie ging mir mit ihrer lammfrommen Attitüde allmählich auf den Keks. Wenigstens erschien nun auch Alix auf der Bildfläche, und weil sie sich schier wegfreute, Paula zu sehen, überließ ich die beiden erst mal sich selbst und ging in die Küche, um Kaffee zu kochen. Eine Tasse Kaffee konnte für Paulas Kreislauf nur gut sein.

Als ich mit Kaffee und Kuchen zurück in die Wohndiele kam, grinste auch Alix. Grundgütiger, hatten die einen Clown gefrühstückt? Das war ja makaber, so eine Grinserei.

War es aber nur halb so sehr wie die Botschaft, die Alix mir sogleich entgegenschleuderte: »Stell dir vor, Melli, Paula ist *schwanger*! Ihre Frauenärztin hat es ihr eben bestätigt! Wir sind die Ersten, die es erfahren!«

Ich schluckte. Na, dann war ja alles klar, das hätte selbst mich aus den Tretern gehoben. Kein Wunder, dass Paula zu Boden gegangen war. Vermutlich war ihr die Hiobsbotschaft in ihrer ganzen Tragweite erst bei uns in der WG klargeworden, und zack, hatte es sie niedergeworfen.

Ich stellte das Tablett mit einem Knall auf den Tisch, hockte mich auf die Sessellehne und legte tröstend meinen Arm um Paula.

»Du Ärmste«, sagte ich und packte alles Mitgefühl, zu dem ich fähig war, in meine Stimme. »Was können wir denn da nur machen?«

Paula lachte immer noch reichlich debil. Konnte es sein, dass sie beim Sturz einen Hirnschaden erlitten hatte?

»Ich schlage vor, wir gehen an den Sektvorrat und stoßen auf das freudige Ereignis an!«, sagte sie.

Hatte ich einen Hörsturz?

»Hast du ›freudiges Ereignis‹ gesagt?«, fragte ich lauernd. Sie wollte mich doch nicht verklapsen?

»Na klar ist das ein freudiges Ereignis«, kam Alix Paula mit einer Antwort zuvor. »Das ist doch total schön für Paula und Karlos.« Und zu Paula gewandt, sagte sie: »Der wird sich doch sicherlich scheckig freuen, oder?«

»Doch, das wird er. Nun wissen wir wenigstens, warum mir in letzter Zeit so oft übel war. Karlos hat sich deswegen schon total Sorgen gemacht, aber an eine Schwangerschaft hat er ganz gewiss nicht gedacht. Der wird Augen machen ...«

Ich glaubte es ja nicht. »Aber ihr seid doch erst seit

vier Monaten verheiratet. Willst du etwa sagen, dass ihr das Kind wollt?«

»Melli!« Paulas und Alix' Ausruf kam wie aus einem Munde und in gleicher Weise empört!

»Natürlich will ich das Kind, und Karlos garantiert auch.« Und mit einem geradezu kitschigen Ausdruck in ihren braunen Augen fügte sie hinzu: »Es ist die Krönung unseres Glücks.«

Okay, es war nicht besonders nett, dass ich fluchtartig aus der Diele stürzte, mich in meinem Zimmer hastig anzog und mit einer Arbeitsmappe unter dem Arm das Weite suchte. Da war ich doch lieber im Malsaal der Kunsthochschule mit Boris und Kurtchen als länger in dieser schwülstig-schwangeren Atmosphäre unserer Wohndiele.

»Schönen Tag noch«, rief ich den beiden zu, als ich an ihnen vorbei zur Haustür hetzte. »Muss leider dringend in die Hochschule. Trinkt ein Glas Sekt für mich mit.«

Im Treppenhaus blieb ich vor Frau Waschkowskis Tür schnaufend stehen.

Ich hatte es doch befürchtet. Kaum war Paula verheiratet, setzte sie auch schon Nachwuchs in die Welt. Nee, Leute, nicht mit mir. Ich wusste schon, warum es keine Doppelhochzeit gegeben hatte. Lars war als Lover grade noch zu verkraften, aber als Ehemann und Papa ... unvorstellbar! Und was noch unvorstellbarer war: Melli als Ehefrau und Mutter! Torschlusspanik hin oder her – ich legte mir doch nicht selbst den Strick um den Hals, an dem ich wenig später mitsamt meinen Karriereplänen baumeln würde. Ich hatte meiner Oma versprochen, eine berühmte Malerin zu werden, damit ich ihr Erspartes, das sie so vertrauensvoll in mich investiert hatte, mit Zins und Zinseszins an sie zurückzahlen konnte. Und verdammt noch mal, das würde ich auch tun, und kein Lars, keine Verlobung und kein schreiendes Windelpaket würden mich davon abbringen.

»Geht et Ihnen nicht gut, Fräulein Melli?« Wie ein lautloser Schatten war Frau Waschkowski aus ihrer Tür geschlichen und hinter mich getreten.

Erschrocken fuhr ich herum. »Wie? Wieso? Wie kommen Sie darauf?«

»Se haben mit sich selbst gesprochen. Selbstgespräche sind immer ein untrügliches Anzeichen dafür, dat mit jemandem im Kopf wat nicht stimmt.« Sie sah mich mit einem sezierenden Blick an. »Stimmt wat mit Ihrem Kopf nicht?«

Ich schüttelte denselben. »Nein, nein, alles in Ordnung. Kein Grund zur Sorge. Ich habe nur laut über ein Problem nachgedacht.«

Frau Waschkowski lächelte verschwörerisch und flüsterte: »Über den Herrn Lars, nicht wahr? Ich hab et deutlich gehört. Will er Se nicht heiraten?«

Ich starrte sie erschüttert an. Hatte dieser Hausdrachen denn seine Ohren überall?

»Viel schlimmer, Frau Waschkowski«, sagte ich pampig, weil ich es hasste, wenn sich Leute ungefragt in meine Angelegenheiten mischten. »Viel schlimmer! Er *will* mich heiraten!«

Ich ließ eine reichlich perplexe Frau Waschkowski auf dem Treppenabsatz zurück und lief eilig die Stufen hinunter. Im Hof schloss ich meine Vespa auf und düste davon.

♡ ♡ ♡

Die Hochschule der Künste kam mir heute wie ein geschütztes Asyl vor. Na ja, nicht ganz. Auf Gretchen und Hugo hätte ich im Malsaal der Meisterklasse von Professor Geschwindner gut verzichten können, aber da die beiden sich spinnefeind waren, quatschten sie wenigstens nicht miteinander, sondern malten verbissen vor sich hin. Hm, wenn ich es recht betrachtete, arbeiteten beide an einem ähnlichen Motiv. Wer kupferte denn da von wem ab?

Ich stellte mich gerade an meine Leinwand, als Boris und sein Kumpel Kurtchen laut palavernd hereinstürmten.

*Mein Ruh ist hin*, dachte ich resignierend, ließ mich aber sofort von den beiden animieren, über Geschwindners neue Ausstellung zu philosophieren.

»In New York!«

Das nötigte mir schon Respekt ab. »Offenbar ist es doch ein Vorteil, wenn man Bilder malt, die alles und nichts bedeuten können und darum überall in der Welt ihren Ort und ihre Kunden finden«, sagte ich zu Boris, als hinter mir leicht amüsiert Geschwindners Stimme ertönte: »Eine interessante Werkinterpretation, Frau Kubinski, und endlich eine Erklärung für meinen internationalen Erfolg. Vielleicht sollten Sie es auch mal mit alles oder nichts versuchen.«

Ach herrje, da war ich mal wieder voll ins Fettnäpfchen gelatscht. So etwas passierte sonst doch eher Boris. Ich fühlte, wie mir der Schweiß die Achseln runterlief und meine Hände feucht wurden. An den anderen Leinwänden lachten sich Hugo und Gretchen scheckig. Ausnahmsweise waren sie sich einmal einig, da es auf meine Kosten ging.

Ich traute mich gar nicht, Geschwindner anzusehen, aber er griff mich am Arm, sagte: »Kommen Sie mal mit, Frau Kubinski«, und zerrte mich rüber zu dem kleinen Büro, in dem er immer mit einem Heizöfchen hockte und uns beim Malen zusah. Er ließ sich auf seinem abgenutzten Schreibtischsessel nieder, während er mir einen klapprigen Stuhl anbot. Was hatte er jetzt mit mir vor? Wollte er mich aus seiner Malklasse werfen?

»Sie wissen, Frau Kubinski, dass ich Ihren messerscharfen Verstand schätze. Ihre scharfe Zunge weniger, aber damit müssen zuallererst mal Sie selber klarkommen. Weniger liberale Lehrer als ich dürften Ihnen da möglicherweise hin und wieder etwas übelnehmen.« Er grinste. »Würde ich auch, aber ich kann es mir nicht leisten, denn ich habe mit Ihnen schließlich noch so einiges vor.«

Ich horchte auf und traute mich nun doch, ihn wieder anzusehen.

Himmel, wie der heute mal wieder aussah! Hatte der keine Frau oder Mutter, die ihm seine Klamotten mal ein bisschen in Ordnung hielt? Oder hatte er sich etwa auf dem Trödelmarkt neu eingekleidet?

Mein Blick musste wohl ziemlich entsetzt rübergekommen sein, denn er sagte mit sehr viel Milde in der Stimme: »Aber, aber … Sie müssen doch nicht gleich in Panik geraten.«

»Äh, nein … äh, ja, tue ich ja nicht, in Panik geraten …«

Dass mich sein Outfit so verstört hatte, sollte ich ihm wohl besser nicht auf die Nase binden. Erst mal musste er ja noch meine Meinung über seine Kunst verdauen.

»Also, Melli«, hob er an, und sein Tonfall war nun so vertraulich, dass ich doch in Panik geriet.

Der wollte mir doch hoffentlich nicht eröffnen, dass er auf grüne Augen, rote Haare und Zungenpiercing und generell auf junge Studentinnen stand? So à la »Du hast zwar meine Kunst beleidigt, aber du kannst es wiedergutmachen, indem du mit mir poppst«.

Mir brach erneut der Schweiß aus, und ich wollte grade aufspringen und aus Geschwindners Büro flüchten, als aus dem Malsaal lautes Gekreische zu uns herüberdrang. Wir blickten uns einen Moment fragend an, dann stürzten wir nahezu gleichzeitig durch die enge Tür, was natürlich nicht ohne Körperkontakt ablief. Dabei wurde mir erst bewusst, wie klein Geschwindner eigentlich war, und wie dünn! Kein Wunder, dass das Cordsakko viel zu weit um seinen Körper schlackerte.

Aber das war im Moment nicht wesentlich, denn im Malsaal bot sich uns eine hochdramatische Szene, avantgardistisch inszeniert. Gretchen stand mit einem Farbeimer vor Hugos Leinwand, auf der ein riesiger schwarzer Fleck prangte, der unaufhaltsam auseinanderlief und über die Staffelei runter auf den Boden tropfte. Krasse Ästhetik!

»Du Kopist, du Abmaler, du Fälscher, du ideenloser Wichser ...«, dröhnte Gretchens walkürenhafte Stimme durch den Saal. »Ich habe mir deine Schmiereréien lange genug angesehen. Jetzt ist Schluss!«

Sie schmiss Hugo den Eimer vor die Füße und rauschte in Richtung Ausgang.

Hugo wollte hinter ihr herstürzen, aber Geschwindner donnerte mit mächtiger Stimme, die ich einem so kleinen Mann gar nicht zugetraut hätte: »Was ist hier los? Bleiben Sie gefälligst hier. Ich verlange eine Erklärung!«

Na, die konnte er sich doch wohl selber geben. Er musste doch gemerkt haben, dass Hugo, unser fantasieloses Möchtegerngenie, diesmal nicht den Meister himself, sondern Gretchen als Inspirationsquelle benutzt hatte. Seine Frau mit Hut jedenfalls war in Anmutung, Stil und Farbgebung mehr als nur dicht an Gretchens Arbeit angelehnt.

»Ich hatte die Idee zuerst«, preschte er dennoch vor. »Sie wissen doch, Herr Professor, dass ich nie Anleihen bei anderen Künstlern machen würde, schon gar nicht bei anderen Studenten, das, äh … wäre mir doch auch viel zu …«

»Banal?«, half Boris zynisch aus.

Boris war der Einzige, den Hugo garantiert nicht kopieren würde. Ganz einfach deshalb, weil ihm Boris zu hoch war und er null und nichts von dem verstand, was Boris so auf die Leinwand brachte. Ich verstand es ehrlich gesagt auch nicht.

Natürlich widersprach Gretchen sofort und vehement. Sie war nicht weniger ehrgeizig als Hugo, und so ging es hier um einen ernsthaften Prestigewettkampf. Geschwindner war das natürlich klar. Aber da Gretchen eine ziemliche Sauerei mit ihrem Farbattentat angerichtet und zudem ein Kunstwerk, wenn auch kein sehr originelles, zerstört hatte, hatte sie natürlich die schlechteren Karten.

»Ich dachte, dies wäre eine Klasse von zivilisierten Menschen«, sagte Geschwindner und gab sich den Anstrich tiefster menschlicher Enttäuschung. »Ich dachte ebenfalls, künstlerische Kontroversen ließen sich ausdiskutieren und verbal lösen.« Er wandte sich Gretchen zu. »Was immer es ist, was Sie zu dieser Tat getrieben hat, es ist ein barbarischer Akt. Menschen, die Bilder stürmen und Bücher verbrennen, stehen in der deutschen Geschichte für Intoleranz und Barbarei. Deswegen kann nichts Ihre ungezügelte Tat rechtfertigen. Ich möchte, dass Sie meine Klasse unverzüglich verlassen.«

Gretchen wurde kreidebleich. Sie schnappte mehrmals hektisch nach Luft, und ich dachte, sie würde jeden Moment umkippen. Herzinfarkt, Exitus!

Aber mit dem letzten Atemzug schleuderte sie Geschwindner entgegen: »Aber er ist schuld! Er hat mir sämtliche Ideen geklaut. Hugo hat schamlos alles bei mir abgemalt! Ihn sollten Sie rausschmeißen, nicht mich!« Und mit den Worten »Ich bin nur das Opfer!« rannte sie auf Geschwindner zu, klammerte sich an ihn, wobei sie ihn fast mit ihrer Leibesfülle erdrückte, und jammerte: »Ich bin das Opfer, mich müssen Sie schützen, nicht Hugo!«

Geschwindner tat mir leid, und so gab ich Boris ein Zeichen, und er drängte mit Kurtchen zusammen Gretchen etwas ab. Sichtlich dankbar wischte sich Geschwindner mit seinem gepunkteten Omataschentuch den Schweiß von der Stirn und sagte dann mit einigermaßen gefasst klingender Stimme: »Mit Ihrem Kommilitonen werde ich ebenfalls noch ein Wörtchen reden. Am besten verlassen Sie jetzt beide die Klasse. Ich werde Ihre Kommilitonen zu diesem unbeschreiblichen Vorgang befragen und die Sache dann dem Disziplinarausschuss vortragen.« Er wandte sich an Hugo. »Bitte verlassen Sie nun auch den Saal, ich möchte arbeiten.«

Wie begossene Pudel schlichen die beiden zum Ausgang. Das hieß, Gretchen rollte natürlich wie immer, wenn auch etwas langsamer.

»Sollte nicht einer mitgehen?«, zischte Kurtchen. »Die hauen sich doch garantiert vor der Tür die Köpfe ein.«

Das befürchtete ich zwar auch, aber es war ja nicht meine Sache. Zumal Geschwindner offensichtlich die Absicht hatte, das eben begonnene Gespräch in seinem Büro fortzusetzen.

Er klatschte in die Hände: »An die Arbeit, meine Herrschaften!« Und mich schob er erneut in Richtung seines Büros. »Kommen Sie, meine Liebe, ich habe Ihnen etwas Wichtiges zu sagen.«

Mist, was sollte ich denn nur tun, wenn er zudringlich wurde?

Er ließ sich auf seinem abgenutzten Bürosessel nieder, während ich mich wieder auf den wackeligen Stuhl setzte, der offenbar das Ergebnis eines Kunstprojekts war, denn der Rüssel und die Elefantenohren waren dem bestimmt nicht von alleine gewachsen.

»Warum schauen Sie denn so ängstlich, Melli?«, fragte er nun in väterlichem Tonfall. »Sie wissen doch, dass Sie meine Lieblingsschülerin sind.«

Also doch! War man als Frau denn nirgends mehr vor den Nachstellungen der Männer sicher?

»Sie sind bei Weitem die talentierteste Malerin in meiner Meisterklasse, und darum frage ich natürlich zuerst Sie.«

Fragen? Mich? Was wollte er mich fragen? Ich starrte ihn nun reichlich verblüfft und neugierig an.

»Aha«, sagte er und kicherte zufrieden in seinen

zerzauselten Bart, den er neuerdings trug. »Nun habe ich doch Ihr Interesse geweckt.«

Und ohne mich noch länger auf die Folter zu spannen, berichtete er, dass die Akademie in New York, an der er eine Gastprofessur innehatte, jedes Jahr für besonders begabte Studierende einige Stipendien vergab, für die auch Studenten aus Europa in Betracht gezogen wurden. Es musste nur ein entsprechender Vorschlag gemacht werden.

»Tja, da habe ich gedacht: Daran soll es wirklich nicht liegen. Also habe ich Sie vorgeschlagen. Könnten Sie es mit Ihren Plänen und Ihrer Familie vereinbaren, ein halbes Jahr zu mir an die Akademie nach New York zu kommen?«

Ich hatte ja wohl einen Hörsturz. Hatte Geschwindner mir etwa grade ein New-York-Stipendium angeboten? Das war ja besser als jeder Sechser im Lotto. Melli Kubinski als Meisterschülerin bei Professor Geschwindner in New York. Ich glaubte es nicht. Jedenfalls hockte ich völlig fassungslos auf dem Elefantenstuhl zwischen den großen Ohren und hielt mich am Rüssel fest, um nicht ohnmächtig zu Boden zu gehen.

Geschwindner wirkte besorgt, als er fragte: »Ist Ihnen nicht gut, Melli?«

»Do… do… doch«, stammelte ich. »Es … es ist nur … also … das kommt ja jetzt völlig unerwartet …«

Er lachte. »Ich weiß, aber da ich grade mal wieder in Deutschland bin, wollte ich es Ihnen gleich persönlich sagen. Sie müssen nicht sofort heute Ja sagen. Überlegen Sie in aller Ruhe. Aber seien Sie gewiss, dass ich mich sehr freuen würde.«

Völlig durch den Wind wankte ich aus dem Büro

und wusste nicht, was ich vor lauter Freude tun sollte. Weil Boris mir als Erster über den Weg lief, fiel ich also ihm erst mal um den Hals und drückte ihm kommentarlos ein stürmisches Küsschen auf seine unrasierte blasse Wange.

Er sah mich verwundert an. »Womit habe ich das denn verdient, Melli?«, fragte er grinsend. »Hat Geschwindner dir ein Bild abgekauft?«

Er nun wieder. Ich schüttelte den Kopf. »Nein, viel besser! Aber das verrate ich dir noch nicht!«

Ich raffte meine Sachen zusammen und machte den Abflug, denn wenn ich nicht an der Neuigkeit ersticken wollte, musste ich ganz schnell hier weg und Alix anrufen. Ich rannte auf die Toilette und wählte ihre Nummer.

Merde, sie meldete sich nicht. Also Paula. Die meldete sich zwar, hatte aber gerade Besuch von ihrer Schwiegermutter, deren Stimme schrill und hysterisch sogar bis zu mir drang.

Hm, nicht die passende Situation, um ihr von dem Stipendium zu erzählen. Ich legte auf und war frustriert. Was nützte einem so ein Glück, wenn man es niemandem mitteilen konnte. Ich ging in den Hof zum Parkplatz, wo meine Vespa stand. Mein Herz machte einen kleinen Hüpfer. Das war doch der Wagen von Lars, der kurz dahinter parkte.

Ich rannte auf ihn zu, und tatsächlich öffnete sich die Fahrertür. Lars stieg aus und kam mir entgegen. Er fing mich in seinen Armen auf, als ich ihm stürmisch entgegenflog.

Ich küsste ihn ab, dass ihm Hören und Sehen verging, erst dann setzte ich zu einer Erklärung an: »Entschuldige, dass ich so über dich herfalle, aber ich bin einfach total glücklich. Das ist überhaupt der glücklichste Tag in meinem Leben!«

Vielleicht war das nicht so nett, denn wahrscheinlich dachte Lars, der Tag unserer Verlobung wäre das gewesen, oder der Tag, als wir meine Galerie eröffnet haben … Jedenfalls schaute er mich nicht gerade begeistert an. Überhaupt sah er gar nicht fröhlich aus. Und als er sich jetzt ein Lächeln abrang, wirkte das auch reichlich gequält.

»Na, dann hast du ja wohl mehr Erfolg gehabt als ich«, sagte er. »Karlos konnte mir leider nicht helfen.«

Ich begriff zu diesem Zeitpunkt natürlich noch nicht die ganze Tragweite dieser Aussage und fragte: »Was bedeutet das?«

Lars druckste herum. »Nun ja, ich müsste ein bisschen sparsamer leben, den Sportwagen verkaufen, etwas weniger Champagner trinken und … Würde es dir sehr viel ausmachen, wenn wir die Galerie schließen müssten?«

Ich schluckte. Dass es so schlimm stand um seine Finanzen, hatte ich nun doch nicht erwartet. Das war ja schrecklich.

Und ohne lange nachzudenken, sagte ich, in der Annahme, es wäre ein Trost für ihn: »Äh, nein, gar kein Problem. Das passt sogar ganz gut. Ich gehe nämlich nach New York!«

♡ ♡ ♡

## *PAULA: Wir sind schwanger!*

»Das hast du Lars doch nicht wirklich so gesagt, oder?«, fragte Alix leicht fassungslos, und auch ich fand Mellis Reaktion auf Lars' Eingeständnis seiner Finanzmisere nicht gerade sensibel.

Ich hatte meine Freundinnen zu einem Weiberabend in meine neue Wohnung eingeladen, und weil Melli sofort mit ihrer Neuigkeit herausgeplatzt war, sprachen wir nun schon eine halbe Stunde über das New-York-Stipendium. Dabei hätte ich so viel lieber über meine Schwangerschaft gesprochen. In meinen Augen war sofort klar, dass Melli das Stipendium annehmen würde. Schließlich ging ihr die Karriere über alles, und eine solche Chance konnte sie sich einfach nicht entgehen lassen. Die Frage war nur, wie Lars darauf reagieren würde.

»Da kann man dir wirklich nur gratulieren, Melli«, meinte Alix und nahm bedächtig einen Schluck Chai. »Ich finde es nur dumm, dass das grade jetzt kommt, wo Lars finanziell so in der Klemme steckt. Er könnte denken, dass du dich nur mit ihm verlobt hast, um an sein Geld zu kommen. Und jetzt, wo er pleite ist, lässt du ihn hängen.«

Da hatte Alix den Finger aber ganz tief in die Wunde gesteckt, denn Melli ging sofort hoch.

»Das ist ja wohl eine üble Unterstellung. Von dir als meiner besten Freundin hätte ich das echt nicht erwartet!«

Aber ich musste Alix leider Recht geben.

»Melli, kein Mensch will dir etwas unterstellen. Es ist nur so, dass es von außen betrachtet, also auch für Lars, so aussehen könnte. Das wäre für ihn bestimmt sehr traurig und würde ihn in dieser kritischen Lage noch zusätzlich treffen.«

Aber statt Einsicht zu zeigen, pampte Melli nun mich an. »Ach? Und warum tut niemand was für ihn, wenn seine Lage so kritisch ist? Warum besorgt dein Karlos ihm denn keinen Kredit?«

»Weil es nicht seine Aufgabe ist. Er ist Vorstandsassistent. Das fällt nicht in sein Ressort.«

»Aber er könnte sich für Lars einsetzen und bei den Leuten für ihn bürgen, die dafür zuständig sind. Ich denke, er hat so tolle Beziehungen?!«

Mellis Frechheit verschlug mir nun aber doch die Sprache. Gott sei Dank mischte Alix sich gleich ein.

»Ich verstehe ja nicht viel von Finanzgeschäften«, sagte sie, »aber wenn Lars wirklich mit einem kurzfristigen Kredit geholfen wäre, dann könnte Karlos sich ja wirklich etwas mehr für ihn einsetzen. Kannst du nicht noch mal mit ihm reden, Paula?«

Ich nippte an meinem Chai, um ein wenig Zeit zu gewinnen.

»Hm, ich kenne mich doch auch nicht aus, und Karlos findet es bestimmt nicht gut, wenn ich mich in seine Geschäfte einmische.«

Melli sah mich so abfällig an, dass ich mich vor Schreck verschluckte und den Inhalt meines Teebechers über meine neue Jeans kippte. Eine Jeans für

Schwangere, mit verstellbarem Hosenbund. Total praktisch und auch wirklich nötig, denn ich legte bestimmt bald ganz schön zu.

»Grundgütiger, Paula! Du klingst ja grausam. Kaum ein Baby im Bauch und schon mutierst du zum Hausmütterchen. Willst du jetzt alles Karlos machen lassen und in deinem Luxusapartment beim Stricken von Babysachen verblöden?«

Das war gemein. Natürlich hatte ich mir schon überlegt, ob ich nicht was Nettes für unser Baby stricken oder häkeln sollte, aber das hieß doch nicht, dass ich nicht ganz normal weiterlebte und meiner Arbeit in der Maskenbildnerei am Staatstheater nachging. Karlos' Job hatte mich nie sehr interessiert, schließlich war ich mit ihm und nicht mit seiner Bank verheiratet. Deswegen war ich noch lange nicht blöd. Diese ganze Finanzwirtschaft interessierte mich einfach nicht, und jetzt, wo ich schwanger war, hatte ich tatsächlich andere Sorgen. Vor allem musste ich einen günstigen Augenblick abpassen, um Karlos überhaupt mal von meiner Schwangerschaft zu erzählen.

»Wie? Du hast es ihm noch gar nicht gesagt?«, fragten beide völlig perplex.

Ich schüttelte etwas beschämt den Kopf. »Es … es hat sich noch nicht ergeben«, sagte ich lahm.

»Du traust dich nicht«, spekulierte Melli gleich. »Du bist dir nicht sicher, dass Karlos so früh schon ein Kind will. Glaub mir, Männer stehen da nicht so drauf, gleich nach der Hochzeit ihre Frau mit einem Baby teilen zu müssen …«

»Nun verunsichere *du* Paula nicht auch noch«, fuhr mir Alix ins Wort. Aber auch sie schien sich zu wundern. »Was ist denn der Grund, warum du noch nicht mit Karlos gesprochen hast? Du weißt es doch jetzt schon ein paar Tage.«

Ich zuckte die Schultern. Wenn ich denen erzählen würde, welchen Stress ich mit meiner Schwiegermutter hatte, würden sie mir glatt die Scheidung empfehlen.

»Es war irgendwie noch nicht der richtige Moment da«, versuchte ich zu erklären.

»Meine Güte«, meinte Melli, »müsst ihr Romantiker denn aus allem so eine Staatsaktion machen? Der richtige Moment! Richtige Momente kommen nicht, die inszeniert man selber. Das solltest du doch allmählich wissen, Paula. Wenn du mit deiner Mitteilung so lange warten willst, wie Karlos mit seinem Heiratsantrag, dann wird er es vermutlich erst in der Klinik erfahren.«

Alix kicherte. »Es war kein Tumor, Herr Möllering«, imitierte sie einen Arzt. »Ihre Frau hat grade einen strammen Jungen entbunden!«

Meine beiden Freundinnen lachten sich scheckig. Na toll, der Witz ging ja auch nur auf meine Kosten. Aber irgendwie hatten sie ja Recht. Ich müsste es Karlos wirklich bald mal sagen.

»Ich verstehe es ja selber nicht«, sagte ich leise in das Gelächter hinein. »Aber ich bin so unsicher. Wenn Melli nun Recht hat und Karlos wirklich noch kein Kind will?«

Mellis Lachen brach ab. Sie sah mich scharf an. »Du versuchst jetzt aber nicht, die Sache deswegen auf die lange Bank zu schieben, damit Karlos nichts mehr machen kann, oder?«

»Wie? Nichts mehr machen kann?« Ich verstand wirklich nicht, worauf sie hinauswollte.

Alix wohl schon, denn sie sagte empört: »Was ist denn das für eine verrückte Unterstellung, Melli?«

Ich schaute von einer zur anderen. Kriegte ich da irgendwas nicht mit? Offenbar nicht, denn die beiden gerieten sich fast in die Haare.

»Paula würde Karlos nie so hintergehen«, sagte Alix zornig, »und das ist auch gar nicht nötig, weil Karlos sich garantiert genauso über das Baby freuen wird wie sie.«

»Na, da wäre ich mir nicht so sicher, aber warum regst du dich so auf? Wenn Paula das Kind will, ist es doch am sichersten, sie sagt es ihm wirklich erst im vierten Monat. Dann ist das Thema Abtreibung auf jeden Fall durch. Karlos müsste dann schon verdammt gute Argumente haben …«

Ich fiel ihr ins Wort. Was redete sie denn da für einen Schwachsinn?

»Karlos würde niemals verlangen, dass ich mein Baby abtreibe«, fauchte ich. »Der ist katholisch und außerdem …« Ich konnte die Tränen des Zorns nicht mehr zurückhalten.

»Was außerdem?«, fragte Melli gefühllos weiter.

»Außerdem liebt er mich … und er wird unser Kind genauso lieben wie ich …«

Melli stand auf. »Dann spricht ja nichts dagegen, es ihm umgehend zu sagen«, meinte sie und ging in den Flur, um ihre Jacke zu holen. »Stell Champagner kalt, mach ein paar leckere Häppchen, und dann sag es ihm, wenn er heute nach Hause kommt.«

Alix erhob sich ebenfalls. »Genau, das ist ein guter Vorschlag. Wozu willst du es noch auf die lange Bank schieben? Der richtige Augenblick ist immer der, den man dazu macht. Es hat keinen Sinn, dem Schicksal

Glücksmomente abzufordern. Besser ist es, sie selbst zu inszenieren. Nur dann hast du die Sicherheit, dass alles passt.«

Beide küssten mich kurz, und dann war ich alleine. Vollgestopft mit guten Ratschlägen und dennoch voller Zweifel.

Natürlich hätte ich Karlos längst von meiner Schwangerschaft erzählt, wenn ich mir denn wirklich sicher gewesen wäre, dass er sich jetzt schon ein Kind wünschte. Er kam in letzter Zeit immer erst sehr spät aus der Bank nach Hause, und dann wirkte er besorgt und erledigt und müde und unkommunikativ und ... Jedenfalls nicht aufnahmefähig für eine solche Nachricht. Immer, wenn ich mal vorsichtig das Wort an ihn gerichtet hatte, hatte er abgewunken und erschöpft gemurmelt: »Jetzt nicht, Paulchen, echt nicht. Ich kann nichts mehr aufnehmen heute, bin total fertig. Du glaubst gar nicht, was bei uns los ist ... und dann noch Lars mit seinem Kredit ... Ich weiß gar nicht, was der glaubt, wer ich bin?! Wo soll ich als Vorstandsassistent einen derart hohen Kredit denn herzaubern?«

So oder so ähnlich war es jeden Abend gewesen, und morgens beim Frühstück war er hinter dem Wirtschaftsteil der Zeitung verschwunden und hatte mit vollem Mund nur stöhnend über den fallenden Dax und die Weltwirtschaftskrise lamentiert. Daher fragte ich mich nicht nur, ob es der richtige Augenblick war, ihm von meiner Schwangerschaft zu erzählen, sondern, ob es wirklich der richtige Zeitpunkt war, überhaupt ein Kind in diese instabile Welt zu setzen.

Anders als ich Melli und Alix gegenüber zugegeben hatte, war mir selbst auch schon mehrmals der Gedanke an eine Abtreibung gekommen. Vielleicht war es wirklich noch zu früh für ein Kind. Vielleicht sollte Karlos erst mal weiter an seiner Karriere arbeiten, und ich wollte doch eigentlich auch erst meine Lehre am Staatstheater beenden, ehe ich mich um Kinder und Küche kümmerte. Nur, weil es zufällig passiert war, musste man das Kind ja heutzutage nicht mehr austragen.

Ich holte eine Flasche Champagner aus dem Weinregal. Es konnte auf jeden Fall nicht schaden, sie schon mal kalt zu stellen. Und eigentlich hatte Melli ja wirklich Recht. Ich sollte es Karlos fairerweise zu einem Zeitpunkt sagen, wo wir beide noch überlegen konnten, ob das Baby wirklich in unsere Lebensplanung passte. Und das hieß, es wurde höchste Zeit.

Okay, dachte ich, dann also heute. Unwillkürlich legte ich die Hand auf meinen Bauch und sagte liebevoll: »Wird schon werden, Murkelchen, der Papa freut sich garantiert.«

Aber irgendwie wurde es auch heute wieder nichts. Karlos rief am späten Nachmittag an, um mir mitzuteilen, dass wegen der Bankenkrise in den USA der Vorstand seiner Bank zu einer außerordentlichen Sitzung am Abend zusammenkommen wollte. Dabei konnte er als Vorstandsassistent natürlich nicht fehlen.

Als er dann spät in der Nacht neben mir ins Bett kroch, war er mehr an Schlaf als an einer Schwangerschaft interessiert. Am Morgen schaute mich die Flasche Champagner anklagend an, als ich Butter und Aufschnitt aus dem Kühlschrank holte. Einen Moment war ich versucht, den Korken einfach so knallen zu lassen, aber ich bin nun mal kein sehr spontaner Mensch. Ich schüttelte den Kopf, strich mit der Hand liebevoll erst über den dicken Bauch der Flasche, dann über meinen eigenen, der noch nicht wirklich dick war, und schob die Sache noch ein wenig auf.

Das war auch gut so, denn Karlos war derart geistesabwesend, dass er nicht mal mit der Kaffeetasse seinen Mund fand und die ganze braune Brühe über sein frisches Hemd und den Lieblingsschlips goss. Er reagierte wütend und vollkommen überzogen, und selbst, als ich versuchte, ihn mit der Aussicht auf ein neues Hemd und einen fast genauso attraktiven Schlips zu beruhigen, blieb er ungewöhnlich erregt und hektisch.

»Rechne heute nicht mit mir«, meinte er, als ich fragte, ob er denn zum Essen mittags nach Hause kommen würde. »Ich bin sicher, dass eine Konferenz die nächste jagen wird.« Und als er mich zum Abschied auf die Stirn küsste, fügte er noch hinzu, dass es vermutlich auch abends spät werden würde.

Frustriert rief ich Alix an. »Ich befürchte, er wird es wirklich erst im Kreißsaal erfahren, dass ich schwanger bin, wenn es mit dieser dummen Bankenkrise so weitergeht«, sagte ich seufzend. »Warum muss diese Lehman-Bank ausgerechnet Pleite machen, wenn ich zum ersten Mal schwanger bin?«

Alix kicherte. »Ja, wirklich sehr rücksichtslos!«

»Lach nicht!«, schimpfte ich mit ihr. »Ich bin völlig frustriert. Eure Ratschläge haben gar nichts gebracht. Der Champagner schimmelt im Kühlschrank vor sich hin, und der werdende Vater ist jeden Abend so fertig, dass er außer dem Bett nichts mehr wahrnimmt. Nicht mal Sex interessiert ihn.«

»Oh!«, sagte Alix. »Dann muss es ja sehr ernst sein.« Sie schwieg einen Moment. »Wie kann ich dich denn aufheitern? Soll ich dir Babywolle bringen? Vielleicht strickst du ihm einfach mal was vor… Das müsste ihm doch auffallen.«

Nun musste ich auch kichern. Die Idee war schon lustig.

»Okay«, sagte ich. »Kannst du machen, und bring gleich ein paar Strickhefte für Babysachen mit.«

Alix kam am Nachmittag. Sie brachte Wolle, Strickzeitschriften und leider auch Melli mit. Also nicht, dass ich was gegen Melli hätte. Sie ist natürlich auch eine Freundin, aber eben nicht meine beste Freundin, und es gab Dinge, die konnte ich einfach nur mit Alix besprechen.

Alix wusste das auch, und so sagte sie: »Melli hat mich hergefahren, sie muss nachher noch in die Hochschule. Ich dachte, wir könnten noch einen Kaffee zusammen trinken.«

»Aber nur, wenn's nicht stört«, meinte Melli.

Es störte nur ganz wenig, und so ging ich in die Küche und setzte Kaffee auf. Als ich zurück ins Wohnzimmer kam, waren Melli und Alix in eine heftige Diskussion verwickelt.

»… aber unter Freunden muss man sich auch mal ein bisschen helfen«, sagte Melli gerade ziemlich heftig. »Dass Karlos sich so völlig rauszieht, finde ich einfach nicht fair. Lars hätte ihm umgekehrt ganz bestimmt geholfen.«

Wollte sie damit sagen, dass Karlos nicht okay war? Ich schaute sie empört an.

Alix teilte offenbar meinen Eindruck, denn sie entgegnete in leicht scharfem Tonfall: »Wie wäre es, Melli, wenn du dich mal an die eigene Nase fassen würdest? Du verlangst von Paula und Karlos Hilfe für Lars, aber ich habe noch nicht eine Idee von dir gehört, wie *du* Lars vielleicht helfen könntest. Hast du ihm denn schon das Geld angeboten, das du vom Verkauf der *Apokalypse* auf der Bank gehortet hast? Das Einzige, was wir von dir bisher gehört haben, ist, dass du nach New York abdüsen und Lars hier in der Misere sitzen lassen willst.«

Wow! Da hatte Alix aber mal Klartext und mir direkt aus der Seele gesprochen. Melli hatte wirklich ein sehr egozentrisches Weltbild, und obwohl sie eigentlich einen guten und sozialen Charakter hatte, ging ihr die eigene Karriere über alles. Dafür opferte sie auch schon mal einen guten Freund. Aber mit Lars konnte sie das wirklich nicht machen. Das hatte er nicht verdient, und immerhin war sie mit ihm verlobt. Doch Melli war ein Mensch, der sich keine Vorhaltungen machen ließ. Das hatte Justin oft genug zu spüren bekommen. Und auch jetzt knallte sie ihren Kaffeepott auf den Tisch und sprang hektisch auf.

»Was ich für Lars tue, ist ja wohl meine Sache«, fauchte sie. »Ihr benehmt euch wie zwei alte Kaffeetanten. Das ist mir wirklich zu dumm.« Und zu Alix sagte sie in einem befehlsmäßigen Tonfall: »Können wir jetzt gehen?«

Alix blieb sitzen und schüttelte den Kopf. »Nee, wenn du gehen willst, bitte, ich habe noch einiges mit Paula zu besprechen und hab dir ja gesagt, dass ich nicht mehr in die Uni muss.«

Melli warf den Kopf in den Nacken und sagte beleidigt: »Wie du meinst. Ich fahre dann jetzt, hab noch zu tun. Ciao, Paula.«

Ich stand auf, um sie zum Ausgang zu begleiten, aber sie rauschte so schnell raus, dass die Wohnungstür schon zuknallte, bevor ich überhaupt die Diele betreten hatte.

Puh, die hatte heute aber mal wieder eine Laune!

»Was hat sie denn?«, fragte ich Alix.

Die zuckte die Schultern. »Stress. Ich möchte auch nicht in ihrer Haut stecken. New York ist eine tolle Chance für sie, aber eigentlich kann sie das nicht machen, wo Lars derart in der Patsche steckt. Er würde es ihr nie verzeihen und garantiert glauben, dass sie ihn wegen seiner Geldschwierigkeiten verlassen hätte.«

»Aber das ist ja nicht wirklich der Grund«, musste ich Melli nun doch beistehen. »Das ist nur ein ganz unglückliches Zusammentreffen.«

Alix nickte. »Und wenn du es noch mal bei Karlos versuchst? Es kann doch nicht so schwer sein, für Lars einen Kredit zu besorgen. Die Firma seines Vaters hat einen wirklich guten Ruf, da ist er bestimmt ebenfalls kreditwürdig.«

Sie sah mich bittend an, und wie immer konnte ich ihr nicht widerstehen. Sie war halt meine beste Freundin, und im Grunde sah ich das ja genauso wie sie. Freunden musste man helfen, das würde auch Karlos verstehen.

»Okay«, sagte ich also. »Ich probiere es noch mal. Vielleicht hilft es.«

Ich kriegte ihn tatsächlich rum.

Erst blockte er zwar ab, aber als wir dann am Abend ausnahmsweise mal wieder Sex hatten und ich entspannt in seinen Armen lag, da bat ich ihn noch einmal, doch etwas für Lars zu tun. Und weil nach gutem Sex fast jeder Mann das Gefühl hat, allen Herausforderungen der Welt und des Lebens gewachsen zu sein, murmelte er: »Also, wenn es dir so wichtig ist, Süße, dann versuche ich eine Kreditzusage für ihn zu kriegen. Mach dir keine Gedanken mehr, mir wird schon was einfallen, wie wir alle heil aus dieser Sache rauskommen.«

Eigentlich wäre das ein guter Moment gewesen, um auch meine Schwangerschaft anzusprechen, aber als ich gerade ansetzen wollte, schnarchte er bereits.

Es war das letzte Mal für längere Zeit, dass er so ruhig schlief, denn er war in Bezug auf die Wirtschaftssituation doch ein bisschen zu optimistisch gewesen. Die Krise drohte bald alle zu verschlingen! Leider auch meinen Karlos.

Aber erst einmal hatte ich in dieser Nacht einen wunderschönen Traum. Er beamte mich zurück zu meiner Hochzeit mit Karlos und der traumhaften Hochzeitsreise nach Südamerika.

Als ich am nächsten Morgen aufwachte, war ich mir sicher, dass heute der Tag war, an dem ich Karlos endlich von meiner Schwangerschaft erzählen würde. Egal, was noch passierte, ich würde die frohe Botschaft an den Mann bringen. An meinen Mann. Und wenn er tausendmal Stress im Büro hatte, die Familie ging vor. Schluss mit dieser Herumeierei, sagte ich mir entschlossen. Er hatte ein Recht darauf, es zu erfahren, und wenn es ihm nicht passte, dann mussten wir eben auch darüber sprechen.

Aber es würde ihm passen, dachte ich dabei. Er würde der glücklichste werdende Vater der Welt sein.

Karlos würde das Baby sofort lieben, denn es war schließlich sein Kind. Und welcher Mann wäre nicht stolz darauf, sich fortzupflanzen?! Nee, nee, Karlos würde glücklich darüber sein, und grade jetzt, wo er beruflich so viel Stress hatte, würde ihm der Stolz auf sein Kind Stabilität und Zuversicht geben.

Ja, so hatte ich mir das gedacht.

Als ich aus dem Staatstheater kam, beschloss ich also, etwas Leckeres für den Abend zu kochen, und besorgte die entsprechenden Zutaten im Supermarkt. Der Champagner lag ja immer noch im Kühlschrank. Es würde der letzte Alkohol sein, den ich in den nächsten Monaten trinken würde. Denn ab morgen würde ich dem Baby zuliebe abstinent leben. Aber heute musste es einfach noch ein Gläschen Schampus auf unser Elternglück geben. Hach, war ich kribbelig und aufgeregt.

Ich hatte den Esstisch hübsch eingedeckt, und nun konnte Karlos eigentlich kommen.

Er kam dann auch, aber in Begleitung seiner Mutter, meiner Schwiegermutter. Die ich übrigens immer noch siezte, während Karlos ja gleich nach dem ersten Besuch mit meinen Eltern auf Du und Du war. Aber ehrlich gesagt: Wer wollte sich schon mit Frau Möllering duzen? Ich jedenfalls legte keinen Wert darauf. Noch weniger Wert legte ich allerdings auf ihre Gesellschaft an diesem denkwürdigen Abend. Doch weder sie noch Karlos realisierten das.

Obwohl sie ja eigentlich an dem für zwei Personen gedeckten Tisch hätte sehen müssen, dass ich ein intimes Romantikdinner à deux geplant hatte, tönte sie mit ihrem schrillen Organ: »Nein, wie zauberhaft, Paula, Sie haben ja ganz reizend eingedeckt.

Was gibt es denn Leckeres? Haben Sie Selbst gekocht? Darf man wissen, ob es einen besonderen Anlass gibt?«

Nein, durfte man nicht, dachte ich wütend, weil ich schon ahnte, dass sie mir meine schönen Pläne ruinieren würde.

»Äh, nichts Besonderes«, sagte ich, um sie loszuwerden. Aber sie starrte mit einer unglaublichen Penetranz auf meinen Bauch und dachte gar nicht daran, zu verschwinden.

Dann sagte auch noch Karlos, dieser Unglücksrabe: »Möchtest du mitessen, Mutter? Paula legt sicher gerne noch ein Gedeck für dich auf.«

*Nein!* Tat ich nicht gerne, nicht mal ungerne. Tat ich überhaupt nicht! Ich hatte nicht die geringste Lust, an diesem Abend mit meiner Schwiegermutter zu essen. Sie hing eh schon viel zu oft bei uns rum. Etwas, das so auf die Dauer nicht weiterging, und was ich unbedingt bei Gelegenheit mal mit Karlos besprechen musste. Und heute passte es mal wieder ganz und gar nicht!

Nur, wie machte ich ihr das elegant klar, ohne gleich ein Drama auszulösen? Denn eine Dramaqueen war sie – absolut nervig. Bei der kleinsten Kleinigkeit zeterte sie los, und jede Meinungsverschiedenheit endete in einem Streit und mit der Standardfloskel: »Ich gehe, Karlos! Wenn ich aus deiner Wohnung gewiesen werde, dann gehe ich eben. Aber glaub nicht, dass ich jemals wiederkomme.«

Worauf Karlos sie dann stets anflehte, doch bitte zu bleiben, und ihr hundertmal seine Liebe versicherte. Dann riss sie für den Rest des Beisammenseins die Konversation an sich und war glücklich.

Das konnte sie auch sein, denn mir hatte Karlos bei Weitem nicht so oft seine Liebe geschworen wie ihr. Sollte mir das zu denken geben?

Nun, an diesem Abend legte ich also um des lieben Friedens willen ein drittes Gedeck auf, als es klingelte. Wer mochte das um diese Zeit noch sein?

Die zweite Oma! War das hier denn ein Taubenschlag? Als ich meine Mutter hereinließ, wirkte sie ziemlich erschöpft. Die Haare waren nicht optimal frisiert, und ihr Make-up hätte durchaus eine Auffrischung vertragen können. Offensichtlich war sie, direkt nachdem sie geschlossen hatte, vom Frisiersalon zu mir gefahren.

»Ist was passiert?«, fragte ich leicht beunruhigt. »Was mit Papa?«

Sie schüttelte den Kopf. »Nein, nein, Kind, alles in Ordnung. Aber ich hatte als letzte Kundin mal wieder die Frau vom Bürgermeister. Nicht nur, dass sie Haare wie Draht hat, sie hat auch ein Mundwerk wie eine Klatschpresse.«

Das war in seiner Doppeldeutigkeit eine sehr treffende Bezeichnung, und ich musste kichern.

Dennoch, was machte ich nun mit ihr? Ich konnte sie ja schlecht hier in der Diele stehen lassen, zumal sie sofort fragte: »Hast du Besuch?«

»Äh, nee, also ... nur Karlos' Mutter.«

Natürlich stürmte sie sofort ins Wohnzimmer. »Ach, Karlos ist auch da, dann sage ich mal schnell guten Abend.«

Vor dem Esstisch blieb sie stehen. Natürlich sah sie sofort die drei Gedecke.

»Gibt es etwas zu feiern?«, fragte sie.

Wieder schüttelte ich den Kopf und fügte diesmal

schon von selbst hinzu: »Du kannst gerne mitessen. Ich lege noch ein Gedeck für dich auf.«

Wenigstens besaß sie den Anstand, zu sagen, ich sollte doch ihretwegen keine Umstände machen, wobei sie sich aber gleich auf einen der eingedeckten Plätze am Esstisch sinken ließ. Was meine Schwiegermutter sofort ebenfalls tat. Na fein!

Ich ging frustriert in die Küche und schaute nach dem Essen. Das Hühnchen auf Champagnerkraut sah schon etwas angetrocknet aus, und die Dauphinkartoffeln hatten eine dunkle Kruste angesetzt. Hm, das Zeug musste schleunigst auf den Tisch. Da ließ ich die Hummercreme am besten weg.

Ich schob den Topf vom Herd und öffnete den Backofen, als Karlos hereinkam. Als er mich so unerwartet ansprach, zuckte ich zusammen, und die Platte mit Huhn und Kraut und Dauphinkartoffeln glitt mir aus den Händen und landete krachend auf dem Küchenboden.

Oh, nein! Die ganze Mühe umsonst. Ich brach an Karlos' starker Männerbrust in Tränen aus.

»Aber, Paulchen«, sagte er tröstend und strich mir liebevoll übers Haar. »Warum bist du denn heute nur so nervös?«

Ich schluchzte herzzerreißend auf, und unter Tränen stammelte ich: »Ich … ich bin ja gar nicht nervös … Ich … ich bin *schwanger*!«

Uups, so hatte ich es ihm eigentlich nicht sagen wollen, aber nun war es raus. An diesem ungemütlichen Ort, angelehnt an die Küchenwand, mit einem Sauerkraut-Hähnchen-Chaos und matschigen Dauphinkartoffeln zu unseren Füßen.

Sauber! Kriegte Paula Meyer, jetzt Meyer-Möllering,

nicht mal so eine einfache Sache hin? Ich war und blieb ein Unglückswurm, der es schaffte, jede romantische Stimmung durch eine Ungeschicklichkeit zu ruinieren. Wirklich ein Wunder, dass ich die Hochzeit hingekriegt hatte.

Karlos war wie elektrisiert.

»Was hast du gesagt, Paula? Kannst du das noch mal wiederholen?«

Ich zog den Rotz in der Nase hoch und flüsterte: »Es stimmt, ich bin schwanger, schon im dritten Monat.«

Karlos drehte schier durch. Er küsste und herzte mich, murmelte in einem fort »Liebling«, »Superschatz« und »tollste Frau« und nahm mich schließlich auf die Arme und schleppte mich ins Wohnzimmer. Dort setzte er mich wie ein rohes Ei ganz vorsichtig aufs Sofa und sagte zu unseren Müttern mit einem unglaublichen Jubel in der Stimme: »Sorry, Ladies, ich habe eine schlechte Nachricht: Das Essen fällt leider aus, es liegt auf dem Küchenboden!«

Bedauernde Ausrufe, aber auch Verwunderung über seine sichtliche Euphorie.

»Aber ich habe auch eine gute Nachricht: Wir kriegen ein Baby! Ihr werdet Omas!«

Meine Güte, wie hysterisch können denn Mütter werden?! Hätte Karlos nicht den Champagner geholt, um sie ruhigzustellen und auf das freudige Ereignis anzustoßen, wären sie glatt durchgedreht. Nach dem Umtrunk war es dann meine Mutter, die sensibel genug war, aufzubrechen und meine Schwiegermutter gleich mitzunehmen.

»Die Kinder müssen das jetzt erst mal für sich verdauen«, meinte sie einfühlsam. »Da kommt ja nun ganz schön was auf sie zu.«

»Kommt es«, pflichtete Karlos ihr bei und brachte sie zur Tür. »Schön, dass ihr da wart.«

Er war und blieb nun mal ein Gentleman.

Dann war endlich Ruhe. Wir saßen schweigend auf dem Sofa, während Karlos meine Schulter streichelte.

»Aber sonst geht es dir gut?«, fragte er schließlich und wirkte dabei ehrlich besorgt.

»Sonst? Warum sollte es mir nicht gut gehen, Karlos?«

»Na ja, die Übelkeit in den letzten Wochen ...«

Ich lachte. »Das ist für eine Schwangerschaft total normal. Jetzt wissen wir wenigstens, woran es lag. Meine Ärztin hat gesagt, ich bin vollkommen gesund.«

»Und warum schmeißt du dann Hühnchen auf den Küchenboden?« Er konnte es nicht lassen, mich zu necken.

»Nur um Schwiegermütter schneller loszuwerden. Ich finde, das ist unser Abend. Wir werden schließlich Eltern und nicht sie.«

Karlos lachte. »Ach, ich fand es eigentlich ganz nett, dass sie dabei waren. Das hat mich sogar ein wenig geerdet. Ich glaube, sonst hätte ich Flügel gekriegt und wäre mit dir vor lauter Freude davongeflogen.«

♡ ♡ ♡

Aber das Leben ist eine Achterbahnfahrt.

Wo das Glück wohnt, ist das Pech nicht weit. Karlos hatte trotz besseren Wissens versucht, einem Abteilungsleiter eine Kreditzusage seiner Bank für Lars unterzuschieben. In seiner Funktion als Vorstandsassistent hätte er das nie tun dürfen, und leider – oder sollte man sagen, Gott sei Dank – flog es auch auf, bevor der Kollege sie unterzeichnet hatte. Eines Mittags kam er völlig deprimiert nach Hause und gestand mir, dass er vorerst vom Dienst suspendiert worden sei. Ich verstand zunächst gar nicht, warum, aber als er mir dann die Geschichte mit dem Kredit für Lars erzählte, bekam ich es doch mit der Angst zu tun.

»Das Dumme ist, dass es Lars nicht mal etwas genützt hat«, sagte er vollkommen fertig. »Jetzt bin ich vermutlich meinen Job los, und Lars ist trotzdem pleite.«

Ich biss mir auf die Unterlippe, bis sie blutete. Was für eine Katastrophe! Dabei hatte Karlos doch eine so brillante Karriere vor sich gehabt, und nun war alles hin. Und wer war schuld daran? Ich! Weil ich ihn zu etwas gedrängt hatte, was er von vornherein für aussichtslos gehalten hatte. Ich allein war schuld, wenn wir jetzt am Hungertuch nagen mussten, wenn wir unsere Wohnung verlieren würden und unser Kind in einem Stall bei Ochs und Esel zur Welt kommen musste.

Ich brach in Tränen aus und stammelte meine Selbstanklage und meine Sorgen heraus.

»So schlimm ist es nun auch noch nicht, Paulchen«, versuchte Karlos, mich zu trösten, obwohl er doch selbst untröstlich war. »Wir … wir kriegen das in den Griff. Notfalls werde ich Hausmann und passe auf unser Kind auf, während du im Theater arbeitest.«

»Aber … aber das würdest du doch gar nicht aushalten, du … du bist doch fast genauso mit deiner Bank verheiratet wie mit mir«, stöhnte ich.

Ehrlich gesagt, konnte ich mir Karlos wirklich nicht als Hausmann vorstellen, obwohl es ihn ja ehrte, dass er diesen Gedanken überhaupt in Erwägung zog. Und ganz plötzlich fragte ich mich, ob es nicht vielleicht doch der falsche Zeitpunkt war, um ein Kind in die Welt zu setzen. Alles war auf einmal so unsicher geworden. Jetzt konnten wir noch zurück.

Karlos streichelte mich. »Was denkst du? Deine Stirn ist voller Falten«, sagte er leise.

»Ich ... ich habe überlegt ...«

»Ja, das sieht man. Und was hast du überlegt?«

»Wegen dem Baby, also, wenn es dir jetzt nicht passt, musst du es sagen ... dann ... Wir könnten später immer noch eins kriegen.«

Wir schwiegen. Lange, sehr lange, und mir war klar, dass Karlos ernsthaft über dieses Angebot nachdachte. Ich fiel von einer Gefühlswallung in die nächste. Mal war ich mir sicher, dass er niemals von mir verlangen würde, das Baby abzutreiben, mal war ich mir überhaupt nicht mehr sicher und flehte zum Himmel, dass er sich doch bitte, bitte für das Baby entscheiden möge. Wie konnte ich nur so leichtfertig solch ein Angebot machen? Entscheide du! Es war mein Bauch, mein Kind, niemand, auch er nicht, konnte mir diese Entscheidung abnehmen.

Was würde ich tun, wenn er gleich sagte: Paulchen, du hast Recht, es passt zurzeit wirklich nicht. Lass es uns später noch mal versuchen. Ich konnte doch dann nicht hingehen und das Murkelchen einfach wegmachen lassen! Das Murkel war das Murkel, und es würde kein zweites geben! Ich fing an zu heulen.

Karlos streichelte mich. »Paulchen«, flüsterte er mit seltsam belegter Stimme. »Wir kriegen das schon hin. Reg du dich nur nicht auf. Das schadet dem Baby, und das wollen wir doch auf keinen Fall. Komm, sei tapfer!«

Ich rang mir ein kleines, vermutlich sehr schiefes Lächeln ab. »Du … du meinst, wir wollen es behalten?«

»Haben wir denn eine andere Wahl?«

Ich schüttelte den Kopf. »Nein, es gehört doch schon zu uns.«

Er lächelte nun zwar auch, aber in der Nacht warf er sich ständig hin und her, und ich hörte ihn leise weinen. Um ihn zu trösten, kuschelte ich mich ganz eng an ihn, aber auch als er mich daraufhin liebte, tat er es mit einer Verzweiflung, die mir in der Seele wehtat.

Am nächsten Tag rief ich Alix an und verabredete mich mit ihr nach der Arbeit in der WG. Es musste etwas geschehen, sonst drehte ich durch. Schwanger und Karlos ohne Job, das war nahe an einer Katastrophe. Hätte ich ihn bloß nicht zu diesem blöden Kredit für Lars überredet. Jetzt war nicht nur der bankrott, sondern wir vermutlich auch.

Ich frühstückte mit Karlos, der total übernächtigt aussah, sich aber ansonsten nichts anmerken ließ.

»Was hast du heute vor?«, fragte ich.

Er strich bedächtig Butter auf seinen Toast. »Ich habe einen Termin mit meinem Vater. Ich denke, ich kann seinen juristischen Rat brauchen. Schließlich unterrichtet er an der Uni auch Arbeitsrecht.«

»Du meinst, es gibt eine Chance, dass sie dich nicht rauswerfen?«

Karlos lächelte, wenn auch etwas skeptisch. »Wenn einer das sagen kann, dann mein Vater«, meinte er.

»Außerdem ist er mit meinem obersten Chef persönlich befreundet. Ich denke, da hat jemand, der mir den Job nicht gönnt, etwas überreagiert. Schließlich habe ich keinen Schaden angerichtet, und die Kreditzusage konnte ich nicht mal selber unterschreiben.«

Das klang schon sehr viel optimistischer als gestern. Offenbar hatte er die Sache in der Nacht gedanklich richtig gut bearbeitet. Ein paar Tränen sind auch für einen Mann manchmal überlebenswichtig.

»Das wird schon«, sagte ich also zuversichtlich. »Es gibt überall Neider, die auf solche Gelegenheiten nur warten, um einem eins auszuwischen. Das kenne ich. Aber du hast ja auch Freunde in der Bank und gute Verbindungen.«

Karlos grinste. »Das hoffe ich doch.«

Ich drückte ihm einen Kuss auf die Wange und verabschiedete mich. »Ich gehe dann jetzt mal ins Theater. Viel Erfolg bei deinem Dad, und grüß ihn schön von mir.«

Der Weg zum Theater war nur noch ein Katzensprung, seit wir die neue Wohnung bezogen hatten. Ein paar Schritte durch den Park, über einen Zebrastreifen und schon war ich am Bühneneingang. Total praktisch. Ich hatte mich darum auch sehr gefreut, als mir Frau von Raven, die Chefin der Kostümbildnerei einen Ausbildungsvertrag zur Maskenbildnerin angeboten hatte.

Nun allerdings fragte ich mich, wie ich das mit meiner Schwangerschaft vereinbaren konnte? Am besten besprach ich das mal mit ihr. Ich konnte ja nicht wirklich davon ausgehen, dass Karlos von nun an den Hausmann spielen würde. Ganz davon abgesehen würde ich auch selbst gerne Elternzeit nehmen und erst mal nur für mein Kind da sein.

»Tja, Paula«, sagte Frau von Raven und sah mich trotz der überraschenden Nachricht freundlich an, »das ist ja eine schöne Neuigkeit. Sie stellt mich zwar vor ein paar Probleme, denn natürlich wirst du uns fehlen, und eine so gute Theaterfriseurin wie du ist nicht so einfach zu ersetzen. Aber ich denke, wir finden eine Lösung. Möchtest du denn überhaupt deine Ausbildung abschließen?«

Ich nickte heftig. Na klar wollte ich das. Zwar nicht sofort, aber irgendwann bestimmt, spätestens, wenn unser Nachwuchs in den Kindergarten ging … oder zur Schule … oder …

»Doch, das möchte ich auf jeden Fall. Ich, äh … kann doch jederzeit wieder einsteigen, oder?«

»Das kannst du, Paula, und ich würde mich natürlich sehr freuen. Wann ist es denn so weit?«

»Die Geburt? Meinen Sie, wann es mit der Geburt so weit ist?« Sie nickte. »Also, in fünf bis sechs Monaten etwa …«

»Schön, dann bleibst du uns ja für die aktuelle Produktion erst mal erhalten. Das beruhigt mich. Wir haben einige Praktikanten von der Schauspielschule dabei, und weil es ein Fantasymärchen ist, in dem sie Kobolde und Fabelwesen spielen sollen, tüfteln wir grade ein paar extravagante Masken aus. Ich hatte dir schon davon erzählt.«

Ja, das hatte sie, und ich war total begeistert gewesen, denn das war wirklich eine kreative Herausforderung.

Und so sagte ich: »Dabei mache ich auf jeden Fall

noch mit, da brauchen sie sich wirklich keine Sorgen machen. Ich habe auch schon ein paar Ideen.«

Frau von Raven stand auf. »Na, dann mal an die Arbeit. Ich habe dir die kleine Zara als Praktikantin zugeteilt, mit ihr kannst du ein wenig experimentieren. Sie wird sich später bei dir melden.«

Bestens gelaunt verließ ich Frau von Raven und holte mir aus der Cafeteria erst mal eine Tüte Milch. Dort traf ich Justin, der mit einem Mädchen mit extrem blond gesträhnten Haaren einen Kaffee trank. Er winkte mich an seinen Tisch und machte mich sofort mit der Kleinen bekannt.

»Das ist Zara«, sagte er. »Sie ist Schauspielschülerin und spielt im Märchen mit.«

Na, das traf sich aber gut.

Ich erklärte den beiden, dass Zara mir von Frau von Raven als Praktikantin zugeteilt worden war. Zara schien darüber richtig erfreut zu sein, denn sie sah mich mit ihren Rehaugen strahlend an.

Auch Justin schien das zu gefallen, denn er meinte mit leichtem Grinsen: »Super! Besser hätte selbst ich das nicht einfädeln können.« Und zu Zara meinte er: »Paula macht dir bestimmt die zauberhafteste Maske des ganzen Stücks.«

Ich wiegelte ab, denn Vorschusslorbeeren waren nicht mein Ding. »Das wollen wir erst mal sehen, aber ich werde mein Bestes geben.«

»Und ich auch«, sagte Zara. »Ich mache alles, was du willst. Ich bin ja so glücklich, dass ich überhaupt mitspielen darf und sogar eine kleine Sprechrolle ergattert habe.«

Justin und ich lachten beide gleichzeitig los. Die Kleine war einfach zu süß in ihrer Begeisterung. Wobei, so klein war sie gar nicht mehr, wie sich dann herausstellte. Sie war tatsächlich schon zwanzig Jahre, sah aber aus wie siebzehn mit ihrem zarten Körperbau, den schlanken Händen und dem schmalen Gesicht unter dem ungebändigten Haarmopp.

»Deine Haare sind super«, sagte ich zu ihr, als wir gemeinsam den langen Gang zur Maskenbildnerei entlangschlenderten. »Damit kann man echt was ganz Tolles machen, und du brauchst dann nicht mal eine Perücke tragen. Die sind immer so ungemütlich.«

Wie es schien, war Zara absolut pflegeleicht und bereit, für ihren Traumberuf alles zu tun. So schleppte ich sie an meinen Arbeitsplatz und begann sofort, einige Frisuren auszuprobieren. Sie war unendlich geduldig und lustig und hatte selbst auch viele coole Ideen.

Schließlich hatte ich ein ziemlich verrücktes Gebilde auf ihrem Kopf gebastelt, als Frau von Raven hereinkam.

»Ach, du bist ja tatsächlich schon hier, Zara«, sagte sie. »Gut, dass Justin mir Bescheid gesagt hat. Ich hatte schon befürchtet, dass du mich versetzt hättest.«

Zara bekam einen roten Kopf, was zu ihrer Haarpracht ziemlich krass aussah, und entschuldigte sich ein Dutzend Mal. Natürlich stand ich ihr bei und erklärte Frau von Raven, dass ich sie abgeschleppt hätte und wir gleich so intensiv in die Arbeit eingestiegen wären, dass wir beide die Welt um uns herum vergessen hätten. Da ich ihr zudem auf Zaras Kopf den ersten Frisurenentwurf für das Märchenstück präsentieren konnte, war sie sofort versöhnt.

»Sehr schön«, meinte sie ehrlich entzückt. »Könntest du das vielleicht in Gold und Silber mit etwas Farbglitzer ausführen?«

Ich stimmte sofort zu, denn genau so hatte ich mir das auch gedacht.

Ich seufzte. Ein Baby zu erwarten war schon toll, aber dass ich dafür meine geliebte Arbeit am Theater aufgeben sollte, konnte ich mir in diesem Moment absolut noch nicht vorstellen.

Frau von Raven schien meine Gedanken lesen zu können und meinte aufbauend: »Jetzt machen wir erst mal das Märchen zusammen, Paula, und dann sehen wir weiter. Es gibt sicherlich später auch die Möglichkeit, Teilzeit zu arbeiten und nur an einzelnen Produktionen mitzuwirken. Wir sind doch ein kinderfreundliches Unternehmen. Unsere Schauspielerinnen können ihre Arbeit doch gut mit ihrem Nachwuchs vereinbaren.«

Sie reichte mir eine Dose mit Goldspray.

»Wollen wir es mal ausprobieren?«

Zwar blickte Zara etwas skeptisch, aber als ich unter dem kritischen Blick von Frau von Raven loslegte, war sie am Ende wirklich baff.

»Traumhaft«, sagte sie und klang dabei direkt etwas fassungslos.

Frau von Raven verließ uns sehr zufrieden, und ich reichte Zara an eine Kollegin weiter, die ihr das Gesicht schminkte.

Danach war sie nicht mehr zu erkennen, sah aber unglaublich geheimnisvoll aus.

»Komm«, sagte ich. »Wir gucken, ob Justin noch im Haus ist. Dann schleichst du dich ran und erschreckst ihn. Der erkennt dich garantiert nicht wieder.«

Gesagt, getan. Wir entdeckten ihn auf der Probenbühne, wo er offenbar an einem Monolog feilte. Da niemand anders im Raum war, schlich Zara sich auf leisen Sohlen an, und als sie direkt hinter ihm stand, machte sie wie ein kleines Gespenst einfach »Buh!«.

Ich weiß, das war ziemlich kindisch, aber so waren Schauspieler eben manchmal …

Justin fuhr, wie von der Tarantel gebissen, herum und hatte offenbar fast einen Herzstillstand. Jedenfalls schien er sich wirklich erschrocken zu haben, denn er griff sich mit der Hand ans Herz, gab einen gurgelnden Laut von sich und taumelte zurück. Aber nur, um Sekunden später, als er mich an der Bühnentür entdeckt hatte, wieder zum Leben zu erwachen, auf Zara zuzustürmen und sie in seine Arme zu reißen.

»Oh, Angebetete, Traumgestalt, du meines Herzens Blume, dass du mein Flehen so schnell erhörtest, ist höchstes Glück und himmlische Wonne im ird'schen Leid und Jammertal. Küss mich, Geliebte, damit ich spüre, dass du wirklich bist!«

Und ohne eine Antwort abzuwarten, knutschte er Zara auf ihren leuchtend kupferroten Mund. So ein Schlawiner!

Völlig überrumpelt hing Zara in seinen Armen, und wie es schien, war sie nicht mal unglücklich darüber.

Hm, das sah mir aber nicht mehr nach Bühnenkuss aus. Die knutschten ja wirklich richtig und mit einer Hingabe, die mich völlig verwirrte. Sollte ich mit meiner Meinung, dass Justin unsterblich in Melli verliebt war, vielleicht doch danebenliegen? Nein, bestimmt nicht. Er konnte uns doch nicht so getäuscht haben. Das musste ein unbedeutender Ausrutscher sein.

Die beiden ließen nun voneinander ab, und Zara wischte sich verlegen über den Mund, was ihre Schminke allerdings reichlich undekorativ verschmierte. Auch Justin hatte deutliche gold- und bronzefarbene Spuren im Gesicht.

Ich zog ein paar Schminktücher aus der Hosentasche und putzte Justin die Farbe aus dem Gesicht.

»Du kannst nichts dafür, Zara«, beruhigte ich sie. »Das war Übungsschminke, die ist extra leicht zu entfernen. Bei der Aufführung passiert so etwas nicht, da nehmen wir was garantiert Haltbares.«

»Na dann.« Zara lachte erleichtert. »Das wäre ja auch ein bisschen peinlich sonst.«

»Was meinst du?« Justin konnte sich mal wieder nicht zurückhalten. »Was war peinlich? Unser Kuss, oder dass du deine Farbe an mir abgeschmiert hast?«

Ich zerrte Zara weg. »Die Antwort gib dir mal lieber selber. Und sei froh, dass ich nicht Melli bin. Die hätte dir noch einen Farbeimer zusätzlich über den Kopf gegossen.«

Als wir zurück zur Kostümbildnerei gingen, fragte Zara: »Äh, apropos Melli, die habe ich schon kennengelernt. Die wohnt bei Justin in der WG, nicht wahr? Hat er was mit ihr? Ich dachte, sie hätte einen Verlobten ...«

»Denk nicht«, antwortete ich knapp. »Bei Melli weiß man nie und bei Justin sowieso nicht.«

Nach der Arbeit fühlte ich mich plötzlich total schlapp, und so ging ich erst mal in unsere Wohnung, um mich ein wenig frisch zu machen. Aber als ich auf die Toilette ging, stellte ich mit Entsetzen fest, dass ich Blut im Slip hatte.

Mein Baby, schoss es mir sofort in den Kopf. Mein Baby!

Völlig panisch wankte ich aus dem Bad und suchte in der halben Wohnung nach meinem Handy, bis mir einfiel, dass es in der Jackentasche war, weil ich Alix kurz meine Verspätung angekündigt hatte. Nun zerrte ich es unter hysterischem Schluchzen heraus und rief mit zitternden Fingern Alix' Nummer auf.

Als sie den Anruf annahm, war ich kaum in der Lage zu sprechen, sondern stammelte irgendein unzusammenhängendes Zeug. Vielleicht sollte ich das Baby doch nicht behalten und erlitt deswegen nun eine Fehlgeburt!

»Paula, bist du das?«, fragte Alix ziemlich irritiert.

Ich versuchte mich zusammenzureißen. »Ja, ja, ich bin es, Paula. Oh, Alix, ich … mein Baby … es ist so schrecklich …«

Alix klang alarmiert. »Was ist mit deinem Baby? Paula, sag doch, brauchst du Hilfe? Was ist denn passiert?«

»Ich, ich blute …«

»*Was?* Wo? Wieso? Was hast du denn gemacht? Hast du einen Unfall gehabt? Paula, nun sag doch …«

Ich sank auf das weiße Sofa, weil meine Beine total zitterten und ich nicht mehr stehen konnte.

»Kannst du … kannst du herkommen? Bitte, Alix, bitte, komm doch her, bitte«, stammelte ich unter Tränen. Mir war eiskalt, und mein Herz raste.

»Bin schon da. Setz dich hin und beweg dich nicht. Äh, oder nein, soll ich einen Arzt anrufen, den Notarzt … Blutest du denn doll?«

»Äh … ich … ich weiß nicht … Warum blute ich denn überhaupt?«

»Das weiß ich doch nicht, Paula! Du, Moment mal, ich muss grade was mit Melli klären …«

Ich hörte sie im Hintergrund mit Melli reden, dann war sie wieder bei mir.

»Melli fährt mich mit der Vespa. Wir sind in fünf Minuten da. Beweg dich nicht, bleib ruhig sitzen. Bis gleich.«

Apathisch blieb ich auf dem weißen Sofa hocken. Dann wurde mir kalt, und ich wickelte die weiche Sofadecke um mich. Die ganze Zeit betete ich leise: Lieber Gott, bitte lass mich mein Baby nicht verlieren. Bitte, bitte, bitte …

Dann klingelte es an der Wohnungstür, und ich schlurfte mit kleinen Schritten hin, um aufzumachen. Alix und Melli standen davor und sahen mich aus blassen Gesichtern an. Ihnen war der Schreck offenbar genauso in die Glieder gefahren wie mir.

Alix bugsierte mich ins Schlafzimmer und verlangte, dass ich mich hinlegte.

»So, jetzt erzähl mal, was los ist.«

Ich berichtete ihr von meiner beunruhigenden Entdeckung auf der Toilette.

»Ich … ich verliere doch nicht mein Baby, Alix?«

Melli atmete hörbar durch. »Grundgütiger, Paula!«, sagte sie. »Ich dachte, du hättest ’ne Fehlgeburt gehabt, so wie du dich angehört hast. So eine kleine Blutung haben viele Frauen während der Schwangerschaft. Das muss gar nichts heißen.«

Ich hätte ihr ja gerne geglaubt, aber dazu war ich noch viel zu sehr in Panik.

Aber auch Alix meinte, dass Blutungen zu Beginn der Schwangerschaft vorkommen könnten und dass das nicht unbedingt eine Gefahr für das Baby bedeuten müsse.

»Das hat oft ganz harmlose Ursachen. Ein Hormonmangel oder so ... Wir fahren jetzt zu deiner Frauenärztin und lassen das checken. Wirst sehen, es besteht kein Grund zur Panik.«

Alix rief bei meiner Ärztin an, und dann bestellte sie ein Taxi.

»Alles Gute, Paula«, sagte Melli und fuhr mit der Vespa wieder in die WG, während Alix mich in die Praxis begleitete.

Ich war ihr ja so dankbar. »Und wir müssen wirklich nicht Karlos anrufen?«, fragte ich, noch immer völlig durch den Wind.

»Nein, warum sollen wir den auch noch beunruhigen? Jetzt lass uns erst mal abwarten, was deine Ärztin sagt.«

Die sagte nicht viel anderes als Alix und Melli. Sie gab mir ein Medikament, was beruhigend wirken sollte, und nahm mir Blut ab, um den Hormonstatus bestimmen zu lassen. Sie verordnete mir ein paar Tage Bettruhe, die ich auch zu Hause verbringen konnte.

»Ich kann sie aber auch einige Tage zur Beobachtung in die Klinik einweisen«, bot sie an, was ich aber dankend ablehnte.

»Kümmert sich denn zu Hause jemand um Sie?«

Ich nickte. »Doch, ja, mein Mann ist zurzeit zu Hause und meine Freundin und ...«

Meine Mutter und Schwiegermutter wollte ich lieber nicht erwähnen. Vor denen sollte ich das Ganze besser geheim halten.

»Und es kann wirklich nichts passieren? Das Baby ist sicher?« Ich musste es noch einmal hören.

»Ihr Muttermund ist vollkommen geschlossen«, sagte meine Ärztin. »Nicht die geringste Spur von Wehentätigkeit. Ich denke, das kriegen wir mit ein paar Medikamenten und etwas Ruhe schnell in den Griff. Kein Grund zur Sorge.«

Nun glaubte ich es fast selbst.

Als Alix mich im Taxi wieder nach Hause begleitete, trafen wir Karlos vor der Haustür, der soeben das Auto abschloss. Weil ich ziemlich verheult und mitgenommen aussah, wollte er natürlich sofort wissen, was los wäre. Aber Alix schlug vor, erst mal in die Wohnung zu gehen, wo sie ihn ganz schnell, sensibel und sachlich über die Situation informierte.

Er zog mich sofort in seine Arme und streichelte mich liebevoll. »Und es besteht wirklich keine Gefahr für unser Baby?«, fragte er, und fügte hinzu: »Und für Paula auch nicht?«

Wie lieb von ihm!

Als ich Alix anschaute, sah ich, dass sie grade das Gleiche gedacht hatte, denn sie schenkte Karlos einen irgendwie dankbar und liebevoll zugleich wirkenden Blick.

Als ich entspannt im Bett lag, mit Chai und Zeitschriften versorgt, verabschiedete Alix sich mit einem Küsschen auf meine Stirn.

»Es wird alles gut, Paula«, sagte sie und tätschelte aufmunternd meine Hand. »Wir telefonieren nachher noch.«

Dann brachte Karlos sie zur Tür.

Als er sich wenig später zu mir aufs Bett setzte,

wirkte er bedrückt. »Meinst du, Paula, es war wegen gestern Abend?«

Ich verstand nicht gleich. »Wegen deiner Probleme mit dem Job?«

»Nee, das kann vielleicht auch eine Rolle gespielt haben, wenn du es dir so zu Herzen genommen hast, aber ich meinte eigentlich …«

Er stockte und wirkte total verlegen.

»Was denn? Was meinst du, Karlos?«

»Na ja, ich dachte, vielleicht ist Sex in der Schwangerschaft nicht so gut …«

Ach herrje! Nun musste ich direkt ein wenig lächeln. Was war er doch für ein Sensibelchen. Aber ihm ging es ja nicht alleine so, die Internetforen waren voll von Anfragen verunsicherter werdender Väter zu diesem Problem. Natürlich hatte ich mich rechtzeitig schlaugemacht.

Ich schüttelte den Kopf und sagte beruhigend: »Nein, Karlos, da musst du dir wirklich keine Sorgen machen. Aber wir können das gerne noch mal gemeinsam mit meiner Ärztin besprechen. Soweit ich gelesen habe, kann man bis zum neunten Monat Sex haben.«

Er lächelte.

»Wie war eigentlich das Gespräch mit deinem Vater?«

Er lächelte immer noch.

»Alles klar, Paulchen. Brauchst unser Baby nicht auf einem Strohsack bei Ochs und Esel zur Welt bringen. Meine Suspendierung ist aufgehoben. Hab nur eine Abmahnung bekommen.« Er strich mir übers Haar. »Aber für Lars konnte ich leider nichts erreichen.«

Das war schade, konnte aber im Moment meine

Freude nicht wirklich trüben. War das nun sehr egoistisch?

Karlos lachte. »Nein, Paulchen«, sagte er. »Das ist gar nicht egoistisch. Das ist ganz normal. Und nach dem Schreck hast du diese Freude auch ganz und gar verdient.«

Er legte sich neben mich auf die Bettdecke, küsste und streichelte mich und schlief dann nach einem zärtlichen »Ich liebe euch ja so« mit der Hand auf meinem Bauch ein.

Ich streichelte sein Haar und dachte, dass auch er, nach dieser schrecklichen schlaflosen Nacht der Ungewissheit um unsere Zukunft, dieses Glück mehr als verdient hatte.

♡ ♡ ♡

## *ALIX: Alix geht on air*

Irgendwie konnte ich es noch gar nicht richtig glauben, dass meine kleine Paula schwanger war. Ich saß bei Jean-Paul auf dem Sofa und ließ das etwas weitschweifige Fachchinesisch über seine Doktorarbeit an meinen Ohren vorbeiplätschern, ohne wirklich hinzuhören. Ach ja, der Corythosaurus …

Meine Gedanken waren bei Paula. Schwanger?! Liebes Lieschen, einfach so … ohne mich zu fragen. Na ja, selbst Karlos hatte ja bis vor wenigen Tagen nichts davon gewusst.

Ich trank meinen Tee, und mir wurde plötzlich so richtig bewusst, dass Paula und ich fast unser ganzes Leben zusammen verbracht hatten. Alle wichtigen Erfahrungen hatten wir praktisch gemeinsam gemacht. Den ersten Kuss, den ersten Freund, das erste Mal – all das hatten wir zusammen erlebt. Na ja, nicht direkt. Erlebt hatte das schon jede für sich allein. Aber wir waren immer füreinander da, hatten Freud und Leid miteinander geteilt und jede Krise miteinander abgewettert. Darüber waren wir tatsächlich gemeinsam erwachsen geworden. Wer weiß, wo ich jetzt ohne Paula wäre? Während ich von einer Katastrophe in die nächste schlitterte, war Paula immer ein ruhender Pol. Sanft und fürsorglich hatte sie schon im

Kindergarten ihr Mutter-Teresa-Syndrom an mir ausgelebt, und harmoniebedürftig, wie sie war, ging sie jedem Streit lieber aus dem Weg. Ich hingegen sperrte den Murmeldieb Timo im Spielhaus ein und schnitt Sonja, nachdem sie meinen Teddy ins Klo geworfen hatte, heimlich den Pferdeschwanz ab. Ich hatte wohl schon immer einen Hang zur Selbstjustiz gehabt. Auch in der Schule hatte ich es meistens Paula zu verdanken gehabt, dass ich nicht hochkant rausgeschmissen worden war. Ja, ich kann sagen, sie war oft genug der Rettungsring, wenn mich mal wieder stürmische See umtobte und ich mich zielsicher in die Gülle geritten hatte.

Erstaunlich, dachte ich, all die Jahre war es mir nie so deutlich aufgefallen, aber es gab überhaupt keinen Zweifel. Paula würde die perfekte Mutter sein! Für sie war der Schritt zu Ehe und Kind ganz natürlich und absolut passend.

Ich war da ganz anders gestrickt. Die Ehe erschien mir immer ziemlich sinnfrei, und Kinder wollte ich, wenn überhaupt, erst haben, nachdem ich Karriere gemacht hatte. Und natürlich nur mit dem perfekten Mann! Aber der musste ja auch erst mal gefunden werden.

*Hallo*, mischte sich mein innerer Coach nun ein. *Ich dachte, Jean-Paul wäre endlich dein Mr. Right?*

Denk lieber nicht!, blockte ich ab, sah mir aber Jean-Paul unter dem Aspekt »zukünftiger Kindsvater« etwas genauer an.

Ich beobachtete, wie er beim Erzählen leuchtende Augen bekam und sich vor Erregung kleine rote Flecken auf seinen Wangen bildeten. Er war sichtlich in seinem Element. Wie ein paar alte Dinoknochen jemanden derart in Ekstase versetzen konnten, war mir echt ein Rätsel. Aber auch dafür liebte ich ihn. Ohne die Dinos wäre er nicht mein Jean-Paul. Begierig heftete ich meinen Blick an seine weichen Lippen, die sich beim Reden verführerisch öffneten und schlossen.

Hm, vielleicht sollte ich auch mal mehr auf meinen Bauch hören. Wenn ich mal alle Vorbehalte beiseiteschob, dann war es schon eine schöne Vorstellung, Jean-Paul und ich als Ehepaar, umwuselt von einem kleinen Jean und einem kleinen Paul. Gut, ein Mädchen musste auch dabei sein. Also auch noch eine kleine Jeanne. Wie süß! Ich sah das kleine blond gelockte Mädchen mit seinen mittelmeerblauen Augen deutlich vor mir. Ganz der Vater!

Mein Blick musste wohl einen ziemlich entrückten Ausdruck angenommen haben, denn Jean-Paul fragte säuselnd in meine Gedanken hinein: »Na, Schatz, denkst du an dasselbe wie ich?«

Ich grinste. Irgendwie schon. Ich musste kurz lachen und ließ mich dann in Jean-Pauls Arme sinken, verriet ihm aber lieber nicht, woran ich wirklich gedacht hatte. Es reichte schon, dass er jedes Mal so einen entsetzten Blick bekam, wenn ich von Paulas Hochzeit schwärmte. Dabei bestand bei mir nun wirklich kein Anlass, Panik zu schieben. Ich war schließlich eine selbstbewusste, moderne Frau, die nicht umsonst studierte. Direkt von der Uni ins Wochenbett war nicht mein Plan.

Aber ich war schließlich auch nur ein Mensch, und es war wirklich alles andere als leicht, taff bei meinen emanzipatorisch-feministischen Grundsätzen zu bleiben, wenn um mich herum alle Welt plötzlich verlobt war, heiratete und jetzt auch noch Nachwuchs in die Welt setzte. Da fragte ich mich in schwachen Momenten schon, warum Jean-Paul und ich das eigentlich nicht auch taten. Also zunächst mal heiraten. Seltsamerweise konnte ich es mir bei Jean-Paul, im Gegensatz zu meinen früheren Affären, zum ersten Mal zumindest ansatzweise vorstellen. Der Gedanke, mit ihm für immer zusammenzubleiben, erzeugte keinen Horror wie bei seinen Vorgängern, sondern hatte sogar etwas Beruhigendes. Jean-Paul und Alix – für immer zusammen! Das klang gut. Das klang nach Liebe.

Natürlich nutzte Jean-Paul meine romantische Verwirrung zu einem entspannenden Quickie. Wobei mir allerdings mittendrin einfiel, dass ich ja zu meinem ersten Treffen mit Leander, dem Mann mit der Samtstimme, musste, um ihm bei der Moderation der Nachtsendung *Seelentröster* zu assistieren.

Shit, wie spät war es eigentlich? Ich grub meinen Arm unter Jean-Paul hervor und blickte auf die Uhr, deren Ziffern ich allerdings beim vibrierenden Auf und Ab unserer Körper beim besten Willen nicht lesen konnte. Wo stand denn dieser verdammte Zeiger? Schließlich ließ sich Jean-Paul stöhnend auf mich sinken, und um ihm eine Freude zu bereiten, stieß ich ein paar täuschend echte Lustschreie aus. Dann schob ich ihn von mir runter und hechtete aus dem Bett.

»Äh, Schatz, ich bin dann mal weg«, gurrte ich.

»Wieso, warum, bleib doch hier …«, grunzte er relaxed. »Ist doch grade so schön entspannt.«

»Ich muss zum Sender, diesen Leander treffen. Du weißt doch, die *Seelentröster*-Sendung.«

Er drehte sich auf die Seite. »Und wer tröstet meine Seele?«

Ich kicherte. »Na, du hast doch wohl alles gehabt, was du brauchst. Kannst ja nachher mal das Radio einschalten. Vielleicht darf ich auch ein bisschen Trost spenden, und du hörst meine Stimme!«

»Mach ich«, murmelte Jean-Paul, aber als ich aus dem Bad zurückkam, war er schon fest eingeschlafen.

Eigentlich hatte ich mir ja vorgenommen, eine *Seelentröster*-Sendung anzuhören, bevor ich Leander traf, aber irgendwie war immer etwas dazwischengekommen. So trudelte ich jetzt also völlig unvorbereitet mitten in der Nacht im Sender ein. Ich hoffte, Leander würde mir verzeihen, dass ich seine Sendung nicht kannte. Was da abgehen würde, konnte ich mir auch so vorstellen. Ich kannte schließlich *Domian*. Und was Leander machte, war sicherlich nicht viel anders.

Hallo, liebe Nachtschwärmer, und willkommen zu unserem kleinen Wissensquiz. Zu gewinnen sind heute zwei Karten für ein verrücktes Pärchen, das schon immer mal in eine Travestieshow wollte. Mary on tour! Und hier sind die Fragen: Wie alt war der Rentner, der jeden Abend mit seinem Fernglas die zwölfjährige Nachbarstochter bespannerte? Welche Mettwurstsorte bevorzugte der Fetischist von neulich zur Stimulation? Und last but not least: Wie viele Deutsche lassen sich jährlich scheiden? Wer die Antworten weiß, bitte sofort anrufen unter … Jeder Anruf kostet neunundvierzig Cent aus dem deutschen Festnetz, Mobilfunkpreise können abweichen …

Ja, so oder so ähnlich lief das ab. Ehrlich, nicht ausgedacht, kein kruder Einfall von mir.

*Dann ist die Sendung also genau das Richtige für dich.* Mein innerer Coach konnte sich ein Kichern nicht verkneifen. *Mit verpeilten Spinnern kennst du dich ja aus.*

»Shut up!«

Keine Ahnung, auf wen der jetzt wieder anspielte. Nur weil ich hin und wieder an etwas ... ähm ... merkwürdige Männer geriet, war ich nun wirklich nicht auf Freaks spezialisiert.

*Nicht? Ich sage nur Philipp, Bleibtreu, Kiesling ...*

Ach je, die waren ja so was von harmlos. Die konnte er doch nicht mit den Typen vergleichen, die bei einer solchen Sendung anriefen und sicherlich alle hochgradig gestört waren.

Und das waren sie tatsächlich. Da lag ich mit meiner Prognose hundertprozentig richtig. Ich glaubte es selber kaum, dass es in unserer kleinen Großstadt tatsächlich vor Spinnern und Freaks nur so wimmelte. Und was für welchen! Madre mia! Da fiel ja 'ne Jungfrau glatt vom Glauben ab. Gut, dass ich keine mehr war.

Leander war ein recht massiger Mittvierziger, mit kräftigen dunklen Haaren und ... äh ... Augenbrauen ...büschen! Manche Menschen sind einfach von Natur aus dazu bestimmt, beim Radio und nicht beim Fernsehen zu arbeiten, schoss es mir durch den Kopf. Und als Leander mich begrüßte, bestätigte seine Stimme diesen Eindruck ebenfalls, diesmal allerdings im positiven Sinne. Sie war sehr dunkel, warm, sanft und in der Tat irgendwie so, als wären die Stimmbänder mit dunkelrotem Samt belegt. Sie hatte etwas pulsierend Erotisches ... Es war die perfekte Radiostimme. Trotz seiner Optik, die mich an das Walross des NDR erinnerte, war er mir auf Anhieb sympathisch.

»So, gleich geht's los«, sagte Leander und schwang seine Pfunde behänder, als ich erwartet hatte, auf den Drehstuhl hinters Mikro. »Kennst du die Sendung?«

War ja klar, dass er das fragen würde. Merde! Ich überlegte kurz, ob ich einfach Ja sagen sollte, schüttelte dann aber den Kopf.

»Nee, leider nicht. Dafür lausche ich jetzt umso gespannter und beobachte den Seelentröster live bei der Arbeit.«

Leander lachte tief. »Ach was, zugucken! Der große Vorteil eines Praktikums bei einem Regionalsender wie unserem ist die Chance, dass man auch als Anfänger schon voll loslegen kann. Bei den Privatsendern darfst du als Praktikant monatelang nur Umfragen machen. Hier geht's direkt zur Sache.«

Ich dachte an die zwei Umfragen, die auch ich zu Beginn des Praktikums machen musste, und war erleichtert, mich nun höheren Aufgaben zuwenden zu können. Im Regen in der Fußgängerzone zu stehen und genervte Passanten zu einem noch nervigeren Thema zu befragen, war nicht wirklich berauschend.

Bitte würden Sie so freundlich sein ... Was ist Ihre Meinung zu ... steigenden Benzinpreisen ... fallenden Benzinpreisen ... oder wahlweise steigenden oder fallenden Aktienkursen ... Mutter-Kind-Kuren ... Ganztagsschulen ... Sex im Alter ... in der Jugend ... gar keinem Sex ...

Nee, das war zwar ein-, zweimal ganz lustig, aber dann nicht mehr. Zumal die Menschen immer weniger bereit waren, eine eigene Meinung zu haben, geschweige denn, sie dann auch noch öffentlich auszusprechen. Vielen Dank für Ihr Statement!

Nun war ich allerdings etwas verunsichert. Denn damit, dass ich so völlig unvorbereitet gleich ans Mikro sollte, hatte ich nicht gerechnet. Da fühlte ich mich doch etwas überrumpelt und wurde schlagartig nervös.

»Ich, äh, ich muss mal ganz dringend auf die Toilette«, stieß ich leicht panisch hervor.

Merde! Das war mir schon früher immer passiert, besonders, wenn ich beim Zahnarzt auf den Stuhl sollte. Plötzlicher unkontrollierter Harndrang.

Leander fing meinen unsicheren Blick auf. »Bist du sicher? Entspann dich erst mal, und hab keine Angst. Um hier mitmachen zu können, musst du die Sendung nicht kennen. Alles, was du wissen musst, verrät der Titel. Also setz dich.«

Er deutete auf den Stuhl vor dem zweiten Mikro.

Oh, je, das konnte doch nur schiefgehen. Bei meinem Talent, aus jeder Situation das Unmöglichste herauszuholen. Aber okay, Leander sah nun ein wenig ungeduldig aus, dann kratzte ich mal besser allen Mut zusammen.

»Und los!«

Kommt, ihr Seelen, die ihr mühselig und beladen seid, die ihr einen Knacks habt und die ihr auf Striptease steht, kommt alle her zu Tante Alix, und lasst euch trösten!

Der erste Anrufer war ein junges Mädchen, das drei Beziehungen gleichzeitig führte und von Leander wissen wollte, wie sie ihr Liebesleben besser koordinieren könnte.

»Meinst du nicht, es wäre gut, sich für einen der Männer zu entscheiden?«, fragte Leander nach ein paar Minuten.

»Kann ich nicht. Ich liebe alle drei. Außerdem wohne ich mit zweien von ihnen zusammen«, jammerte das Mädel.

»In einer WG?«, fragte Leander.

»Nein. In zwei verschiedenen Wohnungen.«

Wie ging das denn? Ich empfand direkt ein bisschen Bewunderung für sie. Das musste wirklich eine logistische Meisterleistung sein.

Leander versuchte sein Möglichstes, aber am Ende schien mir das Mädchen auch nicht glücklicher zu sein.

»Aber es geht nicht ohne die drei. Jeder von ihnen gibt mir etwas anderes«, sagte sie zum Abschied.

Liebes Lieschen, war ich froh, dass ich von Jean-Paul *alles* bekam, was ich brauchte. So ein Beziehungs-Hopping musste einem ja zwangsläufig aufs Gemüt schlagen. Ich persönlich würde die Typen wahrscheinlich ständig durcheinanderbringen.

»So, den Nächsten kannst du mal annehmen«, sagte Leander, als das Telefon wieder läutete.

Ich schluckte. Aber ich war ja hier, um was zu lernen, und hatte außerdem genug Erfahrung als WG-Seelentröster.

»Hier ist Bernd.«

»Hallo, hier ist Alix. Wie kann ich dir helfen?«

Schweigen. Der brauchte wohl etwas mehr Ermunterung.

»Ja, also Bernd, was möchtest du denn mit mir besprechen?«

»Ich hab ein Problem.«

Ach nee, hätte ich jetzt nicht gedacht.

»Willst du mir schildern, was dein Problem ist?«

»Eigentlich nicht.«

Wollte der Typ mich verarschen? Hilflos sah ich zu Leander rüber. Aber der grinste nur und zuckte mit den Schultern.

»Das ist schade. Ich würde dir gerne helfen, aber dafür muss ich natürlich wissen, worum es geht.«

»Ist aber zu peinlich.«

Wieso, um alles in der Welt, rief jemand bei einer Radiosendung an, wenn es ihm peinlich war und er nicht wollte, dass jemand was von seinem Problem erfuhr? Diese Sendung war doch extra für Seelenexhibitionisten geschaffen worden. Schüchterne Menschen sollten lieber einen Psychologen oder philosophischen Berater aufsuchen.

Ja, so was gab es wirklich. Hatte ich vor kurzem bei »Wer wird Millionär« gesehen. Ob ich Bernd den empfehlen sollte? Ich meine, den philosophischen Berater: Mit euch, Herr Doktor, zu spazieren, ist ehrenvoll und bringt Gewinn ... für meine arme gequälte Seele ...

Nee, besser nicht, das fand Leander sicherlich nicht so toll, wenn ich seine Klientel durch solche Tipps vertrieb.

»Also gut, Bernd. Dann versuch doch einfach trotzdem mal, dein Problem zu umschreiben. Du musst wirklich keine Angst haben, niemand weiß, wer du bist. Die Sendung ist vollkommen anonym.«

Insgeheim fragte ich mich jedoch, ob Bernds Nachbarn oder Freunde ihn nicht doch zweifelsfrei identifizieren konnten. Sollte ich ihn wirklich dazu ermuntern, peinliche Details aus seinem Leben im Radio zu erörtern?

*Das wäre wirklich grausam von dir*, meinte mein innerer Coach ironisch. *Aber wer zum Striptease kommt, muss nun mal die Hose runterlassen.*

Er nun wieder! Doch er hatte ja Recht. Ich musste wirklich kein schlechtes Gewissen haben. Dieser Bernd hatte schließlich von sich aus und aus freien Stücken angerufen, um über sein Problem mit Leander zu sprechen. Dann sollte er es gefälligst auch tun. So lief das hier nun mal.

Leander begann, etwas unruhig auf seinem Stuhl hin und her zu rutschen. Auch er verlor langsam die Geduld, und so ein maulfauler Anrufer steigerte wahrscheinlich nicht grade die Einschaltquoten. Ich musste ihn wohl abhängen, wenn er nicht langsam mit der Sprache rausrückte.

»Ja, äh ... also ...«, druckste Bernd herum. »Ich ... ich habe mich in eine Frau verliebt.«

Uff, es war raus. War ja wohl nicht so schwer.

Ich wagte mich weiter vor. »Aber daran ist doch nichts peinlich, Bernd. Du bist also unglücklich verliebt, ist das dein Problem?«

»Nein.«

»Wie nein?« Ich war verwirrt.

»Nein, sie liebt mich auch«, antwortete Bernd.

Jetzt peilte ich gar nichts mehr. Leander sah mich ebenfalls irritiert an.

»Also, du liebst eine Frau und sie dich auch, hab ich das richtig verstanden? Wo liegt denn dann dein Problem, Bernd?«, fragte ich, inzwischen leicht gereizt.

»Ich ... ich bin schwul!«

Leander und ich mussten einen heftigen Lachanfall unterdrücken. Es stellte sich heraus, dass Bernd schon ewig in einer homosexuellen Partnerschaft lebte und auch sein gesamter Freundeskreis aus Schwulen bestand. Er befürchtete, plötzlich nicht mehr »normal« zu sein, da er sich in eine Frau verliebt hatte.

Armer Bernd! Leander meldete sich nun auch zu Wort und leistete ihm männlichen Beistand. So gelang es uns gemeinsam, Bernd ein wenig über sein tragisches Schicksal hinwegzutrösten.

Die folgenden Anrufe waren bunt gemischt. Von »Mich hat mein Mann verlassen, was soll ich tun?« bis zu einem nahezu unverständlichen Panikanruf einer Tussi, deren Zungenpiercing sich in dem ihres Mackers verhakt hatte. Wo genau, wagte ich nicht zu fragen.

»Ey, das is so 'n Scheiß«, lallte sie.

Wir konnten ihr nur anbieten, den Notarztwagen zu ihr zu schicken, aber da legte sie dankend auf.

»War das jetzt echt?«, fragte ich ungläubig. So bescheuert konnte doch niemand sein.

Leander grinste nur und meinte: »Eins habe ich hier ganz schnell gelernt: Es gibt nichts, was es nicht gibt.«

Und da musste ich ihm wirklich Recht geben. Diese Lektion lernte ich nämlich auch, und zwar schneller, als mir lieb war.

Wir verarzteten gemeinsam noch einige kranke Seelen, dann war ich froh, endlich den Heimweg antreten zu können. Sich mit so vielen deprimierten Menschen zu unterhalten, steigerte nicht gerade die eigene Stimmung. Ich bewunderte Leander echt dafür, dass er sich das zweimal in der Woche antat und dabei offenbar noch keinen Schaden an seiner Seele erlitten hatte. Was musste der eine strunzgesunde Psyche haben.

Ich jedenfalls war total ausgepowert und sehnte mich nur noch nach meinem gemütlichen weichen Bett. Schlafen! Ahhh!

Als ich in die kühle Nachtluft hinaustrat, stieß ich fast mit einem Typen zusammen. Hoppla! Wer trieb sich denn hier noch zu so später Stunde herum?

»Alix?«

»Thomas!«

Ich dachte, ich traute meinen Augen nicht. Das war ja der Ex von Paula. Liebes Lieschen, der hatte sich aber verändert. Alle Haare abrasiert, dunkle schmale Hornbrille, Lederklamotten ... sah echt abgefahren aus.

»Was machst du denn hier?«, fragte ich ein wenig perplex.

»Und du?«

»Ich arbeite hier. Beim Rundfunk. Nachtsendung.«

»Immer noch dabei, Journalistin zu werden?«

Ich nickte und wunderte mich, wie wandlungsfähig Thomas offenbar war.

»Wie läuft es denn in der Schule?«, fragte ich. »Du bist doch jetzt an der Grundschule, oder?«

Er nickte. »Ja, macht Spaß, sehr niedlich die Kleinen.« Er räusperte sich und lief neben mir her, weil ich weiterging, um meinen Bus nicht zu verpassen. »Wie, äh ... geht es denn Paula so?«

Wir erreichten die Haltestelle, und der Bus kam grade an. Also sagte ich nur noch schnell: »Ach, der geht es ganz prima«, und stieg ein.

Ich weiß nicht, warum ich es tat, aber auf der Stufe drehte ich mich noch mal zu ihm um und rief durch die sich schließende Tür: »Sie ist übrigens schwanger!«

Ging's ihn was an?

Als ich schließlich in die Jägerstraße einbog, hatte ich gleich so ein komisches Gefühl. Irgendetwas stimmte nicht.

Vor unserem Haus stand mit flackerndem Blaulicht ein Streifenwagen, und als ich im Treppenhaus nach oben stieg, verdichteten sich seltsame Gerüche und mir schlug ziemlich laute Mucke entgegen. Mir schwante Übles.

Verdammt! Das Epizentrum dieses Chaos schien eindeutig in unserer Wohnung zu liegen. Je näher ich unserer Etage kam, umso fetter wurde die Graswolke, die das Treppenhaus vernebelte. Da wurde man ja schon vom Passivrauchen völlig stoned. Mit lautem Getrampel kam mir eine Horde Punks entgegen.

»Ey, mach mal Platz, Perle«, sagte einer von ihnen mit schwerer Zunge und schob mich unsanft aus dem Weg.

Nun fiel mir auch wieder ein, dass Robbie irgendwann mal was von Einstandsparty gefaselt hatte. Dass er damit gleich die Eröffnung einer neuen Kifferhöhle für wohnsitzlose Punks in unserer WG verbinden würde, hatte ich allerdings bei meiner Genehmigung dieses Events nicht einkalkuliert.

Na warte, Bürschchen, dachte ich und stürzte die Treppe rauf.

In fliegender Hast nahm ich immer zwei Stufen auf einmal. Klar, dass das nicht lange gutgehen konnte.

Ich war fast auf Jean-Pauls Etage, also direkt auf dem Treppenabsatz unter unserer Wohnung angekommen, als das Licht im Treppenhaus ausging. Ich stolperte über die letzten Stufen und semmelte gegen irgendwas Weiches, Molliges, das mich auffing.

Als das Licht wieder anging, hing ich in den Armen einer etwas beleibten Polizistin. Uups!

»Aber, aber, nicht so stürmisch. Wohin denn so eilig, junge Frau?«, brummte sie.

»Äh … zu meiner Wohnung, da oben!«, stammelte ich.

»Na, das freut uns doch«, sagte ein zweiter Polizist in vertraulichem Tonfall und schien sich schon darauf einzustellen, eine hysterische Junkiebraut beruhigen zu müssen. »Da wollen wir auch grade hin. Aber vielleicht können Sie uns ja schon mal sagen, was da eigentlich los ist?«

Tja, das hätte ich auch gerne gewusst. Hoffentlich dachten die Polizisten nicht das Gleiche, was ich dachte, nämlich, dass da oben ein illegaler Coffeeshop neu eröffnet hatte.

»Es ist nicht so, wie Sie denken«, sagte ich also, um erst mal abzuwiegeln. »Ich meine, es ist alles nicht so, wie es scheint … äh … ist es nicht …«

Was laberte ich denn hier bloß? Ich musste vollkommen übermüdet sein.

»So? Nicht?«, fragte die mollige Polizistin mit ironischem Unterton. »Haben Sie irgendwelche Drogen dabei?«

Was? Meine Alarmglocken schrillten.

Mein innerer Coach kringelte sich vor Lachen. *Wenn du weiter so überaus geschickt mit der Polizei verhandelst, hast du beste Aussichten, als Einzige der ganzen Kifferparty im Knast zu landen*, gab er mal wieder seinen Senf dazu.

»Klappe, ich geh nicht in den Knast«, blaffte ich zurück.

Ups, das hatte ich doch nicht etwa laut gesagt? Wohl doch.

Die Polizistin verschärfte sofort ihren Ton: »Nicht frech werden, junge Frau. Dann leeren Sie doch mal ihre Taschen aus.«

Verdammt, die beiden deuteten meine Hektik total falsch. Na ja, zumindest ein wenig. Das musste ich mal schnell aufklären.

»Ich hab nichts in meinen Taschen. Zumindest keine Drogen. Ich bin Mieterin hier und komme grade von der Arbeit. Es … es tut mir leid, wenn die Party etwas aus dem Ruder gelaufen sein sollte … aber das … äh, ja, jetzt bin ich ja da und werde gleich für Ruhe sorgen.«

Nun fragte ich mich aber doch, wer wohl die Polizei gerufen hatte. Erst jetzt fiel mir auf, dass sich ziemlich viel Volk auf dem Treppenabsatz vor Jean-Pauls Tür drängelte.

Ich traute meinen Augen kaum. Da stand nicht nur Frau Waschkowski, die man natürlich immer dort antraf, wo es was zu tratschen gab, sondern auch Opa Schulze und – man sehe und staune! – unsere neuen Nachbarn. Einer von denen hatte garantiert die Polizei alarmiert. Ich blickte Frau Waschkowski finster an. Aber dann stellte sich schnell heraus, dass es offenbar die neuen Mieter waren, die jetzt unter uns wohnten. So, wie die Tussi die Polizisten zutextete, kamen nur die infrage.

»Ständig sind hier solche Feiern«, keifte sie grade. »Mitten in der Nacht. Wir kriegen kein Auge zu. Meine armen Kinder! Können Sie denn nichts dagegen machen, Herr Wachtmeister?«

Herr Wachtmeister? In welchem Bayern-Tatort war die denn hängen geblieben?

Ich hatte mich wieder gefangen und protestierte

entschieden gegen ihre Vorwürfe. Aber sie redete wie ein Wasserfall, klebte sich an die dicke Polizistin und laberte sie voll. Danach zu urteilen, wie die Polizistin mich grade taxierte, hatte die Tussi garantiert auch wieder diese Verleumdung ausgegraben, dass wir in der WG ein Bordell betreiben würden.

*Hast du gehört, und sag mal, wusstest du schon? Nämlich du verdienst dein Geld mit Prostitution.*

Schnell entwickelte sich auf dem Treppenabsatz von Jean-Pauls Wohnung eine hitzige Diskussion. Zum Glück konnten Frau Waschkowski und Opa Schulze bestätigen, dass wir so gut wie nie laute Partys veranstalteten und eine nahezu vorbildliche WG waren.

»Nur die Treppe könnten se en bisschen pünktlicher putzen«, meinte unser Hausdrachen.

Aber das interessierte die Polizei einen feuchten Kehricht. Viel mehr Interesse schienen sie an dem riechbaren Drogenkonsum in der WG zu haben. Wie hielt ich sie denn bloß davon ab, da raufzugehen?

In meiner Not klingelte ich bei Jean-Paul. Hoffentlich war der überhaupt da. Bei dem Lärm hätte er doch eigentlich längst aus dem Bett fallen müssen. Wieso war er nicht auch hier beim Nachbarschaftstreffen?

Er öffnete mir komplett angezogen.

»Du bist ja doch wach!«, sagte ich erstaunt.

»Na ja, sagen wir besser, wieder wach. Ich wollte gerade mal bei euch nach dem Rechten sehen.« Er lächelte mich müde an. »Inzwischen ist es oben doch etwas lauter geworden.«

Etwas lauter? Hatte er einen Hörschaden? Das war ja wohl angesichts des Höllenlärms, der das gesamte

Treppenhaus erfüllte, absolut untertrieben. Die über uns wummernden Bässe und tobenden Leiber versetzten Decken und Wände in bedrohliche Schwingungen. Hier unten hatte man den Eindruck, dass Robbie und seine Freaks jeden Moment das Haus zum Einsturz bringen könnten. Unsere schöne grüne Jugendstilvilla!

Ich erklärte der Polizei, dass mein Bruder Geburtstag hätte und die Party leider ein wenig ausgeufert sei.

»Man wird ja schließlich nur einmal achtzehn«, sagte ich mit einem verschwörerischen Blick. »Ich gehe jetzt mit meinem Freund rauf und sorge umgehend für Ruhe. Es wird keinen Grund mehr für Beschwerden geben.«

Ich schnappte mir Jean-Pauls Hand und wollte ihn die Stufen hoch zur WG zerren, als die mollige Polizistin schnüffelnd die Nase rümpfte und fragte: »Sagen Sie, da oben wird doch nicht etwa gekifft?«

Nein! Natürlich wurde gekifft. Wenn sie das nicht zehn Meilen gegen den Wind roch, hatte sie ein eindeutiges Ausbildungsdefizit! Vielleicht sollte ich ihr mal Putzi für die Drogenfahndung ausleihen. Egal, ihre Frage war eine Chance.

»Nee, bestimmt nicht. Ich glaube, das sind nur Räucherstäbchen«, wiegelte ich sofort ab. »Eine Mitbewohnerin steht auf so orientalische Düfte.«

Sie schien es mir nicht wirklich zu glauben. »Sie wissen, dass der Besitz von Haschisch oder dergleichen strafbar ist?«

»Ja, klar«, gab ich zurück. Schließlich hatte ich mal mit einer Juristin zusammengewohnt. Dass Elke mir auch erzählt hatte, dass sich rein theoretisch sogar jeder strafbar machte, der einen Joint bei einer Kiffersession weiterreichte, behielt ich lieber für mich. So gesehen hatte ich vermutlich die ganze WG voller Straftäter! Kein angenehmer Gedanke.

Auch Jean-Paul schaltete sich nun ein, und obwohl er sehr seriös rüberkam, bestanden die Polizisten darauf, mit nach oben zu kommen. Schöner Mist. Wenn die einen Blick in die Wohnung warfen, würden sie vermutlich sofort ein Überfallkommando anfordern und die Kifferhöhle ausheben lassen.

Schwer besorgt stieg ich also mit Jean-Paul voran nach oben, während hinter uns die blöde Nachbarstussi weiter ihre Verleumdungen durchs Treppenhaus keifte.

»Die haben kein Recht, in die Wohnung zu gehen«, flüsterte mir Jean-Paul zu.

Da war ich mir zwar nicht so sicher, hoffte aber dennoch, sie an der Tür abwimmeln zu können. Schließlich wollte ich nicht, dass Robbie und seine Freunde auf dem Revier landeten. Ich schloss auf und ging in die Wohnung, während Jean-Paul die Polizei vor der Wohnung zutextete. Was er genau sagte, wusste ich nicht, aber auf jeden Fall blieben sie dadurch erst mal draußen.

Ich betrat die Wohnung und wäre fast in Ohnmacht gefallen, als ich sah, was für einen Saustall die aus ihr gemacht hatten. Wutentbrannt stürmte ich in Robbies Zimmer. Ich entdeckte meinen kleinen Bruder mit seiner Tussi im Arm auf dem Fußboden. Sie hockten dort mit einigen Leuten zusammen und ließen in aller Seelenruhe einen Joint rumgehen. Gerade reichte Jenna die Tüte weiter an … Melli?!

»Spinnst du?«, fauchte ich meine Freundin an. »Wie kannst du bei so was mitmachen?«

Dass Melli ab und zu kiffte, war ja kein Geheimnis. Aber sie wusste genau, dass ich nichts von Drogen hielt, und so war ich stinksauer. Sie brachte uns noch in Teufels Küche. Wenn sie als Erwachsene meinte, sie müsse auf die Art ihr Bewusstsein erweitern, okay, dann konnte ich nichts machen. Aber wie konnte sie so gelassen dabei zusehen, wie mein minderjähriger Bruder sich bis unter die Augenringe zudröhnte? Hatte sie denn keinen Funken Verantwortungsbewusstsein?

»Schwester, willste ’nen Keks? Echt feiner Stoff.«

Robbie hielt mir ein bröseliges Etwas hin. Haschkekse? In meiner Wohnung? Wen sollte ich zuerst töten? Melli oder Robbie? Jetzt bemerkte ich auch Kurtchen und Boris, Mellis Künstlerkumpels. War ja klar! Wo es nach Gras duftete, durften die beiden nicht fehlen.

Egal, jetzt war Schluss mit lustig!

»Macht sofort die Mucke aus!«, brüllte ich. Tatsächlich verstummte der Krach blitzartig. »Draußen stehen die Bullen«, sagte ich etwas leiser. »Wenn die hier reinkommen, seid ihr fällig fürs Revier. Also macht gefälligst, was ich sage.«

Die Leute, die noch einigermaßen klar waren, brummelten Zustimmung.

»Ihr seid jetzt ganz still! Ist das klar? Oder ich schneide euch die Zunge raus und ziehe euch die Haut in Streifen vom Leib«, zischte ich drohend. »Das hier ist meine Wohnung, und ich werde jetzt mit der Polizei reden. Wehe, es gibt in der Zeit auch nur einer von euch einen einzigen Ton von sich! Verstanden?«

Die umstehenden Typen nickten erschrocken. Nur einer murmelte: »Peace, Schwester!«

Es klingelte. Offenbar verloren die Polizisten allmählich die Geduld. Nun brannte die Lunte. Wenn die Bullen hier reinkamen, dann ging 'ne Bombe hoch. Das durfte auf keinen Fall passieren! Ich musste sie unter allen Umständen dazu bewegen, draußen zu bleiben.

Als ich die Tür öffnete, hatte sich die gesamte Nachbarschaft davor versammelt. Hatten die kein Bett in ihrer Wohnung? Es war Zeit, schlafen zu gehen!

»So, erledigt«, sagte ich so locker wie möglich. »Die Party ist zu Ende. Alle können schlafen gehen. Husch, husch ins Bettchen.«

Es war wirklich einen Moment lang unnatürlich still im Treppenhaus, aber mein Humor kam nicht so gut an. Statt schlafen zu gehen, begann die Tussi von unten wieder zu lamentieren.

*Du weißt noch nicht einmal genau, wie sie heißen, während sie sich über dich schon ihre Mäuler zerreißen …*

Vermutlich hatte ich es aber ihr zu verdanken, dass die Polizisten nun tatsächlich den Abflug machten, ohne noch einen Blick in die WG zu werfen. Wahrscheinlich ging die ihnen inzwischen derartig auf den Zeiger, dass sie so schnell wie möglich aus diesem Irrenhaus verschwinden wollten. Mir fiel ein zentnerschwerer Stein vom Herzen.

Ich zog Jean-Paul in die WG, warf unseren neuen Nachbarn einen Blick zu und meinte: »Es wäre schön, wenn hier im Treppenhaus nun auch Ruhe einkehren würde.«

Darauf würde ich allerdings noch etwas warten müssen, denn die Nachbarstussi rannte hinter den

Polizisten her und krakeelte laut: »Das können Sie doch nicht machen! Sie müssen diese Leute festnehmen. Allesamt! Das ganze kriminelle Pack! Wo leben wir denn eigentlich, dass unbescholtene Bürger sich von solchem Gesindel den Schlaf rauben lassen müssen? Einsperren muss man die! Wegschließen!«

Ich sah noch, wie ihr Ehemann sie gewaltsam wieder in die Wohnung zerrte, dann floh ich zurück zum kriminellen Pack in die WG, das mir dann doch tausendmal lieber war als solche »Normalbürger«.

*Lass die Leute reden, bei Tag und auch bei Nacht. Lass die Leute reden, das haben die immer schon gemacht.*

Der Schock traf Jean-Paul ziemlich unvorbereitet.

»Heiliger Brontosaurus!«, stieß er keuchend hervor.

So schlimm wie heute hatte es aber auch wirklich noch bei keiner Party von uns ausgesehen. Nicht mal auf unserer Einweihungsparty, als Thomas, Paulas Ex, dem Kartoffelsalat einen Heiratsantrag gemacht hatte. Zum Glück wusste Jean-Paul nicht, dass auch seine Wohnung dank Robbie mal annähernd so ausgesehen hatte.

Wir warteten noch eine halbe Stunde ab, um sicher zu sein, dass die Polizei auch wirklich weg war, dann schaffte ich es mit Jean-Pauls Hilfe, einen Teil der Leute vor die Tür zu befördern. Den Rest ließen wir einfach dort pennen, wo sie ohnehin grade rumlagen. Ich selber zog mich mit Jean-Paul in mein Zimmer zurück. Die WG ganz zu verlassen, traute ich mich nicht. Obwohl ich liebend gerne vor diesem Chaos geflohen wäre.

Ich hatte es satt, ständig die Babysitterin zu spielen. Für Robbie, für Jenna und für Melli! Vielleicht sollte ich wirklich mit Jean-Paul zusammenziehen. Auf das WG-Leben hatte ich langsam keinen Bock mehr.

Zum Glück war erst mal Wochenende. Am nächsten Morgen verdonnerte ich Robbie und Jenna zum Aufräumen.

»Hier geblieben, Freundchen!«, rief ich, als Robbie sich mit Jenna aus dem Staub machen wollte. »Vergiss es! Wenn es hier nicht bald wieder aussieht wie vorher oder noch besser, bestelle ich eine Putzkolonne und die zahlst du von deinem Taschengeld. Und ich sage dir, das wird nicht billig!«

Dem Knaben fehlte jegliches Unrechtsbewusstsein, so dass er doch tatsächlich die Frechheit besaß, grinsend zu fragen: »Hilfst du uns?«

»Ich glaub, bei dir piept's!«

Sollten die beiden doch zusehen, wie sie wieder Ordnung schafften. Das war nun wirklich nicht meine Sache, da gäbe es andere, die tiefer involviert waren.

»Lasst euch von Melli helfen«, rief ich daher, schnappte mir einen Rucksack mit Klamotten und verzog mich mit Jean-Paul nach unten. Die Wohnungstür knallte hinter uns ins Schloss.

♡ ♡ ♡

Nach diesem angenehmen Wochenende stand Montagmorgen wieder Radio auf dem Plan. Nachrichtenredaktion. Meine Freude hielt sich in Grenzen. Besonders wegen Katrin. Die war doch eine stutenbissige Zicke, die sicher nichts unversucht lassen würde, um mich wieder blöd dastehen zu lassen. Solche Weiber kannte ich zur Genüge. Die sahen in fast jeder anderen Frau eine Rivalin, und Katrin war genau dieser Typ. Nicht besonders hübsch, nicht besonders klug, aber total von sich überzeugt. Bei der musste ich auf der Hut sein. Ich hätte mich ja gerne mit dieser Einschätzung geirrt, aber leider behielt ich Recht.

Kaum hatte ich das Büro betreten, kam sie auf mich zu und drückte mir einen fetten Stapel Papier in die Hand. »Hier, das kannst du kopieren und dann sortieren.«

Äh, hatte ich jetzt ein Déjà-vu-Erlebnis? Das kam mir doch irgendwie bekannt vor. Genau! Mein Praktikum beim *Tagesanzeiger* hatte auch so angefangen. Mein Praxisanleiter Bleibtreu, Redakteur und blauäugiges personifiziertes Ekelpaket, hatte mich zu seiner persönlichen Kopiersklavin ernannt und wochenlang Kopien für den Müll produzieren lassen. Aber eines Tages hatte ich ihm gehörig die Meinung gegeigt. Mit durchschlagender Wirkung. Aber das war eine andere Geschichte. Ich sage nur: gespickter Gockel ohne Aspik.

Ich grinste bei diesem Gedanken. Hier würde ich mir so was nicht noch mal gefallen lassen. Sollte ich mich gleich mit dem nackten Hintern auf den Kopierer setzen oder erst mal Ruhe bewahren? Hm, besser nicht gleich überreagieren. Vielleicht brauchten sie diese Kopien ja wirklich. Als ich am Kopierer stand, um ungefähr die fünfzigste Kopie zu machen, kam Joey vorbei.

»Was machst du denn hier?«, fragte er leicht verwundert.

Nach was sah es denn aus? »Kopieren.«

»Und was?« Joey nahm sich eins der Blätter und sah mich irritiert an. »Seit wann kopieren wir denn uralte Berichte?«

Mein innerer Coach feixte: *Reingefallen!*

Auf wessen Seite stand der eigentlich? Diese Schlange! Ich hatte es doch geahnt.

»Äh, dann ist das wohl ein Irrtum«, sagte ich trotz meines Ärgers, um diplomatisch zu bleiben.

»Ja, vermutlich«, meinte Joey, und es klang so, als wüsste er ganz genau, wem ich diesen »Sonderauftrag« zu verdanken hatte. »Komm mal mit. Ich hab eine bessere Aufgabe für dich.«

Im Büro gab Joey mir einen Zettel und sagte: »In diesem Gemeindezentrum findet heute eine Bürgeranhörung zu der geplanten Umgehungsstraße durch den Naturpark statt. Sicher wird's da heiß hergehen. Es sind auch Proteste von verschiedenen Naturschutzorganisationen angekündigt. Geh da mal hin, und fang ein paar O-Töne ein.«

Ich hörte, wie Katrin nach Luft schnappte. »Aber das kriegt sie doch bestimmt nicht hin. Ich … äh … meine, wegen der Technik. Sie kennt sich ja damit nicht aus und hat auch keinerlei Interviewerfahrung.«

War ja klar, dass die mich von allen interessanten Aufgaben fernhalten wollte.

»Ach, Alix hat doch schon ein paar Umfragen gemacht. Und soweit ich weiß, war sie schon bei der Zeitung und ist öfters für *Nightlife* unterwegs, oder?« Joey sah mich fragend an.

Ich nickte. Für *Nightlife* machte ich zwar überwiegend Fotos, aber Probleme, Leute anzusprechen, hatte ich definitiv nicht.

Katrin ließ nicht locker. »Aber wäre es nicht besser,

es würde sich ein erfahrener Mitarbeiter um das Thema kümmern?«

Traute sie mir das wirklich nicht zu, oder hatte sie einfach nur Angst, dass ich zu einer Konkurrentin werden konnte?

Zum Glück sah Joey das lockerer. »Wer sollte es denn machen, Katrin?«, fragte er. »Ich muss zur Eröffnung des neuen Krankenhauses, und dich brauche ich für die Nachrichten. Rokko und Lena sind beide nicht erreichbar. Bleibt also nur Alix. Wir können froh sein, wenn sie es macht.«

Rokko und Lena waren freie Mitarbeiter, so viel hatte ich inzwischen mitbekommen. Anscheinend waren sie so frei, dass sie auch mal für ein paar Tage untertauchen konnten.

»Also, Alix, du packst das schon.« Joey drückte mir das kleine Aufnahmegerät in die Hand, das ich schon von den Umfragen kannte. »Sieh es einfach so: Entweder *du* berichtest darüber oder niemand. Also wenn's nix wird, ist nix verloren.«

Schön zu wissen. Er gab mir noch ein Mikro mit dem Logo des Senders dazu und schickte mich los.

Da stand ich nun und sah den Lokalpolitikern dabei zu, wie sie sich die Köpfe heiß diskutierten. Ich war total überrascht, was ich dort alles zu hören bekam. Über hundertfünfzig alte Eichen und Buchen sollten gefällt werden, um Platz für eine zweispurige Umgehungsstraße zu schaffen. Direkt durch den Naturpark! Wieso hatte ich da eigentlich bisher noch nichts von mitbekommen? Schließlich las ich regelmäßig Zeitung und hörte Radio. Unglaublich, da passierte so was ökologisch höchst Bedenkliches in unserer

Stadt, und keiner hielt es für nötig, darüber zu berichten. Gut, dass ich jetzt da war. Das würde ein brandheißer Bericht werden.

Alix Auwald – dem Umweltverbrechen auf der Spur.

*Entschuldige*, kicherte mein innerer Coach respektlos, *aber das klingt jetzt sehr nach* Emil und die Detektive ... *Geht es auch weniger naiv?*

Hm, da hatte er Recht. Ich musste mir ganz schnell eine seriöse Attitüde zulegen.

Alix Auwald – die bekannte Radiojournalistin, berühmt für ihre investigativen Reportagen ... Erst kürzlich mit dem Pulitzerpreis für Audiomedien ausgezeichnet ...

*Mensch, Mädchen, dreh nicht am Rad. Hör zu und mach dir Notizen, damit du hinterher einen anständigen Bericht schreiben kannst. Zum Träumen ist das hier nicht der richtige Ort.*

Okay, okay! Ich stellte meine Ohren auf Durchzug, was meinen inneren Coach anging, und konzentrierte mich auf die Debatte.

Die allerdings zog und zog sich und schien kein Ende nehmen zu wollen. Die Politiker argumentierten rein ökonomisch und ließen sich von den besorgten Bürgern auch nicht von dieser einseitigen Sichtweise abbringen. Insbesondere die Verwaltung hielt stur an ihren Plänen fest. Nachdem endlich das Schlusswort gesprochen worden war, drängelte ich mich rasch durch die Menge, um überhaupt noch einen der Redner zu fassen zu kriegen, denn alle schienen schnellstens verschwinden zu wollen. Bloß nicht zu lange mit den Bürgern in Kontakt treten!

Ich erwischte den Leiter des Tiefbauamtes, das bei den Planungen federführend war.

Äh, wie fing ich denn jetzt an? Am besten gleich zur Sache kommen. Sollte der Typ doch erst mal Stellung beziehen.

»Äh, ja, also Ihre Behörde hat heute einen sehr umfassenden Entwurf vorgelegt, über den wohl nicht alle Bürger so glücklich sind. Wie stehen Sie denn persönlich zum Bau der Umgehungsstraße?«

»Positiv«, antwortete er.

Na toll. Ging das auch etwas ausführlicher? Da musste ich wohl meine Frage etwas anders formulieren.

»Schildern Sie doch bitte, warum Ihrer Meinung nach der Bau der Umgehungsstraße unerlässlich ist!«

Als Mensch schien er keine große Meinung zu haben, aber jetzt, wo er in seiner Amtsfunktion gefragt wurde, geriet er geradezu ins Schwafeln. Ausführlich begann er mir zu erläutern, wie wichtig die Straße doch für den Lieferverkehr wäre, und welche Entlastung sie für unsere Vororte bringen und wer noch alles davon profitieren würde. Dabei erwähnte er die ortsansässigen Tiefbauunternehmen allerdings nicht. Bald verhedderte er sich umständlich in irgendwelchen Bandwurmsätzen und konnte sich am Ende wohl selbst nicht mehr folgen. Trotzdem fand er kein Ende bei seinen Ausführungen. Wie hypnotisiert stand er vor dem Mikro, und ich überlegte, ob ich es ihm in den Rachen stopfen sollte, um ihn zum Schweigen zu bringen.

Mir fielen inzwischen tausend wichtige Fragen ein, die ich gerne auch anderen Leuten hier gestellt hätte. Und so riss ich einfach das Mikro weg, stieß einen knappen Dank aus und stürzte mich auf einen der Fraktionsvorsitzenden aus dem Stadtrat.

Der Typ wirkte dann allerdings nicht so, als wollte er tausend Fragen beantworten, und so musste ich blitzschnell überlegen, wie ich ihn wenigstens zu einem kurzen Statement bewegen konnte. Möglichst in einem klaren Satz und mit einer konkreten Aussage. Schließlich wollte ich nicht bis in die Nacht am Schnittpult hocken und belanglose O-Ton-Schnipsel zu bedeutungsvollen Aussagen zusammenbasteln.

Ich hielt ihm das Mikro vor den Mund und fragte mit dem charmantesten Lächeln, das ich in dieser Situation zustande bringen konnte: »Was sagen Sie denn dazu, dass ein Teil des Baumbestandes der Umgehungsstraße weichen soll? Die Rede war von über hundertfünfzig Eichen und Buchen.«

»Alles, was dazu zu sagen war, habe ich bereits in der Debatte erläutert«, blaffte der Typ. Dann drehte er sich um und ließ mich stehen.

Mein Lächeln gefror mir im Gesicht. Der war ja so was von eiskalt und unfreundlich. Da konnte ich mich ja auf einiges gefasst machen. Als zukünftige Journalistin würde mir das sicher öfters passieren.

Wenigstens erwischte ich dann noch einen anderen Politiker, der etwas kooperativer war und sich ein Statement zu den Bäumen abluchsen ließ.

»Das ist wirklich sehr bedauerlich«, sagte er, wobei er den Fluss seiner Rede durch ständiges Husten und Niesen unterbrach, »aber leider unvermeidbar. Unsere Gesellschaft entwickelt sich immer weiter. Da müssen auch mal in der Natur ein paar Veränderungen vorgenommen werden. Die Bäume sind ja nicht verloren. Wir werden an anderer Stelle als Ausgleich eine entsprechende Anzahl Bäume neu pflanzen.«

Ich fragte mich, ob er ernsthaft glaubte, dass so

ein paar mickrige neue Bäume diese uralten Eichen ersetzen konnten. Das war in meinen Augen genauso problematisch wie sein Beitrag. Denn wenn der auf Sendung gehen sollte, dann musste ich erst mal sämtliche Nieser und Huster rausschneiden. Prost Mahlzeit!

Also versuchte ich es weiter. Draußen vor dem Gemeindehaus erwischte ich noch ein paar demonstrierende Naturschützer, die gerne bereit waren, sich interviewen zu lassen. Und endlich ging es mal zur Sache. Manche ließen allerdings so krasse Sprüche ab, dass ich mir nicht sicher war, ob die sendetauglich waren. Da war ich wohl in eine militante Fraktion geraten.

Immerhin mit einem vollen Rekorder und nun doch rundum zufrieden mit mir kam ich in die Redaktion zurück.

»Hat's geklappt?«, fragte Joey neugierig.

»Na logo!« Ich grinste.

»Hast du Lust, sofort einen Beitrag daraus zu schneiden?«

»Ich?« Hm, das hatte ich doch gleich geahnt, dass da viel Arbeit auf mich zukommen würde.

»Ja, nur mal so zur Übung. Lass dir von Lothar beim Schnittprogramm helfen. Dann kannst du einige O-Töne zusammenschneiden und mit ein paar Texten von dir ergänzen. Lust?«

Na, wenn das nicht die Herausforderung war, nach der ich innerlich die ganze Zeit geschrien hatte! Der Tag war gelaufen.

Ich hatte ja einiges befürchtet, aber dass es so ewig lang dauern würde, hätte ich nie gedacht. Nachdem Lothar mir noch mal die wichtigsten Funktionen des

Schnittprogramms erklärt hatte, das ich ja schon vom Schneiden der Umfragen kannte, hockte ich stundenlang in dem muffigen Schneideraum und wäre sicher vom Stuhl gekippt, wenn mir Sabrina nicht hin und wieder einen Kaffee gebracht hätte. Ich weiß nicht, wie lange ich allein dafür brauchte, aus dem Gebrabbel der Politiker, das mir plötzlich endlos erschien, einige halbwegs sinnvolle Statements herauszufiltern. Es dauerte jedenfalls eine gefühlte Ewigkeit. Dann schrieb ich einen kurzen Bericht um die O-Töne herum und sprach diesen selber ein. Schließlich war es inzwischen auch im hintersten Winkel des Senders bekannt, dass ich schon mal einen Vorlesewettbewerb gewonnen hatte und daher eine klare Aussprache beherrschte. Dem Flurfunk und Sabrina sei Dank.

Schwierig fand ich allerdings die Entscheidung, was ich mit den Kommentaren der Naturschützer machen sollte. Ein Opa war richtig in Rage geraten und hatte heftig auf den Bürgermeister geschimpft. Er hatte es vielleicht etwas hart ausgedrückt, aber weil ich fand, dass er irgendwie auch Recht hatte, hätte ich ihn gerne in meinen Bericht eingebaut. Es kribbelte mir in den Fingern. Sollte ich seinen O-Ton noch hineinnehmen?

Warum eigentlich nicht? Etwas Pepp konnte nicht schaden. Kurz entschlossen schnitt ich den Kommentar des Opas aus und klebte ihn hinten als krönendes und aufrüttelndes Abschlussstatement an meinen Bericht dran.

*Bist du verrückt?*, fragte mein innerer Coach entsetzt. *Das ist alles andere als ausgewogen. Du bringst den Sender in Teufels Küche.*

»Wieso? Das Statement regt immerhin zu Diskussionen an. Und es ist wichtig, dass nicht totgeschwiegen wird, wie viele Bäume dort gefällt werden sollen. Darüber muss geredet werden! So ein polarisierender Kommentar mobilisiert die Leute am besten.«

Aber mein Coach gab keine Ruhe. *Meinst du nicht, du solltest bei deinem ersten Bericht eine etwas neutralere Position einnehmen? Da merkt doch jeder Trottel, dass du selbst gegen die Straße bist. So wird das nichts mit der Karriere als Journalistin.*

Hm, ob er damit Recht hatte? Vielleicht war es doch nicht so gut, gleich bei meiner Radiopremiere den Bürgermeister in die Pfanne zu hauen.

Ich grübelte und hörte noch mal in meinen Bericht rein.

Hm, es kamen ja auch so die kritischen Aspekte zur Sprache. »Also gut, du hast gewonnen«, gab ich nach. »Aber glaub ja nicht, dass ich in Zukunft nur Hofberichterstattung für Rat und Verwaltung mache!«

Ich legte eine neue Version des Berichts an, bei der ich das Statement des Naturschutzopas wieder entfernte. Fertig! Nun konnte mir jedenfalls niemand die Verletzung der Sorgfaltspflicht und mangelnde journalistische Objektivität vorwerfen.

Inzwischen war es schon nach achtzehn Uhr, und im Sender wurde es leer. Die meisten waren am frühen Nachmittag nach Hause gegangen, und auch Joey war schon weg.

»Lass Katrin den Bericht checken«, hatte er zum Abschied gesagt.

Na bravo. Aber was blieb mir anderes übrig? Jetzt, wo niemand mehr im Sender war, war sie quasi meine Vorgesetzte. Ich pilgerte also in ihr Büro.

»Katrin, ich hab den Bericht fertig. Hörst du ihn dir mal an?«

Katrin sah mich über ihre spitze Nase hinweg unwirsch an, folgte mir dann aber zum Schnittplatz. Ich war mir sicher, dass sie kein gutes Haar daran lassen würde.

Aber erstaunlicherweise sagte sie nur: »Gut. Ein paar Sachen könnte man noch verbessern, aber da das Thema aktuell ist, bringen wir den so, wie er ist. Er geht in den Abendberichten ab zwanzig Uhr auf Sendung.«

Etwas perplex starrte ich sie an.

»Ist noch was?«, fragte sie schnippisch.

»Äh, nee. War's das dann jetzt?«

»Ja, fast. Du musst nur noch den Bericht in den Sendeordner verschieben und eine Anmoderation schreiben. Dann wird der Moderator ihn nachher spielen. So läuft das.«

Katrin sah mich an, als käme ich aus Klein-Dummsdorf. Wie nervig! Ging das nicht auch in einem andern Ton?

Aber egal, ich beschloss, das lieber schnell zu erledigen und dann die Flucht zu ergreifen, bevor sie es sich anders überlegte und den Bericht doch nicht auf Sendung ließ.

Wie großartig! Mein erster eigener Radiobericht!

Eigentlich hätte ich mich jetzt gerne mit meinen Freundinnen in der WG-Küche zusammengesetzt und bei einem schönen Glas Rotwein meinem ersten Rundfunkbericht gelauscht. Aber Paula war ja nicht mehr da, und auf Melli hatte ich grad keinen Bock. Also ging ich wieder zu Jean-Paul.

Voller Spannung hockten wir auf dem Sofa und lauschten den Abendberichten unseres Lokalsenders.

»Wann kommt denn deiner endlich?«, fragte Jean-Paul, als wir schon über eine Stunde warteten und noch nichts gelaufen war.

Ihm war anzusehen, dass er allmählich wieder an seine Doktorarbeit wollte. Ob Katrin mich wieder mal gelinkt hatte? Vielleicht hatte sie gar nicht die Absicht gehabt, meinen Bericht zu bringen. Ihre rasche Zustimmung kam mir gleich merkwürdig vor.

Ich wollte mich gerade aufregen, als der Moderator mit meiner Anmoderation begann: »Mitten durch den Naturpark Eiche soll eine zweispurige Umgehungsstraße gebaut werden, wenn es nach dem Vorschlag der Verwaltung geht. Mehr als hundertfünfzig alte Bäume müssen dafür fallen. Viele Naturschützer wehren sich vehement gegen die geplanten Baumfällungen. Alix Auwald für Sie mit den Hintergründen.« Dann folgte mein Bericht.

»Deine Stimme klingt toll im Radio!«, sagte Jean-Paul bewundernd.

Wie erstarrt verfolgte ich jedes einzelne Wort.

»Klasse O-Töne hast du ausgesucht! Vor allem hast du schön die verschiedenen Seiten dargestellt.«

Oh, Jean-Paul, halt doch mal die Klappe, dachte ich. Dass Männer nicht einfach mal zuhören können. Das konnte er mir alles später noch erzählen. Endlich kam das letzte Statement von einer jungen Naturschützerin, die sich zu Recht Sorgen um die alten Eichen machte. Als sie das letzte Wort gesagt hatte, atmete ich erleichtert auf. Geschafft! Radiopremiere ohne Pannen!

Aber ich hatte mich zu früh gefreut. Denn an der

Stelle, wo mein Bericht eigentlich enden sollte, ertönte plötzlich die aggressive Stimme des wirren Naturschützeropas.

Oh, nein! Das konnte doch nicht sein?! Ich hatte das Statement doch extra wieder rausgenommen. Schweren Herzens zwar, aber weil ich einsehen musste, dass so etwas auf keinen Fall gesendet werden konnte.

Jetzt aber trötete der Typ munter durch den Äther: »Es ist eine Sauerei, was hier abgeht. Die vielen alten Bäume zu fällen, ist grausam und völlig unnötig. Immer geht's nur um Profit! Die ganze Verwaltung ist doch korrupt, und dem Bürgermeister würde ich am liebsten höchstpersönlich die Hammelbeine langziehen – diesem Wahlbetrüger und inkompetenten Stümper!«

Damit endete der Bericht. Ich musste trotz des Schrecks grinsen, aber dann wurde mir richtig schlecht, als ich an die möglichen Folgen dachte. Da konnte ich mich schon mal warm anziehen.

»Interessante Ansichten«, sagte der Moderator überrascht und schob schnell Musik hinterher.

Jean-Paul war etwas blass geworden. »Ähm ... mutig. Das letzte Statement ist vielleicht etwas gewagt«, murmelte er. »Gut, dass es kein Bericht über die Uni war und du nur den Bürgermeister und die Verwaltung und nicht meinen Doktorvater in die Pfanne gehauen hast.«

Das Grinsen wich langsam wieder aus meinem Gesicht. Mal abgesehen davon, dass ich den Kommentar nach wie vor berechtigt fand, wie kam der denn eigentlich da hin? Ich hatte doch ausnahmsweise auf meinen inneren Coach gehört und auf diese Provokation verzichtet. Ob Katrin ihre Finger im Spiel hatte?

Joey war ganz sicher nicht begeistert. Da konnte ich mich schon mal auf Stress im Sender einstellen. Merde!

Erst in der Nacht dämmerte es mir so richtig, dass die Sache sicher ein Nachspiel haben würde, das für mich sehr unangenehm ausfallen konnte. Applaus würde ich im Sender bestimmt nicht ernten.

Ich träumte, dass die Frau des Bürgermeisters bei Paulas Mutter im Frisiersalon auflief und sie auf das Übelste beschimpfte. Der Bürgermeister stand im Traum höchstpersönlich im Nachrichtenstudio und drohte, sämtliche Zuschüsse der Stadt zu streichen, wenn er nicht Gelegenheit zu einer ausführlichen Gegendarstellung bekommen würde, und als er auf Sendung ging, krächzte der senile Naturschützer erneut hämisch dazwischen: »Stümper! Stümper! Inkompetenter Stümper!«

Am nächsten Morgen zog ich mir die Decke über den Kopf und stellte mich tot. Am liebsten wäre ich nie wieder aufgestanden. Aber Jean-Paul blieb hartnäckig. Während ich mich in der Nacht unruhig hin und her geworfen hatte, hatte er seinen kühlen Kopf zurückgewonnen.

»Geh hin, und besprich das mit Joey. Wenn du dich jetzt drückst, machst du alles nur schlimmer.«

Beim Frühstück redete er beruhigend auf mich ein und machte mir Mut. »Ist doch gar nicht so dramatisch. Vielleicht hat überhaupt niemand die Sendung gehört.«

Schön wär's. Leider täuschte er sich da gewaltig.

Zögerlich betrat ich die Redaktion. Als Erstes begegnete ich Sabrina.

»Du sollst sofort zu Joey ins Büro kommen«, flötete sie, und mir war, als hörte ich eine untergründige Schadenfreude heraus.

Vorsichtig klopfte ich an die Bürotür.

»Herein!«, donnerte es.

Oje, Joey war auf hundertachtzig.

Zaghaft öffnete ich die Tür und betrat das Zimmer. Joey fackelte nicht lange.

»Alix, was hast du dir dabei gedacht? Wie kannst du unseren Sender zum Sprachrohr eines Verrückten machen? Findest du es angemessen, derartige Beleidigungen über den Bürgermeister unkommentiert auszustrahlen? Weißt du, wie viele Anrufe ich hier heute schon reingekriegt hab? Glaubst du, ich hab nichts anderes zu tun, als mich mit dem Bürgermeister anzulegen?«

Ich nahm mal an, es handelte sich dabei um rhetorische Fragen, denn Joey ließ mich gar nicht zu Wort kommen. »Hältst du das etwa für neutrale Berichterstattung? Lernt ihr überhaupt nichts in der Uni?«

Ungebremst hagelten Joeys Vorwürfe auf mich nieder. Nach einigen Minuten schien er sich langsam zu beruhigen.

»Alix, der Beitrag war eigentlich sehr schön«, meinte er nun etwas ruhiger. »Aber warum zum Teufel hast du denn dieses grauenhafte Statement am Ende reingenommen? Erklär's mir, ich kann es nicht verstehen.«

Jetzt war ich am Zug. Aber da ich mir die Sache auch nicht erklären konnte, stammelte ich: »Ich … äh, also, eigentlich hatte ich den Kommentar wieder entfernt, weil ich ihn selber auch zu krass fand. Der Beitrag sollte mit der Naturschützerin enden. Ich weiß selbst nicht, wie der Opa dann da hineingeraten ist. Ich habe ihn jedenfalls hundertpro rausgeschnitten.«

»Ach, jetzt mach dich doch nicht lächerlich«, sagte Joey barsch. »Der wird ja wohl nicht von alleine reingeflogen sein.«

»Aber Katrin hat meinen Beitrag doch gecheckt. Sie kann bezeugen, dass alles in Ordnung war. Immerhin hat sie ihn für die Abendnachrichten freigegeben.«

Ich war jetzt wirklich wütend. Dass ich den Kommentar eigentlich berechtigt fand, behielt ich angesichts der ohnehin schon aufgeheizten Stimmung lieber für mich. Gott, hatten die hier alle einen Schiss. Das war ja fast so schlimm wie in meinem Traum. Garantiert tauchte später der Bürgermeister wirklich auf und bekam seine Wiedergutmachung in Form einer Extrasendung.

Als ich Katrins Namen erwähnte, stutzte Joey einen Moment. Vermutlich fiel ihm erst jetzt ein, dass Katrin den Bericht ja abgenommen hatte, bevor er auf Sendung gegangen war.

»Katrin, komm sofort her!«, brüllte er.

Natürlich behauptete Katrin, dass sie sich an dieses merkwürdige Statement des Opas beim besten Willen nicht erinnern konnte.

Süßlich fragte sie mich: »Hast du denn noch was an dem Bericht geändert, Alix? Das darf man nach der Abnahme eigentlich nicht mehr machen.«

Ach, nee! Wollte die mich hier als Vollhonk hinstellen?

Es kam, wie es kommen musste. Wir hatten keine Zeugen, und es stand Aussage gegen Aussage. Somit konnte der Fall nicht eindeutig geklärt werden. Am wahrscheinlichsten war jedoch tatsächlich, dass ich beim Verschieben des Berichts in den Sendeordner die falsche Version erwischt hatte. Da war ich wohl etwas überarbeitet gewesen.

*Oder dein rebellisches Unterbewusstsein hat sich mal wieder über meine weisen Ratschläge hinweggesetzt,* meckerte mein innerer Coach.

Tja, wer weiß? Vielleicht war ich doch kämpferischer, wenn es um freie Meinungsäußerung ging, als ich es mir selber zutraute. Ich grinste innerlich.

Zum Glück glaubte Joey nun wenigstens nicht mehr, dass ich den Kommentar absichtlich in den Bericht eingebracht hatte. Er brummte irgendwas von technischen Pannen und Schnittfehlern, die Anfängern ja mal passieren konnten, und versetzte mich.

Ja, genau, ich wurde strafversetzt. Vorübergehend, bis ich die Technik etwas besser beherrschte. Und wo landete ich? Beim Seniorenradio!

»Das ist ungefährlicher«, sagte Katrin zum Abschied.

Dabei merkte ich richtig, wie sie sich innerlich auf die Schenkel klopfte. Ätzend! So hatte ich mir mein Praktikum ja genau vorgestellt: Hier ist Radio Gaga. Wir senden Frohsinn!

Die nächsten Tage verbrachte ich in der Seniorenredaktion. Was hier mit mir gemacht wurde, kam einer Degradierung gleich. Ich hatte das Praktikum als Nachrichtensprecherin und Journalistin begonnen und hockte nun hier beim Kaffeekränzchen mit Senioren und bearbeitete Themen wie »Über siebzig und fit wie ein Turnschuh« oder »Mit achtzig fängt das Leben erst an – wenn Sex mit dem Alter immer besser wird«. Echt schwer zu ertragen. Auch die Sendungen waren nicht gerade qualitative Highlights. Ob das nun an Karl-Heinz lag, der bei seinen Moderationen immer so klang, als hätte er vergessen, seine Dritten einzulegen, oder an Annegret, die regelmäßig bei ihren Berichten alzheimerbedingte Textaussetzer hatte? Vermutlich an beiden.

Mein Vorschlag, für Annegret einen Prompter zum Ablesen zu besorgen, scheiterte an ihrer extremen Altersweitsichtigkeit. Das Ding hätten wir auf den Hof stellen müssen. Außerdem lehnte sie es als »neumodischen Firlefanz« kategorisch ab.

Aber Radio machen! Liebes Lieschen, diese Rentner raubten mir echt den Verstand.

Der einzige Lichtblick war die Sendung von Leander. Ohne den *Seelentröster* wäre ich hier wohl verrückt geworden. Obwohl … Der hatte ja auch ein gewisses Potenzial, um Leute in den Wahnsinn zu treiben. Das wurde mir aber erst klar, als ich eines Abends einen Anruf von Sabrina erhielt.

»Alix, Leander ist krank. Er hatte einen Kehlkopfverschluss und musste sofort operiert werden. Er fällt die nächsten Wochen aus. Du musst für ihn einspringen.«

»Ich muss *was*?« Ich hörte ja wohl nicht richtig.

»Du musst für ein paar Wochen die *Seelentröster*-Sendung übernehmen. Du hast doch schon mehrmals mitmoderiert. Wenn überhaupt einer, dann kriegst du das hin. Also, was ist, geht das klar?«

Etwas mulmig wurde mir ja schon bei dem Gedanken. Aber vermutlich war es meine einzige Chance, aus dem Praktikum noch was Sinnvolles zu machen, wenn ich nicht in der Rentnerband weiterhin die letzte Geige spielen wollte.

Ich gab mir einen Ruck. »Okay. Ich probier's. Aber auf eure Verantwortung. Wenn ich mich zum Affen mache, beschwert euch nicht.«

»Wird schon schiefgehen! Lothar wird dir mit der Technik helfen. Dann bist du erst mal nicht so allein.« Sie kicherte und legte mit einem »Tschüss« auf.

Als ich mitten in der Nacht im Sender ankam, war ich wirklich froh, dass Lothar auch da war. Ganz allein hätte ich mich bestimmt gegruselt, weil es hier so ausgestorben und unheimlich war.

Gespannt saß ich vorm Mikro. Lothar spielte den Jingle ein, und dann ging's los.

»Hallo, ihr Lieben da draußen. Ich bin Alix, willkommen bei *Seelentröster*. Habt ihr Kummer oder Sorgen? Ruft an, wir sind für euch da. Leander ist leider krank, aber ich werde mein Bestes geben, um euch bei euren Problemen zu helfen.«

Es dauerte nicht lange, bis der erste Anruf kam. Ein Mann wurde von seiner Ehefrau verlassen, und das obwohl er grade erst von seiner Geliebten sitzen gelassen wurde. Nun stand er ganz alleine da und suchte Trost.

Tja, selbst schuld, dachte ich. Aber natürlich blieb ich freundlich und fand sogar, ganz gegen meine persönlichen Ansichten, ein paar tröstende Worte für den Ehebrecher. Auch die nächsten Anrufe drehten sich rund um das Thema »verlassen und verlassen werden«. Bis ich plötzlich einen ganz seltsamen Vogel im Äther hatte.

»Hi, hier ist der Liebesgott.«

Hatte der echt »Liebesgott« gesagt?

»Äh, ja, hallo, äh ... Amor, hier ist Alix. Wie kann ich dir helfen?«

»Ich suche auf diesem Wege eine Frau.«

Ha, also doch Kuppelshow. Wusste ich doch, dass das eine gute Idee gewesen wäre.

»Dir fehlt also eine Partnerin?«

»Ja, genau. Eine, die ich zur glücklichsten Frau der Welt machen kann«, säuselte der Typ.

»Na, das klingt doch gut. Hast du denn eine Idee, warum du keine Freundin hast?«

»Weil ich den meisten zu heiß bin.«

»Wie meinst du das genau?«, fragte ich.

»Die kommen alle mit meiner unglaublichen Ausdauer im Bett nicht klar. Ich kann immer und auch richtig lange ... Du verstehst, was ich meine?«

Der Typ klang inzwischen so, als würde ihm schon der Sabber aus den Mundwinkeln tropfen. Klar, jemand der sich Liebesgott nannte, musste ja von seiner Manneskraft überzeugt sein. Vermutlich kriegte der schon beim Gedanken an sich selbst einen Ständer.

»Tja, äh ...« Ich war tatsächlich etwas irritiert. Hilflos sah ich zu Lothar hinüber, der hinter vorgehaltener Hand sein Lachen unterdrückte.

Verdammt! Warum musste mir das ausgerechnet jetzt passieren, wo ich ohne Leander hier war? Der Typ hatte doch einen Sockenschuss. Na egal, ich musste da durch, wenn ich mich nicht bis auf die Knochen blamieren wollte.

»Also, äh ... Amor, du hast vielleicht noch nicht die Richtige gefunden. Bestimmt wird dir bald eine Frau begegnen, die deine Qualitäten zu schätzen weiß.«

»Ja, meinst du? Du findest also, das ist eine positive Eigenschaft?«

»Ja, sicher.« Und in der Hoffnung, den Typ mit ein

paar Schmeicheleien abwimmeln zu können, sagte ich leichtsinnig: »Welche Frau wünscht sich denn nicht einen Mann mit Stehvermögen?«

»Du auch?«, kam postwendend die Frage.

»Aber klar doch!«, sagte ich und hätte mir am liebsten gleich darauf die Zunge abgebissen.

»Wow, dann bist du ja eine ganz Scharfe! Du stehst also auf Männer, die jederzeit bereit sind und richtig abgehen im Bett?«, fragte der Typ rollig wie ein Mops.

»Nun ja …«

Moment! Wer war hier eigentlich der Moderator? *Ich* sollte hier die Fragen stellen. *Meine* sexuellen Vorlieben gingen nun wirklich keinen was an.

»Das heißt also, Alix, du würdest mit mir das Kamasutra rauf und runter turnen und es auf der Waschmaschine und im Dampfbad treiben?«

Stopp! Ich lief rot an.

»Nein, das würde ich nicht«, pampte ich den Typ an. »Da musst du dich wohl auch in Zukunft alleine vergnügen.«

Mein innerer Coach kringelte sich in einem Lachanfall, und Lothar spielte einen Song ein, um den Typ abzuwimmeln.

»Der war ja ganz schön scharf auf dich«, sagte Lothar grinsend.

»Quatsch! Das war voll der Psycho«, blockte ich ab. »Der hat sich doch nur an sich selbst aufgegeilt. Ob der eine echte Frau im Bett hat oder eine Gummipuppe, ist dem doch garantiert Latte.«

Der Rest der Sendung verlief Gott sei Dank ruhiger.

»Hoffentlich ruft der Typ nicht noch mal an«, sagte ich zum Abschied zu Lothar.

»Da wäre ich mir nicht so sicher«, sagte der schmunzelnd.

Einen Tag später saß ich mit Justin in unserer Wohndiele und aß Kuchen, den ich auf dem Heimweg vom Bäcker mitgebracht hatte. Kaffeekränzchen waren perfekt, um Freunde unauffällig über ihr Liebesleben auszuquetschen. Paula hatte da so etwas angedeutet, von einer großen Knutscherei zwischen ihm und einer Schauspielschülerin auf der Probenbühne. Ich würde ja zu gerne wissen, ob da wirklich was lief, denn seinen Absturz mit Didi hatte ich noch nicht wirklich verkraftet. Ich hatte zwar im Gegensatz zu Paula nie eine innige Beziehung zwischen ihm und Melli gesehen – da schienen mir heißes Öl und Wasser besser zusammenzupassen als die beiden –, aber für homosexuell hatte ich ihn auch nicht grade gehalten. Also fühlte ich ihm bei der Gelegenheit gleich mal auf den Zahn.

»Oh, Justin«, sagte ich mit vollem Mund und reichlich undiplomatisch, »ich finde es ja so toll, dass du auch endlich wieder richtig verliebt bist.«

»Verliebt? Ich? In wen denn?«, fragte Justin.

»Paula meint, es gäbe da eine gewisse Schauspielschülerin ... Es soll ja ganz schön zwischen euch gefunkt haben ...«

»Falls du Zara meinst, da weißt du mehr als ich. Zwischen uns läuft nichts. Wir sind nur Kollegen und gute Freunde.«

Na klar! Da hatte ich aus Paulas Erzählung aber einen ganz anderen Eindruck gewonnen. Zumindest Zara schien ja sehr in ihn verknallt zu sein.

»Bist du dir sicher, dass Zara das auch so sieht?«,

fragte ich daher. Aber Justin ließ sich nicht aus der Reserve locken.

»Klar«, sagte er emotionslos. »Just good friends.«

Na, wenn er da mal nicht komplett falschlag. Bevor ich allerdings das Thema vertiefen konnte, kam Melli aus ihrem Zimmer. Wir waren uns in den Tagen nach der Kifferorgie zwar nicht direkt aus dem Weg gegangen, hatten aber das Gespräch auch nicht wirklich gesucht. Ewig konnte das aber so nicht weitergehen.

Als sie sich gerade in die Küche verdrücken wollte, rief ich daher: »Melli, hast du mal kurz Zeit?«

Sie sah mich fragend an. »Ja, liegt was an?«

Für sie war die Sache wohl mit dem Beseitigen der Partyreste abgehakt. Typisch!

»Setz dich mal her«, sagte ich in bemüht sachlichem Tonfall.

»Ich bin dann mal weg.« Justin räumte das Feld. Er hatte wohl gemerkt, dass die Luft in der Wohndiele dicker wurde.

Melli setzte sich in den AWO-Sessel. »Und nun?«

»Und nun?« Langsam wurde ich sauer. »Nun reden wir mal darüber, was du dir dabei gedacht hast, hier eine Kifferorgie zu veranstalten. Du wohnst hier schließlich nicht alleine.«

»Mensch, Alix, ich hab echt andere Probleme als diese dumme Party. Außerdem hatte ich das Thema schon mit Justin. Was wollt ihr eigentlich von mir? Das war Robbies Party, nicht meine. Ich bin dir ja wohl überhaupt keine Rechenschaft schuldig, und ich bin auch nicht Robbies Babysitter. Schließlich ist er nicht *mein* Bruder!«

»Aber es wäre besser, du würdest mir dabei helfen,

Robbie von den Drogen wegzukriegen, statt ihn darin noch zu bestärken. Ich bin so froh, dass er wieder zur Schule geht. Ich will nicht, dass er das alles aufs Spiel setzt. Du weißt doch, wie er dich bewundert. Dein Verhalten ist echt kontraproduktiv.«

Melli stand auf und machte sich wieder auf den Weg in die Küche. In der Tür drehte sie sich noch mal um.

»Mach mich bloß nicht für deinen Bruder verantwortlich«, sagte sie in ziemlich scharfem Tonfall. »Kümmere dich lieber selber mehr um ihn, statt immer nur unten bei Jean-Paul rumzuhängen. Und falls du es vergessen haben solltest: *Du* wolltest unbedingt, dass ich in diese WG ziehe. Mit *dir*, nicht mit deinem Bruder und seiner Mischpoke, und auch nicht mit diesem unerträglichen Justin!«

Hm, sie schien ja echt sauer zu sein. Ich hätte nie gedacht, dass sie so viel Wert auf meine Gesellschaft legte.

»Äh, tut mir leid«, sagte ich also und hatte direkt ein schlechtes Gewissen. »Brauchst du jemanden zum Reden?«

Sie sah mich giftig an. »Nee, zum Spülen!«

In dem Moment war ich mir sicher, dass sie das New-York-Stipendium annehmen würde.

♡ ♡ ♡

## *MELLI: Alles ändert sich!*

Ich fand es ja doch irgendwie rührend, dass Paula sich bei Karlos so für Lars eingesetzt hatte und Karlos sogar seinen Job für diesen dämlichen Kredit riskiert hatte. Aber gebracht hatte es ja leider nichts. Lars lief rum wie Falschgeld, trug nur noch Trauer, also schwarze Klamotten aus der letzten Saison, und schien sich in seinem Elend häuslich einrichten zu wollen. Damit ging er mir ganz schön auf die Nerven. So, wie er die Krise meistern wollte, kam er doch nie zu Potte. Auf Austern, Champagner und das Cabrio konnte ich verzichten, auf die Galerie schon weniger, aber okay, sie warf ja wirklich nichts ab und kostete mich viel Zeit, die ich kreativer verbringen konnte ...

Worauf ich aber nicht verzichten konnte, war ein selbstbewusster, potenter Lover, und damit schien es im Moment auch vorbei zu sein. Nicht nur der Finanzmarkt machte schlapp, auch Lars ließ sich total hängen, und das überall und leider auch im Bett. Grundgütiger, ich hätte nie gedacht, dass die Psyche eines Mannes in seinem Schwanz steckte.

Obwohl ... Ich erinnerte mich da an ein paar Seelenkrüppel, die ... Aber lassen wir das. Es war schlimm genug, dass Lars sein Pech bei der Aktienspekulation als komplettes Versagen auffasste und sich scheinbar gar nichts mehr zutraute. Merde!

Unter diesen Umständen kam mir Geschwindners New-York-Angebot alles andere als gelegen. Zwar hatte ich Lars im Überschwang meiner ersten Begeisterung davon erzählt, aber an seiner Reaktion gemerkt, dass er es zum jetzigen Zeitpunkt wohl kaum verkraften würde, wenn ich es tatsächlich annahm. Das hätte ihm vermutlich den Rest gegeben, und er hätte sich vom Bankgebäude gestürzt. Nein, so herzlos war selbst Melli Kubinski nicht.

Also eierte ich ein wenig herum und schob die Entscheidung erst mal etwas heraus. Das schien Geschwindner zwar nicht zu gefallen, aber als ich es ihm mit der persönlichen Notlage meines Verlobten erklärte, gab er mir noch etwas länger Bedenkzeit. Nur, wirklich geholfen war mir damit nicht, denn ich grübelte nun täglich, stündlich, jede Minute über eine Lösung nach. Ich wollte schließlich unbedingt nach New York, aber ich wollte auch Lars nicht einfach so in seinem Elend zurücklassen. Letzteres ging allein schon deswegen nicht, weil ich ja auch noch zwei Freundinnen hatte, die darüber wachten, dass ich mich menschlich korrekt verhielt. Die beiden trieben mich an, endlich etwas für Lars zu tun, und weil die gegenwärtige Situation ja wirklich kein akzeptabler Zustand war, musste ich mir etwas einfallen lassen. Immerhin hatte Lars für mich auch einiges getan, als es mir schlecht ging. Da war es nur normal, dass eine Hand die andere wusch und ich mich jetzt erkenntlich zeigte. Nicht, weil wir verlobt waren, sondern, weil ich menschlich schließlich kein Schwein war – obwohl Justin mir das gerne unterstellte.

Ich weiß nicht, warum manche Männer es nicht ertragen konnten, dass eine Frau lieber Karriere machen wollte, als von einem Mann in den Ehehafen geschleppt zu werden.

Na egal, das hatten wir ja schon. Schob ich mal lieber meine kleinen grauen Zellen an, um eine kreative Idee auszubrüten, bevor Lars völlig im Blues versank.

Ich verstand zwar nicht, warum ein Sohn reicher Eltern nicht mal mit seinem Vater reden konnte, damit er ihm aus der Patsche half, aber bitte, das musste er selber wissen.

»Lass meinen Vater aus dem Spiel«, hatte Lars nur gesagt, als ich ihn darauf angesprochen hatte. »Er wäre der Letzte, zu dem ich gehen würde. Schließlich habe ich mir nicht umsonst mein Erbteil auszahlen lassen. Ich will nichts mehr mit ihm zu tun haben. Das würde ihm gefallen, wenn ich in einer Situation wie dieser auf Knien angerutscht käme und um Hilfe flehen würde. Aber da kann er lange warten. Eher hänge ich mir einen Stein um den Hals und springe von der Brücke.«

»Das wirst du nicht tun, Lars«, hatte ich ruhig und bestimmt gesagt, konnte aber nicht verhindern, dass mich seine Worte ganz schön mitgenommen hatten.

Wie es schien, hatte er von seinen Eltern genauso freundlich Abschied genommen wie ich von meinen. Wie unendlich dankbar war ich meiner Oma, dass sie mir ihr Erspartes gegeben hatte, damit ich meinem unerträglich spießigen Elternhaus entfliehen konnte. Und Omas Vertrauen in mich war berechtigt gewesen. Die Einladung von Geschwindner nach New York eröffnete ihrer kleinen Melli eine Weltkarriere, und wenn ich dort erst einmal Fuß gefasst hatte, dann würde ich Oma zu mir einladen und ihr jeden Cent zurückzahlen, doppelt und dreifach. Das hatte sie verdient.

Aber im Moment waren die New-York-Pläne ja in etwas weitere Ferne gerückt, und ich war nach wie vor hin- und hergerissen zwischen dem Wunsch zuzusagen und der Sorge um Lars, mit dem sich leider überhaupt nicht vernünftig darüber reden ließ. Jedes Mal, wenn ich nur zart in der Richtung was andeutete, reagierte er sofort tödlich beleidigt, so dass ich das Thema meist fallen ließ wie eine heiße Kartoffel.

»Äh, war ja nur ein Angebot. Ich muss es ja nicht annehmen …«, hatte ich den letzten Versuch einer Aussprache darüber abgebrochen, aber er hatte dennoch weiter darauf herumgehackt.

»Mach doch, Melli. Ich weiß doch, dass es dein Wunschtraum ist. Auf mich musst du keine Rücksicht nehmen. Ich bin ja nur dein mittelloser Verlobter, der dir jetzt auf Jahre hinaus nichts mehr bieten kann. Flieg nur nach Amerika, dann kann ich beruhigt in den Knast gehen, wenn meine Gläubiger mich verklagen und gewinnen.«

Das fand ich wehleidig und allein schon deswegen scheiße, weil er mich damit natürlich voll unter Psychodruck setzte.

Die Situation war verfahren. Wenn er nicht glauben sollte, dass ich nur an seinem Geld interessiert war, musste ich jetzt echt etwas für ihn tun, was sein Selbstwertgefühl wiederherstellte. Schlaffe Männer waren das Letzte, was ich ertragen konnte. Und wenn ich es schaffte, ihn wieder aufzurichten, in jeder Hinsicht, dann konnte ich auch mit ruhigem Gewissen das halbe Jahr nach New York gehen.

New York! Ich seufzte angesichts der unzähligen Möglichkeiten, die sich mir dort auftun würden. Und ich hatte nicht einmal ein schlechtes Gewissen meinen Freundinnen gegenüber. Die WG war doch sowieso nicht mehr das, was sie mal war. Paula war verheiratet, und Alix hing, so oft es ging, bei Jean-Paul rum.

Wer war ich eigentlich, dass ich mich in meinen eigenen vier Wänden mit Kindern, Kötern und Kleindarstellern herumschlagen musste? Nee, Leute, nicht mit Melli Kubinski! Ich war weiß Gott zu Höherem berufen!

Ich schaute mich in meiner Galerie um und hatte plötzlich eine geniale Idee. All die Bilder hingen hier doch sowieso nutzlos herum, besonders die aus meiner abstrakten Phase. Wir würden die Galerie ohnehin schließen müssen. Warum machte ich nicht einfach eine Versteigerung? Die Leute liebten Versteigerungen, weil sie sich einbildeten, da könnte man Schnäppchen machen. Dabei ließen sie sich meist von der fiebrigen Stimmung dazu hinreißen, weit mehr für ein Gemälde zu bezahlen, als sie es in einer Galerie getan hätten.

Super! Das musste ich mir einfach zunutze machen. Ich wusste auch schon, wer da so alles kommen würde. Die Frau des Bürgermeisters, der Oberstadtdirektor, die Ratsfrauen, die sich bei jeder Vernissage den Bauch mit unseren Häppchen vollschlugen und dann doch nichts kauften … Wenn die hörten, dass meine Kunst unters Hämmerchen kam, dann witterten die sofort die Chance, endlich günstig an einen echten Kubinski zu kommen. Ich war so begeistert von meiner Idee, dass ich die Galerie abschloss und sofort in die WG düste, um mit Alix darüber zu sprechen.

Leider saß aber nur Justin im AWO-Sessel und lernte den Text einer Rolle. Hm, auf den hatte ich eigentlich gar keinen Bock.

»Was machst du denn hier?«, rutschte es mir also entsprechend unfreundlich heraus.

»Vertragsgerechten Gebrauch von der Mietsache«, entgegnete er sarkastisch. »Also versuch nicht, mich hier wegzuekeln.«

Ich schüttelte schweigend den Kopf und ging an ihm vorbei in mein Atelier. Grundgütiger, wie war der denn heute drauf?

Ich nahm mein Handy und rief Alix an. Sie meldete sich etwas hektisch.

»Wo bist du?«, fragte ich.

»Beim Radio. Du, ich muss gleich ins Studio und eine Anmod machen, gibt's was Dringendes?«

War meine Idee von der Versteigerung dringend? Nö, eigentlich nicht.

»Nee, hat Zeit. Sehen wir uns denn heute noch? Ich muss am Abend kellnern.«

»Auf jeden Fall. Ich wollte mit Paula sowieso zum Karaoke in den Pub kommen.«

»Prima«, sagte ich und hängte auf.

Mann, hatte die Lampenfieber. Dabei hatte sie doch nun schon einige Wochen Praktikum hinter sich. Ob dieser anonyme Sexprotz sie so nervös machte? Dieser Typ war schon ziemlich obskur. Ich weiß nicht, wie ich mich an ihrer Stelle fühlen würde. Vermutlich auch nicht so toll. Wäre schon gut zu wissen, wer hinter diesem »Liebesgott« steckte und ob der es ernst meinte oder ob sich da jemand nur einen blöden Scherz erlaubte.

Ich ging in die Küche, um mir einen Kaffee zu kochen. Wenn ich jetzt keinen Kaffee trank, würde ich garantiert einschlafen, und dann wäre ich den ganzen Abend nicht mehr zu gebrauchen. Das konnte ich mir nicht leisten, denn ich musste schließlich nicht nur servieren, sondern auch exakt abrechnen.

Justin saß immer noch bedeutsam vor sich hin murmelnd im AWO-Sessel und wirkte so, als ob er sich extra auf den Präsentierteller gesetzt hatte, um angesprochen zu werden. Also tat ich ihm den Gefallen. Schauspieler können offenbar gar nicht mehr ohne Publikum!

»Was lernst du da?«, fragte ich Interesse heuchelnd, was aber trotzdem eher pampig klang.

Entsprechend muffig antwortete er: »Ich lerne nicht, ich bereite einen Text für eine Hörbuchaufnahme vor.«

»Eine Hörbuchaufnahme? Du willst doch nicht sagen, dass du ein Hörbuch sprichst.«

»Und warum nicht?«

»Ich dachte, dafür muss man wenigstens ein bisschen berühmt sein.«

»Und das bin ich vermutlich in deinen Augen nicht?« Er zog die rechte Augenbraue hoch.

»Richtig vermutet. Ich kenne kaum einen Schauspieler, der weniger berühmt ist als du.«

Nun grinste er richtig fies. »Danke für das Kompliment. Ich kenne kaum eine Künstlerin, die größere Rosinen im Kopf hat als du. Und by the way, ich kenne auch keine Verlobte, die ihren Verlobten weniger liebt als …«

Ich stand kurz davor, ihm an die Gurgel zu gehen. Was nahm dieser Kerl sich eigentlich heraus!

»Ach, das weißt du also … ist ja erstaunlich. Und woher?«

»Man sieht es, man fühlt es, es betrübt einen … Wirklich, Melli, euch zu sehen, ist traurig. Lars tut mir leid, weil du so gar nichts für ihn empfindest.«

Ich musste dreimal tief durchatmen und bis zehn zählen, um nicht handgreiflich zu werden. Diese perfiden Unterstellungen!

»Ich empfinde sehr viel für Lars!«, stieß ich schließlich hervor. »Mehr als du dir vermutlich vorstellen kannst. Der Einzige, der hier keine Ahnung hat, bist du! Sonst wüsstest du, dass ich Lars liebe …«

Er grinste immer noch impertinent. »Wenn das deine Auffassung von Liebe ist, jemanden in der Krise derart hängen zu lassen, möchte ich von dir aber nicht geliebt werden«, sagte er dabei. »Sag mir nur eine Sache, mit der du ihn unterstützt hast? Karlos hat sogar seinen Job riskiert, und du? Du haust ab nach New York und lässt ihn hier in der Scheiße sitzen. Und dabei habe ich mal geglaubt, du hättest eine soziale Einstellung. In Wirklichkeit nutzt du die Menschen nur aus. Du bist einfach total egoistisch. Wenn du glaubst, dass du deswegen eine große Künstlerin bist, kannst du mir nur leidtun.«

Ich starrte Justin fassungslos an. Ich träumte doch wohl. Wie kam der dazu, mich so anzukacken? Was hatte ich ihm getan?

»Was gibt dir eigentlich das Recht, dich derart in meine Angelegenheiten einzumischen?«, fauchte ich also wütend.

»Nichts«, sagte er. »Eigentlich gibt mir nichts das

Recht. Ich bin ja nur ein Mitbewohner, und wir sind nicht mal wirklich befreundet … aber ich kann es als sozial denkender Mensch einfach nicht ertragen, wie du Lars behandelst …«

»Aber ich behandle ihn ja gar nicht!«, fuhr ich Justin ins Wort. »Ich behandle ihn jedenfalls nicht ungerecht. Ich kümmere mich um ihn, sehr sogar, sonst hätte er sich längst vom Hochhaus gestürzt … Ich bin die Einzige, die immer für ihn da ist … Tag und Nacht … ja, auch nachts, wenn er den Schwanz nicht hochkriegt … Meinst du, das ist so witzig?«

Nun sah Justin mich verstört an.

»Was glotzt du so? Glaubst du, es macht Spaß, seit Wochen für jemanden der seelische Mülleimer zu sein, der keinen Funken Selbstbewusstsein mehr hat und mich als Fußabtreter für seine Probleme benutzt, nur, weil er sich mein Verlobter nennt und früher mit Austern und Champagner um sich geworfen hat? Hab *ich* mich am Aktienmarkt leichtfertig verspekuliert, oder er? Soll ich *meine* Karrierepläne an den Nagel hängen, nur weil er *seine* Karriere versemmelt hat? Muss ich die Mutter Teresa für ihn spielen, weil Mr. One-Night-Stand so von der Krise gebeutelt ist, dass er nichts mehr zum Stehen kriegt? Warum ich? Warum nicht alle seine Tussen, mit denen er gepoppt hat und die ihm immer noch nachlaufen? Warum lässt er sich nicht von denen trösten?«

»Stopp, stopp, stopp. Melli!« Justin war aus dem Sessel aufgesprungen und hob abwehrend die Hände. »Das will ich alles gar nicht wissen …«

»Ach, jetzt auf einmal? Ist es dir peinlich? Merkst du, wie ungerecht du mich behandelt hast mit deinen Vorwürfen?«, schrie ich ihn an.

Er trat neben mich. »Nun beruhige dich doch, Melli. Ich habe das doch nicht so gemeint … Ich provoziere halt gerne mal, du kennst mich doch …«

»Aber du kennst mich kein bisschen!«, schnauzte ich ihn weiter an. »Mir vorzuwerfen, ich täte nichts für Lars! Ich mache nächste Woche sogar eine Versteigerung aller meiner Bilder aus der Galerie für ihn. Kannst ja kommen und auch eins kaufen, dann hast du wenigstens was Konkretes für ihn getan – bisher höre ich dich doch nur labern!«

Ich schubste ihn aus dem Weg und rannte ins Bad, wo ich den Schlüssel zweimal rumdrehte. Dann brach ich heulend auf dem Klodeckel zusammen.

So ein Arsch, so ein verdammter arroganter Arsch!

Aber mehr noch als über Justin ärgerte ich mich über mich selbst. Darüber, dass er mich so aus der Fassung bringen konnte, dass ich Dinge gesagt hatte, die ich schon jetzt zutiefst bereute. Wie hatte ich mich nur dazu hinreißen lassen können, solche Intimitäten über Lars und sein Versagen beim Sex vor Justin zu enthüllen? Wenn Lars das jemals zu Ohren kam, war es nur gerecht, wenn er mich verlassen würde.

Ich weiß nicht, wie lange ich auf dem Klo gehockt hatte, jedenfalls stand ich schließlich auf, putzte mir die Nase und richtete mit mechanischen Bewegungen mein Aussehen wieder etwas her. Ich musste Justin zwingen, kein Wort von dieser Unterredung weiterzuerzählen.

Ich stürzte zurück in die Wohndiele. Justin war nicht mehr da. Ich bekam Panik. Vielleicht war er in sein Zimmer gegangen? Ich eilte den Flur entlang und klopfte an seine Tür. Ohne eine Antwort abzuwarten, stürmte ich hinein. Das hieß, auf der Schwelle blieb ich bei dem Anblick, der sich mir bot, abrupt stehen. Auf dem Bett an der grauen Wand unter dem roten Streifen, den ich für ihn gemalt hatte, lagen Justin und dieses Streifenhörnchen von Zara und knutschten sich leidenschaftlich ab.

Bei meinem Eintreten fuhren die beiden auseinander und starrten mich verdattert an.

»Äh, kann ich noch was für dich tun, Melli?« Justin gewann als Erster seine Fassung wieder.

Ich schluckte. Also hat er tatsächlich was mit der Kleinen, dachte ich wütend, riss mich aber am Riemen.

»Ja, kannst du«, gab ich giftig zurück. »Du kannst deine geschwätzige Klappe halten. Wenn du auch nur ein Sterbenswörtchen von dem, was wir eben besprochen haben, an irgendwen weiterplauderst, glaub mir, dann breche ich dir alle Knochen!«

Justin griente. Hatte ich was anderes erwartet?

»Meinst du die Versteigerung?«, fragte er mit gespielter Naivität.

»Du weißt genau, was ich meine, Justin. Und sei sicher, wenn auch nur ein Wort zu Lars gelangt, bist du die längste Zeit ein Mann gewesen …«

»Melli!«

»Das heißt, falls du je einer gewesen bist!«

Und als ich sein Zimmer verließ, blickte ich noch einmal über die Schulter und sagte: »Ach, Zara … Vielleicht erzählt er dir ja mal von Didi …«

Er warf einen Schuh nach mir, aber da ich die Tür bereits hinter mir geschlossen hatte, knallte er nur dumpf dagegen und klatschte auf den Fußboden.

Das Einzige, was ich danach noch hörte, war

»Hexe!«, aber das musste sich nicht unbedingt auf mich beziehen.

Am Abend traf ich Alix und Paula im Irish Pub. Weder Karlos noch Lars hatten sich blicken lassen, was wir durchaus verstehen konnten, und Jean-Paul war ohnehin nicht mehr von dieser Welt, weil er im Endstadium seiner Doktorarbeit steckte. Es war nicht viel los, und so erzählte ich Paula und Alix von meinem Plan. Sie waren sofort begeistert von der Versteigerung und sagten ihre Hilfe zu.

»Und du willst wirklich alle Bilder verkaufen und Lars das ganze Geld geben?«

Ich nickte. »Ja, alles, was in der Galerie hängt. Wir müssen den Mietvertrag sowieso kündigen, und ich hab ja keinen Platz im Atelier.«

Nun lachte Alix. »Keinen Platz! Du verkaufst die Bilder doch nicht deswegen, Melli. Du könntest sie doch bestimmt in der Kunsthochschule unterbringen. Steh doch einfach mal zu dem, was du tust. Gib doch zu, dass du ein gutes Herz hast.«

Und auch Paula sülzte: »Lars wird so glücklich sein. Einen größeren Beweis deiner Liebe könntest du ihm nicht geben.«

Ich war froh, dass dann die Karaoke-Show losging und Paula sich in Richtung Bühne davonmachte.

Und weil Alix wenig später auch zu ihrer Nachtsendung ins Studio musste, konnte ich endlich aufatmen.

Grundgütiger, war denn alle Welt verrückt geworden? Es war doch wohl klar, dass ich Lars unter die Arme griff, soweit es mir möglich war. Aber dafür musste ich mich doch nicht selbst verleugnen.

»*Tausendmal berührt, tausendmal ist nichts passiert …*«, sang Paula gerade einen Oldie.

Hm, hatte ich wirklich gesagt, dass ich Lars liebte? Dieser Justin schaffte es doch immer wieder, mich um meinen Verstand zu bringen!

♡ ♡ ♡

Ich hatte ein unglaublich schlechtes Gewissen wegen dem, was ich bei Justin alles über Lars ausgeplaudert hatte. Darum war der Drang, es durch die Versteigerung wiedergutzumachen, geradezu übermächtig, und ich begann sofort mit den Vorbereitungen. Schon am nächsten Morgen schnappte ich mir eine übernächtigte Alix und düste mit ihr auf dem Sozius mit der Vespa zur Galerie. Dort inspizierten wir die Bilder und diskutierten, ob sie wohl den Ladenpreis oder sogar noch mehr einbringen würden. In beiden Fällen würde jedenfalls eine hübsche Summe zusammenkommen.

»Und wenn weniger geboten wird?«, fragte ich etwas besorgt, denn die Bilder zu Dumpingpreisen zu verschleudern, machte schließlich keinen Sinn. Lars war damit nicht geholfen und mein Ruf womöglich ruiniert.

Man stelle sich nur vor, wenn die Frau vom Bürgermeister herumerzählte, dass sie einen echten Kubinski für einen Appel und ein Ei ersteigert hätte! Das würde den Markt im Hinblick auf meine Werke für die Zukunft völlig kaputtmachen.

Alix konnte meine Bedenken nachvollziehen, fragte aber sogleich misstrauisch: »Willst du jetzt einen Rückzieher machen?«

Und wenn? Wem wäre damit geholfen, wenn auch meine Karriere wegen Lars' blöden Börsenspekulationen zerstört werden würde? Vom Gutmenschentum konnte niemand leben. Da war ich Materialistin!

Aber diesmal stellte ich meine persönlichen Sorgen zurück, und Alix fügte kooperationsbereit hinzu: »Das Beste wird sein, du setzt für jedes Bild ein Mindestgebot fest, das etwas unter dem Ladenpreis bleibt, dann erzielst du den bestimmt. Und wenn es ausnahmsweise mal nicht klappt, dann ist es nur ein kleinerer Verlust.«

Das leuchtete mir ein, da es ohnehin alles Schätzpreise waren und ich nicht genau wusste, wie der aktuelle Marktwert meiner Bilder war. Und da Alix' Statement sehr kompetent gewirkt hatte, bat ich sie, die Versteigerung durchzuführen.

»Das traust du mir zu?«, fragte sie perplex. »Sollen wir nicht lieber Karlos oder Justin fragen?«

*»Justin!«* Allein der Gedanke an ihn ließ mir die Galle hochsteigen.

Da machte der Typ mich erst an und lag dann wenige Minuten später mit diesem Streifenhörnchen von Zara im Bett. Na ja, *auf* dem Bett, aber so wie die geknutscht hatten, war es nur eine Frage der Zeit, wann sie unter der Decke verschwunden wären, um zu vögeln.

»Mit dem bin ich durch«, sagte ich wütend.

»Häh? Einfach so, oder gibt es einen bestimmten Anlass?«

»Gibt es«, gab ich zu, »aber ich möchte nicht darüber sprechen.«

Oder wollte ich vielleicht doch mit meiner besten

Freundin darüber sprechen? So etwas sollte ja für die Reinigung der Seele unglaublich gut sein.

»Wusstest du, dass er was mit dieser Zara hat?«

Wenn ich gedacht hatte, Alix würde aus allen Wolken fallen, sah ich mich getäuscht.

»Also doch«, sagte sie mit Genugtuung in der Stimme. »Bei mir hat er es immer geleugnet, aber Paula hat erzählt, dass die beiden sich mitten auf der Probenbühne abgeknutscht haben. Unser Justin! Ist doch süß, nicht wahr? Äh ...« Sie stockte, wurde etwas rot und meinte dann: »Entschuldige, Melli, aber du ... äh ... du willst doch nichts von ihm, oder? Du bist doch nicht eifersüchtig oder so?«

Eifersüchtig? Ich? Auf so ein Streifenhörnchen?

Na gut, geschmerzt hatte mich der Anblick schon ein wenig, und ich glaubte auch nicht, dass ich es noch lange in der WG aushalten würde, wenn Justin nun ständig diese Zara anschleppte. Mal einen Typ wie Didi, das fand ich noch ganz okay. Hauptsache, es würde kein Dauerzustand daraus werden. Es war schon schlimm genug, dass Justin selber zu einem solchen geworden war. Wenn er jetzt aber immer eine Ische dabeihatte, ertrug ich das nicht! Aber mit Eifersucht hatte das auf meiner Seite nichts zu tun. Ich fand zwar, dass der Typ eine intellektuelle Herausforderung war, mit dem sich trefflich streiten ließ, mehr aber auch nicht.

»Ich fände es nicht toll, wenn diese Zara jetzt auch noch ständig in der WG herumhängen würde«, sagte ich aus diesen Gedanken heraus. »Neben Robbie und Jenna noch ein Pärchen, das nervt.«

»Und du bist sicher, dass du nicht vielleicht doch in ihn verliebt bist?«, spekulierte Alix aufgeregt. »So wie ihr euch immer streitet … Ich meine, das ist doch ein untrügliches Anzeichen dafür, dass ein gesteigertes Interesse füreinander vorliegt.« Sie schüttelte sichtlich verwirrt den Kopf.

»Vergiss es, Alix! Wir sind wie Hund und Katze!«, unterbrach ich ihre ausufernden Gedanken. »Er ist der Hund, und du weißt ja, dass ich eine Straßenköterallergie habe.«

Sie sah mich misstrauisch an und begann zu psychologisieren. »Melli, du verstellst dich doch …«

So? Tat ich das? Ich glaubte nicht. Mit Justin war ich von Anfang an zusammengerasselt. Schon seit seinem ersten Tag in unserer WG waren wir wie Feuer und Wasser. Ich strich sein Zimmer rot, er wollte es grau. Ich zog mal 'ne Tüte durch, und er nannte mich einen haltlosen Junkie. Er war ständig am Kochen und zog sich kiloweise Steaks rein, aber wenn ich mal eine Flasche Rotwein trank, war ich gleich Alkoholikerin! Nee, seine permanenten Erziehungsversuche waren voll abtörnend. Und dann sang der Typ auch noch ständig …

»Er hat sich immer sehr um dich gekümmert«, meinte Alix.

»Ja, leider, viel zu viel. Ich habe ihn nie darum gebeten.«

»Du würdest doch nie jemanden bitten. Er hat das gewusst und sich dennoch nicht abschrecken lassen …«

»Grundgütiger, ja, er hat mir mal ein bisschen mit Essen ausgeholfen, als ich grade sehr knapp war … Und zufällig war er grade da, als ich meine *Apokalypse* … äh … etwas schlecht behandelt habe. Aber jeder andere wäre mir auch ins Messer gefallen.« Ich zögerte, gab dann aber zu: »Vielleicht hat er sich am Anfang wirklich etwas in mich verknallt. Schauspieler stehen ja manchmal auf krasse Frauen ... aber er hat doch inzwischen längst gemerkt, dass ich nicht auf ihn stehe. Ich bin nicht eifersüchtig, ich finde es einfach nur blöd, dass er irgend so eine hergelaufene Tussi in die WG schleppt. Wir haben wirklich schon genug Unruhe.«

»Wozu du ja auch deinen Teil beiträgst«, meinte Alix augenzwinkernd.

Spielte sie auf die Kifferorgie an? Tat sie vermutlich, aber darüber war ja Gott sei Dank inzwischen Gras gewachsen. Ich kicherte innerlich bei diesem passenden Vergleich. Es gab einfach zu viele verrückte Pärchen in der WG. Robbie und Jenna, Justin und Zara, Putzi und ...

Ich musste grinsen. Der Köter riss sich doch bestimmt bei nächster Gelegenheit noch eine Hundedame auf. Auch wenn er seit neuestem mit gehäkelten Hundepantoffeln in der Wohnung herumlief, blieb er ein Rüde.

»Männer sind in meinen Augen per se notgeil und können gar nicht ohne Sex leben«, sagte ich aus diesen Gedanken heraus zu Alix. Die brach in Gelächter aus.

»Das sagst ausgerechnet du, Melli?! Du hast dich doch garantiert nicht mit Lars verlobt, weil er gleichzeitig das Zölibatsgelübde abgelegt hat, oder?« Sie kicherte reichlich albern, meinte dann aber wieder etwas normaler: »Also, ich kann die Jungs verstehen und bin mit meinem ausgeglichenen und regelmäßigen Sexleben sehr zufrieden. Warum sollten wir es ihnen also nicht gönnen? Wenn's beim Mann mit dem

Sex stimmt, dann stimmt auch alles andere. Unbefriedigte Männer sind unzufriedene Männer und kriegen ganz schnell Minderwertigkeitskomplexe. Wie sagt schon der Philosoph: Der Mann definiert sich über seinen Schwanz.«

»Stimmt leider«, sagte ich und dachte deprimiert an Lars' eingeknicktes Selbstbewusstsein. Und um die Sache mit Justin jetzt ein für alle Mal abzuschließen, sagte ich: »Also, mit Justin ist es eher so wie mit einem Bruder. Den gibt man doch auch nicht so einfach an die erstbeste Tussi ab ... Da hat man doch irgendwie eine Fürsorgepflicht.«

Hm, jetzt übertrieb ich aber. Doch Alix sprang direkt darauf an. Klar, sie hatte ja selber einen Bruder und kannte diese Problematik bestens.

»Da hast du Recht«, stimmte sie mir zu. »Als Robbie das erste Mal mit Jenna ankam, ging es mir tatsächlich so ähnlich wie dir mit Zara. Aber du siehst, jeder Topf findet schon seinen Deckel. Jenna passt super zu Robbie, und ich kann mir gut vorstellen, dass Justin mit Zara auch die Richtige gefunden hat. Schauspieler und Schauspielschülerin, das passt doch.«

Klar, verdoppelter Irrsinn, dachte ich, aber das Thema war nun wirklich durch. Ich würde ohnehin bald nach New York gehen, und außerdem hatten wir Wichtigeres zu tun.

So setzten wir noch die Mindestgebote für die einzelnen Bilder fest und hängten einige Gemälde aus meiner aktuellen Schaffensphase ab, um sie mit in mein Atelier zu nehmen. Die waren erst mal noch nicht verkäuflich und teilweise für mich persönlich zu wertvoll, um sie unter den Hammer zu packen.

Ich würde sie durch ein paar andere Bilder ersetzen, die schon ewig in der Kunsthochschule im Malsaal herumstanden und fast schon einmal vom Hausmeister entsorgt worden wären. Ich dachte da zum Beispiel an *Das Gelbe vom Ei*, ein in Kadmiumgelb leuchtendes Abstraktum für das Frühstückszimmer des Oberstadtdirektors, welches glatt seine Mondscheinglatze überstrahlen würde, oder an *Absolut unten* in Umbra und Schwarz, das sich angesichts der unaufhaltsam fallenden Aktienkurse sehr gut hinter dem Schreibtisch des Bankdirektors machen würde.

»Lass uns zurückfahren«, drängte Alix schließlich. »Ich würde gerne noch kurz bei Paula vorbeischauen.«

»Geht's ihr besser?«, fragte ich teilnahmsvoll, denn Paula hatte auch mir mit dieser dämlichen Blutung einen ganz schönen Schrecken eingejagt. War mir offenbar doch sehr ans Herz gewachsen, das Mädchen.

Alix nickte, als ich das Licht löschte und die Galerie abschloss. »Ja, sehr gut. Ab Montag kann sie wieder zur Arbeit gehen. Ich habe ihr ein bisschen Wolle besorgt, die will ich schnell noch bei ihr abgeben. Fährst du mich vorbei?«

»*Wolle?!*« Ich hatte doch keinen Hörsturz? »Sag nicht, sie häkelt Babysachen?«

Das war ja schlimmer, als ich befürchtet hatte. Häkeln war was für Leute wie Frau Waschkowski, die Putzis Hundehausschuhe ja ganz gut hingekriegt hatte, aber doch nichts für eine moderne junge Frau. So verarmt konnte Karlos schließlich nicht sein, dass er seinem Kind nicht mal eine anständige Babyausstattung kaufen konnte. Und schließlich gab es ja auch noch die liebe Schwiegermama. Sollte doch die mit klappernden Nadeln vorm Fernseher hocken und auch mal ein gutes Werk tun. Dann ging sie Paula sicherlich weniger auf die Nerven.

Aber Alix sah das anders. »Klar häkelt Paula Babysachen, das macht doch wohl jede Mutter.«

Hm, wenn das so war, dann wusste ich ja nun mit absoluter Gewissheit, dass ich nie Mutter werden würde. Ehe ich Strick- und Häkelnadeln anfasste, würden mir die Finger abbrechen. Das hatte ich schon in der Schule nicht hinbekommen. Nee, meine Pfoten waren wirklich nur zum Halten von Pinseln geeignet. Babysachen! Grauenvoll!

Ich fuhr Alix aber trotzdem zu Paula und ließ mich sogar zu einer Tasse Schoko überreden. Sie hatte ja wirklich eine bezaubernde Wohnung in exklusiver Lage, um die man sie echt nur beneiden konnte.

»Mit Karlos alles wieder okay?«, fragte ich sie, als sie den Kakao eingoss.

Sie strahlte mich so glücklich an, dass es fast wehtat. »Ja, ja, alles wieder in Ordnung. Da hat ein Abteilungsleiter ihm ans Zeug flicken wollen und ein wenig überreagiert. Neider gibt es eben überall, aber da steht mein Karlos drüber.«

*Mein* Karlos! Grundgütiger! Ich starrte auf die langsam deutlicher werdende Kugel, die sich unter Paulas indischem Hemd abzeichnete. Ob da ein kleiner Karlos heranwuchs? Oder würde es eine kleine Paula werden?

»Weißt du schon, was es wird?«, fragte ich, und da Paula meinen Blick aufgefangen hatte, legte sie mit einem außerirdischen Lächeln ihre Hand auf die Kugel und sagte versonnen: »Nein, wir wollen uns überraschen lassen.«

»Dann habt ihr bestimmt auch noch keinen Namen?«

»Doch«, erwiderte sie, immer noch mit dem gleichen leicht verblödeten Ausdruck im Gesicht. »Zwei sogar, aber die verraten wir nicht. Das bringt Unglück.«

Hätte ich nicht gewusst, dass Paula eine leicht esoterische Ader besaß, wäre ich vermutlich schreiend in die Berge gerannt. So aber trug ich es mit Fassung. Aber als Alix und Paula dann anfingen, in Strickmagazinen zu blättern und über Strickmuster zu diskutieren, ergriff ich die Flucht.

»Ich bin dann mal weg«, hauchte ich fassungslos über so viel Mutterglück und suchte das Weite.

♡ ♡ ♡

Ein paar Wochen später war es dann so weit.

Als ich Lars von der bevorstehenden Versteigerung erzählte, war er vollkommen überrascht, denn natürlich sagte ich ihm nicht, dass ich die Bilder für ihn verkaufen wollte.

»So eilig wäre es doch nicht gewesen«, meinte er nur. »Der Mietvertrag kann doch sowieso nur mit dreimonatiger Frist gekündigt werden.« Er sah mich misstrauisch an. »Oder hat das was mit dieser New-York-Idee von deinem Professor zu tun?«

Heavens, bloß jetzt nicht zwischen Tür und Angel dieses Thema vertiefen. Was es dazu zu sagen gab, musste ich ihm ganz schonend in chilliger Atmosphäre beibringen. Am besten, nachdem ich ihm den Erlös aus der Versteigerung der Bilder in die Hand gedrückt hatte.

Also blockte ich gleich ab und sagte: »Ich habe gedacht, wir machen eine Sonderaktion im Rahmen der Kunstwoche. Dann kommt es als Veranstaltung mit in den Hochglanzflyer und zieht vielleicht auch ein paar wirkliche Kunstkenner an. Das kann der Sache nur guttun. Geschwindner fand auch, dass es eine gute Idee ist, und hat den Termin gleich notiert.«

Dagegen konnte Lars nun wirklich nichts sagen, aber weil er Gott sei Dank immer noch keinen Schimmer hatte, dass ich meinen Gemäldebestand verscherbeln wollte, um ihm aus seiner Finanzklemme zu helfen, fügte ich erklärend hinzu: »Weißt du, Lars, eine Künstlerin entwickelt sich weiter und wächst über ihre Anfänge irgendwann hinaus. Das meiste, was in der Galerie hängt, ist Ballast aus der Vergangenheit. Ich brauche Platz für meine neuen Werke. Die alten Sachen hier hängen zu sehen, ist mir fast schon peinlich.«

Nun quälte er sich direkt ein Lächeln ab. »Das kann ich sehr gut verstehen, Melli. Ich wollte, ich könnte meine Altlasten auch so gewinnbringend entsorgen.«

Ob er damit ausschließlich wertlose Aktienpakete oder auch den Harem seiner verflossenen Frauen meinte, ließ ich mal dahingestellt sein.

Es war wirklich eine geniale Idee gewesen, die Versteigerung an die Kunstwoche zu koppeln. Am Nachmittag des Events war die Galerie brechend voll.

Alle, die ich erwartet hatte und die sich bei unseren Vernissagen kostenlos den Bauch vollgeschlagen hatten, waren gekommen. Bevor wir öffneten, ging ich noch einmal durch die Räume und schaute frustriert auf die nun kahlen Wände. Am plätschernden Brunnen blieb ich gedankenverloren stehen. Eine leichte Wehmut überkam mich. Hätte es nicht doch ein schönes Leben sein können als freie Malerin und Galeristin und Dauerverlobte eines reichen Erben und erfolgreichen Börsenmaklers? Ich seufzte, denn das stand in der gegenwärtigen Situation ja gar nicht mehr zur Debatte. Das Schicksal selbst hatte anders entschieden. Alles Grübeln half nichts, und vergangenen Zeiten nachzuhängen, brachte einen auch nicht weiter.

Alles änderte sich, und wenn wir uns nicht ebenfalls mit den Zeiten veränderten, blieben wir frustrierte Ewiggestrige. Nein, solche Krisen waren wichtig im Leben des Menschen, sonst entwickelte er sich nicht weiter. Dazu war er von Natur aus einfach zu behäbig. Da hielt ich es lieber mit Hölderlin, der meinte, dass der Mensch seine Freiheit als eine Chance begreifen müsste, *aufzubrechen, wohin er will!* Ich würde das ganz gewiss tun.

»Komm, Melli!«, rief Alix mich in die Realität zurück. »Du musst aufschließen, draußen stehen schon jede Menge Leute.«

Tatsächlich schwappte die Welle der Wartenden dann auch herein, als gäbe es bei Aldi Computer zum Schnäppchenpreis!

Wir hatten im Brunnenraum ein kleines Podium aufgebaut, an dem Alix ihren Platz einnahm und die Versteigerung leitete. Auf Karlos' Anraten hin hatten wir ihr aber doch einen vereidigten Auktionator an die Seite gestellt, der den ordnungsgemäßen Ablauf der Veranstaltung garantierte und sogar sein Hämmerchen mitgebracht hatte.

Zum Glück hatten wir auf Karlos' Rat gehört, denn

Alix und mir wäre die Sache sogar mit Paulas Verstärkung garantiert über den Kopf gewachsen. So schnell konnte ich gar nicht hören und gucken, wie die Gebote in einigen heißen Phasen hin und her gingen. Da musste man wirklich Profi sein, um den Überblick zu behalten.

In der Woche vor der Versteigerung hatten die potenziellen Käufer Gelegenheit gehabt, die Bilder in der Galerie anzusehen, und die deutlich gestiegenen Besucherzahlen hatten mir schon etwas Hoffnung gemacht. Dieser Ansturm aber überstieg bei Weitem meine Erwartungen. So viele Bilder hatten wir doch gar nicht! Aber knappe Güter waren ja per se wertvoller und würden daher vielleicht bessere Preise erzielen. Taten sie auch.

Nicht wenige Bilder waren sogar hart umkämpft, und der mondglatzige Oberstadtdirektor lieferte sich tatsächlich mit einem mir unbekannten Kunstfreund einen hektischen Bieterstreit um *Das Gelbe vom Ei.*

Ich musste an mich halten, um nicht in kreischendes Gelächter auszubrechen, als er schließlich zu einem unglaublich horrenden Preis den Zuschlag für das Bild erhielt und es mit hochrotem Kopf aus dem Saal trug. Am Ausgang wurde er von seiner Gattin empfangen, die ihn glücklich anstrahlte.

»Oh, wie wundervoll«, flötete sie ihm zu. »Ein echter Kubinski für die Wand hinter dem Frühstückstisch im Wintergarten.«

Hatte ich es nicht genau so vorhergesehen?

Auch bei anderen Käufern lag ich völlig richtig. Offenbar hatten die Kaschmirladys der Stadt bereits bei den Treffen in ihren Wohltätigkeitszirkeln die Objekte ihrer Begierde untereinander aufgeteilt, um sich nur ja keine Konkurrenz beim Bieten zu machen und die Bilder so billig wie möglich zu ergattern. Erfreulicherweise machten ihnen aber bei vielen Gemälden ortsfremde Bieter einen Strich durch die Rechnung. Entweder verloren sie oder mussten ordentlich was auf ihre Anfangsgebote drauflegen. Mich konnte das nur freuen, und ich beglückwünschte mich erneut zu der guten Idee, diese Versteigerung während der Kunstwoche durchzuführen.

Besonders freute ich mich aber, dass auch einige andere Galeristen gekommen waren. Darunter – halt mich fest, oder ich hebe ab – Rinaldo von Stetten, der Chef des *Artefakt*, der ultimativ attraktivsten Galerie am Ort. Und er selber stand seiner Galerie in nichts nach. Groß und unverschämt gut aussehend lehnte er, in einen dezenten Designerlodenmantel gehüllt, unauffällig im Durchgang zum nächsten Galerieraum und sah eine Weile mit amüsiertem Lächeln den kleinen Wettkämpfen der Kaschmirladys zu. Auch den Erfolg des Oberstadtdirektors quittierte er mit einem leicht ironischen Grinsen, während er über den Parforceritt der Bürgermeistergattin in ungeahnte Biethöhen für ein vergleichsweise ausdrucksloses Werk aus meiner Frühphase nur den Kopf schüttelte. Klar, das war vermutlich nicht mal die Leinwand wert, auf die es gemalt war. Das sah der Kenner sofort.

Ich fragte mich, was er wohl hier wollte, als der Auktionator mehrere Lose mit Bildern aus meinen krass-konkreten Anfängen aufrief. Nun entdeckte ich auch den Brauereibesitzer Wertheim-Gabelsberg, der als potenter Sammler avantgardistischer Kunst bekannt war und der mir ganz am Beginn dieser Schaffensphase schon einmal ein Werk zu einem mehr als fairen Preis abgekauft hatte. Einfach, weil er sich in das Bild verliebt hatte, wie er mir sagte. Sammler waren schon eine seltsame Spezies.

Ausgerechnet mit dem begann nun von Stetten einen Streit um eins der Gemälde. Es war eine Vorstudie zur *Apokalypse* mit dem nackten Boris in einer Lichtmandorla und einem halb abgehäuteten Rehbock mit Kreuz im Geweih zu seinen Füßen. Sehr allegorisch und ausgesprochen altmeisterlich. Ich hatte lange überlegt, ob ich es überhaupt anbieten sollte, aber ich hatte noch eine ähnliche Version in meinem Atelier stehen, die ich Boris irgendwann mal schenken wollte.

Klar, dass dieses Werk den höchsten Wert für Sammler und Galeristen besaß, denn immerhin hing die preisgekrönte *Apokalypse* in der Städtischen Kunsthalle. Dass aber von Stetten und mehrere andere Bieter so erbittert um das Bild ringen würden, hätte ich nicht im Traum erwartet.

Alix, die neben dem Auktionator stand und das Bild hochhielt, bekam in der Hektik der sich überschlagenden Gebote einen total roten Kopf, und als nun auch einer der auswärtigen Sammler mitbot, ging ein Raunen durch die Menge.

Als ich mich zu dem Typ umdrehte, blieb mir fast die Spucke im Hals stecken. Jedenfalls kriegte ich einen kleinen Erstickungsanfall. Das war doch nicht dieser Galerist Tommy Mahonny von der GZK aus Berlin, vor dem ich mich so blamiert hatte? Kein Zweifel möglich, er war es! Der Typ, dem ich die Einladung zur Vernissage von Geschwindner in Berlin abgepresst hatte.

Wieso wollte der ein Gemälde von mir ersteigern?

Hatte er nicht gesagt, dass er einen Kubinski nicht mal auf die Gästetoilette hängen würde? Was hatte denn bei dem so einen Meinungswandel ausgelöst?

Ich erfuhr es am Ende der Versteigerung, als auch noch Professor Geschwindner mit einer Flasche Champagner aufkreuzte.

»Her mit den Gläsern, Melli«, sagte er, und wir stießen an.

Worauf er anstoßen wollte, war mir in dem Moment noch nicht klar, aber da wir fast alle Bilder verkauft hatten, war das in meinen Augen schon Anlass genug. Cheers!

Als sich dann allerdings herausstellte, dass Geschwindner den apokalyptischen Boris für sich selbst hatte ersteigern lassen, war ich doch leicht fassungslos. Die Erklärung schob er aber gleich nach.

»Ich habe es für die Akademiegalerie in New York gekauft, Melli«, sagte er strahlend. »Weshalb ich hoffe, dass Sie nun Ihre Entscheidung hinsichtlich des Stipendiums endlich getroffen haben, und dass sie positiv ausgefallen ist.« Er sah mich mit seinen glitzernden Äuglein fragend an. »Na, wie ist es, Frau Melli Kubinski?«, sagte er und verfiel in einen salbungsvollen Ton. »Können wir auch darauf anstoßen?«

Ich wäre mit dem Klammerbeutel gepudert gewesen, wenn ich nicht zugesagt hätte.

»Na denn, Prost! Auf New York!«

Lars lief Amok.

»Du hast doch nicht eben mit deinem Prof auf New York angestoßen?«, fragte er aufgebracht und drängte mich in eine der wenigen unbelebten Ecken der

Galerie. »Ich dachte, du hättest dir diese Schnapsidee aus dem Kopf geschlagen?«

»Nein, habe ich nicht. Es stand von vornherein fest, dass ich das Angebot annehmen würde. Nun natürlich noch mehr. Du hast ja wohl mitgekriegt, dass Geschwindner eins meiner Gemälde für New York ersteigert hat. Zu einem unglaublichen Preis übrigens! Du glaubst doch nicht, dass ich unter solchen Umständen die Einladung an die Akademie ablehnen kann. Das wäre mein künstlerischer Selbstmord.«

»Ach ja? Was *mein* Selbstmord wäre, ist dir scheinbar egal!«

Ich starrte ihn an. Das war doch nicht sein Ernst! Er wollte mich doch nicht mit einer kindischen Selbstmorddrohung unter Druck setzen?

»Das war eine Metapher«, versuchte ich es mit Humor und einem Appell an seinen gesunden Menschenverstand. »Ein echter Selbstmord steht weder bei mir noch bei dir zur Debatte. Warum auch? Wegen einem Auslandssemester von mir geht doch wohl die Welt nicht unter. Jean-Paul war schließlich auch eine ganze Weile auf Forschungsreise, und Alix und er lieben sich mehr denn je. Du siehst, alles lässt sich mit etwas gutem Willen regeln.«

Ich packte ihn am Arm und zerrte ihn zu Alix, die grade mit dem Auktionator Kasse machte.

»Und? Wie viel haben wir eingenommen?«

Die Summe, die sie nannte, haute mich fast um. Wow, das war ja unglaublich! Selbst Lars rüttelte diese Zahl wach.

»Das ist ja wirklich ein ansehnlicher Betrag«, sagte er mit leichtem Understatement.

»Und das gehört alles dir!« Ich konnte mich nun nicht länger zurückhalten.

Er sah mich regelrecht verstört an. »Was soll das heißen … es gehört mir?«

»Dass es dein Geld ist. Ich habe die Versteigerung nur gemacht, damit du deine Schulden bezahlen kannst!«

Lars wurde plötzlich ganz blass. Himmel, da kippte ihn ja die Freude offenbar fast aus den Latschen! Ich wollte mir grade innerlich auf die Schulter klopfen, weil meine Überraschung so toll gelungen war, als Lars ganz anders reagierte, als ich und meine Freundinnen es erwartet hatten.

»Das hast du dir ja fein ausgedacht«, sagte er, und die ungesunde Blässe in seinem Gesicht wich einer fleckigen Röte. »Du löst die Galerie auf und fliegst nach New York, und mich speist du mit einem finanziellen Trostpflaster ab, damit du kein schlechtes Gewissen haben musst, weil du deinen Verlobten in der Scheiße sitzen lässt! Sehr clever! Melli, wie man sie kennt. Hauptsache, du kommst gut dabei raus und deiner Weltkarriere einen Schritt näher! Wo ich ohne dich bleibe, geht dir offenbar am Arsch vorbei.«

Grundgütiger! Musste er so ausfallend werden? Und wie egozentrisch er war! Ich besorgte ihm eine wirklich nicht unbeträchtliche Summe Geld, und er lamentierte nur herum und machte mir Vorwürfe, statt sich zu freuen und vielleicht einen Hauch Dankbarkeit zu zeigen.

Das hatte ich wirklich nicht verdient. Und einen derart wehleidigen und egozentrischen Typ, der mich in letzter Zeit nur noch bremste, den konnte ich überhaupt nicht gebrauchen. Ich hatte selber hart mit meinen depressiven Anwandlungen zu kämpfen, und ich war nicht die Mutter Teresa, die andere Menschen aufrichten konnte. Dazu war meine eigene Psyche viel zu instabil. Ich würde selber kaputtgehen, wenn ich mich noch enger mit seinem Elend verband. Mehr, als ich schon getan hatte, konnte ich einfach nicht leisten. New York war wie ein rettender Strohhalm, den ich unbedingt ergreifen musste, wenn ich nicht selbst zerbrechen und als alkoholkranker Junkie bei Robbies Punkerfreunden auf der Straße landen wollte.

Ich starrte Lars an und fand ihn in seinem demonstrativ zur Schau gestellten Selbstmitleid unerträglich. Ja, ich hatte sehr starke Gefühle für ihn, aber im Moment waren sie nur noch negativ. Und so riss ich Alix die Geldkassette aus der Hand und schmiss sie Lars in einem verzweifelten Akt inneren Aufbäumens vor die Füße.

»Nimm's oder lass es liegen«, brüllte ich ihn an, riss den Verlobungsring vom Finger und warf ihn hinterher. »Mehr kann ich für dich nicht tun. Und falls du jetzt die Verlobung beenden willst, hier ist der Ring!«

Ich stürmte an ihm vorbei zum Ausgang, und als er mir nachrief: »Wo willst du denn hin, Melli?«, da drehte ich mich noch einmal kurz um und sagte mit einer Stimme, in der auch nicht mehr der leiseste Zweifel mitschwang: »Nach New York, wohin sonst?!«

Das Nötigste war schnell gepackt, und ich bekam noch einen Platz im gleichen Flugzeug wie Geschwindner, der ebenfalls wieder über den großen

Teich musste, um etwas für seine Gastprofessur an der Akademie zu tun.

Der Abschied von Alix und Paula war tränenreich, aber sie hatten ja die Versteigerung miterlebt und sahen nun ein, dass ich Geschwindner unmöglich einen Korb geben konnte, wo er sich so für mich einsetzte. Dann hätte ich meine Karrierepläne wirklich an den Nagel hängen und mit Alix zusammen Babywäsche für Paulas Kind stricken können.

Am Abend vor meiner Abreise saß ich noch mit meinen Freundinnen bei einem Glas Wein in der Küche, als Justin hereinkam und mir ein Päckchen in die Hand drückte.

»Viel Glück, Melli«, sagte er etwas verlegen. »Und, äh ... wegen Lars, da mach dir keinen Kopf, wir kümmern uns schon um den. War übrigens eine coole Aktion von dir, die Versteigerung. Hab dich da echt falsch eingeschätzt. Wirklich toll, ihm so zu helfen.«

Ich zuckte mit den Achseln. »Na ja, dazu müsste er die Hilfe ja erst mal annehmen. Aber wie es scheint, ist das Geld eh nur ein winziger Tropfen auf den heißen Stein. Bei ihm geht es wohl um Millionen. Aber einen Versuch war es ja wert.«

Justin nickte. »Äh, ja, dann geh ich mal wieder. Und was ich noch sagen wollte ...« In seinem Gesicht breitete sich wieder dieses freche Grinsen aus, das Alix immer sein Käpt'n-Jack-Sparrow-Grinsen nannte. »Ich hab dich lieb!«

Ich streckte ihm den Stinkefinger hin und sagte ebenfalls zynisch grinsend: »Ich dich auch!«

Lars kam dann noch mal zum Flughafen und versuchte, mich umzustimmen. Sah er denn nicht, dass ich es ihm ein Leben lang nicht verzeihen könnte, wenn ich seinetwegen diese Chance nicht nutzen würde?

»Doch«, murmelte er schließlich betreten. »Ich war ein Idiot, dass ich dich davon abbringen wollte. Verzeih mir bitte.«

Er nahm meine Hand und friemelte den Verlobungsring wieder auf den Ringfinger.

»Wir sind doch noch verlobt, oder?«, fragte er. »Das mit der Trennung hast du doch nur im Zorn gesagt, das war nicht dein Ernst?«

Und weil ich ihn nicht ganz ohne einen Halt und Hoffnung auf dem Flughafen zurücklassen wollte, nickte ich ergeben.

»Passt schon«, sagte ich, drückte ihm einen leichten Abschiedskuss auf die Wange und ging durch die Sicherheitskontrolle. Als mich die Flughafenangestellte mit dem Metalldetektor abscannte, begegnete ich noch einmal seinem Blick hinter der Glasscheibe.

»Ich melde mich«, rief ich, dann musste ich weiter.

»War das Ihr Verlobter?«, fragte Geschwindner, als ich neben ihm im Flieger Platz nahm.

Ich nickte und sagte, während ich den Ring vom Finger zog: »Ja, er *war* es.«

♡ ♡ ♡

## *PAULA: In Paulas Bauch bewegt sich was!*

»Sie ist also wirklich geflogen?«

Ich saß mit Alix bei einer Tasse Tee in unserer Wohnung und konnte es nicht glauben, dass Melli tatsächlich Ernst gemacht hatte. »Ich hab wirklich gehofft, sie würde es sich in letzter Minute noch anders überlegen.«

»Ach, du kennst doch Melli. Wenn die sich was in den Kopf gesetzt hat, zieht sie es auch durch. Außerdem ist es eine Riesenchance für sie«, sagte Alix.

»Lars ist jetzt sicher total am Ende«, fuhr ich fort. »Erst verliert er so viel Geld und dann auch noch Melli.« Es tat mir immer noch schrecklich leid, dass Karlos ihm nicht hatte helfen können.

»Lars wird schon drüber wegkommen«, meinte Alix. »Der hatte schließlich auch ein Leben vor Melli. Und wie du selber weißt, kam er damit prächtig zurecht.«

Sie lachte, und ich dachte seit langem das erste Mal wieder an meinen himmlischen One-Night-Stand mit Lars. Oh, ja, damals war er wirklich vollkommen Herr der Lage gewesen. Aber das war schließlich schon ewig her.

»Das hat sich doch alles geändert, seit er Melli kennengelernt hat«, protestierte ich.

»Warte es ab. So was verlernt ein Mann nicht. In ein paar Wochen fällt er sicher wieder in sein altes Schema zurück. Einmal Mr. One-Night-Stand, immer Mr. One-Night-Stand. Ich glaube, Melli hat ihm diesbezüglich nie vollkommen über den Weg getraut. Irgendwie war es logisch, dass sie ihm den Verlobungsring vor die Füße geworfen hat.« Alix rührte nachdenklich in ihrer Tasse. »Ich glaube, die beiden können sich bei einer so langen Trennung nicht treu sein.«

Sie seufzte und dachte vermutlich an den Seitensprung von Jean-Paul bei seiner Exkursion in Amerika. »Männer können offenbar gar nicht anders ...«

Ich goss uns noch etwas Tee nach. Alix gab Zucker in ihre Tasse, ruderte mit dem Löffel darin herum und leckte ihn dann ab.

O je, dachte ich, wenn das meine Schwiegermutter sehen würde. So etwas tat eine wohlerzogene junge Dame in ihren Augen einfach nicht. Ich stockte. Schrecklich, was hatte diese Frau schon wieder in meinen Gedanken zu suchen? Sie war in unserem Leben eindeutig viel zu präsent. Karlos musste wirklich was gegen ihre ständigen Besuche unternehmen. Das war ja nicht auszuhalten.

»Wie geht es dir denn jetzt so ... äh ... schwanger?«, fragte Alix. »Etwas zugelegt hast du ja schon.« Sie grinste.

»Das ist noch gar nichts«, sagte ich und strich lachend über meine, nun doch schon deutlicher werdende Melone. »Ich muss verdammt aufpassen, dass ich nicht zur Tonne werde, bei dem Heißhunger, den ich in letzter Zeit habe.«

Das erinnerte mich daran, dass ich dringend ein paar Umstandsklamotten brauchte.

»Hast du Lust, morgen mit mir in die City zu gehen?«, fragte ich, um das Thema zu wechseln. »Ich will mich nach ein paar Umstandskleidern umsehen. Immer nur Jeans ist etwas unbequem.«

»Au ja«, stimmte Alix begeistert zu, »und dann gucken wir auch gleich mal bei den Babysachen. Das wird ein Spaß!«

Als Alix weg war, schnappte ich mir eine Zeitschrift und machte es mir auf dem Sofa gemütlich. Unglaublich, was man als werdende Mutter alles wissen musste. Andere Ernährung, andere Verhaltensweisen, andere Verdauung …

Verdauung? Ich stutzte. So, so, der Darm wurde mit zunehmender Schwangerschaft immer träger. Na prima, da konnte ich mich also schon mal auf Verstopfungen einstellen. Das war ja keine sehr angenehme Begleiterscheinung. Warum mussten mit einer so schönen Angelegenheit wie dem Kinderkriegen eigentlich so nervige körperliche Gebrechen wie Übelkeit, Verdauungsstörungen und Kreislaufprobleme verbunden sein?

Eine Schwangerschaft war komplizierter, als ich sie mir immer vorgestellt hatte. Allein diese Schwangerschaftsmagazine mit den ganzen Fachbegriffen zu verstehen, war eine echte Herausforderung. Was zum Kuckuck war eine Chorionzottenbiopsie? Musste man als Schwangere erst einen Grundkurs in Schwangerschaftslatein absolvieren?

Ah, das hier war doch viel interessanter. So also sah ein moderner Kreißsaal aus. Wirkte ganz gemütlich. Und … mein Blick blieb an dem Foto einer Schwangeren hängen, die sichtlich entspannt in einer großen Badewanne planschte. Das war ja toll … eine Wassergeburt!

Ich las grade konzentriert den dazugehörigen Bericht über Wassergeburten, als das Telefon klingelte.

»Paula Meyer-Möllering, hallo?«

Ich liebte es, mich so zu melden! Von mir aus hätte das Telefon den ganzen Tag klingeln können. Jedes Mal erinnerte es mich daran, dass Karlos und ich tatsächlich verheiratet waren. Meyer-Möllering. Das klang einfach perfekt!

»Paula, ich bin es.« Karlos' Mutter.

Na toll, musste sie mich daran erinnern, dass ich mit der Hochzeit nicht nur Karlos und den Namen Möllering bekommen hatte, sondern auch noch eine Schwiegermutter?

»Paula, wann, sagten Sie, fängt Ihr Geburtsvorbereitungskurs an?«

Hä? »Ich sagte was?«

»Na, wann ist der erste Termin? Wir haben doch neulich ausgiebig darüber gesprochen.«

Ups! Erst jetzt fiel mir brühheiß wieder ein, dass Frau Möllering bei ihrem letzten Besuch stundenlang zum Thema Geburtsvorbereitung auf mich eingeredet hatte. Aber durch den ganzen Stress um Lars und Karlos' Beinahe-Kündigung hatte ich das völlig vergessen.

Um sie zu beruhigen, sagte ich: »Ja, ja, ich werde mich schon beizeiten nach so einem Kurs umschauen. Ist ja noch ein bisschen hin.«

»Das möchte ich mir aber auch ausbitten«, meinte sie und wirkte noch nicht zufrieden. »Ich will doch hoffen, dass Sie die Schwangerschaft und Geburt wirklich ernst nehmen.«

Himmel, was machte die Frau sich denn für einen Kopf? Sie vergaß wohl, dass es sich bei dem Baby vorrangig um *mein* Kind handelte und ihr Anspruch als Oma auf das Murkelchen nur zweitrangig war.

Am nächsten Tag traf ich mich nachmittags mit Alix in der Innenstadt, wo es ein Geschäft speziell für Umstandskleidung gab. Ich hatte mir darunter ja eigentlich immer irgendwie sackartige Hängerkleidchen und Beutelhosen vorgestellt, aber da war ich nicht mehr auf der Höhe der Zeit. Die hatten richtig schicke Sachen, und so dauerte es nicht lange, bis ich mit Alix' Beratung meine Wahl getroffen hatte.

Wir aßen in Erinnerung an unsere Schulzeit ein Spaghettieis und pilgerten dann in ein großes Kaufhaus, um zu schauen, was ein moderner Säugling heute so alles brauchte.

Nicht eben wenig! Babybettchen, Wickelkommode, Wiege, Kinderwagen, Tragetasche, Spielzeug, Strampler, Mützchen und und und ... O je, da kam einiges zusammen. Die Preise allerdings waren kein Pappenstiel.

Das schien Alix aber überhaupt nicht zu interessieren. Himmel, wenn die mal schwanger werden sollte, musste ihr Mann aber ordentlich Knete nach Hause bringen, so wie sie beim Anblick der Babysachen abging. Gab es eine Babyklamottensucht? Ich erkannte sie ja kaum wieder!

Schon im ersten Geschäft war Alix nicht mehr zu halten. Sie raste zwischen den Verkaufsständern hin und her und schleppte ständig neue Teile an.

»Guck mal, wie süß!«, rief sie und wedelte mir mit

einem winzigen Paar Schuhe vor der Nase rum. »Echte Ed Hardys! Die musst du kaufen.«

Ich schüttelte den Kopf. Schrecklich! Ich steckte mein Baby doch nicht in Klamotten mit Totenköpfen drauf.

»Quatsch, niedlich! Unnütz ist so was! Mein Kind bekommt erst teure Schuhe, wenn es selber laufen kann. Dann erfüllen sie wenigstens einen Zweck.«

»Aber, Paula, ihr habt doch genug Geld. Für Väter wie Karlos werden solche Sachen doch gemacht.«

Na, die hatte gut reden. Vor ein paar Wochen hatte ich Karlos, das Baby und mich noch in einem Stall hausen gesehen. Karlos hatte zwar inzwischen seinen Job wieder, und somit war unser Auskommen erst mal gesichert, aber die Situation hatte mir bewusst gemacht, wie leicht man plötzlich ohne Geld dastehen konnte. Das sah man ja schließlich an Lars.

»Alix, guck lieber mal nach was Sinnvollem«, sagte ich aus diesem Gedanken heraus.

Aber Alix war schon wieder davongeeilt. »Paula, komm mal her, hier sind voll süße Spieluhren!«, rief sie quer durch den Laden.

Bloß nicht! Vielleicht war Alix doch nicht die richtige Beraterin für den Kauf der Babysachen.

Ich lehnte auch alle weiteren Vorschläge von Alix ab, bis sie mich schließlich zu einem Tisch mit Strampelanzügen schleppte. »Hier, so was brauchst du auf jeden Fall!«

Sie hielt einen der kleinen Frotteeanzüge in der Hand, und auch ich war dieses Mal ganz gerührt.

»Da soll mein Baby reinpassen?« Kaum zu glauben, ich sollte so ein winziges Menschlein auf die Welt bringen? Wahnsinn. Ehrfurchtsvoll legte ich die Hand auf meinen Kugelbauch. Hoppla, was war denn das? Hatte sich da nicht etwas bewegt?

»A… A… Alix«, stammelte ich völlig fassungslos. »Äh … kann es sein, dass mein Baby sich eben bewegt hat?«

Alix begriff offenbar nicht das Sensationelle in meiner Frage.

»Bewegt es sich nicht immer?«

»Doch, doch, das tut es, aber man merkt es nicht. Also man merkt es erst irgendwann … Also, wenn es etwas größer ist, dann stößt es mal an …«

»Wo stößt es an?« Alix sah mich an, als bräuchte ich therapeutische Hilfe.

»Also beim Rumschwimmen im Fruchtwasser stößt es an die Bauchdecke oder so …«

»Aha, und was ist das Problem dabei?«

Ich seufzte. Hatte Alix denn gar kein Einfühlungsvermögen?

»Es ist kein Problem«, sagte ich resignierend. »Es ist einfach nur toll!«

Nun kam sie langsam aus der Welt des Konsums zurück zu mir.

»Mensch, ja, das ist ja geil! Ich hab gehört, alle Schwangeren sind total scharf auf die ersten Bewegungen des Kindes.« Sie sah mich nun genauer an. »Und? Hat es sich bewegt?«

Meine Hand lag noch immer auf meinem Bauch, aber es rührte sich nichts mehr. Der kurze sensationelle Augenblick war verflogen, als wäre er nie da gewesen. Hm, sollte ich mich geirrt haben?

Ich zuckte die Schultern. »Ich weiß nicht, war vermutlich ein Irrtum … Ist auch noch ein bisschen früh, glaube ich.«

Alix grinste. »Schade, aber wenn's noch mal passiert, müssen wir das feiern! Versprochen?«

»Ich gehe in der zwanzigsten Woche ohnehin zum Ultraschall, da kann ich meine Frauenärztin ja fragen.«

»Mach das«, meinte Alix und betrachtete schon wieder einen Strampler.

»Willst du einen in Rosa mit roten Streifen oder einen Blauen mit grünen Streifen?«

»Hm, ich weiß nicht. Kommt wohl drauf an, ob es ein Mädchen oder ein Junge wird«, sagte ich spontan.

Alix sah mich verwundert an: »Willst du damit sagen, dass du es tatsächlich noch gar nicht weißt?«

Was glaubte sie denn? »Natürlich nicht. Ich hab dir doch erzählt, dass wir uns überraschen lassen wollen«, entgegnete ich.

»Echt? Ich dachte, ihr wolltet es einfach nur noch geheim halten, wie die Namen«, erwiderte Alix. »Aber meinst du nicht, dass es besser wäre, es herauszufinden? So wisst ihr ja gar nicht, in welcher Farbe ihr das Kinderzimmer streichen sollt.«

Zimmer streichen? Eigentlich wollte ich das Kind erst mal in Ruhe zur Welt bringen. Das Kinderzimmer konnten wir auch später noch einrichten. Schließlich hatten wir noch gar nicht entschieden, welches Zimmer wir zum Kinderzimmer umbauen wollten. Die beiden kleineren Zimmer unserer Wohnung hatten wir bisher gerecht aufgeteilt. In einem hatte Karlos sein Arbeitszimmer und in dem anderen hatte ich mein kleines indisches Tarotkartenreich. Aber so dringend war die Entscheidung ja nicht. Das Baby würde ohnehin erst mal bei uns schlafen.

»Ich glaube nicht, dass das so wichtig ist«, sagte ich also.

»Nicht?« Alix klang ungläubig. »Aber es ist doch viel schöner, es zu wissen. Das steigert total die Vorfreude! Außerdem müsstest du dann nicht immer von ›dem Baby‹ reden, sondern könntest ›meine Tochter‹ oder ›mein Sohn‹ sagen.«

Ein leichter Schauer lief mir über den Rücken. Tochter? Sohn? Irgendwie klang das unheimlich konkret. Das hörte sich schon so nach Erziehung, Sportverein und Elternabend an.

Nee, dachte ich, es reicht zu wissen, dass mein Murkelchen gesund ist. Alles andere ist völlig unwichtig.

Alix lachte, weil ich offenbar laut gedacht hatte. »Murkelchen? Wer ist denn auf so einen Schnapsnamen gekommen? Also, ich würde das Geschlecht wissen wollen. Ist doch viel schöner, das Baby gleich mit seinem Namen anzusprechen. Das kann es angeblich sogar im Bauch hören. Du solltest das wirklich mal mit Karlos besprechen.«

Hm, das war natürlich ein gutes Argument. Und obwohl es mir eigentlich ganz egal war, ob ich einen Jungen oder ein Mädchen bekam, ging mir die Sache nicht mehr aus dem Sinn. Ich musste herausfinden, wie Karlos darüber dachte.

»Junge oder Mädchen, das spielt überhaupt keine Rolle. Es ist unser Kind, und allein deshalb werde ich es lieben«, sagte Karlos, als ich ihn beim Abendessen darauf ansprach. »Schließlich haben wir ja schon einen Mädchen- und einen Jungennamen ausgesucht und sind auf alle Eventualitäten vorbereitet.«

Ich lachte. »Aber bist du denn gar nicht neugierig?«

»Doch schon. Aber …« Er zögerte. »Willst *du* denn

wissen, was es wird?«, fragte er, und ich sah deutlich die Spannung in seinen grauen Augen aufblitzen.

Anscheinend hatte er seine Neugier bisher mir zuliebe gezähmt. Hm, vielleicht hatte Alix ja Recht, und es würde wirklich die Vorfreude noch steigern, wenn wir wussten, auf wen genau wir uns freuen konnten. Ja, wieso eigentlich nicht? So eine Geburt war schließlich nicht mit dem Öffnen eines Überraschungseis zu vergleichen.

Vor meinem inneren Auge spielte sich plötzlich eine Kreißsaalszene ab: *Es kommt, es kommt, ich sehe schon den Kopf!*

*Und was ist es?*

*Ein Papa Schlumpf!*

Oh, Himmel, bloß das nicht! Kurz entschlossen sagte ich daher: »Ja, ich glaube, ich würde es auch gerne wissen.«

»Klasse!« Karlos strahlte.

»Dann mache ich gleich morgen den Ultraschalltermin. Ist eh fällig, und am besten kommst du dann gleich mit.«

Karlos beugte sich vor und drückte mir einen Kuss aufs Haar. »Danke, Paulchen! Ich bin ja so gespannt, was unser Murkelchen wird.«

In der Nacht schreckte ich aus dem Schlaf, weil jemand an meiner Schulter rüttelte.

»Paula?«

Es war Karlos.

»Ist was passiert?«, fragte ich erschrocken.

»Nein. Aber du … ähm … du schnarchst.«

»Ich schnarche? Seit wann das denn?«

»Seit ein paar Nächten wache ich immer auf, weil

du schnarchst wie ein kleines Walross«, sagte Karlos mit einem kleinen Lachen.

Vermutlich wurde ich rot wie eine Kirschtomate. Gut, dass es dunkel war in unserem Schlafzimmer.

»Aber ich hab doch früher nie geschnarcht«, sagte ich peinlich berührt.

»Bist du erkältet?«, fragte Karlos. »Es klingt, als hättest du eine total verstopfte Nase. Willst du mal zum Arzt gehen?«

Er schien sich Sorgen um das Baby zu machen.

»Nein, eigentlich nicht«, erwiderte ich. »Ich frag morgen mal meine Mutter, ob das mit der Schwangerschaft zusammenhängen kann.«

»Okay, mach das. Wenn das nicht weggeht, werde ich mir wohl ein paar Ohrstöpsel kaufen müssen«, sagte Karlos mit einem leicht ironischen Unterton.

»Tja, Kind, das hast du den Östrogenen zu verdanken«, sagte meine Mutter, als ich sie am nächsten Tag anrief.

»Östrogene? Was haben die in meiner Nase verloren?«

»Nun ja, die Östrogene fördern die Durchblutung nicht nur in der Gebärmutter, sondern im ganzen Körper. Da schwellen auch schon mal die Nasenschleimhäute an und verstopfen die Nase.«

»Na toll, warum macht die Natur so was Blödes?«, fragte ich genervt.

»Das ist eben eine Begleiterscheinung. Aber mach dir nichts draus, das haben viele Frauen. Du glaubst ja gar nicht, wie ich deinem Vater die Ohren vollgeschnarcht habe, als ich mit dir schwanger war.« Meine Mutter lachte. »Ganze Wälder hab ich in der Nacht abgesägt.«

Na klasse. Dann hatte ich die Veranlagung sicher von ihr geerbt. Da konnte sich mein armer Karlos ja noch auf was gefasst machen. Am besten brachte ich ihm auf dem Rückweg von der Arbeit tatsächlich ein Paket Ohrstöpsel mit.

Und dann war es so weit. Heute sollten wir erfahren, ob wir ein Mädchen oder einen Jungen bekamen.

Ich lag bei meiner Frauenärztin auf der Liege und hielt Karlos' Hand. Den Monitor hatte sie so gedreht, dass wir beide genau verfolgen konnten, was sie in meinem Bauch entdeckte.

»So, dann wollen wir mal«, sagte Frau Dr. Becker freundlich.

Sie schmierte Gel auf meinen Bauch und begann mit dem Ultraschallgerät das Murkelchen in der Gebärmutter abzuscannen.

Himmel, war das aufregend! Auch Karlos bekam ganz feuchte Hände. Wow, war das Murkelchen gewachsen seit dem letzten Ultraschall. Kein Wunder, dass mein Bauch dicker und dicker wurde.

»Hier haben wir das Kleine«, sagte Frau Becker und klang sehr zufrieden. »Richtig gut sieht es aus. Sehen Sie mal, die kleinen Ärmchen und hier das Köpfchen.«

Fasziniert betrachteten wir die Bilder auf dem Monitor. »Das ist wirklich unser Baby?«, hauchte Karlos.

»Ja, das ist Ihr Kind«, sagte Frau Dr. Becker lachend. »Und es sieht kerngesund aus. Sehen Sie hier, das ist das Herz, man kann genau sehen, wie es schlägt.«

Und um uns ein noch intensiveres Erlebnis zu bescheren, stellte sie den Ton an, und wir konnten zum ersten Mal den Herzschlag unseres Kindes hören. Das war so toll, dass mir ein paar Tränen über die Wangen rollten.

»So, dann wollen wir mal schauen, welches Geschlecht der kleine Zwerg denn hat.«

Frau Becker fuhr mit dem Ultraschallkopf suchend auf meinem Bauch herum. O je, ich wurde total nervös. Plötzlich war ich mir gar nicht mehr sicher, ob ich es wirklich wissen wollte. Ängstlich klammerte ich mich an Karlos' Hand. Einige qualvolle Minuten vergingen, in denen wir vor Spannung kein Wort herausbrachten.

»Hm …«, sagte Frau Dr. Becker schließlich. »Das Kleine scheint ein Faible für Überraschungen zu haben.«

Was sollte das denn heißen?

»Ihr Kind liegt in einer Position, in der die Beine so eng aneinanderliegen, dass ich nicht erkennen kann, ob es ein Mädchen oder ein Junge ist. Tut mir leid.«

»Wie schade«, sagte Karlos enttäuscht.

Puuuh. Vor lauter Spannung hatte ich die Luft angehalten und atmete nun erleichtert aus. Wirklich, ich war tatsächlich erleichtert! Ich verspürte keinerlei Enttäuschung.

»Ach, Karlos, es ist doch wirklich egal, was es wird. Hauptsache, es ist gesund«, sagte ich, um meinen deprimierten Liebling etwas aufzumuntern.

»Genau, Herr Möllering, Ihre Frau hat Recht. Was es wird, werden Sie noch früh genug erfahren. Vielleicht schon beim nächsten Ultraschall. Freuen Sie sich doch darüber, dass mit Ihrem Kind alles in Ordnung ist.«

Beim Verlassen der Praxis wirkte Karlos zwar immer noch etwas enttäuscht, aber als Frau Dr. Becker vorschlug, dass wir es in ein paar Wochen ja noch mal probieren könnten, lehnte ich ab. Denn mir war auf einmal klar geworden, dass ich erst bei der Geburt wissen wollte, ob wir einen Sohn oder eine Tochter hatten. Ich liebte unser Murkelchen inzwischen schon so sehr, dass die Vorfreude auf die Geburt gar nicht mehr weiter gesteigert werden konnte.

»Karlos, die paar Monate hältst du schon aus«, sagte ich und hakte mich auf dem Weg zum Auto bei ihm unter.

Karlos lächelte wieder. »Na klar. Wenn du warten kannst, dann schaffe ich das auch. Aber meine Mutter … Sie fragt ständig, ob sie nun eine blaue oder eine rosa Babyausstattung besorgen soll.«

Ach ja, die Schwiegermutter! Wie konnte ich die nur vergessen! Ich sparte mir jeglichen Kommentar, aber das Geschlecht unseres Kindes nicht zu kennen erwies sich dann wirklich als das geringere Problem. Viel schlimmer waren die ständigen Besuche meiner Schwiegermutter, die sich zu einer echten Landplage auswuchsen. Besonders weil sie mir in alles reinredete und offenbar der Ansicht war, dass ich nicht in der Lage wäre, ein Kind auszutragen, geschweige denn, es auch noch selber aufzuziehen.

♡ ♡ ♡

Im Theater war zurzeit die Hölle los. Die Proben für das Märchenstück liefen auf Hochtouren. Ich war unentwegt damit beschäftigt, die Perücken zu verbessern oder komplett neue Frisuren zu entwickeln. Als ich gerade dabei war, einen riesigen Haarturm mit Tonnen von Haarlack zu fixieren, kam Zara ins Kostümzimmer.

»Puh, das solltest du aber nicht machen«, meinte sie. »Das ist bestimmt nicht gut fürs Baby.«

Sie riss die Fenster auf und schlug vor, zusammen in die Cafeteria zu gehen. Auf dem Weg dorthin wurde ich ständig gefragt, wie es denn dem Baby ginge. Meine Schwangerschaft war nun wirklich nicht mehr zu übersehen, wozu die schicken neuen Umstandsklamotten natürlich ihren Teil beitrugen. Das ganze Ensemble wusste schon Bescheid und nahm Anteil. Als Schwangere litt frau wirklich nicht unter einem Aufmerksamkeitsdefizit.

In der Cafeteria kam Zara ziemlich schnell zur Sache. Aha, schien mir doch gleich so, als ob sie etwas auf dem Herzen hätte.

»Kann ich dich was fragen? Ich bräuchte mal deinen Rat.«

Das klang aber geheimnisvoll. Sie war doch nicht etwa auch schwanger? Justin, dieser Schlingel!

»Klar, schieß los.«

»Ähm ... du hast ja sicher schon mitbekommen, dass zwischen Justin und mir was läuft.«

Ich nickte. Das war kaum zu übersehen.

»Es ist auch alles total schön und so ...«, druckste Zara herum, »aber ich, äh ... ich weiß einfach nicht, ob Justin es wirklich ernst meint. Vielleicht will er nur ein bisschen Spaß haben.«

O je, das klang ja so, als hätte Zara sich tatsächlich Hals über Kopf in unseren WG-Schauspieler verliebt. Und Justin? Ich hielt ihn zwar nicht für jemanden, der wahllos mit einem Mädel rummachte, aber ob

Zara für ihn die große Liebe war, konnte ich natürlich nicht sagen. Dazu war mir Justins Intimleben irgendwie zu verworren. Vielleicht wollte er wirklich erst mal nur über die Enttäuschung mit Didi hinwegkommen.

Zara sah mich fragend aus ihren großen Rehaugen an.

O je, ich wusste wirklich nicht, was ich ihr antworten sollte. Aber Zara wirkte so zart und zerbrechlich, dass ich ihr einfach nichts Negatives sagen konnte.

»Ich glaube nicht, dass Justin sich mit einem Mädchen einlassen würde, für das er nichts empfindet«, versuchte ich es also diplomatisch.

»Bist du sicher?«

Nein, war ich natürlich nicht. Aber ich vertraute auf meine gute Menschenkenntnis. Bisher hatte ich in Liebesfragen fast immer richtiggelegen.

Daher sagte ich, jede Vorsicht außer Acht lassend: »Wenn du mich fragst, dann ist Justin in dich verliebt. Warte mal ab, was sich daraus entwickelt.«

Zara strahlte. Na, hoffentlich hatte ich mich damit nicht zu weit aus dem Fenster gelehnt. Schließlich hatte ich auch mal vermutet, dass Justin in Melli verliebt wäre, und da war ja nie was draus geworden. Egal! Zara etwas Mut zu machen, was ihre Beziehung anging, konnte ja nicht schaden. Vielleicht musste frau Männer wie Justin eben ein kleines bisschen zu ihrem Glück zwingen.

Ein paar Tage später traf ich mich mit Alix im Irish Pub zum Karaoke. Musik sollte ja für Babys total gut sein, hatte ich gelesen. Deswegen lag ich fast jeden

Nachmittag eine Stunde auf dem Sofa und hörte Vivaldi. Für *Die vier Jahreszeiten* war angeblich eine besonders positive Wirkung auf das kindliche Gemüt nachgewiesen. Auf mein Gemüt wirkte das auf jeden Fall beruhigend – besonders nach einem Besuch meiner Schwiegermutter!

Selber zu singen, war aber auch gut, denn man atmete dabei tiefer, und das kam der Sauerstoffversorgung des Babys zugute.

»Äh, geht's noch?« Alix reagierte etwas abweisend auf meine diesbezüglichen Ausführungen. »Musst du jetzt voll auf Baby programmiert sein? Darfst du als Schwangere nicht auch einfach ein bisschen Spaß haben?«

Sie nun wieder! Aber eigentlich hatte sie Recht. Ich war schon ziemlich auf das Murkelchen fixiert. Vielleicht auch deswegen, weil meine Schwiegermutter mir ständig das Gegenteil, ja fast schon Vernachlässigung des Babys, vorwarf. Alix brachte das zu der respektlosen Ansicht, dass die Frau wohl selber Probleme hatte.

Wir saßen wie immer an unserem Stammtisch im Irish Pub, aber ohne Melli war es einfach nicht dasselbe.

»Kaum zu glauben, aber Melli fehlt mir«, sagte Alix, als uns Pat ein Guinness und einen O-Saft brachte.

»Ja, es ist schon anders ohne sie«, stimmte ich zu.

Alix hob ihr Glas und sagte: »Auf Melli!«

»Auf Melli!«, stimmte ich mit ein und sang zu Mellis Ehren als nächstes Lied *New York, New York*.

Es gab noch jemanden, der Melli schrecklich vermisste. Sogar noch um einiges mehr als wir. Während ich das Lied sang, war Lars in den Pub gekommen und hatte sich wie ein Häuflein Elend zu Alix an den Tisch gehockt. Als ich ihn entdeckte, war es mir direkt peinlich, dass ich diesen Song ausgewählt hatte. Das musste ihn ja völlig deprimieren. Ich ließ also die letzte Strophe weg und eilte an den Tisch, wo er grade ein Guinness bestellte.

»Mensch, Lars, nimm's doch nicht so tragisch. Melli ist doch bald wieder zurück, und dann könnt ihr noch mal von vorne anfangen«, versuchte Alix ihn aufzumuntern.

»Von vorne? Ohne Geld, ohne Job oder irgendwas? Was habe ich ihr denn noch zu bieten?«

O je, das klang ja richtig depressiv.

Lars starrte mit leerem Blick vor sich hin und spülte das Guinness fast in einem Zug runter. »Noch eins!«, brummte er. Er tat mir total leid.

»Kann dir denn wirklich niemand finanziell unter die Arme greifen? Was ist denn mit deinen Eltern?«

Ups, diese Frage hätte ich lieber nicht stellen sollen.

Lars sah mich finster an und erwiderte barsch: »Meine Eltern sind für mich gestorben. Das könnte meinem Vater so passen, dass ich vor ihm zu Kreuze krieche. Niemals!«

Dass es so schlimm zwischen Lars und seinem Vater stand, wusste ich gar nicht. Melli hatte zwar mal erwähnt, dass die beiden sich nicht sonderlich gut verstanden, aber was zwischen ihnen wirklich vorgefallen war, wusste sie auch nicht. Ob ich ihn mal fragen sollte? Nein, lieber nicht. Lars war ohnehin schon fertig mit den Nerven, da musste ich nicht auch noch in alten Wunden stochern.

Ich zügelte meine Neugier also und ging erneut auf

die Bühne, um einen Song zu singen. Dieses Mal wählte ich was Aufmunterndes: *Sunny Side of the Street.*

Als ich zurückkam, hatte Lars sich offenbar gleich dahin aufgemacht, jedenfalls war er verschwunden.

»Wo ist er hin?«

»An die Bar«, sagt Alix. »Er meinte, da käme schneller Guinnessnachschub.«

Hm, wenn braunes Bier die einzige Sonne in seinem Leben war, dann sah es wirklich trübe aus. Armer Lars.

»Wir können doch nicht dabei zusehen, wie er sich hier die Kante gibt«, sagte ich besorgt zu Alix, auch wenn sie vermutlich gleich wieder einen Witz über mein Mutter-Teresa-Syndrom machen würde.

Das tat sie zwar nicht, aber so wirklich ernst schien sie die Situation auch nicht zu nehmen.

»Ach, glaub mir, das macht der jetzt noch ein paar Mal, und dann sucht er sich ein hübsches Girl zur Ablenkung. Männer sind so«, sagte Alix und nahm einen großen Schluck Guinness. »Du glaubst gar nicht, wie heftig manche Typen so drauf sind. Was ich mir alles bei meiner Nachtsendung anhören muss, ist schon krass.«

»Ruft denn dieser hirnamputierte Amor immer noch an?«, fragte ich neugierig.

»Ach, hör mir mit dem auf. Ich befürchte, der denkt, er hätte mich abonniert«, stöhnte Alix. »Der hält sich für den tollsten Stecher der Stadt und blockiert ständig unsere Leitung.«

»Was fragt er denn so?«, wollte ich wissen.

Alix grinste. »Das erzähle ich dir lieber nicht«, meinte sie, und mit einem Blick auf meinen Bauch fügte sie hinzu: »Ich denke, das Baby hört mit, und das ist wirklich nicht jugendfrei.« Alix schüttelte sich angewidert. »Nee, echt, Paula, das ist wirklich ein widerlicher Schmierlappen!«

Uuh, das klang ja richtig ekelig.

»Gibt es denn keine Möglichkeit, den Typ loszuwerden?«, fragte ich ziemlich empört. »Da müssten doch mal die Leute vom Sender aktiv werden. Die können dich als Praktikantin schließlich nicht schutzlos so einem Pornohengst ausliefern!«

»Was soll man da machen? Das ist nicht so einfach. Ich hänge ihn ja meistens schnell wieder ab, und Lothar spielt einen Song ein, wenn's zu heftig wird. Aber wir haben nur diesen einen Telefonanschluss im Studio, und wegen dem Spinner können wir ja nicht die einzige Leitung sperren. Dann kann ich die Sendung gleich auf Eis legen.«

Das war wirklich eine verzwickte Situation.

»Und dir ist das nicht unheimlich?«, fragte ich.

Ich würde garantiert Amok laufen, wenn ich ständig solche Anrufe beantworten müsste.

»Na ja, erst fand ich es nur krass, aber inzwischen kotzt der mich echt an«, meinte Alix. »Macht mich schon etwas nervös. Man weiß ja nicht, was das für einer ist, und ob der nicht eines Abends vorm Sender steht.«

Allein der Gedanke schüttelte mich.

»Vielleicht gibt er ja bald auf«, sagte ich, um Alix zu trösten.

»Ja, vielleicht«, meinte Alix mit einem etwas gezwungen wirkenden Lachen. »Spätestens, wenn Leander zurück ist und die Sendung wieder selber moderiert, dürfte der Spuk vorbei sein. Homophile

Neigungen hat der Typ jedenfalls noch nicht erkennen lassen.«

Ich bewunderte ihre Coolness. Mich hätte unter solchen Umständen kein Mensch mehr nachts in den Sender gekriegt, weil ich voll die Paras geschoben hätte. Wenn ich nur daran dachte, wie Thomas, mein Ex, mir nach unserer Trennung hinterhergestiegen war und mich ständig mit Anrufen und SMS terrorisiert hatte. Echt gruselig.

Plötzlich hörte ich hinter mir ein lautes Scheppern, gefolgt von einem schrillen Schrei. Erschrocken drehte ich mich rum. Ach herrje. Lars lag auf dem Boden in einer Guinnesslache, und neben ihm stand eine Tussi, die angewidert auf ihn herabsah und kreischte: »Bist du bescheuert? Jetzt hab ich lauter Flecken auf meinen neuen Schuhen!«

Auf die Idee, Lars aufzuhelfen, schien sie überhaupt nicht zu kommen. Dumme Kuh!

Alix stürzte sofort zu ihm hin, und ich folgte ihr, sobald ich den Anblick halbwegs verdaut hatte. Gemeinsam wollten wir Lars aufhelfen, aber der rappelte sich schon von alleine wieder hoch und wehrte jede Hilfe ab.

»Keine Panik, Leute. Alles in bester Ordnung. Hab mich nur aus Versehen neben den Hocker gesetzt. Kann ja mal passieren.« Er schob uns zur Seite und ging mit unsicheren Schritten auf die kleine Karaokebühne zu. Er grapschte nach dem Mikro und sang dann a cappella einen Song von Ich & Ich, der absolut auf seine Lage passte: »*Ich bin seit Wochen unterwegs und trinke zu viel Bier und Wein … und will nicht sein, wer ich bin, mein Leben ist das Chaos, schau mal genauer hin …*«

O je, das tat man besser nicht, denn sein Anblick war echt grausam. Der musste ganz schön besoffen sein, wenn es ihm nicht mal was ausmachte, dass seine halbe Hose von Guinness durchtränkt war.

»*Und du glaubst, ich bin stark und ich kenn den Weg …«*, sang er in seinem erbarmungswürdigen Zustand unbeirrt weiter. Erst hatte es noch einige Lacher gegeben, nun herrschte peinliche Stille. *»… ist alles nur Fassade, schau mal genauer hin …«*

Schließlich stürzte Alix auf die Bühne, nahm ihm das Mikro aus der Hand und sagte leise: »Ich denke, du hast genug für heute, Lars. Soll ich dir nicht lieber ein Taxi rufen?«

»Wieso Taxi? Jetzt wird es doch grade erst lustig, nicht wahr, Pussykätzchen«, grunzte er und grapschte einer Blondine, die grade vorüberging, an den Po. Gott, war der hacke!

Alix legte ihre Hand auf seine Schulter und sagte sanft: »Lars, sei doch vernünftig. Davon, dass du dich hier zum Affen machst, kommt Melli auch nicht wieder.«

»Ach, hört doch auf damit, mich zu bemuttern. Ohne Melli kann ich endlich wieder machen, was ich will. Und wenn ich saufen will, dann saufe ich eben, klar?«

Er torkelte, von erleichtertem Beifall der Gäste begleitet, von der Bühne, beugte sich im Vorbeigehen über die Bar und griff nach einer Flasche Whisky. Bevor Alix sie ihm abnehmen konnte, setzte er sie an den Mund und nahm einen großen Schluck. Als Pat das sah, war es mit seiner Ruhe allerdings vorbei.

»Hey, was soll der shit?! Den kann ich doch jetzt nicht mehr verkaufen«, rief er und sah Lars finster an.

Pat sah aus, als würde er Lars am liebsten direkt vor die Tür befördern. Vermutlich hätte er das auch mit jedem anderen längst gemacht, aber da Lars Mellis Verlobter war, schien er bei ihm etwas toleranter zu sein. Trotzdem sollte man seine Geduld nicht überstrapazieren.

»Setz den Whisky auf die Rechnung«, sagte ich. »Die Flasche war ohnehin fast leer.« Das stimmte zum Glück sogar.

Auch Alix war jetzt richtig sauer auf Lars. »Ja, total klasse, Lars. Mach dich ruhig weiter zum Honk. Melli wird sich freuen, wenn sie zurückkommt und du im Irish Pub Hausverbot hast.«

Das war zwar hart gesagt, aber sie hatte Recht. Lars musste vor sich selbst geschützt werden. Ich nahm mein Handy und rief ein Taxi. Gemeinsam mit zwei Kellnern hievten wir den lautstark protestierenden und fluchenden Lars aus dem Pub.

»Lasst die Finger von mir, ihr Vollidioten! Ihr habt doch keine Ahnung, was ich durchmache!«, brüllte er und schien nun gänzlich die Selbstkontrolle zu verlieren.

Auf dem Weg nach draußen riss er einem fremden Typen das Guinness aus der Hand und schüttete es in sich rein. Es fehlte nicht viel, und der Typ hätte Lars stehend k. o. geschlagen.

»Hier, hol dir ein Neues«, sagte ich rasch und drückte dem Typen einen Fünfeuroschein in die Hand. Bloß schnell raus hier.

Draußen wartete bereits das Taxi. Wir verfrachteten Lars auf die Rückbank, und Alix nannte dem Fahrer die Adresse. Na, hoffentlich kam er gut zu Hause an, ohne vorher noch das ganze Taxi vollzukotzen. Kostspielig genug war der Abend auch so schon gewesen. Ob wir das Geld, das wir für ihn ausgelegt hatten, jemals wiedersehen würden? Wohl kaum, angesichts seiner akuten finanziellen Notlage.

»Armer Lars«, sagte ich dennoch zu Alix, als das Taxi davonfuhr. »Wie konnte ihn Melli in diesem labilen Zustand nur alleine lassen? Wenn man ihm nur irgendwie helfen könnte!«

Leider hatte keine von uns eine Lösung für Lars' Probleme parat. Melli in New York natürlich auch nicht. Alix wagte es auch nicht, ihr am Telefon die ganze schreckliche Wahrheit zu erzählen, denn wie es schien, hatte Melli in New York selber reichlich zu kämpfen. Auf Rosen schien man sie dort jedenfalls nicht zu betten, und weil sie offenbar Geld für ihr Stipendium vorschießen musste, kam sie nur knapp über die Runden. Gut, dass sie Alix eine Kontovollmacht gegeben hatte, und die ihr etwas von dem Geld schicken konnte, das der Verkauf der *Apokalypse* eingebracht hatte.

Es war zwar eine großartige Geste gewesen, dass Melli Lars den gesamten Erlös aus der Versteigerung ihrer Bilder geschenkt – also besser: vor die Füße geworfen – hatte, aber wenn der das Geld nur dafür ausgab, sich regelmäßig unter den Tresen zu saufen, dann hätte sie es besser behalten. Das Leben in New York wäre für sie sicherlich etwas leichter damit.

♡ ♡ ♡

Okay, für Lars konnte ich im Moment also nichts tun. Vermutlich musste er erst mal durch dieses Tal der

Tränen – oder Bier – waten, um dann irgendwann Läuterung zu erfahren. Wie auch immer. Ich jedenfalls hatte mein eigenes Problem, und das war meine Schwiegermutter.

Eines Abends in meinem sechsten Monat stand sie vor der Tür und hatte ein Baby im Arm. Kein echtes, nein, aber eine täuschend echte Babyattrappe.

Karlos und ich waren beide gleichermaßen sprachlos, als sie damit wie eine aufgetakelte Fregatte ins Wohnzimmer segelte.

»Wenn Paula sich partout weigert, an den so nützlichen Mütterkursen teilzunehmen, müsst ihr es eben hiermit probieren«, sagte sie und streckte uns die Säuglingspuppe entgegen. Drehte sie jetzt völlig am Rad?

»Äh, sind wir für Puppenspiele nicht inzwischen etwas zu alt, Mutter?«, fragte Karlos, der sichtlich irritiert war.

»Dies ist keine Puppe«, wurden wir aber sofort belehrt. »Das ist ein Hightech-Babysimulator!« Ihre Stimme klang triumphierend. »An ihm kann Paula lernen, eine gute Mutter zu sein. Man will ja nicht, dass euer Kind zu Schaden kommt.«

Halt mich wer fest, dachte ich, oder ich gehe ihr an die Gurgel! Ich bin im Grunde ja ein aggressionsfreier Mensch, aber das ging nun doch zu weit.

Karlos sah das wohl ähnlich, denn er legte beschützend seinen Arm um mich.

»Ich sehe keinen Grund, daran zu zweifeln, dass Paula eine hervorragende und liebevolle Mutter wird«, verteidigte er mich sofort.

»Nun, wer weiß das schon. Leider schätzen viele junge Mütter die Belastungen, die mit einem Baby verbunden sind, viel zu naiv ein und versinken nach der Geburt im Chaos. Besser, Paula trainiert es beizeiten.«

Dass meine Schwiegermutter nicht die beste Meinung von mir hatte, war mir klar, aber dass sie mich sogar für unfähig hielt, mein Kind anständig zu versorgen, haute mich nun doch um. Ich war so perplex, dass es mir erst mal die Sprache verschlug.

Das nutzte sie, um Karlos ihren Babysimulator vorzuführen. Es stellte sich heraus, dass eine ihrer Freundinnen aus dem Wohltätigkeitszirkel eine Mütterschule für minderjährige Mädchen leitete, denen man neuerdings mit so einem Babysimulator beibrachte, wie man einen Säugling zu versorgen hatte.

Super, da sah ich ja mal, mit wem sie mich in einen Topf warf.

Natürlich protestierte Karlos gleich: »Paula ist keine minderjährige Schwangere und weiß sehr wohl, wie man mit einem Säugling umgehen muss«, sagte er.

»Das glaube ich zwar nicht«, meinte seine Mutter ungerührt, »aber wenn es so ist, umso besser, dann kann sie es ja gleich unter Beweis stellen.«

Sie berührte irgendeine Stelle an der Babypuppe, und schlagartig brach die in täuschend echtes Babygeschrei aus. Meine Schwiegermutter machte drei Schritte auf mich zu und drückte mir das Simulationsbaby in den Arm. Mit einem süffisanten Lächeln auf den dick geschminkten Lippen sagte sie dabei: »Na, Paula, dann beruhigen Sie das Kleine doch mal.«

Mist! Ich starrte auf das schrecklich hässliche Säuglingspaket in meinem Arm und hatte keinen Dunst, was ich jetzt tun sollte. Himmel, war das Geschrei nervend. Ich sprang auf.

»Äh, was ... was will es denn?«, fragte ich und schimpfte mich im selben Moment eine Idiotin, weil ich so tat, als hätte ich wirklich ein Baby im Arm. Es ist eine Puppe, sagte ich mir, nichts weiter als eine blöde aufgezogene Puppe, ein übergroßes Tamagotchi.

Aber auch Karlos ließ sich von dem Geplärre offenbar um seinen gesunden Menschenverstand bringen. »Vielleicht hat es Hunger«, meinte er.

Und wie von Geisterhand herbeigezaubert, hielt meine Schwiegermutter ein Fläschchen mit Babynahrung in der Hand.

»Gib mal her«, sagte Karlos, nahm ihr die Flasche ab und reichte sie an mich weiter. »Versuch's mal damit.«

Mechanisch stopfte ich dem greinenden Balg die Pulle in den Rachen.

Oh, Wunder, es war Ruhe.

Karlos war beeindruckt. Es muss wohl stimmen, dass Männer von jeder Art Technik fasziniert sind. Jedenfalls zog seine Mutter nach einer ausführlichen Einweisung in Mechanik und Programm des Babysimulators triumphierend ab. Das Technobaby und die Bedienungsanleitung blieben auf dem Sofa zurück.

»Du hättest es dir nicht aufschwatzen lassen sollen«, sagte ich zu Karlos, als die Babyattrappe nach ein paar Minuten wieder zu schreien begann.

Aber er lachte nur und meinte: »Also, ich finde es eine super Sache. Ist doch echt klasse, das mal zu üben.« Er nahm das Kreischmonster auf den Arm und trug es durch die Wohnung. Leider brachte das gar nichts.

»Also, ich hätte gewettet, dass es ein Bäuerchen machen muss nach dem Trinken«, sagte Karlos schließlich verwirrt.

»Versuch es mal mit Windelnwechseln«, schlug ich resigniert vor. »Vielleicht hat dein Hightechbaby ja Kacka gemacht!«

Hatte es tatsächlich, jedenfalls so was Ähnliches. Ich wäre am liebsten sofort zu Alix in die WG ausgewandert, aber Karlos stürzte sich mit einem solchen Enthusiasmus auf das Balg, dass mir gar nichts anderes übrig blieb, als das grausame Spiel meiner Schwiegermutter mitzuspielen.

Es waren die schlimmsten achtundvierzig Stunden meines Lebens.

Als Karlos nach einer schlaflosen Nacht, in der uns das Gör gnadenlos alle drei Stunden geweckt und mit Hunger, Durst, Blähungen und vollgemachten Windeln terrorisiert hatte, völlig übernächtigt ins Büro fuhr, um sich weiteren Krisen zu widmen, rief ich erst meine Mutter und dann Alix an.

Als meine Mutter kurz vorbeikam, gab sie mir zwar einige sehr praktische Hinweise, verabschiedete sich aber dann in den Frisiersalon.

»Sonst bist du aber gesund, oder?«, meinte sie mit einem Kopfschütteln. »Iss wenigstens die Brötchen, die ich dir mitgebracht habe.«

Alix nahm die Sache zunächst von der sportlichen Seite, fragte aber gegen Mittag: »Ist denn da wirklich kein Schalter zum Ausstellen dran?«

Ich schüttelte den Kopf. »Nee, ich glaube, wenn das Programm einmal aktiviert ist, läuft es auch durch.

Wäre ja auch irgendwie nicht Sinn der Sache, denn an einem richtigen Baby ist ja auch kein Abstellknopf.«

Alix sah mich fragend an. »Du nimmst das jetzt aber nicht wirklich ernst, oder?«

Das tat ich wohl doch, denn als Alix weg war und mir das Teil weiterhin die Ohren volljaulte, war ich drauf und dran, es gegen die Wand zu werfen. Aber dann hatte ich plötzlich die mahnende Stimme meiner Schwiegermutter im Ohr, wie sie sagte: »Das Köpfchen muss immer gestützt sein, und behandelt das Baby sanft. Nicht, dass es ein Schütteltrauma bekommt. Es wird übrigens alles aufgezeichnet …«

Als Karlos abends nach Hause kam, hockte ich heulend auf dem Sofa. Das Baby hatte ich in mein Zimmer gesperrt und sämtliche verfügbaren Kissen und Decken darauf gestapelt, um sein Geschrei zu ersticken.

»Ich bin eine schlechte Mutter«, jaulte ich auf, als Karlos entsetzt fragte, was denn los sei. »Ich bin nicht in der Lage, einen Säugling zu versorgen. Deine Mutter hat Recht, ich bin zu blöde, das Murkelchen aufzuziehen.«

»Was hast du gemacht?«, fragte Karlos.

»Ich … ich hab's umgebracht!«

»Was? Das Murkelchen?«

Ich schüttelte den Kopf. »Nein, natürlich nicht das Murkelchen. Dieses … dieses … Wechselbalg, das uns deine Mutter untergeschoben hat.«

Ich wischte mir mit dem Handrücken den Rotz aus dem Gesicht.

»Wo ist es?«

»In meinem Zimmer!«

Ich weiß nicht, was Karlos erwartet hatte. Vermutlich, dass ich den Babysimulator in seine mechanischen Einzelteile zerlegt hatte. So war er offenbar sichtlich erleichtert, dass er die Puppe unversehrt unter dem Kissen- und Deckenberg fand.

Irgendwie schaffte er es sogar, sie abzustellen. Jedenfalls verstummte das Geschrei.

»Wie … wie hast du das gemacht?«, fragte ich schniefend.

Grinsend hielt er den Akku hoch. »Ohne Saft läuft selbst dieses Wunderwerk nicht«, meinte er.

Aber das konnte mich auch nicht wirklich aufheitern. Es war einfach total deprimierend, dass ich als Mutter so versagt hatte. Ich fing wieder an, zu heulen.

»Aber, Paulchen«, sagte Karlos. »Du hast nicht versagt. Es war eine Schnapsidee von meiner Mutter, und ich war blöd genug, das nicht sofort zu erkennen.«

»Aber ich habe alles falsch gemacht.«

»Unsinn, du hast alles richtig gemacht. Falsch ist alleine die Idee, zu glauben, dass eine Schwangere mit einem echten eigenen Kind im Bauch so einem technischen Gegenstand wirkliche Mutterliebe entgegenbringen könnte. Das ist ein ausgemachter Quatsch! Meine Mutter kann ihr Babymonster morgen wieder abholen.« Das klang so vernünftig.

»Meinst du, ich kriege das bei unserem Murkelchen besser hin?«

Karlos nahm mich in den Arm und küsste mich.

»Na, klar doch. Hundertprozentig. Du wirst die beste und liebevollste Mutter der Welt werden.«

Und wie zur Bestätigung seiner Worte wölbte sich plötzlich ein kleiner Knubbel aus meiner Bauchdecke.

Und weil Karlos grade seine Hand auf meinem Bauch liegen hatte, spürte er es auch.

»Das Murkel!«, flüsterte ich gerührt. »Es hat sich bewegt!«

Am nächsten Tag holte Karlos' Mutter den Babysimulator wieder ab. Sie verkniff sich ausnahmsweise jeglichen Kommentar – wohl, weil Karlos es von ihr verlangt hatte. Sie ließ uns dafür aber einen ganzen Kleintransporter Babysachen da, wofür sie offenbar eigens zwei Studenten aus einem Seminar ihres Mannes engagiert hatte. Jedenfalls schleppten die den ganzen Kram schnaufend die Treppen rauf und müllten unsere schöne Wohnung damit zu.

Ich hatte es doch immer geahnt. Diese Frau war kein Mensch, sondern ein Monster!

»Paula, mein Engel, Mutter ist gekommen, um uns ein paar Babysachen vorbeizubringen«, rief Karlos, was mich noch nicht das ganze Ausmaß dieser vorweihnachtlichen Bescherung erahnen ließ. Erst als Karlos mich an der Hand nahm und ins Wohnzimmer führte, fand ich das ein wenig komisch. Wieso denn so geheimnisvoll?

Ach, du meine Güte! Ich dachte, ich spinne!

In unserem Wohnzimmer türmten sich Berge von Krempel. Bei genauem Hinsehen entpuppten sich die Sachen als eine Wickelkommode, eine Wiege, ein riesiger Karton mit Babysachen, viel Spielzeug und ein Laufstall.

»Paula, schauen Sie mal, was ich Ihnen mitgebracht habe«, sagte Frau Möllering überschwänglich.

Ja, ich sah es. Sie schien ihren halben Dachboden ausgemistet zu haben.

»Das sind meine alten Babysachen«, ergänzte Karlos. »Ist das nicht toll? Dann kann unser Kind in derselben Wiege liegen, in der ich schon geschlafen habe.«

Hm, ich wusste nicht genau, was ich sagen sollte. Karlos und seine Mutter schienen zu erwarten, dass ich vor Dankbarkeit Luftsprünge machte. Aber so wirklich war mir nicht danach. Einerseits war es ja nett von Karlos' Mutter, uns die Sachen zu überlassen, schließlich musste man dann nicht alles neu kaufen. Aber uns das alles so in die Wohnung zu karren, war schon etwas dreist. Wenn sie uns eingeladen hätte, es bei ihr auf dem Dachboden anzusehen, hätten wir uns ein paar Dinge aussuchen können, statt gleich den ganzen Plunder nehmen zu müssen. Denn dass sie nicht die Absicht hatte, irgendetwas davon wieder mitzunehmen, war ja transparent.

Mist! Musste ich das jetzt echt behalten? Dabei hätte ich die Sachen für unser Baby so gerne mit Karlos zusammen ausgesucht. Ein bisschen Familientradition war ja ganz schön, aber mein Murkelchen nur in alten Sachen? Nee, das fand ich gar nicht gut. Entsprechend gedämpft fiel meine Reaktion aus.

Wahrscheinlich hielt meine Schwiegermutter mich nun nicht nur für unfähig, ein Baby großzuziehen, sondern auch für extrem undankbar. Pech!

»Sag doch mal, wie findest du die Sachen? Ist es nicht toll, dass Mutter sich davon trennen will?«, schwärmte Karlos weiter. »Ich hätte nie gedacht, dass sie die Wiege und den Laufstall hergibt.«

»Äh, ja, aber ist es für einen Laufstall nicht noch etwas früh?«, murmelte ich.

Und überhaupt, waren Laufställchen nicht sowieso aus der Mode und irgendwie gefährlich?

»Keine Bange, Paula, die Möllerings fangen alle furchtbar schnell an, zu laufen. Mein Karlos ist mit zehn Monaten schon gerannt wie ein Weltmeister, und mein Mann konnte sogar schon mit neun Monaten laufen. Bei einer solchen Veranlagung ist es wirklich besser, auf alles vorbereitet zu sein«, erwiderte meine Schwiegermutter prompt.

Na, ob sie da nicht schamlos übertrieb? Ich nahm mal an, dass sie nicht dabei gewesen war, als ihr Mann mit dem Laufen begonnen hatte. Aber egal, ein Mölleriing hatte anscheinend immer irgendwie außergewöhnlich zu sein.

Karlos zuliebe musste ich mich aber doch mal bedanken. »Ja, also, es ist wirklich nett von Ihnen, dass Sie uns die Sachen geben, aber, äh … Karlos, wo sollen wir das denn alles hinstellen?«

»Ach, da findet sich schon ein Platz!«, flötete seine Mutter. »Es freut mich wirklich, dass Ihnen die Sachen gefallen, Paula.«

Was ja wohl maßlos übertrieben war. Hatte ich mich wirklich so verstellen können?

»Es würde mir auch das Herz brechen, wenn mein Enkelkind nicht in der traditionellen Mölleriing-Wiege liegen würde. Darin hat schon mein Mann geschlafen, müssen Sie wissen, und der Vater meines Mannes und der Vater des Vaters …«

O je, dachte ich, dann war das Ding ja sicher hundert Jahre alt. Hoffentlich beherbergte die Wiege nicht auch traditionelle Holzwürmer. Andererseits war so eine Traditionswiege auch niedlich, und Karlos schien es wichtig zu sein, dass unser Kind in seiner Wiege lag.

Ich sah mir das Teil genauer an. Eigentlich gar

nicht so schlecht. Man müsste sie vielleicht ein wenig aufarbeiten, aber dann könnte sie wieder richtig schick aussehen. Schade, dass Melli nicht hier war. Die würde sicher was Tolles daraus zaubern.

Frau Möllering erhob sich und ging in Richtung Haustür. »Tschüss, meine Junge. Ich muss mal wieder los«, sagte sie und drückte Karlos einen Kuss auf die Wange. Zu mir sagte sie: »Paula, geben Sie nur gut Acht auf meinen zukünftigen Enkel. Mit einer Schwangerschaft ist nicht zu spaßen. Ach ja, was ich noch fragen wollte: Haben Sie sich denn nun zu einem Geburtsvorbereitungskurs angemeldet? Sie sollten es nicht zu lange hinauszögern. Die guten Hebammen sind sehr gefragt und auf lange Sicht ausgebucht. Wenn ich Ihnen über meine Beziehungen noch einen Platz vermitteln soll ...«

»Mach das, Mutter«, nahm Karlos dankend an, ohne mich überhaupt zu fragen.

Hm, fand er es vielleicht doch nicht so toll, wie ich mich mit dem Babysimulator angestellt hatte, und wollte nun wenigstens in Bezug auf die Geburt auf Nummer sicher gehen?

Meine Schwiegermutter war jedenfalls entzückt über seine Zustimmung und mit einem überschwänglichen »Bis bald!« verließ sie unsere Wohnung. Na, hoffentlich ließ das »bald« etwas länger auf sich warten.

Als sie weg war, starrten Karlos und ich auf den Kram und wussten nicht, wohin damit. Unser ganzes Wohnzimmer war voll. Die minimalistische Optik wurde dadurch völlig ruiniert. Das sah Karlos ähnlich.

»Ich werde wohl mein Arbeitszimmer umräumen müssen«, sagte Karlos schließlich. »Wenigstens die

Wickelkommode sollten wir schon mal ins künftige Kinderzimmer stellen.«

»Du willst *was*?«, fragte ich völlig irritiert.

»Na, ein paar meiner Arbeitssachen wegräumen.«

Das hatte ich verstanden. »Aber wieso denn?«, fragte ich. »Wir haben doch noch gar nicht entschieden, aus welchem Zimmer wir das Kinderzimmer machen wollen.«

Ich konnte gar nicht glauben, was Karlos gerade gesagt hatte. Wollte er tatsächlich ohne Diskussion sein Zimmer aufgeben?

»Das brauchen wir doch auch gar nicht, Paulchen. Es ist doch klar, dass ich mein Arbeitszimmer räume. Ich bin schließlich sowieso die meiste Zeit des Tages im Büro und arbeite dort. Wenn das Baby erst mal da ist und du dich den ganzen Tag um das Kleine kümmerst, dann brauchst du abends auf jeden Fall auch mal einen Rückzugsort.«

Krass! Das war wirklich total süß von Karlos! Aber als ich so darüber nachdachte, konnte ich mir überhaupt nicht vorstellen, dass ich mich mit meinen Freundinnen zum Wasserpfeiferauchen oder Tarotkartenlegen in meinem indischen Zimmer traf, und nicht die ganze Zeit bei meinem Baby war. Das alles erschien mir auf einmal so unwichtig.

Aber Karlos ließ sich nicht von seinem Plan abbringen. »Du wirst noch ganz froh sein, wenn ich dir das Baby mal abnehme und du dich eine Zeit lang mit den Mädels in dein Zimmer verdrücken kannst. Glaub mir.«

»Na gut, wenn du meinst«, gab ich nach, obwohl die Sache für mich noch nicht beschlossen war.

Schließlich wollte ich auch nicht, dass Karlos jeden

Tag bis spätabends in seinem Büro hockte. Was er zu Hause erledigen konnte, sollte er hier machen, bei seiner Familie. Da musste uns noch eine bessere Lösung einfallen.

Aber jetzt bekam ich ganz plötzlich eine Heißhungerattacke. Schrecklich! Ich rannte zum Kühlschrank und bekam schon auf dem Weg dorthin ein schlechtes Gewissen wegen der vielen Kalorien, die ich gleich in mich reinstopfen würde. Erstaunlicherweise war ich überhaupt kein Fan von Gewürzgurke mit Schlagsahne oder Schokokuss mit Senf. Ich bevorzugte eher Wiener Würstchen mit Erdbeermarmelade. Lecker!

♡ ♡ ♡

Ein paar Tage später schaute ich nach Arbeitsschluss mal wieder in der WG vorbei. In letzter Zeit hatte ich mich mit Alix meistens bei mir getroffen, aber heute verspürte ich direkt ein bisschen Sehnsucht nach dem chaotischen WG-Leben.

»Hey, Paula!«, begrüßte Justin mich, als er die Tür öffnete. »Welch Glanz in unserer Hütte. Willst du einen Tee? Ich hab grad Wasser aufgesetzt.«

»Ja, gerne. Bist du heute gar nicht im Theater?«, fragte ich und legte meinen Mantel ab.

»Nee, ich hab heute probenfrei. Ich brauch schließlich auch mal Zeit für andere Dinge«, sagte Justin und grinste. »Ich treffe mich gleich mit Zara.«

Ich kicherte. So wie der strahlte, lag ich mit meiner Vermutung absolut richtig. Justin war genauso in Zara verliebt wie sie in ihn.

»Paula!« Alix kam in die Küche und umarmte mich

stürmisch. »Hab ich doch richtig gehört.« Sie setzte sich zu uns an den Küchentisch, nicht ohne ein anerkennendes Statement zu meiner nun wirklich prächtig gewachsenen Melone abzugeben, was mir im Beisein von Justin allerdings ein wenig peinlich war.

»Wie läuft es denn so in der WG?«, fragte ich, um abzulenken. »Jetzt, wo Melli weg ist.«

»Ganz gut. Aber Melli hat mich beauftragt, ab dem nächsten Monat einen Zwischenmieter für ihr Zimmer zu finden. Das Leben in New York ist wohl ziemlich teuer. Ich werde mal einen Aushang in der Uni und im Irish Pub machen«, sagte Alix.

»Ist Mellis Zimmer denn leer?«, fragte ich verwundert.

»Nee, nicht so ganz. Melli hat ihre Klamotten weitgehend in Kisten gepackt und in einer Ecke des Zimmers gestapelt«, erwiderte Alix.

»Und ihre ganzen Bilder?«

»Die hat sie in der Hochschule zwischengelagert, bei Geschwindner in irgendeiner Abstellkammer.«

»Und jetzt will sie jemand Fremden in ihrem Zimmer wohnen lassen, obwohl ihre ganzen Sachen noch drin sind? Hat sie keine Angst, dass der Zwischenmieter darin rumschnüffelt?«, fragte ich.

Alix und Justin lachten.

Justin meinte: »Ich glaub, Melli ist da nicht so empfindlich. Ob jemand zufällig beim Staubwischen einen String von ihr unterm Bett findet, ist ihr sicher ziemlich Latte.« Tja, vermutlich.

»Na, dann viel Glück bei der Zwischenmietersuche«, sagte ich, und Alix stöhnte: »Ja, da kommt noch was auf uns zu!«

Wir saßen eine Weile zusammen in der Küche und plauderten über das Baby, bis Justin aufsprang und sagte: »So, Mädels, ich muss los. Ich hab noch ein Date.«

»Wusste ich's doch!«, rief Alix ihm lachend hinterher.

Wir nahmen unseren Tee und gingen in die Wohndiele.

»Ich hab Wolle dabei, willst du mir helfen, ein paar Babyjäckchen zu stricken?«, fragte ich.

»Aha! Du weißt also jetzt, was es wird?«, fragte Alix sofort neugierig.

Ich musste sie leider enttäuschen. »Nee, ich weiß es immer noch nicht. Bei unserem letzten Ultraschall hat das Kleine sein Geschlecht geheim gehalten. Und jetzt haben wir beschlossen, doch bis zur Geburt zu warten.«

»Ach, wie schade«, sagte Alix enttäuscht, aber dann fiel ihr wieder der Auslöser der ganzen Geschlechterdiskussion ein. »In welcher Farbe strickst du denn dann?«, fragte sie.

Ich lachte. »In Gelb und in Orange. Das kann jedes Baby tragen.«

»Okay, dann mal her mit der Wolle!«

Wir waren gerade voll ins Stricken vertieft, als es klingelte. Alix sprang auf und öffnete die Tür.

»Lars? Was machst du denn hier?«

Lars betrat die Wohnung. Er sah echt fertig aus. Nach seinem Ausraster im Pub hatte ich ihn nicht mehr gesehen. Dunkle Ringe zeichneten sich unter seinen Augen ab, und er hatte sich scheinbar seit Tagen nicht mehr rasiert.

»Kann ich mal in Mellis Zimmer?«, fragte er dumpf.

»Wieso? Hast du da was vergessen?«, fragte Alix selten unsensibel.

»Nein. Ich … also … ich will ihr nur etwas näher sein … also … spirituell … äh … ja … so ähnlich … Ihr versteht schon«, antwortete Lars.

Na ja, so wirklich verstand ich grade nicht.

Alix aber offenbar schon, denn sie sagte mit einem Schulterzucken: »Na, von mir aus. Dann geh halt mal kurz Mellis Duft schnuppern.«

Warum war sie denn so grob?

Aber als Lars an mir vorbeiging, bemerkte ich seine fette Alkoholfahne. Die hatte Alix sicher auch sofort geschnuppert.

So konnte das wirklich nicht mehr weitergehen mit ihm! Wir mussten uns dringend etwas einfallen lassen, um ihm zu helfen.

»Sei doch nicht so hart zu ihm«, zischte ich Alix zu, als Lars in Mellis Zimmer verschwunden war. »Du siehst doch, wie er leidet.«

»Mitleid hilft ihm jetzt auch nicht. Der soll sich mal nicht so hängen lassen«, entgegnete Alix. »Jeder hat mal Probleme, aber muss man sich deswegen gleich völlig gehen lassen?«

»Aber er vermisst Melli so sehr. Ohne sie ist er gar nicht mehr er selbst. Wir müssen ihm helfen«, sagte ich.

»Liebes Lieschen, warum bist du eigentlich nicht Mitglied bei der Heilsarmee?« Alix grinste. »Nee, Paula, ehrlich, wie sollen wir ihm denn helfen? Ich hab keinen Geldesel zur Hand, und Melli wieder herzaubern können wir auch nicht.«

Wo sie Recht hatte, hatte sie Recht, aber dennoch war das kein Zustand. Und ich konnte Lars doch nicht einfach so aufgeben. Nicht, weil ich mit ihm mal so außerordentlich tollen Sex hatte, nein, sondern weil er ein Freund war. Na gut, ein bisschen spielte die Erinnerung an den Sex in der Dusche auch noch mit. Warum auch nicht? Es wäre eine Schande, wenn ein so toller Lover im geschlossenen Entzug landen würde. Das Schicksal wollte ich ihm ersparen, und darum würde mir schon noch etwas zu seiner Rettung einfallen.

Ein paar Tage später stand meine Mutter plötzlich vor der Tür.

»Mama, was gibt's denn?«, fragte ich verwundert.

Sie preschte an mir vorbei ins Wohnzimmer und rief: »Paula, ich habe eine großartige Idee.«

Na, dann schieß mal los.

»Was hältst du davon, wenn euer Baby deine alte Wiege bekommt?« Meine Mutter strahlte mich an.

Oh, Himmel. Ich hatte mich doch wohl verhört. Wie brachte ich ihr denn jetzt schonend bei, dass diese Idee leider etwas zu spät kam?

»Ähm, ja, das wäre sicher süß, aber wir haben schon eine Wiege.«

»Ihr habt was?«, fragte meine Mutter entsetzt.

»Na ja, wir haben schon eine Wiege. Frau Möllering hat gestern Karlos' alte Wiege vorbeigebracht.«

»Was? Diese dumme Pute?«

Zum Glück war weder Karlos noch die dumme Pute im Haus, sonst wären die beiden Omas sich mit Sicherheit an die Gurgel gegangen.

»Das hast du einfach so akzeptiert?«, meckerte meine Mutter weiter. »Warum hast du nicht gesagt, dass du lieber deine eigene Wiege für dein Baby haben willst? Wofür hab ich die denn all die Jahre aufgehoben?«

»Also, bis jetzt wusste ich nicht mal, dass meine Wiege noch existiert. Ich dachte, die hättet ihr verkauft, nachdem feststand, dass ich kein Geschwisterchen mehr kriegen würde«, protestierte ich.

»Nein, natürlich nicht. Was denkst du denn von uns? Hältst du uns für solche Banausen? Die Meyers haben auch Sinn für Tradition. Nicht nur diese aufgeblasene Kuh von Möllering. Wir haben die Wiege ordentlich auf dem Dachboden verstaut, damit jetzt unser Enkel darin liegen kann.« Meine Mutter ließ sich aufs Sofa fallen und blickte mich vorwurfsvoll an.

Schon wieder so eine blöde Situation! Und alles nur, weil Karlos' Mutter sich immer so in den Vordergrund drängte. Es hätte ja auch gereicht, wenn sie erst mal nur vorgeschlagen hätte, dass wir Karlos' Wiege nehmen könnten, statt das Teil gleich hier anzuschleppen. Aber so war sie eben. Lieber Nägel mit Köpfen machen, als uns die Möglichkeit zu geben, eine eigene Entscheidung zu treffen. Und was machte ich jetzt mit meiner Mutter?

Vorsichtig versuchte ich ihr zu erklären, dass Karlos sich sehr über die Wiege gefreut hätte und die auch schon total alt wäre, richtig historisch und darum …

Es half nichts. Meine Mutter war gekränkt.

Dann hatte ich eine Idee: »Was hältst du davon, wenn wir es vom Geschlecht des Babys abhängig machen? So wie ich es verstanden habe, haben immer die männlichen Möllerings in der Wiege gelegen. Das können wir doch auch wieder so machen. Aber wenn es ein Mädchen wird, dann kommt es in meine Wiege! Was meinst du, Mama?«

Mama meinte gar nichts mehr, sie war nur total happy! Ich seufzte erleichtert. Wie gut, dass ich ein Talent für Kompromisse hatte. Glücklich zog meine Mutter von dannen. Da hatte sie es der ollen Möllering mal wieder gezeigt! Wie ich der und Karlos die ganze Sache beibringen sollte, war mir allerdings noch schleierhaft. Aber im Grunde war es so nur gerecht, und das würde zumindest mein Karlos schon einsehen.

Wie es aussah, würde unser Kind seine ersten Monate ausschließlich in Secondhandware verbringen. Aber warum nicht? Tradition hatte doch was. Je länger ich darüber nachdachte, desto besser gefiel mir die Idee. Das hatte so etwas Nostalgisches, und bestimmt waren mit den Sachen auch viele positive Energien verbunden. Schließlich waren aus Karlos und mir ja ganz passable Menschen geworden!

♡ ♡ ♡

## *ALIX: Notfälle und andere Peinlichkeiten*

Lars hing schon wieder in Mellis altem Zimmer herum. Ich konnte ja verstehen, dass er gerne den alten Erinnerungen nachhing, aber allmählich wurde es etwas lästig. Zumal ich gar nicht wusste, ob das Melli überhaupt recht war. Schließlich sollte das Zimmer ja zwischenvermietet werden. Ich sah wohl besser mal nach dem Rechten.

Ich klopfte. »Lars?«

Keine Antwort. Leise öffnete ich die Tür.

Ach, du liebes Lieschen! Es sah aus, als hätte eine Bombe eingeschlagen. Lars lag auf dem Fußboden inmitten eines riesigen Klamottenberges, und überall im Zimmer lagen Mellis Sachen verstreut. Anscheinend hatte Lars sich über ihre Kartons hergemacht, auf der Suche nach etwas, das noch nach Melli roch. Neben Lars lag eine leere Flasche Gin – bestimmt eine von Mellis Notfallpullen –, und im Arm hielt er Mellis alten Stofftiger.

Das durfte ja wohl nicht wahr sein!

Ich ging zu Lars und rüttelte ihn. Keine Reaktion. Vorsichtig tätschelte ich ihm die Wange. Immer noch rührte er sich nicht. Verdammt! Ich begann ihn heftiger zu schütteln. Lebte der Typ überhaupt noch?

Panik stieg in mir hoch. Ich lief in die Küche, wo Justin und Robbie gerade ihre Weibergeschichten austauschten.

»Jungs, ich brauch mal eure Hilfe. Lars hat Mellis Zimmer verwüstet und sich mit Gin weggeschossen. Jetzt rührt er sich nicht mehr.«

Justin sprang alarmiert auf, und auch Robbie zeigte sich hilfsbereit und folgte uns in Mellis Zimmer.

»Ach, du meine Güte!«, keuchte Justin, als er das Zimmer sah. »Wenn Melli das sehen würde, die würde Amok laufen.«

»Und was machen wir jetzt? Ich glaube, Lars ist ohnmächtig«, sagte ich besorgt. »Wir müssen ihn irgendwie aufwecken.«

»Du hast Recht. Robbie, hol mal einen kalten Waschlappen«, entschied Justin.

»Okay.« Kurz darauf kam Robbie mit einem klatschnassen Handtuch zurück. »Ich hab keinen Waschlappen gefunden.«

Egal, ein Handtuch war sowieso besser, denn bei Lars würde vermutlich nur die dreifache Dosis helfen. Justin nahm den nassen Fetzen und klatschte ihn Lars erbarmungslos ins Gesicht. Einige Sekunden tat sich nichts. Dann schreckte Lars plötzlich hoch.

»Melli? Was ist? Wo bin ich?« Er riss sich das Handtuch vom Kopf und starrte uns an.

Als er realisierte, dass nur wir es waren, sank er frustriert zurück auf die Klamotten. »Melli, warum hast du mich nur verlassen?«, stöhnte er.

Etwas hilflos sahen Justin, Robbie und ich uns an. Jetzt war Lars zwar wach, aber was sollten wir nun mit ihm machen?

Ich kniete mich neben ihn auf den Fußboden und

sagte so sanft wie möglich: »Lars, wir machen uns Sorgen um dich. Was ist nur aus dir geworden? Wo ist der coole Typ hin, dem die Frauen scharenweise hinterhergelaufen sind, um wenigstens einen One-Night-Stand zu erbetteln?«

»Den gibt es schon lange nicht mehr«, murmelte Lars.

»Doch, den gibt es noch. Und es wird Zeit, dass er wieder zum Vorschein kommt und diesen Jammerlappen hier vertreibt«, entgegnete ich.

»Genau!«, sagte Justin. »Los, raff dich auf!«

Er griff unter seine Arme, und mit Robbies Hilfe wuchtete er ihn aufs Bett.

»Es ist wohl das Beste, er schläft erst mal seinen Rausch aus«, sagte Justin, und ich nickte.

Da ich jetzt wusste, dass Lars noch lebte, konnten wir ihn auch noch ’ne Runde chillen lassen.

Gegen Abend kam Lars leise aus Mellis Zimmer geschlichen. Justin und ich hatten auf ihn gewartet, fingen ihn nun ab und schleppten ihn in die Küche.

»Mensch, Alter!«, sagte Justin. »So kannst du echt nicht weitermachen. Guck dich doch mal an.«

Lars starrte stumm auf den Fußboden.

»Wirklich, Lars, du musst versuchen, dein Leben wieder in den Griff zu kriegen. Melli steht nicht auf solche Weicheier«, ergänzte ich.

Hm, war das jetzt zu hart?

Aber Lars hob plötzlich den Kopf. »Das ist aber alles nicht so einfach«, sagte er leise, und es klang zum ersten Mal seit langem wieder halbwegs vernünftig.

»Hör zu, Kumpel. Einfach ist nichts im Leben«, sagte Justin bestimmt. »Wenn man sich in die Scheiße reiten kann, muss man auch den Mumm haben, sich da wieder rauszuholen.«

Tja, damit traf er den Nagel auf den Kopf. Lars hatte in seinem Leben vermutlich noch nie ein Problem gehabt, das sich nicht irgendwie mit seinem Geld lösen ließ. Jetzt stand er zum ersten Mal ohne Kohle da und entpuppte sich als echter Feigling, der bei der ersten Krise den Kopf in den Sand steckte.

»Ich pack das nicht alleine. Ohne Melli schaff ich es nicht«, murmelte Lars.

»Lars, du hast uns! Wir sind alle für dich da und versuchen, dir zu helfen, wo es geht. Hast du vergessen, dass Karlos sogar seinen Job für dich riskiert hat?«, fragte ich leicht angesäuert angesichts dieses Gejammers.

Lars schüttelte den Kopf.

»Es wird Zeit, dass du auch selber mal was unternimmst«, meinte Justin.

»So sehe ich das auch. Auf Melli wirst du noch ein paar Monate verzichten müssen. Aber du solltest wenigstens deine Finanzprobleme lösen«, sagte ich. »Und wenn es nicht anders geht, dann musst du eben doch mal mit deinem Vater reden.«

Wider Erwarten ging Lars mir nicht an die Gurgel, als ich seinen Vater erwähnte.

Er sah mich allerdings eine Weile schweigend an und sagte dann ernst: »Vielleicht hast du Recht. Ich werde drüber nachdenken.« Dann stand er auf und ging zur Tür.

Wir folgten ihm, und ich drückte ihm zum Abschied noch einen von Mellis Pullis in die Hand. »Hier, den kannst du dir ausborgen. Wir treffen uns nächste

Woche wieder beim Karaokeabend. Wäre schön, wenn du auch kommst.«

Lars nickte stumm und ging. Was für ein Häufchen Elend. Und das war mal der ultimative Mr. One-Night-Stand, Schwarm aller einsamen Frauenherzen? Wirklich deprimierend.

Ich war unsicher, ob es eine gute Idee war, ihn gehen zu lassen. Aber ihn so depressiv in Mellis Zimmer zu wissen, war mir auch irgendwie unheimlich. Jetzt mussten wir sowieso erst mal das Chaos beseitigen, das Lars dort angerichtet hatte, denn angesichts von Mellis Notrufen aus New York mussten wir die Sache mit der Zwischenvermietung unbedingt beschleunigen. Das hatte auch den Vorteil, dass Lars hier nicht mehr einfach so reinplatzen konnte.

Aber als Justin und ich in Mellis Zimmer kamen, sah es fast schon wieder aus wie vorher. Lars hatte, so gut es ging, die Spuren seines Ausrasters beseitigt. Na, hoffentlich brachte er sein Leben auch bald wieder in Ordnung.

Grundsätzlich war es in unserer Stadt nicht schwer, einen neuen Mieter zu finden. Bei dem aktuell herrschenden Wohnungsmangel hockte quasi hinter jeder Ecke ein zahlungswilliger Mensch, der ein halbwegs günstiges WG-Zimmer beziehen wollte. Die Schwierigkeit lag eher darin, jemand zu finden, der in unsere WG passte. Schließlich musste das Zwischenmenschliche stimmen, wenn man sich künftig Küche, Bad und AWO-Sessel teilen wollte.

Wider Erwarten problematisch gestaltete sich auch mein Seelenleben, das im Zuge dieser Aufgabe ganz schön in Mitleidenschaft gezogen wurde. Ich fand es wirklich gut, dass Melli ihre Chance bei Geschwindner ergriffen hatte, und ich wusste ja auch, dass sie bald wiederkommen würde. Aber als ich da so mit Justin in der Küche saß und die Aushänge mit der Zimmerausschreibung fertig machte, überkam mich das schmerzliche Gefühl, dass es ab jetzt nie wieder so sein würde wie vorher, als würde die WG nun für immer eine andere sein.

Urplötzlich überflutete mich eine düstere melancholische Welle und in einem plötzlichen Gefühlsausbruch schniefte ich: »Unsere schöne WG! Für die wir mit aller Macht gekämpft haben, unser gemeinsamer Traum … Es bricht einfach alles auseinander.«

Ich konnte die Tränen nicht zurückhalten, und Justin sah mich irritiert an,

»Aber, Alix! So nah am Wasser gebaut, kenne ich dich ja gar nicht. Hast du deine Tage?«

»Idiot!«, blaffte ich ihn an. Er hatte zwar Recht, aber das ging ihn ja wohl nicht die Bohne an!

Justin grinste. »Tja, Alix, so ist das mit Freunden. Ihr seid halt nicht verheiratet. Jeder geht irgendwann seinen eigenen Weg.« Er schüttete mal wieder gnadenlos seine Lebensweisheiten über mir aus. »Hast du von Melli was anderes erwartet? Ihre Kunst ist doch für sie das Wichtigste. Wer weiß, ob sie je zurückkommt. Schließlich hat sie in New York ganz andere Möglichkeiten …«

Geräuschvoll zog ich den Rotz in meiner Nase hoch. Wie aufbauend der Knabe doch war! Aber ich hatte ja auch selber so ein unbestimmtes Gefühl, dass meine Welt sich gerade grundlegend veränderte. Mit Paulas Hochzeit und Auszug hatte es begonnen, nun machte Melli den Abflug und …

»Nichts ist mehr, wie es war!«, stöhnte ich.

»Los, mach mal den Mund auf!«, sagte Justin und schob mir einen Löffel Walnusseis hinein.

Es schmolz langsam auf meiner Zunge. Hm, Eis war einfach ein genialer Seelentröster. Ich war ja eigentlich keine Dramaqueen, aber die Erkenntnis, dass unsere tolle WG Stück für Stück auseinanderbrach, ließ mich doch ein wenig melancholisch werden. Sie war immerhin unser gemeinsames Baby! Das von Paula, Melli und mir. Sie war sozusagen die Heimstätte unserer Freundschaft. Der sichtbare Beweis dafür, wie eng wir drei zusammengehörten. Jedenfalls war das in meinen Augen immer so gewesen, und ich hatte gedacht, dass die WG mindestens bis zu meinem Examen Bestand haben würde. Doch danach sah es ja irgendwie nicht mehr aus.

Ich ließ mir von Justin einen zweiten Löffel Eis in den Mund schieben. Aber was blieb nun übrig? Ich, Justin? Der große Traum von der Frauen-Power-WG löste sich viel schneller in Luft auf, als erwartet. Genauer gesagt, er verwandelte sich langsam in einen Alptraum für mich, wenn ich ständig Babysitterdienste für die nächste WG-Generation, also für Robbie und Jenna, schieben musste. Wurde ich dabei nicht langsam zum Fossil? Ich musste trotz meiner Depression kichern. Für Jean-Paul würde mich das sicherlich noch interessanter machen.

Aber ehrlich, wer wohnte in meinem Alter noch mit seinem kleinen Bruder zusammen? Das ging mir zunehmend auf den Geist. War ja schön, dass er wieder in die Schule ging, aber für mich und meine persönliche Freiheit war es schon ein ziemlicher Entwicklungsrückschritt! Welcher barmherzige Samariter hatte mich bloß geritten, als ich seinem Einzug in Paulas Zimmer zugestimmt hatte? Außerdem musste ich auch noch ständig Robbies Punkerfreundin ertragen, die offenbar ihre gesamte Freizeit mit einer Pulle Bier in unserer Wohndiele vor der Glotze verbrachte. Na, wenigstens fing sie jetzt eine Friseurlehre bei Paulas Mutter im Salon an.

Selbst, wenn sie sich nun etwas anständiger benahmen … Ich hatte einfach keinen Bock auf Kiddys! Wenn ich Kinder wollte, dann würde ich es wie Paula machen und ein eigenes produzieren.

*Sachte, sachte*, mahnte mich mein innerer Coach. *Keine Unbedachtsamkeit! Solche Stimmungen gehen vorbei, und dann sitzt du da zwischen Windeln und Babybrei, und dein Jean-Paul gräbt mit vollbusigen Blondinen Saurierknochen aus.*

Damit lag er jedoch total daneben. Ich hatte schließlich keinen Hirnriss, aber dafür eine Spirale in der Gebärmutter.

Jedenfalls entwickelte sich die WG zum reinsten Taubenschlag, und nun sollte schon wieder jemand Neues einziehen. Schrecklich! Das war gar nicht mehr nach meinem Geschmack. Als ich mir damals eine WG gewünscht hatte, dachte ich an ein verlässliches, gemütliches Zusammenleben mit meinen besten Freundinnen. Ich wollte niemals in einer dieser typischen Studi-WGs leben, wo alle paar Monate die Mitbewohner ausgetauscht wurden. Stress pur! Aber genau darauf lief es seit Paulas Hochzeit unweigerlich hinaus. Lediglich Justin erwies sich als stabiler Fels in der Brandung, die ohne Unterlass geliebte Mitbewohner fortspülte und merkwürdiges Strandgut hinterließ. Dieses ganze Chaos bestärkte mich darin, in nicht allzu ferner Zukunft mit Jean-Paul zusammenzuziehen. Aber ich merkte auch, dass mir die WG, so wie sie früher einmal war, ganz schön fehlen würde!

Nachdem ich die Zettel ausgehängt hatte, dauerte es, wie erwartet, nicht lange, bis sich die ersten Interessenten meldeten. Alleine wollte ich mich denen aber nicht stellen. Man wusste nie, welcher Kriminelle solch einen Besichtigungstermin ausnutzte, um sich Zutritt zu einer fremden Wohnung zu verschaffen. Ich brauchte einen männlichen Beschützer. Jean-Paul war allerdings nicht besonders daran interessiert, mir zu helfen.

Als Antwort auf meine Bitte bekam ich nur ein gebrummtes »Keine Zeit«.

Pah, der schob seine Doktorarbeit doch nur vor, weil er keinen Bock auf ein WG-Casting hatte. Justin war da zum Glück anders. Der wollte sich das Spektakel auf keinen Fall entgehen lassen, und ich war mir sicher, dass das Casting mit ihm gemeinsam sowieso viel lustiger werden würde.

Und dann kam der Tag, an dem wir einen neuen Mitbewohner finden wollten. Hätte ich morgens schon geahnt, was uns erwartete, hätte ich mich im Bett verkrochen und den Tag aus dem Kalender gestrichen. So aber nahm die Freakshow ihren Lauf.

Als Erstes öffnete ich einem recht muffig gekleideten Typen die Tür. Er hatte lange, strähnige blonde Haare, und seine Klamotten erinnerten an das späte neunzehnte Jahrhundert. Der Typ war mir auf Anhieb höchst suspekt. Ich bat ihn dennoch erst mal freundlich in die Küche.

»So, dann stell dich doch mal vor«, sagte Justin, der beim Anblick des Typen mühsam einen Lachanfall unterdrücken musste.

»Ich bin Lestat. Wie Lestat aus dem *Interview mit einem Vampir*«, sagte der Typ mit düsterer Stimme. Er fuhr sich mit der Hand durchs Haar und präsentierte dabei seine langen spitzen Fingernägel.

Ach, du lieber Friedhofswärter! So jemand war mir in unserer Stadt ja noch nie begegnet. In welcher Gruft hatte der sich denn bisher versteckt?

»Äh … hast du den Aushang in der Uni gelesen?«, fragte ich.

»Nein. Einer von uns hat mir den Hinweis gegeben.« Einer von uns? Damit konnte er nur sich und seine Vampirkumpels meinen.

Ich hatte mein Urteil schnell gefällt. So jemand fehlte uns gerade noch, der in unserem Kühlschrank Blutkonserven lagerte oder sich bei einer Heißhungerattacke an seinen Mitbewohnern vergriff.

Ich blickte zu Justin rüber und versuchte ihm telepathisch zu vermitteln, dass der Typ ja gar nicht ging. Justin verstand mich auch ohne Worte, und da er der gleichen Ansicht war, teilte er dem Vampir höflich, aber bestimmt mit, dass er sich einen anderen Stellplatz für seinen Sarg suchen musste.

Als Nächstes stand eine Frau mit kurzen pinkschwarz gefärbten Haaren vor der Tür. Sie fragte gleich, als ich die Tür öffnete: »Bevor wir hier lange Zeit verquatschen: Kann ich mein Schlagzeug mitbringen? Ich spiele ungefähr acht Stunden am Tag.«

Äh, nein, dann lieber nicht.

Wovon lebte die denn, wenn sie den ganzen Tag mit Schlagzeugspielen verbrachte? Hartz IV? Na egal, bei uns würde sie keine Miete zahlen müssen. Danke, der Nächste bitte!

Es kam ein unscheinbar wirkender Typ in einem blauen Anzug namens Jörg. Ich tippte mal auf Bankkaufmann.

»Jörg, dann erzähl uns doch mal was von dir«, forderte Justin ihn auf.

Und ich ergänzte: »Ja, was machst du denn gerne in deiner Freizeit?«

»Ich dreh gern Filme.« Hört, hört, das hätte ich ihm auf den ersten Blick gar nicht zugetraut.

Auch Justin fragte gleich ganz interessiert: »Cool, ich bin Schauspieler. Was für Filme drehst du denn?«

Vermutlich witterte er gleich eine Chance, für die Filmwelt entdeckt zu werden. Schauspieler!

Jörg grinste breit. »Liebesfilme. Am liebsten Dreier.«

»Wie bitte?«

»Na, ich filme gerne Dreier. Schnickelschnackel mit zwei Frauen. Ihr wisst schon.«

Ich musste lachen. Das war sicher keine Rolle, auf die Justin scharf war. Justin als Pornodarsteller? Was wäre das für eine Verschwendung von echtem schauspielerischen Talent.

Dieser Jörg erinnerte mich plötzlich stark an meinen nächtlichen Anrufer. Ich analysierte blitzschnell während der nächsten Sätze, die er mit Justin wechselte, seine Stimme. Nee, der war es nicht. Aber dennoch – bloß weg mit dem!

Der nächste Bewerber war ein Dauerstudent um die vierzig, der die heutige Gesellschaft ablehnte und mental in den Siebzigern lebte.

Hm, das klang verdächtig nach … kiffen. Nee, so jemanden konnten wir hier nicht gebrauchen. Einer der wenigen positiven Aspekte an Mellis Abreise war, dass jetzt niemand mehr in der WG kiffte und ich Robbie vielleicht dazu bewegen konnte, ganz damit aufzuhören. Dass er die Schule weitermachte, zeigte doch, dass er sich den Verstand noch nicht vollkommen weggeschossen hatte und zur Einsicht fähig war. Nun gut, dieser Kiffer musste sich einen anderen Coffeeshop suchen, und überhaupt war der Typ für unsere WG viel zu alt.

Die nächste Bewerberin war ein junges Mädchen um die zwanzig. Sie wirkte direkt sympathisch, und ich begann zu hoffen, dass wir doch noch fündig werden würden.

»Ich bin Larissa und studiere Politikwissenschaften.«

Das klang doch schon mal ganz gut. Da konnte ich vielleicht mit ihrer Hilfe mein politisches Allgemeinwissen ein wenig auffrischen. Dass ich das als Journalistin brauchte, hatte ich ja jetzt beim Radio erfahren.

»Und was machst du sonst so?«, fragte ich.

»Wenn ich nicht gerade auf einer Demo bin, dann feiere ich gerne.«

Super, damit konnte ich mich anfreunden – politisch engagiert und doch locker drauf.

Auch Justin schien sie zu gefallen. »Wo feierst du denn so?«, fragte er.

»Am liebsten geh ich in eine Bar und nehme mir von da einen geilen Typ mit nach Hause.«

Ich wurde stutzig: »Du hast also keinen festen Freund?«

»Natürlich nicht, ist doch öde«, erwiderte Larissa.

Bei dem Mädel schien es sich um einen weiblichen

Lars zu handeln. Also den ehemaligen Lars, Mr. One-Night-Stand.

»Und wie oft bringst du so Männer mit?«, fragte Justin, nun doch schon etwas skeptischer.

»So oft es geht, also möglichst jeden Abend. Ich schlafe nun mal nicht gerne allein. Ist ja auch langweilig.«

Justin und ich sahen uns an. Ich wusste direkt, dass wir dasselbe dachten. Jede Nacht quietschende Betten, die dazugehörigen Lustschreie und jeden Morgen einen anderen fremden Mann im Bad, das überstieg selbst unsere Toleranzschwelle.

»Sorry, Larissa, aber so ein Lebensstil passt nicht ganz in unsere WG«, sagte ich daher.

»Was seid ihr denn für Spießer? Muss man sich bei euch mit einem Trauschein bewerben?«, entgegnete Larissa pampig, stand auf und war verschwunden.

Der Rest des Tages brachte keine Besserung. Irgendwie schienen sich sämtliche Spinner der Stadt verabredet zu haben, um bei uns vorzusprechen. Vielleicht hätte ich das Wort »tolerant« vor WG weglassen sollen. So versuchte scheinbar jede von der Gesellschaft geächtete Kreatur bei uns ein warmes Plätzchen zu ergattern.

Vom Computerjunkie bis zur aufgebrezelten Bordsteinschwalbe war alles vertreten. Und obwohl der Tag schier unendlich lang schien, war er irgendwann ergebnislos vorbei. Tja, da standen wir nun, allein und frustriert, von allen guten Geistern verlassen. Justin und ich hockten mit mindestens der zehnten Tasse Kaffee in der Küche und waren mit den Nerven am Ende. Wo bekamen wir denn nur einen halbwegs vernünftigen Mitbewohner her?

»Gibt es denn keine normalen Menschen in unserer Stadt?«, fragte ich verzweifelt.

»Wohl nicht. Guck uns an, wir sind doch auch nicht normal. Aber wir passen immerhin zueinander.«

Damit hatte Justin Recht. Obwohl Melli und Justin ja auch nicht gerade perfekt harmoniert hatten, war die WG doch in sich stimmig gewesen. Es musste sich doch irgendwo ein Mitbewohner finden lassen, der nicht ein totaler Fremdkörper in unserer Wohnung sein würde. Auf jeden Fall musste so bald wie möglich ein passabler Untermieter her. Melli würde mir sonst aus New York fernmündlich den Hals umdrehen, wenn ich sie noch länger auf den doppelten Kosten sitzen ließ.

Ich würde schon einen Weg finden, aber nicht mehr heute. Und um es mit Scarlett O'Haras Worten zu sagen: *Verschieben wir's doch auf morgen!*

Jean-Paul lag in den letzten Zügen mit seiner Doktorarbeit und hatte daher kaum noch Zeit für andere Dinge. Er verbarrikadierte sich in seiner Wohnung und ließ mich nur noch ab und zu mal rein für einen Kaffee.

Sex war vorerst gestrichen.

»Bitte nicht, Alix. Ich fühle mich danach immer so ausgelaugt. Dann kann ich überhaupt nicht mehr richtig weiterarbeiten«, stöhnte er gereizt, als ich zärtlich an seinem Ohrläppchen knabberte und versuchte, ihn in Stimmung zu bringen.

So eine Mimose! Ein bisschen Entspannungssex zur Wiederherstellung des inneren Gleichgewichts konnte ihm wirklich nicht schaden.

»Na, dann eben nicht«, gab ich nach.

In ein paar Tagen war ja alles überstanden. So lange konnte ich auch noch in Keuschheit leben. Ich war auf jeden Fall bereit, Jean-Paul so gut es ging zu unterstützen.

»Soll ich was zu essen kochen? Hast du einen bestimmten Wunsch?«

»Nein, lass mal, ich hab keinen Hunger. Ich bestell mir vielleicht später eine Pizza«, lehnte er ab.

Vermutlich hatte er Angst, dass ein gemütliches Abendessen doch wieder in seinem großen gemütlichen Bett enden würde. Ich grinste. Na ja, wenn mein Freund im Moment seine ganze Energie für sein Gehirn brauchte, dann belästigte ich ihn mal nicht weiter.

»Okay. Ich bin dann mal wieder oben. Kannst dich ja melden, wenn du was brauchst.«

»Danke für dein Verständnis, Alix. Bald habe ich es geschafft, und dann nehme ich mir ganz viel Zeit nur für uns beide.«

Jean-Paul drückte mir einen Kuss auf die Wange und schob mich sanft zur Tür. Zeit nur für uns beide!? Das klang gut. Getröstet durch dieses Versprechen überließ ich Jean-Paul wieder seinem Corythosaurus.

♡ ♡ ♡

Ich hatte schließlich auch meine eigenen Sorgen. Obwohl ich mir alle Mühe gab, wurde ich beim Radio diesen nervigen Anrufer einfach nicht los. Inzwischen fragte ich mich doch, ob der Typ nur anrief, weil er sich dabei so unheimlich geil vorkam, oder ob er es tatsächlich auf mich abgesehen hatte. Meine

Praktikumszeit war mittlerweile eigentlich abgelaufen, und ich hielt nur noch die Stellung beim *Seelentröster,* bis Leander wieder voll einsatzbereit war. Das war zwar etwas stressig, aber es machte – vom Liebesgott abgesehen – auch eine ganze Menge Spaß.

Ich war gerade auf dem Weg zum Sender, als mein Handy klingelte. Es war Lothar.

»Du, Alix, mein Sohn ist grad aus seinem Hochbett gefallen. Er hat sich vermutlich das Bein gebrochen. Ich muss dringend mit ihm ins Krankenhaus.«

»Aber … heißt das, ich muss heute die Sendung komplett alleine machen?«, fragte ich erschrocken.

»Ja, schon … irgendein Problem damit? Ich hab dir die Technik doch gezeigt und der Notfallschlüssel für die Eingangstür liegt wie immer unter dem Blumenkübel. Du packst das schon, bist doch ein kluges Mädchen.«

»Aber, ich …«

»Sorry, ich muss jetzt los. Ich melde mich morgen wieder.« Und schon hatte er aufgehängt.

Nein! Halt! Stopp! Ich … ich will das nicht! Aber ich musste wohl, denn die Sendung konnte schließlich nicht ausfallen. Warum eigentlich nicht? So wichtig war die für die Menschheit auch nicht. Konnte ich nicht auch einfach krank werden? Plötzliche Schüttellähmung oder so, verklemmte Stimmritze, Pest, Cholera, Fleckfieber …?

Warum zum Henker war ich nur so pflichtbewusst?

*Frühkindliche Prägung vermutlich,* spekulierte mein innerer Coach. *Bedank dich bei deinen Eltern.*

Na sauber, das würde ich mit denen in der Tat mal klären müssen. Aber nicht jetzt.

Jetzt stand ich mutterseelenallein vor dem Sender

und suchte mitten in der Nacht unter dem Blumenkübel nach dem Ersatzschlüssel. Den schien ewig keiner mehr benutzt zu haben. Im Dämmerlicht der Straßenlaterne fischte ich erst eine Handvoll Asseln und dann einen Regenwurm unter dem Kübel hervor. Verdammt! Erst beim dritten Anlauf fand ich, unter einem Häufchen Erde verborgen, den Schlüssel.

Ich schloss die Tür auf und suchte nach dem Lichtschalter.

Als ich dann durch den einsamen Flur zum Studio ging, fand ich das schon etwas beklemmend.

Verärgert dachte ich, dass ich jetzt ganz alleine hier rumhocken musste, weil Lothar zu blöd war, an dem Kinderbettchen seines Sohnes ein Geländer anzubringen. Welches Kind fiel denn sonst bitte mitten in der Nacht aus seinem Hochbett?

Gut, dass ich heute zufällig etwas früher dran war, so hatte ich genug Zeit, die Technik hochzufahren und mich noch mal mit den ganzen Knöpfen und Schaltern vertraut zu machen. Nach ein paar Minuten war meine Aufregung nahezu verflogen, und ich sah der Sendung relativ optimistisch entgegen. Wäre ja auch gelacht, wenn ich das nicht hinbekäme!

»Hallo, ihr Lieben! Hier ist wieder eure Alix, bereit, euch von euren Sorgen und Problemen zu befreien«, eröffnete ich, vielleicht ein bisschen zu überschwänglich, die Sendung. »Was kann ich denn heute für euch tun?«

Das Telefon klingelte.

Prima, es war wichtig, dass immer möglichst schnell jemand anrief, dann musste ich nicht selber so viel reden, um den Leerlauf zu überbrücken. Aber meine

Freude verschwand abrupt, als ich die Stimme erkannte.

»Hallo, Alix, du geiles Stück! Hier spricht dein liebestoller Amor! Dein feuriger Liebesgott! Befreie mich endlich von meinem Druck!«

Na, das fing ja toll an.

»Hallo. Leider kann ich dir bei deinem Problem auch heute nicht helfen. Ich kann dir nur empfehlen, dich endlich mal in einschlägigen Etablissements nach einer Frau umzuschauen, die deine Vorlieben teilt. Bei mir bist und bleibst du an der falschen Adresse.«

»Aber diese Frauen interessieren mich nicht. Ferkeleien machen mit Professionellen keinen Spaß!«

»In deinem Fall wäre das aber vermutlich die einzige Möglichkeit«, sagte ich in therapeutischem Tonfall und mit der Hoffnung, ihn damit abhängen zu können.

Weit gefehlt. Heute hatte er sich noch extra Mut angetrunken, denn obwohl er ein wenig instabil klang, war seine Marschrichtung klar wie nie.

»Gesteh es dir doch endlich ein, Alix«, blubberte er ins All. »Du willst mich doch auch. Du träumst doch garantiert jede Nacht von heißem, hemmungslosem Sex mit mir.«

»Nein, das tue ich nicht«, fauchte ich ihn an. Jetzt reichte es mir. »Hör auf, dir das einzureden, und hör vor allem endlich auf, hier anzurufen. Kein Mensch interessiert sich für dich, und ich am allerwenigsten. Du blockierst völlig umsonst die Leitung.«

Ich suchte im PC nach einem Song. Bevor ich ihn aber einspielen konnte, grunzte der Typ noch: »Alix, meine Dreilochstute, ich stopf dir jedes Loch, so wie du es noch nie erlebt hast!« Gott, war das widerlich!

»Weißt du was?«, sagte ich, und dabei kam mir fast die Galle hoch. »Am besten stopfst du dir dein Ding ins eigene Maul, dann ist hier wenigstens Ruhe!«

Ich drückte den Musikknopf und holte während des Einspielers erst mal tief Luft. Ich zitterte am ganzen Körper. Ohne Lothar war der Kerl ja noch schlimmer zu ertragen als sonst. Lothar machte immer Scherze über den Spinner, und zusammen fanden wir ihn einfach nur lächerlich. Aber jetzt, wo ich hier so alleine war, fand ich ihn geradezu krank und seine Worte direkt beängstigend. Der Typ konnte doch nicht ganz richtig im Kopf sein. Na ja, für heute hatte ich ihn hoffentlich abgewimmelt. Mehr als einmal in der Nacht hatte er bisher noch nie angerufen.

Die nächsten Anrufer waren relativ nett und harmlos. Ihre Probleme drehten sich um »Eifersucht auf seine Ex« und »Verliebt in die Freundin meines besten Kumpels«. Echte Kummerkastenthemen für das Dr.-Sommer-Team. Dafür gab es von mir federleichten Seelentrost.

Aber ich hatte mich zu früh gefreut. Als ich den letzten Anruf annahm, meldete sich wieder mein Privatfreak.

»Alix, ich will dich jetzt sehen«, sagte er ungewöhnlich direkt und mit fester Stimme. Sonst säuselte er immer voll schleimig ins Telefon.

»Ich will *dich* aber nicht sehen. Schlag dir das aus dem Kopf«, blaffte ich ihn an.

Herrgott, hatte der denn einen Sprung in der Schüssel?

»Das werde ich nicht tun. Die Zeit ist reif. Wir haben genug geredet. Jedes Vorspiel ist mal zu Ende. Ich will dich endlich haben. Heute noch, jetzt!«

Ich konnte nicht verhindern, dass mir ein kalter Schauer über den Rücken lief. Dieser Psycho schien es wirklich ernst zu meinen. Ich hatte das Gefühl, dass meine Stimme vor Angst total zittern würde, wenn ich versuchte, etwas zu antworten. Und weil ich ihm auf keinen Fall zeigen wollte, welche Macht allein seine Worte über mich hatten, legte ich das Telefon wortlos auf und spielte Musik ein.

Die Sendung war für heute beendet. Ich stellte das automatische Nachtprogramm an und schaltete das Mikro aus. Im selben Moment hörte ich ein dumpfes Poltern. Ich erstarrte.

Kam das aus den Redaktionsbüros? Oder von draußen? Oh, Himmel, hatte ich die Eingangstür eigentlich wieder zugeschlossen? Plötzlich bekam ich Nervenflattern. Verdammt! War das etwa der Typ? Es war ja nicht schwer herauszufinden, wo sich der Sender befand, und da *Seelentröster* live gesendet wurde, wusste er genau, dass ich im Moment im Gebäude war. Mir wurde schlecht.

Erneut hörte ich ein Poltern und dann Schritte. Meine Fantasie ging mit mir durch. Ich sah den Freak schon vor der Studiotür mit einem chloroformgetränkten Wattebausch auf mich warten. Sobald ich einen Schritt vor die Tür machte, würde er über mich herfallen, mich betäuben und in die Krypta des Domes verschleppen, um es auf einem steinernen Sarkophag mit mir zu treiben. Rauf und runter und ... Aaahh!

Hektisch sah ich mich nach etwas um, was ich dem Typ im Notfall über die Rübe hauen konnte. Nichts zu finden! Nicht mal ein Regenschirm. Alles in diesem Studio war fest eingebaut, selbst die Mikros. Aber die waren, obwohl manchmal durchaus eine Waffe, in diesem Falle leider untauglich.

Was sollte ich nur tun? Ich lief zur Studiotür und schloss sie ab. Dann schaltete ich das Licht aus und versteckte mich hinter dem Sendepult. Panisch griff ich nach meinem Handy.

Wen sollte ich anrufen? Jean-Paul? Nein, der musste in zwei Tagen seine Arbeit abgeben und brauchte Schlaf. Melli? Merde, die war ja in New York. Paula? Nee, die war schwanger. Blieb nur noch einer ... Justin.

»Justin? Hier ist Alix«, flüsterte ich.

»Alix? Weißt du, wie spät es ist?«

»Ja, weiß ich.«

»Warum flüsterst du denn? Ist was passiert?«

»Na ja, noch nicht. Ich bin im Sender. Allein. Und ich glaube, mein nächtlicher Anrufer lauert mir hier auf.«

»Was?« Justin war sofort hellwach. Schließlich hatte ich ihm schon ausführlich von dem Liebesgottspinner erzählt. »Wieso bist du denn alleine? Wo ist dein Kollege?«

»Im Krankenhaus.«

»Hä?«

»Erklär ich dir später. Kannst du herkommen?«

»Ja, klar. Bleib, wo du bist. Ich nehme Mellis Vespa und fahr sofort los.«

Ich hörte, wie jemand im Hintergrund fragte, was los sei. Vermutlich war das Zara. So ein Mist. Da war ich ja schon wieder mitten in ein Date geplatzt.

Vielleicht reagierte ich ja auch etwas über. Schließlich hatte ich den Typ gerade noch am Telefon gehabt, so schnell konnte der gar nicht hierhergekommen sein.

*Na ja, im Zeitalter der Handys ist das nicht so schwer*, meldete sich mein innerer Coach zu Wort.

Der hatte mir gerade noch gefehlt.

»Willst du damit sagen, dass der Typ vielleicht schon die ganze Zeit hier im Sender war?« Mir brach kalter Schweiß aus.

*Die Möglichkeit besteht immerhin*, erwiderte mein Coach.

Oh, Himmel, bloß das nicht. Bitte, Justin, beeil dich, dachte ich.

Ich hörte wieder Schritte. Sie kamen näher. Direkt vor der Studiotür hielten sie an. Mir stockte der Atem. Ich lugte hinter dem Pult vor und sah, wie die Türklinke runtergedrückt wurde. Ich schlug mir die Hand vor den Mund, um meinen Schrei zu unterdrücken. Zum Glück hatte ich die Tür abgeschlossen und den Schlüssel stecken gelassen. Die Klinke wurde wieder losgelassen. Stattdessen hörte ich jetzt, wie sich jemand am Schloss zu schaffen machte.

Hilfe, der Wahnsinnige versuchte, das Schloss aufzubrechen! Ahhh, ich will hier raus!

*Ich auch!*

Na toll, nicht mal mein innerer Coach hatte noch Mumm in den Knochen.

»Wozu bist du eigentlich gut, du Feigling?«, fragte ich wütend.

Das Geräusch an der Tür verstummte plötzlich. Aber nun klopfte es. Tock tock.

Wo blieb denn nur Justin?

Tock tock. Es klopfte erneut.

Dann fragte plötzlich eine tiefe Stimme: »Alix? Bist du da etwa noch drin?«

Oh, du liebes Lieschen! Ein riesiger Stein kullerte mir von der Brust.

»Lothar, bist du das?«, fragte ich.

»Klar, wer denn sonst?«, antwortete Lothar.

Ich sprang auf, machte Licht und öffnete die Tür.

»Hast du da drinnen Verstecken gespielt?«, fragte Lothar irritiert.

»Quatsch, ich hab Schritte gehört und dachte, es wäre der perverse Anrufer. Was machst du überhaupt hier? Hast du nicht gesagt, du meldest dich morgen wieder?«

Lothar erklärte mir, dass es im Krankenhaus wider Erwarten schneller gegangen wäre, und da seine Frau sich jetzt um seinen Sohn kümmerte, wollte er schnell nach mir sehen. Er hatte die Sendung gehört und offenbar auch so seine Befürchtungen gehabt.

»Hast dich aber wacker geschlagen«, meinte er.

»Echt lieb von dir«, sagte ich erleichtert. »Aber schick mir bitte das nächste Mal vorher eine SMS, damit ich nicht wieder einen halben Nervenzusammenbruch kriege.«

Wir verließen gemeinsam den Sender. Draußen trafen wir Justin.

»Ich bin so schnell gekommen, wie ich konnte«, stöhnte er völlig aus der Puste. »Ist das der Verrückte?«, fragte er und wollte sich direkt auf Lothar stürzen.

»Nein, das ist mein Kollege. Komm, ich erzähl dir alles auf dem Heimweg.«

»Soll das heißen, ich bin völlig umsonst wie ein Beklopppter hierhergerast?«, fragte er erschüttert.

»Leider, ja. Aber trotzdem danke! Du bist ein Schatz«, sagte ich und drückte ihm einen Schmatzer auf die Wange. »Dafür hast du echt was gut bei mir.«

Ich stieg auf den Sozius der Vespa, und wir bretterten zurück in die WG.

Als ich ihm alles erzählt hatte, meinte Justin: »Es wird Zeit, dass du was gegen den Kerl unternimmst, bevor der noch zum Stalker mutiert und wirklich nachts vorm Sender steht.«

Ich wusste, dass er Recht hatte. Der heutige Abend hatte gezeigt, dass diese Belästigungen mir doch stärker an die Nieren gingen, als ich es mir bisher eingestehen wollte. Vermutlich hatte ich den Typen echt unterschätzt. Ich musste schleunigst zum Gegenschlag ausholen.

Aber es gab auch Probleme, die erledigten sich zum Glück von selbst. Am nächsten Morgen saßen Justin und Zara beim Kaffee in der Küche.

Als ich reinkam, sagte Justin sofort: »Alix, wir haben eine Idee.«

»Eine Idee, wie ich den Liebesgott loswerde?«, fragte ich und setzte mich.

»Nee, nicht ganz. Eine Idee, wie wir das Problem mit dem Zwischenmieter lösen können.«

»Ach ja?« Ich war grade dabei, mir Kaffee einzugießen, und sah nun erstaunt auf. »Das wäre ja zu schön, um wahr zu sein.«

Justin und Zara grinsten mich an.

»Was hältst du davon, wenn Zara in Mellis Zimmer zieht?«, fragte Justin und strahlte.

Zara? War es den beiden etwa so ernst, dass sie gleich zusammenziehen wollten? Ging das nicht etwas schnell? Und überhaupt, sollte ich dann künftig etwa mit zwei Pärchen zusammenwohnen? Robbie und Jenna, und Justin und Zara? Dann war ich ja absolut das fünfte Rad am Wagen. Aber nach der Aktion gestern hatte Justin immerhin was gut bei mir. Hm …

Zara und Justin sahen mich gespannt an und warteten auf eine Antwort.

»Ähm … ja, also, warum nicht?«, sagte ich, fügte aber noch schnell hinzu: »Aber ihr wisst, es ist nur zur Zwischenmiete. Melli kommt ja zurück.«

»Ja, klar«, sagte Zara. »Das ist kein Problem. Ich will nur so schnell wie möglich aus meiner jetzigen Wohnung raus. Mein Mitbewohner baggert mich die ganze Zeit total plump an und belästigt mich ständig. Ich krieg die Krise, wenn ich den noch länger ertragen muss.«

Und Justin fügte hinzu: »Ist also nur vorübergehend, bis Zara wieder eine neue WG gefunden hat.«

Tja, was sollte ich da noch sagen? So ein liebes Mädchen wie Zara konnte ich ja nicht guten Gewissens einem aufdringlichen Ekeltypen überlassen. Schließlich wusste ich selber, wie ätzend das sein konnte.

»Wenn das so ist, dann kannst du das Zimmer gerne haben«, sagte ich und hob meine Kaffeetasse. »Herzlich willkommen in der WG! Prost!«

Zara und Justin freuten sich schier weg. Und auch ich fand, dass Zara ein echter Glücksgriff war. Verglichen mit den ganzen Spinnern, die sich bei uns um das Zimmer beworben hatten, war sie der reinste Engel.

Somit hatte ich eine Sorge weniger. Und auch die nächste verschwand ganz von allein.

♡ ♡ ♡

Endlich war der Tag gekommen, an dem Jean-Paul seine Doktorarbeit abgeben konnte. Er fuhr frühmorgens in die Uni, und ich empfing ihn, als er zurückkam, in seiner Wohnung mit einem Champagnerbrunch.

»Auf meinen zukünftigen Doktor der Paläontologie!«, sagte ich und hob das Glas.

»Na ja, noch weiß ich ja nicht, wie die Arbeit ankommt«, wiegelte Jean-Paul ab.

»Ach was! Deine Arbeit ist bestimmt toll geworden. Den Doktortitel hast du doch sicher in der Tasche«, entgegnete ich und stieß mit ihm an.

Dann machten wir uns genüsslich über die Köstlichkeiten her, die ich organisiert hatte.

»Lecker! Echt genial, meine Süße!«, schwärmte Jean-Paul mit vollem Mund.

Ich freute mich, dass es ihm gefiel. Und noch mehr freute ich mich, dass wir nach dem Essen endlich mal wieder in seinem Bett landeten. Wie hatte ich den Sex mit ihm in den letzten Tagen vermisst!

»Was wollen wir denn dann machen?«, fragte ich, als wir erschöpft in den Kissen lagen.

»Wann machen?«, fragte Jean-Paul.

»Na, du hast doch gesagt, du nimmst dir jetzt Zeit nur für uns beide«, sagte ich.

»Ach so, klar. Übermorgen muss ich erst noch mal zu einem wichtigen Gespräch mit einem Kollegen. Der plant eine Ausgrabung und hat mich wegen ein paar Dingen um Rat gefragt, aber danach könnten wir doch für ein paar Tage wegfahren. Was hältst du davon?«

»Sehr viel!«, schnurrte ich und kuschelte mich an ihn.

Ich begann, zärtlich an seinem Hals zu saugen. Auf zur zweiten Runde!

Manchmal war das Schicksal einfach ungerecht. Es gaukelte einem vor, dass alles in Ordnung wäre, und wiegte einen in trügerischer Sicherheit, nur um dann eiskalt und hinterhältig zuzuschlagen und einem alles zu versauen.

Als ich zwei Tage nach unserer kleinen Feier zu Jean-Paul kam, um mit ihm zu planen, wo wir denn zusammen hinfahren könnten, öffnete er mir mit leuchtenden Augen die Tür und begrüßte mich überschwänglich. Na, der schien sich ja irre auf unseren kleinen Trip zu freuen. Ich grinste.

Doch als ich sein Wohnzimmer betrat, stockte mir fast der Atem. Ach, du liebes Lieschen! Überall auf dem Sofa, dem Tisch und dem Fußboden lagen Karten und Atlanten verstreut. Holla, der legte sich aber mächtig ins Zeug. Ich warf einen Blick auf eine der Karten.

»Australien? Jean-Paul, du bist verrückt!«, rief ich begeistert und fiel ihm um den Hals. »Das ist ja eine geniale Idee! Ich wollte schon immer nach Australien!« Ich quetschte Jean-Paul an mich und strahlte vor Freude.

Anscheinend drückte ich ihm fast die Luft ab, denn er konnte gar nichts mehr sagen. Ich ließ ihn schnell wieder los.

»Jean-Paul, du bist echt verrückt. Ist das denn nicht viel zu teuer?«, fragte ich atemlos

»Ähm …« Jean-Paul sah mich irgendwie irritiert an.

»Was ist denn?«, fragte ich. »Nun sag doch auch mal was!«

Jean-Paul druckste herum. Schließlich sagte er: »Also, das ist nicht ganz so, wie du jetzt denkst.«

»Wie meinst du das?«, fragte ich, ohne zu realisieren, dass er nicht halb so freudig wirkte wie ich.

»Ich hab dir doch von dem Kollegen erzählt, zu dem ich heute Morgen wollte.«

Ich nickte.

»Na ja, und der plant eine neue Ausgrabung. In Australien.«

Ich fühlte mich, als hätte mir jemand einen Baseballschläger vor den Kopf geknallt.

»Nein! Sag, dass das nicht wahr ist«, keuchte ich.

»Doch, der Kollege war ganz begeistert von meiner letzten Arbeit und will mich unbedingt im Team haben. In zwei Monaten soll es losgehen«, sagte Jean-Paul und konnte seine Euphorie nicht mehr verbergen.

Was für ein gemeiner Arsch!

»Du willst dich also aus dem Staub machen und wieder unsere Beziehung aufs Spiel setzen? Hat dir Amerika nicht gereicht? Hat deine vollbusige Amy auch schon im Team angeheuert?«, schrie ich ihn unvermittelt an.

Schlagartig hatte ich wieder das Bild von dieser blondierten Amerikanerin im Kopf, die zusammen mit Jean-Paul auf der letzten Ausgrabung gearbeitet hatte, und mit der er mich betrogen hatte. Gut, ich war zur selben Zeit mit meinem Kommilitonen Neville abgestürzt, und so waren wir eigentlich quitt, aber dass es überhaupt so weit gekommen war, hatte nur daran gelegen, dass Jean-Paul monatelang weg gewesen war und sich kaum bei mir gemeldet hatte. Mit

Grausen erinnerte ich mich daran, wie sehr ich unter der Trennung gelitten hatte.

Und das sollte jetzt alles wieder von vorne anfangen? Grade jetzt, wo alles so toll lief zwischen uns und endlich der Stress mit der Doktorarbeit vorbei war? Das war ja so ungerecht!

»Wie kannst du mir das nur antun?«, sagte ich verzweifelt.

Jean-Paul schien sich wieder gefangen zu haben und erwachte aus seiner Schockstarre, in die ihn mein plötzlicher Ausbruch versetzt hatte.

»Was heißt, *dir* antun? Ausgrabungen sind mein Job, Alix. Was glaubst du, wozu ich jahrelang studiert habe? Damit ich den Rest meines Lebens weiterhin nur über Büchern sitze?«, fragte er mit fester Stimme.

»Und warum musst du dafür ausgerechnet nach Australien? An den Arsch der Welt?« Ich konnte es nicht fassen.

»Ich muss eben da hin, wo die Saurier sind. Eine Ausgrabung hier in deiner Nähe wäre mir auch lieber, aber das kann ich mir nun mal nicht aussuchen.«

»Na toll, und was dann aus unserer Beziehung wird, ist dir scheißegal, oder was? Dann trenn dich doch gleich von mir! Wir haben doch eh keine Zukunft. Noch mal mache ich das jedenfalls nicht mit! Und ein ganzes Leben schon gar nicht!« Ich drehte mich um und stürzte aus der Wohnung.

Und jetzt? Verdammt, ich brauchte dringend eine Freundin zum Reden.

Nein, nicht Frau Waschkowski. Als sie mir von ihrer Tür aus mit einer Flasche Mariacron zuwinkte, lehnte ich undankbar ab. Ich lief aus dem Haus und rannte auf dem schnellsten Wege querfeldein durch den Park zu Paula.

*Das Betreten des städtischen Rasens ist verboten. Eltern haften für ihre Kinder.*

Da würden sich meine aber freuen!

Es nieselte, und der Wiesenboden war matschig und klebte bald schwer an meinen Schuhen. Aber das war mir egal, allenfalls machte es mein Elend vollkommen. Tränen und Regen vermischten sich auf meinem Gesicht. Ach, das Leben war ja so gemein zu mir!

Bei Paula angekommen, klingelte ich Sturm. Wieso machte die denn nicht auf? War sie etwa nicht da? Das konnte ja wohl nicht wahr sein! Schluchzend brach ich im Treppenhaus zusammen. Wo waren eigentlich meine besten Freundinnen, wenn ich sie brauchte?

Melli war jenseits des Atlantiks in der Neuen Welt, und Paula war vermutlich wieder mit irgendwelchem Babykram beschäftigt. Kümmerte sich hier eigentlich jeder nur noch um sich selbst? Es kam mir so vor, als würden alle um mich herum nur noch gnadenlos ihre eigenen Ziele verfolgen, ohne Rücksicht auf Verluste.

Plötzlich konnte ich Lars voll verstehen. Melli und Jean-Paul standen sich in nichts nach. Beide waren egoistische, selbstgefällige Karrieremenschen. Denen ging doch alles andere sonst wo vorbei. Ob sie einem Menschen, der sie liebte, mit ihren Aktionen das Herz rausrissen, war denen doch Latte. Ich schniefte. Dicke Tränen kullerten mir über die Wangen.

Ich wusste nicht, wie lange ich auf der Treppe vor Paulas Wohnung gehockt hatte, aber Paula tauchte einfach nicht auf. Stattdessen stand plötzlich jemand anderes vor mir. Jemand, dem ich in diesem jämmerlichen Zustand niemals hätte begegnen wollen.

»Frau Auwald? Was ist denn mit Ihnen passiert?«, hörte ich auf einmal die Stimme von Prof. Kiesling sagen.

Erschrocken sah ich hoch.

Oh, nein, ausgerechnet Kiesling! Mein Uniprofessor, bei dem ich mal als studentische Hilfskraft gearbeitet hatte und gegen dessen Avancen ich mich heftig hatte wehren müssen. Seit diesem ... äh ... Zwischenfall waren wir uns, so gut es ging, aus dem Weg gegangen. Ich hatte völlig vergessen, dass Paula mal erwähnt hatte, dass er in der Wohnung über ihr wohnte. Wie peinlich war denn das, ihm derart verheult zu begegnen?! Heute lief aber auch alles schief.

»Kann ich Ihnen irgendwie behilflich sein?«, fragte Kiesling, und es klang fast väterlich besorgt. »Sagen Sie doch, was ist passiert?«

»Mein Freund ... also er ...«, setzte ich an, brach dann aber ab.

Was ging das den denn an? Helfen konnte er mir sowieso nicht. Und dass ausgerechnet er der Richtige war, dem ich mein Herz ausschütten konnte, bezweifelte ich doch stark, nach allem, was gewesen war.

*Sag ihm bloß nichts! Dann versucht er nur wieder, bei dir zu landen.* Meinem inneren Coach war die Sache ebenfalls nicht geheuer. *Wenn er hört, dass du Stress mit Jean-Paul hast, dann wittert er doch gleich wieder seine Chance.*

Vermutlich hatte er Recht.

»Kommen Sie erst mal mit zu mir«, sagte Kiesling und zog mich auf die Beine. »In diesem Zustand kann ich Sie hier nicht sitzen lassen. Kommen Sie, ich koche Ihnen einen Tee. Das beruhigt.«

Einen Tee? Bei Kiesling? Ich dachte, der ernährte sich nur von Champagner und Meeresfrüchten.

Ich zögerte einen Moment. Aber was soll's, dachte ich dann. Schlimmer konnte es kaum noch kommen. Ich nahm meine Tasche und folgte Kiesling in seine Wohnung.

*Tu es nicht! Dreh wieder um!,* meckerte mein Coach. *Wer sich in Gefahr begibt, der kommt drin um!*

»Ach, sei ruhig!«, brummte ich.

»Wie bitte?«, fragte Kiesling.

»Äh ... nicht Sie.«

Kiesling nickte. Vermutlich schob er es auf meinen momentanen Ausnahmezustand. Sollte ja öfter vorkommen, dass Menschen in dramatischen Situationen anfingen, Selbstgespräche zu führen.

»So, dann mal hereinspaziert.« Kiesling führte mich ins Wohnzimmer, und ich hockte mich etwas zusammengefaltet auf die Sofakante.

Seine Wohnung war hell und modern eingerichtet. Ein wenig wie bei Lars. Obwohl das Sofa nicht aus weißem Leder war, sondern aus hellgrauem. Was fanden Männer nur so toll an Ledersofas? Dass sie leicht zu reinigen waren?

Kiesling verschwand in der Küche und kam nach ein paar Minuten mit einer dampfenden Tasse Tee zurück. Er setzte sich mir gegenüber in einen Sessel und sagte: »So, Frau Auwald, jetzt erzählen Sie mal, wo der Schuh drückt.«

Wenn's mal nur ein drückender Schuh wäre, dann würde ich hier bestimmt nicht so einen Aufstand machen, dachte ich frustriert. Aber gegen den Rat meines inneren Coaches begann ich ihm von Jean-Pauls Plänen zu erzählen und dass ich mir deswegen Sorgen um unsere Beziehung machte.

Geduldig hörte Kiesling zu. Und plötzlich wusste ich wieder, weshalb er mir früher mal sympathisch gewesen war. Vermutlich war an seiner damaligen Anbaggerei nur eine kurzzeitige hormonelle Verwirrung schuld gewesen. Aber hatten wir so was nicht alle mal?

Als ich mit meinen Schilderungen fertig war, sagte Kiesling: »Ich verstehe Ihre Bedenken sehr gut, Frau Auwald. So eine lange Trennung ist nie gut für eine Beziehung.«

Ob er da wohl an seine eigene Ehe dachte?

»Aber warum gehen Sie nicht einfach mit nach Australien?«, fuhr er fort.

Mit nach Australien gehen?

»Wie soll ich das denn machen? Bis zu meinem Diplom sind es noch ein paar Semester. Ich kann doch nicht einfach die Uni abbrechen«, entgegnete ich verblüfft.

Kaum zu glauben, dass mir ausgerechnet einer meiner Profs solch einen Ratschlag gab.

»Wer redet denn von abbrechen?«, erwiderte Kiesling mit einem Lächeln. »Nehmen Sie sich doch ein Urlaubssemester. Auslandsaufenthalte machen sich immer gut im Lebenslauf, und Australien ist doch nun wirklich eine Reise wert.«

Irritiert sah ich ihn an. »Urlaubssemester? Geht das denn so einfach?«

»Natürlich. Sie sind doch eine gute Studentin und können es sich leisten, ein paar Monate auszusetzen. Sie müssen es lediglich beantragen. Mit einem Auslandsaufenthalt lässt sich so etwas immer leicht begründen«, sagte Kiesling, der damit anscheinend Erfahrung hatte.

Ich konnte nicht verhindern, dass ein Lächeln über mein Gesicht glitt. Das war ja eine ganz neue Perspektive. Jean-Paul und ich zusammen in Australien. Wie genial!

Aber plötzlich stockte meine Begeisterung. »Und was ist, wenn er gar nicht will, dass ich mitkomme?«

»Tja, das werden Sie wohl Ihren Freund selbst fragen müssen«, sagte Kiesling und lachte. »Aber wenn ich an seiner Stelle wäre, würde ich eine so attraktive Frau wie Sie ganz gewiss nicht hier alleine zurücklassen.« Er zwinkerte mir zu.

Aha, da war er ja wieder ganz der Alte! Erstaunlich, dass er mich bis zu diesem Punkt so selbstlos beraten hatte. Ich sprang auf.

»Vielen Dank!«, sagte ich und reichte Kiesling die Hand. »Sie haben mir sehr geholfen.«

»Gern geschehen. Wenn Sie noch Fragen bezüglich des Urlaubsantrags haben, können Sie gerne in meinem Büro vorbeikommen.«

*Das hätte er wohl gern,* murmelte mein Coach, dem Kieslings kleine Anspielung an frühere Zeiten offenbar nicht entgangen war.

Aber ich ignorierte diesen Miesepeter.

Kiesling brachte mich zur Tür. Als ich schon die ersten Stufen nach unten gelaufen war, rief er mir nach: »Und wenn Ihnen Ihr Freund mal wieder Kummer macht ... Ich habe immer ein offenes Ohr für Sie. Kommen Sie ruhig wieder.«

Männer! Der gab wohl nie auf!

Auf dem Nachhauseweg kamen mir allerdings erneut Zweifel, ob Jean-Paul mich in Australien überhaupt dabeihaben wollte. Besonders jetzt, nachdem ich ihm wieder die Affäre mit Amy vorgeworfen hatte. Dabei war die Geschichte doch längst vergessen, und ich war schließlich auch kein Tugendbolzen gewesen.

So klingelte ich etwas unsicher an Jean-Pauls Tür.

»Alix! Da bist du ja«, sagte er, und es klang erleichtert. »Ich hab mir schon Sorgen gemacht. Lass uns doch bitte in Ruhe über alles reden.«

Wie er da so geknickt stand, tat mir der ganze überflüssige Streit einfach nur leid. Ich fiel ihm um den Hals und sagte: »Ja, lass uns reden. Aber trenn dich nicht von mir. Das war nicht ernst gemeint!«

Jean-Paul lachte, und wir gingen zusammen ins Wohnzimmer. Die Karten hatte er inzwischen weggeräumt. Er entschuldigte sich dafür, dass er mich so mit der Ausgrabung überfallen hatte, und ich erzählte ihm von der Idee mit dem Urlaubssemester.

Einen Moment sah ich ihn vollkommen verunsichert an. Was war, wenn er Nein sagte? Wenn es zu teuer war? Wenn …?

»Das wäre ja super, wenn das klappt!«, meinte Jean-Paul begeistert. Und entgegen meiner Bedenken fügte er hinzu: »Wenn ich dich in Australien dabeihätte, dann wäre alles perfekt.«

Ich versprach, mich im Studienbüro nach dem Urlaubsantrag zu erkundigen und mit meinen Eltern über die Finanzierung zu sprechen. Vielleicht gaben sie mir ein kleines zinsfreies Darlehen, das ich ihnen nach dem Studium, wenn ich einen Job hatte, wieder zurückzahlen konnte.

Jean-Paul und ich in Australien! Das wäre wirklich der absolute Traum!

Neben meinem nächtlichen Anrufer gab es jetzt nur noch ein ungelöstes Problem: Lars.

Als ich mich mit Paula, Justin und Karlos beim Karaokeabend traf, ließ er sich nicht blicken.

»Meinst du, ihm ist was passiert?«, fragte Paula.

»Bestimmt nicht. Der hat wahrscheinlich nur keine Lust, sich wieder von uns ins Gewissen reden zu lassen«, entgegnete ich.

Paula aber machte sich wirklich Sorgen. Sie hatte nicht mal Lust zu singen. »Und was ist ... wenn er sich was angetan hat?«, fragte sie ängstlich.

Als er nach zwei Stunden immer noch nicht da war, fing auch ich langsam an, mir Gedanken zu machen. So wie Lars die letzten Wochen drauf war, konnte es tatsächlich sein, dass er irgendeine Dummheit angestellt hatte. Im schlimmsten Fall hatte er entweder eine Bank ausgeraubt oder war von der Autobahnbrücke gesprungen. Beides war nicht gerade wünschenswert. Nachdem wir die zweite Runde Guinness ausgetrunken hatten, wollten Paula und Karlos gerade aufbrechen, um bei Lars vorbeizufahren, als der Totgeglaubte höchstpersönlich im Pub erschien – erstaunlicherweise nicht in seiner schon gewohnten Trauerkloßoptik, sondern frisch rasiert und in einem sauberen Anzug.

»Lars, du lebst!«, rief Paula erfreut und fiel ihm um den Hals.

Etwas verwirrt schaute er in die Runde, dann lachte er laut. »Na, klar lebe ich. Und es ging mir schon lange nicht mehr so gut wie heute.«

Hallo? War das derselbe Lars, der sich noch vor ein paar Tagen mit Alk zugeschüttet hatte und in Depressionen versunken war?

»Setz dich und erzähl«, sagte Karlos und schob Lars einen Stuhl rüber.

Neugierig starrten wir ihn an.

»Hast du im Lotto gewonnen?«, fragte Justin.

»Nicht ganz«, antwortete Lars. »Ich habe aber auf euren Rat gehört und mein Leben wieder in geordnete Bahnen gelenkt.«

»Und wie hast du das gemacht? Hör auf, uns auf die Folter zu spannen«, drängte ich.

Konnte der Typ nicht endlich mit der Sprache rausrücken?

»Mir ist klargeworden, dass ich so wirklich nicht weitermachen konnte. Und darum habe ich nach dem allerletzten Strohhalm gegriffen.«

»Und der war was?«, fragte Paula.

Lars machte eine Pause. »Mein Vater.«

Ein erschrockenes Raunen ging durch unsere Gruppe. Lars hatte tatsächlich mit seinem Vater geredet?

»Aber ich dachte, mit dem wolltest du nie wieder sprechen?«, fragte Paula völlig von den Socken.

Auch ich konnte ihm nur Respekt für diesen Akt der Selbstüberwindung zollen. Was immer zwischen den beiden vorgefallen war, dieser Gang war Lars bestimmt nicht leichtgefallen. Aber wie es schien, hatte es sich gelohnt. So wie Lars drauf war, hatte der Rettungsanker gegriffen. Vater und Sohn hatten sich ausgesprochen, und natürlich ließ kein Vater einen verlorenen Sohn hängen, wenn er wieder heimkehren wollte.

»Er hat mir einen vernünftigen Vorschlag gemacht«, meinte Lars. »Vor allem bietet er mir einen sehr interessanten Job an. So liege ich ihm nicht auf der Tasche, wo er schon für mich bürgt, sondern kann für meinen Lebensunterhalt arbeiten und nach und nach auch meine Schulden tilgen.« Lars trank nachdenklich einen Schluck von seinem Bier. »Das macht es mir leichter, seine Hilfe anzunehmen. Es ist kein Almosen, sondern ein fairer Deal.«

Das klang wirklich genial! Begeistert umarmten wir Lars und beglückwünschten ihn zu seinem Neustart. Wenn das mal kein Grund zum Feiern war! Fröhlich stießen wir mit einer neuen Runde Guinness an.

»Jetzt fehlt mir nur noch eins zum Glück«, sagte Lars nach einer Weile nachdenklich. »Melli.« Aber dann lächelte er und fragte verheißungsvoll: »Was meint ihr ... Würde sie es gut finden, wenn ich sie in New York besuche?«

Klar, dass wir Mädchen sofort »Ja!« riefen. Und auch auf die Gefahr hin, dass Melli mir vielleicht den Kopf abreißen würde, wenn ich ihr Lars auf den Hals hetzte, schrieb ich ihm die Adresse ihrer Hochschule auf und sagte: »Je eher, umso besser!«

Ein paar Tage später bekam ich einen Anruf von Leander.

»Hey, schön von dir zu hören. Geht's dir wieder besser?«, fragte ich.

»Ja, so langsam bin ich wieder der Alte. Sag mal, was ist das eigentlich für ein Spinner, der da immer anruft?«

Leander erzählte, dass er meine Sendungen weitgehend am Radio verfolgt hatte, und lobte mich, dass ich wirklich toll moderiert hätte.

Ich erzählte ihm vom »Liebesgott« und meinem Schock von neulich.

»Habt ihr denn mal versucht, herauszufinden, wer der Typ ist?«, fragte Leander schließlich.

»Nö. Wie denn auch?«

»Wie wär's, wenn ihr mal einen anderen Apparat im Studio anschließt, eines von den Telefonen mit Display, auf denen man die Nummer des Anrufers sehen kann.«

Natürlich! »Das ist eine geniale Idee, Leander. Danke!« Ich wünschte Leander gute Besserung und legte auf.

Ich sollte noch zwei Sendungen übernehmen, und dann würde Leander zurückkommen. Innerhalb dieser Zeit musste ich es schaffen, herauszufinden, wer der Spinner war, und ihn dann ordentlich zur Schnecke machen. Also los!

Lothar war sofort Feuer und Flamme. Er schleppte aus dem Büro eines der neuen Telefone an, und wir testeten die Nummernanzeige – funktionierte perfekt. Das Ganze klappte natürlich nur, wenn der Typ nicht von einem Handy aus anrief und die Nummer unterdrückte. Wir konnten nur hoffen, dass er sich sicher genug fühlte, um mit einer Packung Tempos auf dem Schoß schön gemütlich von seinem heimischen Sofa aus über seinen Festnetzanschluss anzurufen. Dann hatten wir ihn in der Falle!

»Okay, du Freak. Dann ruf mal an!«

Ich eröffnete die Sendung und sprach mit vielen Leuten über viele Probleme. Nur mein neurotischer Liebesgott ließ nichts von sich hören. Verdammt.

Hatte ich ihn vielleicht doch schon erfolgreich abgewimmelt? Schade, gerade jetzt, wo wir so einen tollen Plan hatten.

Kurz vor dem Ende der Sendung hatte ich die Hoffnung schon aufgegeben, als er plötzlich am Telefon war. Er sülzte wieder denselben Müll wie immer, und ich ließ ihn erst mal machen. Gespannt sah ich zu Lothar rüber. Wurde die Nummer angezeigt? Er grinste und hielt den Daumen in die Luft. Perfekt!

Als die Sendung zu Ende war, konnten wir es kaum abwarten, die Nummer im Internet zu suchen.

»Meinst du, der Typ ist wirklich so blöd und ruft von seinem eigenen Anschluss aus an?«, fragte ich nun doch etwas skeptisch.

»Wenn er auch so verpeilt ist wie wir und nicht mehr auf der Pfanne hat, dass es auch Festnetztelefone gibt, die die Nummer anzeigen, dann ja«, sagte Lothar und lachte. »Außerdem rechnet der bestimmt nicht mehr damit, dass wir ihn ausfindig machen wollen, nachdem nun schon so viele Sendungen vergangen sind.«

Das konnte natürlich sein. Was auch immer ihn dazu bewogen hatte, von seinem eigenen Anschluss anzurufen – ob es Leichtsinn war oder schlicht Blödheit –, wir landeten jedenfalls tatsächlich einen Treffer!

»Ich glaub, mein Hamster jodelt«, rief ich.

»Kennst du den Typ etwa?«, fragte Lothar erstaunt.

»Und ob ich den kenne!«

Na warte, Freundchen, dachte ich. Das wirst du mir büßen!

Und mein innerer Coach rieb sich mit einem hämischen Grinsen die Hände.

Die nächste Sendung kam, und mit ihr meine Rache. Als sich mein »feuriger Liebesgott« meldete, reagierte ich ganz anders als sonst.

»Wie schön, dass du endlich dran bist. Ich habe dich schon so vermisst.«

»Wirklich?«, fragte er verblüfft.

»Aber natürlich. Du weißt doch, dass ich jede Nacht von dir träume.«

»Äh ... ja, klar«, stammelte er völlig überrumpelt.

»Sag mal, stehst du eigentlich auch so auf Fessel- und Dominaspiele? Da bin ich nämlich ganz heiß drauf.«

Ich unterdrückte krampfhaft ein Lachen. Meine Zuhörer mussten mir verzeihen. Vermutlich dachten die gerade, dass ich nun voll neben der Spur war. Aber ganz im Gegenteil: Ich war voll *auf* der Spur!

»Echt jetzt?«, fragte der Liebesgott immer noch ziemlich perplex. »Darauf stehst du?«

»Aber klar doch. Es geht doch nichts über die schlagenden Beweise der Liebe. Um mal Nietzsche etwas abzuwandeln: *Gehst du zum Manne, vergiss die Peitsche nicht!*«

»Geil«, stöhnte der Typ.

»Und weißt du, worauf ich noch voll abfahre?«

»Auf was?«, grunzte er, und ihm schien schon wieder der Sabber aus dem Mund zu tropfen.

»Auf Nutella.«

»Nutella?«

»Ja, Nutella. Zum Ablecken. Du weißt schon, von wo ...«

»Oh ja, voll geil«, stöhnte er wieder.

»Deine Fantasien sind aber auch echt anregend«,

säuselte ich. »Hast du diese genialen Sexideen eigentlich alle von Dr. Agnetha Schmidt?«

Der Liebesgott stockte. »Dr. Agnetha Schmidt? Warst du auch mal bei ihr in Therapie?«

Was für ein Depp! Da lieferte er mir auch noch die perfekte Vorlage.

»Nein, ich nicht. Aber ich weiß, dass du mal da warst. Nicht wahr ... Thomas?«

Ich hörte ihn entsetzt keuchen.

Thomas, Paulas Ex, war geoutet! Dieser Spinner hatte Paula sogar mal einen Heiratsantrag gemacht, und dann, weil sie ihn abgelehnt hatte, mit ihr zusammen eine Sextherapie begonnen. Eben bei besagter Dr. Agnetha Schmidt, einer in höchstem Maße selbst sexuell gestörten Paartherapeutin. Während Paula allerdings bald die Flucht ergriffen und sich in Karlos verliebt hatte, war Thomas voll auf die abstrusen Sexvorschläge von Frau Schmidt abgefahren und hatte seine Vorliebe für Peitschen, Latexklamotten und Nutellaorgien entdeckt. Seine Anrufe hier waren quasi der Höhepunkt seiner merkwürdigen Karriere. Inzwischen hatte er sich offenbar zu einem Sexmaniac entwickelt, der dringend behandlungsbedürftig war. Paula konnte wirklich froh sein, dass sie den noch rechtzeitig losgeworden war.

Thomas rang immer noch nach Luft.

Ich hingegen fuhr fort: »Die Therapie hat bei dir offensichtlich wahre Wunder bewirkt, Thomas. Frau Dr. Schmidt scheint tatsächlich den Weg zu deinen geheimsten Lüsten und abartigsten Neigungen gefunden zu haben. Faszinierend! Soweit ich mich erinnere, warst du doch vorher die reinste Schlaftablette im Bett. Und bist du nicht auch so ein neurotischer

Spießer, der sein ganzes Leben in Karteikästen verstaut?«

Vom anderen Ende der Leitung erklang nur ein dumpfes Röcheln.

»Thomas, da dies eine Ratgebersendung ist, möchte ich dir gerne einen solchen mit auf den Weg geben. Bitte besorg dir wieder professionelle Hilfe. Im Namen deiner Mitmenschen kann ich dir nur empfehlen, dir einen Psychotherapeuten zu suchen. Der wird dir helfen können, dich wieder in die Gesellschaft zu integrieren. Nimm es nicht so tragisch, auch andere Menschen mit schweren sexuellen Störungen schaffen es, weitgehend am normalen Leben teilzunehmen. Viel Glück dabei.«

Bevor Thomas noch was sagen konnte, legte ich den Hörer auf. Lothar spielte Musik ein, und wir brachen in heftiges Gelächter aus.

»Der ruft hier bestimmt nicht mehr an«, sagte Lothar lachend.

Garantiert nicht. Dazu war ihm die Situation viel zu peinlich. Typisch Thomas! Anonym machte er einen auf großer Stecher, aber sobald er konkret dazu stehen sollte, knickte sein Fähnchen ein. Er konnte froh sein, wenn keiner seiner Lehrerkollegen die Sendungen gehört und ihn erkannt hatte. Ein Grundschullehrer mit solchen perversen Neigungen war nicht gerade der Traum eines Schulleiters. Dem würden doch besorgte Eltern das Büro stürmen. Aber da ich ja nicht sein ganzes Leben ruinieren wollte, hatte ich weder seinen Nachnamen noch seinen Beruf erwähnt. Er war seinerzeit, als er Paula mit einer Zeitungsanzeige als Domina denunziert hatte, weit weniger rücksichtsvoll gewesen. So konnte er mir dankbar sein, dass er so glimpflich davongekommen war. Allerdings war ihm hoffentlich klar, dass jeder weitere Anruf zu einer vollständigen Demaskierung führen würde. Hoffentlich beherzigte er meinen Rat und ging in Therapie, denn die hatte er dringend nötig.

Uns beim Sender würde er jedenfalls nicht mehr belästigen, da war ich mir hundertprozentig sicher.

Kannst wiederkommen, Leander, dachte ich auf dem Heimweg zufrieden, hab für dich reinen Tisch gemacht. Du kannst jetzt wieder frisch und munter deinen Seelentrost spenden. Den Typ sind wir los!

♡ ♡ ♡

## *MELLI: New York, New York!*

So hatte ich mir das mit New York nicht vorgestellt. Geschwindner hatte mir zwar das Stipendium besorgt, aber weil er ja den apokalyptischen Boris von mir ersteigert hatte, nahm er offenbar an, dass ich nun im Geld schwimmen würde, was ich mitnichten tat. Schließlich hatte ich Lars den gesamten Versteigerungserlös vor die Füße gedonnert. Was daraus geworden war? Keine Ahnung, und es interessierte mich auch nicht mehr.

Da Lars mir zum Flughafen zwar den Ring, aber nicht das Geld mitgebracht hatte, nahm ich an, dass er es doch noch sinnvoll zur Tilgung seiner Schulden verwendet hatte. So war es ja auch gedacht gewesen. Es war auf jeden Fall weg. Dabei hätte ich es im Moment auch ganz gut gebrauchen können, denn bis ich die erste Zuwendung des Stipendiums bekam, musste ich erst mal alles vorstrecken, und das war nicht wenig.

Gut, dass meine eiserne Reserve aus dem Verkauf der *Apokalypse* an die Städtische Kunsthalle auf der Bank lag, und Alix mir sofort etwas davon überwiesen hatte, nachdem ich mich durch allerlei Papierkram gequält und ein Konto bei der First National City Bank eingerichtet hatte. Ich hätte hier sonst bald ohne einen Cent gesessen, und Geschwindner anzupumpen, war mir zu peinlich, angesichts der hohen Summe, die er für mein Bild gezahlt hatte.

Vermutlich hatte er es allein aus dem Grund ersteigert, damit ich erst mal Geld hatte, um mich bis zur Auszahlung des Stipendiums über Wasser zu halten. Was von ihm natürlich sehr nett war und meinem Selbstbewusstsein ungemein schmeichelte. Denn im Grunde hieß das doch, dass er an mich und meine künstlerischen Fähigkeiten glaubte. Wer tat das denn sonst noch? Nicht mal bei meinen Freunden war ich mir da sicher.

»Doch. Wirklich toll, Melli«, sagte Alix meistens nur zu einem neuen Bild, und ich sah noch genau vor mir, wie Paula beim Anblick der *Apokalypse* zur Salzsäule erstarrt war und fast auf den Läufer gegöbelt hätte.

So schlimm waren ein paar nackte Weiber und ein abgehäuteter Klepper ja nun auch nicht.

Na gut, vielleicht war ihr auch nur Justins Essen wieder hochgekommen, weil sie seinen plastinierten Schädel auf dem Silbertablett nicht so gut verdauen konnte. Sensibelchen! Moderne Kunst war eben etwas krass – zumindest, wenn sie von Melli Kubinski stammte. Okay, in der Hinsicht würde New York mich sicherlich inspirieren.

Wie richtig ich mit dieser Annahme lag, bewies schon die Wohnungssuche. Denn was ich dabei erlebte, war es auf jeden Fall wert, in ein Gemälde von opulentem Ausmaß gebannt zu werden.

Ich besorgte mir also gleich ein riesiges Stück Leinwand, schlug es in Geschwindners Malklasse in der Akademie auf einen gigantischen Keilrahmen und begann unten links mit ein paar nacktschwänzigen

Kanalratten, die gerade ein Baby im Kinderwagen annagten.

Was denn? Irgendwelche Probleme mit dem Motiv? Das war New York, zwar ganz unten, aber New York. Weit weg von Wallstreet, Bloomingdales und Tourizirkus, aber gar nicht weit weg von *meinem* New York, wie ich es in den ersten Wochen erlebte.

Generell schrammten diese Stadt und ihre Bewohner ja nahe am Wahnsinn vorbei. Wer hier lebte, musste die Masse lieben, um seine Einsamkeit zelebrieren zu können. Ich jedenfalls hatte mich noch nie unter so vielen Menschen so einsam gefühlt wie hier in New York. Nein, ich meinte nicht das schöpferische Alleinsein, ohne das ein Künstler nicht auskam, sondern die schmerzhafte private seelische Vereinsamung, inmitten eines Lebens, das hart, hektisch und herzlos an einem vorüberhetzte.

New York glitzerte, versprühte Glamour und Esprit – nur leider nicht da, wo ich mich aufhielt. Wo ich mich aufhalten *musste*, weil mir aufgrund meiner Gehaltsklasse im Land der unbegrenzten Möglichkeiten schon die Preise und die Steuern auf die Preise klare Grenzen setzten. Und Glamourshopping und Gourmettempel, schicke Lofts und Glitzerpartys lagen eben auf der anderen Seite dieser Grenzen. Die Ärmlichkeit meines Daseins zeigte sich bereits bei meiner Wohnung.

Ein angenehmes Apartment zum Schnäppchenpreis zu finden, erwies sich nämlich als äußerst schwierig. Hatte ich zunächst noch Träume von einem schicken Atelier oder Loft mit Blick über den Hudson River gehabt, so lösten die sich ganz schnell in Luft auf. So etwas war einfach unbezahlbar. Unbezahlbar waren auch alle einigermaßen günstig zur Akademie und zur City gelegenen Stadtteile, und wenn dort etwas preiswert angeboten wurde, konnte ich ziemlich sicher sein, dass da gerade jemand ermordet worden war, ein Sanierungsstau herrschte oder eine Rattenplage ausgebrochen war.

Bei einer Wohnung, die ich besichtigte, ließ sich nicht mal die Eingangstür abschließen, und als ich sie ein wenig fester anzog, hatte ich gleich die Klinke in der Hand. Eine interessante Altbauwohnung hatte zwar schöne helle Räume, war ansonsten aber eine Tropfsteinhöhle, bei der ständig kalkhaltiges Wasser von der Decke rieselte. Der Versicherung des Hausmeisters, dass es nur ein ganz kleines Leck in einer Rohrleitung wäre, wollte ich lieber nicht vertrauen. So, wie ich das sah, war bereits die gesamte Zwischendecke vollgelaufen. Was bedeutete, dass sich in Kürze die dort angestauten Wassermassen in das Apartment ergießen würden. Vielleicht würde ich nicht gleich darin ersaufen, aber wenn die auf meine Bilder niedergingen, dann Prost Mahlzeit. Die konnte ich dann garantiert wegschmeißen.

Also blieb mir nichts anderes übrig, als in Gegenden zu suchen, die weniger fein, aber billiger waren. Im Grunde kein Problem für mich, denn ich hatte ja auch ein unbeheiztes Loft überlebt. So versuchte ich es zwar nicht grade in der Bowery, aber doch in den Neighborhoods von Manhattan. Von überall sonst war die Anreise zur Akademie viel zu lang und zu teuer. Und da ich hier ohnehin nur ein halbes Jahr zur Verfügung hatte, wollte ich das wenigstens im Zentrum des Irrsinns verbringen und so viel New-York-City-Flair wie möglich erleben.

Die Akademie war ein unspektakuläres Gebäudeensemble in der Lower East Side, das sich um eine ehemalige Presbyterianische Kirche gruppierte, die als Aula und Ausstellungsraum diente. Ein durchaus beeindruckendes Ambiente, wenn auch ziemlich schlecht beheizt.

Also versuchte ich es erst mal in diesem Viertel. Zunächst verband ich mit der Lower East Side nicht gerade die besten Vorstellungen, aber ich stellte schnell fest, dass diese Neighborhood dabei war, sich zu einem Multikulti-Stadtteil zu entwickeln, in dem viele junge Leute, darunter Studenten und junge Familien, lebten und arbeiteten. Es gab moderne Läden und nette Bars und Cafés. Überall wurde renoviert und saniert. Nördlich der Canal Street begann zudem Little Italy, das mit der Mulberry Street und den vielen italienischen Restaurants europäisches Flair in diesen Teil der Stadt brachte. Spaghetti und der beste Cappuccino New Yorks waren hunderttausendmal besser für mein einsames Herz als Burger und Starbucks.

Aber irgendwie schienen Wohnungen hier noch rarer zu sein als anderswo. In meiner Verzweiflung wandte ich mich schließlich an eine Makleragentur, denn obwohl ich ein winziges Hotelzimmer in einer nicht gerade noblen Herberge bewohnte, war das auf Dauer doch zu teuer. Es war besser, einem Makler Kaution zu zahlen und eine günstige Wohnung zu finden, als noch länger dort zu hausen. Ich konnte mich in meinem Zimmer nicht mal um die eigene Achse drehen, ohne mir selbst auf die Füße zu latschen.

Die Maklerin war »brisk and efficient«, hieß Allie

und schleppte mich schon von sich aus in die Lower East Side, als sie hörte, dass ich an der Akademie studierte.

»Wenn du Künstlerin bist, wäre ja SoHo dein Stadtteil«, meinte sie und taxierte mich lächelnd mit erfahrenem Blick. »Aber mir scheint, das hebst du dir noch etwas auf.«

Ich seufzte, denn das tolle Loft dort hatte ich mir schon abgeschminkt.

»Für jemanden, der am Anfang seiner Karriere steht«, schlug sie stattdessen vor, »tut es auch die Lower East Side, und das Publikum dort ist netter. Nicht so versnobt.«

»Und man muss da keine Angst haben?«, fragte ich dennoch etwas verunsichert.

Sie schüttelte den Kopf. »Nicht mehr als woanders auch.«

Damit hatte sie vermutlich Recht. Wenn ich an Robbie und seine Punks dachte, dann hätte sicherlich jeder Spießer bei denen sofort Muffe gekriegt. Dabei haben die immer schön auf Robbie aufgepasst.

Die Investition in die Maklerin hatte sich zunächst auch gelohnt. Ich fand tatsächlich ein bezahlbares Apartment und war damit zunächst ganz glücklich. Dann aber stellten sich so nach und nach diverse Baumängel heraus. Die Wasserleitungen tropften ebenfalls, die Klospülung ging nur zwischen Mitternacht und fünf Uhr, und die Dusche gab schließlich ganz ihren Geist auf. Alles Mahnen beim Vermieter blieb erfolglos, und als dann bei einem Kälteeinbruch nicht mal die Heizung funktionierte, fühlte ich mich wirklich in die härtesten Tage meiner Zeit im Schlachthofloft zurückversetzt.

Mir blieb nichts anderes übrig, als so oft und so lange wie möglich in der Akademie rumzuhängen. Was die meisten anderen Studierenden sowieso taten. Vermutlich wohnten sie in ähnlichen Verhältnissen wie ich. Ein großer Vorteil dieser Situation war jedoch, dass man wenigstens ein paar Leute kennenlernte. Amerikaner waren allerdings kaum darunter. Überhaupt schien New York von allen ethnischen Minderheiten der Welt besiedelt zu sein, nur nicht von US-Bürgern.

Von vielen Mitstudenten wurde ich zunächst mit offenen Armen aufgenommen. Wenn sie dann allerdings nähere Bekanntschaft mit mir gemacht hatten, war ich ihnen entweder zu krass oder zu deutsch. Ich weiß es nicht, denn leider war mein Englisch reichlich bescheiden und dann auch noch vom feinsten Oxford, was hier kein Mensch zu verstehen schien. Sauber!

Bald verbrachte ich meine Abende entweder einsam im Malsaal von Professor Geschwindner oder in der Bibliothek, die einem Asyl glich, weil sie wesentlich besser geheizt war als die Hörsäle und es jeden zum Aufwärmen hierher zog.

Wenigstens waren Farbpigmente, Löser und Leinwand billiger als in Deutschland, jedenfalls, wenn man die Sachen in den entsprechenden Läden kaufte. So waren meiner Schaffensfreude eigentlich keine Grenzen gesetzt.

Aber weil ich mir den ganzen Aufenthalt etwas anders vorgestellt hatte, fiel ich in eine tiefe Depression, als Geschwindner ankündigte, dass er wieder für einige Zeit nach Deutschland jetten müsste.

Da half es auch nicht, durch die Kunstgalerien von

SoHo zu streifen oder in der Upper East Side reiche Leute »gucken zu gehen«. Natürlich flashte mich das Metropolitan Museum of Modern Art, und im Guggenheim Museum hatte ich das Gefühl, am Ende eines langen Pilgerweges an der Stätte des Heiligen Grals angekommen zu sein. Wäre ich dort tot umgefallen, hätte ich nicht mal gemeckert. New York sehen und hier sterben – das war für eine Künstlerin schon okay.

Aber das mit dem Sterben stand noch nicht an. Mir waren noch ein paar Wochen harter Arbeit an meinen Gemälden vergönnt, bevor mich eine spätherbstliche Influenza traf, deren Ausbruch natürlich mit der Kälteperiode und der nicht funktionierenden Heizung zusammenhing. Ich bekam erst Schnupfen, dann Fieber und schließlich einen tödlich klingenden Husten. Mich im Bett auszukurieren, war sinnlos, denn die klamme Kälte in meiner Bude war allenfalls dazu geeignet, aus einer schlichten Erkältung eine Schwindsucht zu machen. Also schleppte ich mich, elend wie ich mich fühlte, in die kuschelige Wärme eines nahe gelegenen Cafés und infizierte hemmungslos meine Mitmenschen. Jedenfalls solange ich noch laufen konnte.

Eines Morgens jedoch knickten mir einfach die Beine weg, und ich fiel vor dem Bett auf den Boden und kam mindestens eine Viertelstunde lang nicht wieder hoch. Das war der Augenblick, in dem ich ernstlich begann, mit meinem Leben abzuschließen. Hätte mich Alix nicht grade in dem Moment angerufen, wer weiß, was aus mir geworden wäre.

So aber raffte ich mich auf, schleppte mich zurück ins Bett und angelte nach meinem Handy, das auf dem Nachttisch lag.

Ich krächzte wohl so befremdlich ins Handy, dass Alix verstört fragte: »Äh, Melli, bist du das?«

Ich war's. Sehr schnell kapierte sie, dass ich krank war, und klang sofort alarmiert. Als sie dann noch hörte, unter welchen Bedingungen ich in meinem Apartment vor mich hin vegetierte, stand sie kurz davor, in den nächsten Flieger zu steigen, um für mich die Krankenschwester zu spielen. Ging aber natürlich nicht.

»Warum gehst du nicht zum Arzt? Geh bitte!«, drängte sie jedoch. »Du bist doch auch im Ausland durch deine deutsche Versicherung abgesichert. Notfalls gehst du ein paar Tage ins Krankenhaus. Das ist jedenfalls besser, als sich unter solchen Umständen den Tod zu holen.«

Erst wiegelte ich ab, aber da sie auf dem Arztbesuch beharrte, versprach ich ihr schließlich, mich nach einem Mediziner umzuhören.

»Aber wirklich, Melli. Mit der Gesundheit ist nicht zu spaßen!«

Ich versprach es noch einmal hoch und heilig und sank dann erschöpft auf mein Bett zurück. Den Rest des Tages verbrachte ich in einem komatösen Schlaf, und am nächsten Morgen war ich zu schlapp, um überhaupt aufzustehen. Der Husten hatte aufgehört, aber alle meine Vitalfunktionen waren ebenfalls zum Erliegen gekommen. Jedenfalls dämmerte ich weitgehend bewusstlos vor mich hin und hatte nur einen einzigen Wunsch: schlafen. Tief, fest, meinetwegen auch für immer.

Aber das Schicksal tat mir den Gefallen nicht. Am Tag darauf schlugen mir durch einen anfallsartigen Schüttelfrost ständig die Zähne aufeinander, und ich entschloss mich zum Weiterleben. Jedenfalls wollte ich nicht in dieser Bruchbude verenden. Wenn Melli Kubinski den Löffel abgab, dann in stilvollerem Ambiente. So zog ich unter Mühen meine besten Klamotten an, setzte meinen Hut von Bugatti auf und leistete mir den Luxus einer Taxifahrt zur Akademie. Dort schleppte ich mich in den Malsaal von Geschwindner und schob mit letzter Kraft einen alten Sessel vor mein fast fertiges New-York-Gemälde *Szenen der Straßen*.

Arbeit war das Einzige, was mich jetzt noch retten konnte, dachte ich. Aber als ich den Pinsel in schwarzbraunes Umbra tauchen wollte, fiel er mir aus der Hand, und ich verlor die Besinnung.

Als ich die Augen aufschlug, wusste ich, dass ich gestorben war, denn ich schaute in das Gesicht von Lars. Es war unglaublich, wie er erst vage und verschwommen aussah, dann aber immer konkreter wurde und fast lebendig wirkte. Schließlich glaubte ich sogar, ihn sprechen zu hören, und verstand ganz klar einzelne Worte.

Hoppla?! War ich gar nicht tot? Träumte ich nur?

Es war geradezu unheimlich, wie täuschend echt Lars wirkte. Aber vielleicht war ich so krank, dass ich halluzinierte? Oder vielleicht hatte mir jemand einen Whisky eingeflößt, um mich wiederzubeleben, und ich litt jetzt an den Symptomen eines Vollrauschs, weil ich seit Tagen nichts mehr gegessen hatte? Aber ich lag mit allem falsch …

Als mich zwei kräftige Arme umschlossen und eine vertraute Stimme zu mir sagte: »Melli, was machst du denn nur wieder für einen Unfug?«, da wusste ich, dass ich nicht tot war, nicht träumte und auch nicht delirierte. Sondern, dass Lars tatsächlich da war. In New York, in der Akademie, im Malsaal von Professor Geschwindner.

Mitten in meiner tiefsten Verzweiflung war er plötzlich an meiner Seite. Einfach so. Das war doch wirklich nicht zu glauben. Es war weder Weihnachten, noch hatte ich Geburtstag, und beim Universum hatte ich eine derartige Bestellung auch nicht aufgegeben.

Zwar hatte ich in den letzten Tagen oft an Lars gedacht und mich gefragt, wie es ihm wohl ging, und ob er es geschafft hatte, seine finanziellen Probleme zu lösen und wieder zu sich selbst zu finden. Die Nachrichten von Alix waren leider nicht sehr eindeutig gewesen. Mal hatte sie erzählt, dass er sich völlig hängen ließe, mal berichtete sie, dass er wohl endlich die Kurve gekriegt hätte. Kein Wunder, dass ich auf meinem Krankenlager zwischen Alp- und Glücksträumen hin- und hergerissen wurde, in denen Lars abwechselnd die Rolle des Winners oder des Losers spielte, aber immer war es die Hauptrolle, die ihn mit mir auf manchmal schöne, manchmal erschreckende Weise verband.

Und nun war er leibhaftig da, und ich lag wirklich und wahrhaftig in seinen Armen. Und mit der letzten Kraft, die mein kranker Körper noch mobilisieren konnte, klammerte ich mich an ihm fest wie eine Ertrinkende, die verzweifelt versuchte, im wirbelnden Strom nicht von ihrem letzten Halt losgerissen zu werden.

Ich schloss die Augen, ließ mich fallen, wollte nichts weiter, als ihn berühren, ihn spüren, sein Gesicht mit Küssen bedecken und mich an seinem Drei-Tage-Bart reiben. Vor allem aber wollte ich ihn nie wieder loslassen.

Er stand auf, hob mich auf seine Arme und trug mich aus der Akademie hinaus zu einem Taxi.

»To a hospital«, sagte er zum Fahrer. »It's an emergency!«

Offenbar hatte ich zwischenzeitlich noch einmal das Bewusstsein verloren, denn als ich die Augen erneut aufschlug, lag ich in einem Bett, und an meinem Arm war ein Tropf befestigt. Auf einem Stuhl neben mir saß Lars und schaute mich ernst und besorgt an.

Aber als er merkte, dass ich wach war, lächelte er sofort und sagte: »Melli, wie kannst du mir so einen Schreck einjagen? Dich kann man ja wirklich nicht alleine lassen!«

Ich war zu schlapp, um zu sprechen, und als er meine Hand ergriff, schlief ich wieder ein. Es war ein ruhiger Schlaf, ohne Träume, in der Gewissheit, dass ich in seiner Obhut sicher war.

Lars saß zwei Tage an meinem Bett, bis ein Arzt meinte, dass er langsam auch mal schlafen gehen sollte, ansonsten könnte er sich gleich neben mich legen, weil er nämlich in Kürze zusammenbrechen würde. Da es mir deutlich besser ging, verließen wir also zusammen das Krankenhaus und fuhren in Lars' Hotel. Es lag in einer guten Gegend und war komfortabel, beheizt und hygienisch einwandfrei. Keine defekten Wasserrohre tickten und gluckerten in den Wänden, die Dusche funktionierte, und es gab sogar eine strahlend weiße Badewanne. Inmitten dieser Pracht fühlte ich mich nicht nur krank, sondern dreckig und vollkommen verranzt, und es war mein sehnlichster Wunsch, in diese Wanne zu steigen und den Mief meiner Wohnung und meiner Krankheit in einem duftenden Schaumbad von mir abzuwaschen.

Lars hatte dafür vollstes Verständnis und ließ mir sofort ein angenehm temperiertes Bad ein. Während ich wohlig planschte, stellte er sich selbst unter die Dusche und hatte dabei ein wachsames Auge auf mich. In weiche flauschige Bademäntel gehüllt, hockten wir dann auf dem kleinen Sofa vor dem Fernseher, sahen einen Comic ohne Ton und tranken Cola.

»Und wie kommst du nun hierher?«, fragte ich schließlich.

»Mit dem Flugzeug«, antwortete Lars trocken. »Schiff hätte zu lange gedauert.«

»Aber was in drei Teufels Namen machst du in New York, und was hast du in der Akademie gesucht?«

»Dich«, sagte Lars und grinste. »Nein, im Ernst. Ich bin mit meinem Vater hier. Wir waren grade angekommen, als Alix mich anrief und mir sagte, dass sie seit zwei Tagen nichts von dir gehört hätte und du vermutlich sehr krank wärst. Sie bat mich, nach dir zu suchen, und da keiner von uns deine Adresse hatte, bin ich erst mal zur Akademie gefahren und habe mich zur Malklasse von Professor Geschwindner durchgefragt. Alles Weitere weißt du ja.«

Er zog mich an sich und küsste mich.

»Es war ein unglaubliches Glück, dass ich dich dort gefunden habe.«

Ich nickte. »Obwohl es eine völlig irrsinnige Aktion von mir war, in meinem Zustand in die Akademie zu fahren. Aber irgendeine Intuition, eine Eingebung, hat mich dorthin getrieben und natürlich … nun ja …

der Wunsch an einem standesgemäßen Ort zu sterben. Und was ist schließlich standesgemäßer, als mit dem Pinsel in der Hand vor seinem letzten Meisterwerk den Geist aufzugeben. So etwas reiht einen gleich unter die ganz Großen ein.«

Nun lachte Lars schallend. »Typisch! Das ist typisch Melli. Selbst in so einer Situation denkst du an deine posthume Wirkung! Bist du nicht enttäuscht, dass ich dir deinen extraordinären Abgang vermasselt habe? Es hätte sogar ein kleiner Einspalter in den *New York City News* werden können.«

Nun musste ich auch lachen. Ich war zwar durch das warme Bad vollkommen schlapp, hatte aber dennoch das Gefühl, dass meine Vitalität langsam zurückkehrte. Wurde ja auch Zeit, denn schließlich war eine Melli Kubinski zäh und eigentlich unkaputtbar!

»Ich verzeihe es dir ausnahmsweise«, sagte ich. »Aber nur, wenn du mir erzählst, wieso du mit deinem Vater nach New York gekommen bist. Ich dachte, ihr hättet euch auf immer und ewig entzweit?«

Lars trank einen Schluck Cola, und weil ihm der offensichtlich nicht wirklich schmeckte, ging er an die Minibar und goss ein Minifläschchen Whisky dazu. Er zog mich wieder an sich, und ich legte den Kopf an seine Schulter und lauschte seiner Erklärung.

»Ich habe mich an der Börse unglaublich verspekuliert. Das weißt du ja. Alles wäre eigentlich perfekt gewesen, wenn ich nicht ausgerechnet fast mein ganzes Vermögen auf diese eine Autoaktie gesetzt hätte, die als Einzige gegen den allgemeinen Börsentrend gestiegen ist. Ich musste meine Kunden bedienen und Aktien zum Dreifachen des erwarteten Wertes kaufen und war pleite, bevor ich meine Kunden bedienen konnte. Meine Verbindlichkeiten gingen in die Millionen, und ich war nahe dran, Schluss zu machen. Umso rührender fand ich es, dass du alle Bilder aus der Galerie verkauft hast, um mich vor dem Bankrott zu retten.«

»Aber genützt hat es dir nicht wirklich, oder?«, fragte ich.

Er schüttelte den Kopf. »Nein, finanziell nicht wirklich, aber es war für mich schließlich doch der entscheidende moralische Appell, nicht aufzugeben.« Er hob mein Kinn an und sah mir in die Augen. »Melli, Süße, du ganz und gar verrückte Person, ahnst du eigentlich, wie sehr ich dich liebe? Nein, du ahnst es nicht! Und du weißt auch nicht, wie glücklich du mich durch deine Auktion gemacht hast. Es ging nicht um das Geld, es ging darum, dass du es mir vor die Füße geworfen hast, mit meinem Ring! Ohne das wäre ich vermutlich nie aufgewacht und zur Vernunft gekommen.« Er schwieg einen Moment nachdenklich und sagte dann sehr ehrlich: »Also, mit dem Aufwachen und der Vernunft hat es schon ein bisschen gedauert. Als du weg warst, bin ich erst mal in ein verdammt tiefes Loch gefallen … Da habe ich nicht gleich erkannt, was du mir eigentlich mit dieser Aktion sagen wolltest.«

Er trank den Whisky-Cola aus und trug mich zum Bett. Als er mit geschlossenen Augen neben mir lag, meinte er: »Wir können froh sein, dass wir so gute Freunde haben. Alix, Paula, Karlos, Justin und Jean-Paul, ja, selbst der kleine Robbie haben mir immer wieder in den Hintern getreten, wenn ich durchgehangen habe, weil ich dachte, dass du einfach so abgehauen bist. Ohne sie wäre ich nie zu meinem Vater gegangen. Es war mein Gang nach Canossa, aber es musste sein, und es war richtig, denn wir haben uns tatsächlich ausgesöhnt.«

»Und jetzt seid ihr beide hier? Das ist wirklich unglaublich«, sagte ich schläfrig.

»Ja, das ist es«, stimmte Lars mir zu. »Es ist ein neuer Anfang, und es kann auch für uns beide, dich und mich, ein völlig neues Leben bedeuten.«

Ich drehte mich zu ihm und schaute ihn alarmiert an. »Was ... was meinst du damit?«

»Mein Vater hat für mich eine Bürgschaft gezeichnet und mir vorgeschlagen, als Gegenleistung die Marketingabteilung seines New Yorker Büros zu übernehmen. Es geht um die Koordinierung seiner sämtlichen Unternehmenskontakte auf dem amerikanischen Markt.«

»Das hört sich nach einem absoluten Vertrauensposten an«, sagte ich und war beeindruckt, dass Lars' Vater solch ein Risiko eingehen wollte. »Es scheint, dass er wirklich froh darüber ist, dass der verlorene Sohn in den Schoß der Familie zurückgekehrt ist.«

»Das ist er, und was den Sohn angeht ...«

»Na?«

»Der ist darüber auch sehr glücklich.« Er stöhnte leise auf. »Mein Gott, was war ich für ein Idiot! Mein Vater hatte ja vollkommen Recht. Ich war beziehungsuntauglich, ich war ein emotionaler Krüppel, ich war verantwortungsscheu und ein Spieler. Ich habe mit Autos gespielt, mit Geld und mit Frauen ...« Er schwieg eine Weile, und ich war fast schon eingeschlafen, als er sagte: »... und dann warst plötzlich du da. Melli, du musst mir glauben! Mit dir habe ich nie gespielt ... Es war mir noch nie etwas so ernst ...«

Ich dämmerte schon in einen rosa Marshmallow-Traum hinüber, denn alles klang so zuckersüß ... aber ich glaubte ihm.

Am nächsten Morgen war ich wie neugeboren. Lars hatte das Frühstück aufs Zimmer bestellt und schmiedete Pläne.

»Was meinst du, Melli, soll ich das Angebot meines Vaters annehmen? Wir könnten uns eine gemeinsame Wohnung suchen, du studierst weiter an der Akademie, und ich arbeite für meinen Vater. Er stellt mich in dieser Woche allen wichtigen Leuten vor, und dann fliegen wir wieder nach Deutschland. Wenn du willst, kannst du mit zurückfliegen und deine Sachen holen.«

Hm, das ging mir jetzt etwas zu schnell. Es war ja sehr verlockend, von meiner versifften Wohnung in ein schickes Apartment umzuziehen, aber etwas Bedenkzeit brauchte ich schon. Denn immerhin hieß das ja, dass ich mit Lars zusammenziehen sollte. Das sah verdammt nach eheähnlicher Gemeinschaft aus, und davor hatte ich nach wie vor einen gewaltigen Horror. Andererseits musste ich zugeben, dass in einer Stadt wie New York menschliche Nähe unverzichtbar war, wenn man nicht emotional und psychisch vor die Hunde gehen wollte. Wenn er hier wirklich arbeiten musste, dann brauchte er mich vermutlich genauso wie ich ihn. Dennoch musste ich was klären.

»Und du hast nicht wieder das Gefühl, dass ich nur an deinem Geld interessiert bin?«

»Mein Gott, Melli, wann habe ich das je behauptet?«

»Kurz bevor ich dir den Verlobungsring vor die

Füße geworfen habe«, sagte ich, denn ich erinnerte mich sehr gut an die Szene in der Galerie.

»Aber ich habe dir den Ring wiedergegeben, Melli, und du hast ihn angenommen. Das heißt, wir sind quitt. Alles vergeben und vergessen.«

Er starrte plötzlich ziemlich penetrant auf meine linke Hand, die ein Marmeladenbrötchen hielt, an der sich aber kein Ring befand. Merde! Das würde jetzt bestimmt in eine Krise ausarten.

Tat es.

»Der Ring ...«, sagte er.

»Äh, ja, der Ring ... äh, was ist damit?«

»Wo ist er? Trägst du ihn nicht?«

Nee, tat ich nicht. Warum hätte ich ihn auch tragen sollen nach dem ganzen Stress damals. Ich hatte ihn noch im Flugzeug abgenommen und ... äh ... ja ... wo hatte ich ihn dann eigentlich hingetan?

Ich merkte, wie ich nervös wurde, und sagte hektisch: »Äh, doch, klar, ich trage ihn immer ... aber ...«

»Was aber?« Lars klang nun etwas misstrauisch.

Oh, Grundgütiger, was sollte ich denn nur sagen, um nicht alles wieder zu zerstören? Er glaubte doch, dass ich ihm helfen wollte und den Ring nach unserem Streit am Flughafen als Unterpfand unserer Liebe mit nach New York genommen hatte. Und nun sah es für ihn sicher so aus, als hätte ich ihn abgenommen, um hier leichter einen Typ aufreißen zu können.

Ich überlegte fieberhaft. Wo konnte er nur sein? Ich erinnerte mich, dass ich mich mit Geschwindner im Flugzeug unterhielt, als ich ihn vom Finger zog, aber wo hatte ich ihn dann hingepackt? Verloren. Ich hatte ihn bestimmt in der ganzen Hektik auf dem Flug verloren. Irgendeine Tussi aus der Putzkolonne hatte ihn gefunden und garantiert zum Pfandleiher gebracht. Bei dem dicken Brilli hatte sich das sicher gelohnt. Hm, das brachte mich auf eine Idee …

»Verzeih mir, Lars, wenn das überhaupt möglich ist … aber … ich … es ist hier alles so teuer und … weil ich doch auf das Geld vom Stipendium warten musste und dir das ganze Geld aus der Versteigerung gegeben hatte … wirklich, mir stand das Wasser bis zum Hals … da wusste ich keinen Ausweg mehr …«

»Du hast den Ring versetzt?« Lars klang schon etwas geschockt, aber besser ein Ende mit Schrecken als ein Schrecken ohne Ende.

Ich betonte noch mal, wie schwer mir das gefallen war, und da sagte er verständnisvoll: »Das glaube ich dir, und es ist doch eigentlich schön, dass der Ring dir auf diese Art nützlich war. Ich habe das Geld von deiner Versteigerung natürlich nicht angerührt. Wenn du einverstanden bist, nehmen wir etwas davon und kaufen einen neuen Ring.«

Ich winkte ab. »Meinetwegen brauchen wir solche Äußerlichkeiten nicht. Dass du im richtigen Moment an meiner Seite warst, das ist viel entscheidender.«

Das freute ihn, und so beließen wir es erst mal dabei.

Später fuhr Lars mit mir in meine Wohnung auf der Lower East Side, damit ich ein paar Sachen zum Wechseln und meine Kosmetik holen konnte. Als er sah, wie ich hauste, hatte ich den Eindruck, dass es ihm am liebsten gewesen wäre, wenn ich gleich alle meine Sachen gepackt hätte, um nie wieder hierher zurückkommen zu müssen.

»Warum machen wir das eigentlich nicht?«, fragte

er nach einer langen Schweigeminute, in der es ihm scheinbar die Sprache verschlagen hatte.

»Was machen wir nicht?«

»Na, deine Sachen packen? Du kannst doch zu mir ins Hotel ziehen. Wir wechseln einfach in eine Junior Suite, dann ist genug Platz.«

»Und wer soll das bezahlen?«, fragte ich. Irgendwie passte das nicht zu dem bankrotten Lars, der in meinen Alpträumen mit zerlöcherten Schuhsohlen, abgewetztem Anzug und ohne einen Pfennig auf der Naht im Park Hundehäufchen einsammelte, um seine Schulden zurückzuzahlen.

»Das ist ein Notfall«, meinte er jedoch. »Ich denke, mein Vater wird nichts dagegen haben.«

Hm, eine Woche in einer Suite mit Luxusbadewanne, flauschigen Bademänteln, Minibar, Heizung und intakten Wasserleitungen ... Wie hätte ich diesen Verlockungen widerstehen können?

»Na, wenn er es zahlt ... von mir aus ...« Etwas krank war ich ja schließlich auch noch. Ein Rückfall käme bestimmt viel teurer.

Da ich meine Malsachen ohnehin in der besser beheizten Kunstakademie deponiert hatte, waren nur noch meine persönlichen Sachen in der Wohnung, die ich schnell eingepackt hatte: Kleider, Schuhe, ein paar Fotos, Kosmetik, Zahnbürste und ein paar Bücher und Kleinigkeiten – was der Mensch halt so brauchte. Nicht mehr als ein Koffer voll.

Es war ein unglaubliches Gefühl, als ich die Wohnungstür mit der Gewissheit hinter mir abschloss, sie nie mehr aufschließen zu müssen.

Dennoch zog ich Lars, bevor wir den Schlüssel beim Pförtner abgaben, zur Seite und sagte leise:

»Du, wir haben das mit dem Zusammenziehen noch gar nicht geklärt. Vielleicht wollen wir es doch nicht, und ich stehe am Ende der Woche, wenn du nach Deutschland fliegst, mit meinen Klamotten auf der Straße.«

Lars lachte. »Notfalls besorge ich dir ein anderes Apartment.«

»Du hast keine Ahnung, wie schwer das ist!«

Lars schüttelte den Kopf. »Nun gib den Schlüssel ab«, sagte er. »Hier zu wohnen ist nicht besser als auf einer Parkbank oder unter einer Brücke zu schlafen. Du musst hier auf jeden Fall raus.«

Wo er Recht hatte, hatte er Recht.

Also ließen wir den Schlüssel beim Pförtner, der etwas irritiert guckte, aber dann gleich darauf hinwies, dass ich noch mindestens eine Woche Miete zahlen müsste.

»Da bist du ja noch gut weggekommen«, meinte Lars.

Wir konnten tatsächlich im Hotel in eine Junior Suite wechseln, und während ich ein paar Dinge auspackte, traf Lars sich mit seinem Vater.

»Möchtest du heute Abend mit uns beiden essen gehen?«, fragte er beim Weggehen. »Er würde dich gerne kennenlernen.«

Hm, musste das sein? Ja, musste wohl, wenn er sich schon so großzügig zeigte und uns diesen tollen Hotelaufenthalt ermöglichte.

Das Abendessen im Hotelrestaurant war tatsächlich sehr nett. Lars' Vater war mir sofort sympathisch, und ich konnte gar nicht verstehen, wie es zu dem Zerwürfnis zwischen ihm und Lars hatte kommen können. Aber das war nun wirklich Schnee von gestern. Beide plauderten sehr charmant, und es wurde ein heiterer Abend, an dem mir das Leben plötzlich wieder unheimlich aufregend und verlockend erschien.

So war es nur logisch, dass ich mich dazu hinreißen ließ, Lars zu versprechen, mit ihm in New York zu bleiben. Vorausgesetzt, Professor Geschwindner sah eine Chance, dass mein Stipendium verlängert wurde.

Als ich ihn gleich nach seiner Rückkehr aus Deutschland danach fragte, fand er das gar nicht aufdringlich, sondern war geradezu begeistert und versprach, sich sofort danach zu erkundigen. Dann zeigte ich ihm mein New-York-Gemälde, an dem nur noch wenige Pinselstriche zur Vollendung fehlten.

Er war geradezu aus dem Häuschen. »Ich werde den Stiftungsvorstand, der die Stipendien vergibt, hierher einladen«, sagte er begeistert. »Wenn sie das sehen, werden sie keinen Moment mit der Verlängerung zögern. Sie besitzen wirklich eine außerordentliche Begabung, Melli, und ich denke, die Akademie darf sich glücklich schätzen, wenn Sie weiterhin hier studieren.«

Ich litt in der Regel nicht gerade an Minderwertigkeitskomplexen, was meine Kunst anging, aber bei so einer Lobhudelei wurde mir fast ein wenig schlecht vor Verlegenheit. Aber das ließ Geschwindner nicht gelten. Er fand es einfach nur großartig, dass er eine seiner deutschen Studentinnen nach Amerika holen konnte, um ihr eine Weltkarriere zu eröffnen.

Na dann, warum nicht? Mehr als schiefgehen konnte es nicht. Und nun hatte ich ja sogar Lars an meiner Seite.

»Wir sehen uns in Deutschland«, meinte Geschwindner beim Abschied. »Vielleicht kann ich Ihnen dann schon Genaueres sagen, Melli. Guten Flug.«

Die nächsten Tage nutzten Lars und ich, um nach einer Wohnung für uns zu suchen. Sie sollte uns nicht arm machen, aber ein bisschen mehr Komfort bieten als das Loch, in dem ich bisher gehaust hatte. Weil Lars' Vater zudem der Ansicht war, dass der Leiter seiner Marketingabteilung eine standesgemäße Adresse haben sollte, die sein Sohn aufgrund seiner Pleite aber nicht selber finanzieren konnte, bot er uns eine sogenannte Dienstwohnung an, zu deren Miete die Firma die Hälfte beisteuerte.

Ich wette, diese Konstruktion hatte er sich über Nacht extra für uns ausgedacht.

Lars sah das genauso, hatte aber eine sehr einfache Erklärung für diese Wohltat: »Er mag dich, Melli. Ich glaube, mein Vater mag dich wirklich.«

Mit dem Apartment hatten wir dann richtig Schwein, denn ein Mitarbeiter seines Vaters, der wieder zurück nach Deutschland wollte, lud Lars ein, seine Wohnung in Greenwich Village anzusehen. Das dreistöckige Stadthaus lag südlich der West 14$^{th}$ Street nahe dem Washington Square Park mitten im Zentrum dieses Viertels, in dem sich viele Künstler, Intellektuelle und Schriftsteller niedergelassen hatten.

Ich konnte unser Glück kaum fassen. Die Wohnung war im dritten Stock, sehr hell und freundlich, möbliert mit Einbauküche und einem sauberen Badezimmer mit Dusche und Wanne. Perfekt. Zum Hinterhof gab es einen kleinen Balkon und nach vorne einen romantischen Erkervorbau, der mich ein wenig an mein Wintergartenatelier erinnerte.

Lars hatte wohl die gleiche Assoziation, denn er meinte enthusiastisch: »Na, Melli, könnte man hier nicht ein schönes Atelier für dich einrichten?«

Doch, das könnte man – sogar mit Heizung.

Also wurde über die Abstandszahlung für die Einrichtung verhandelt, und weil Lars den Erlös aus dem Verkauf meiner Bilder auf die Bank gebracht hatte, nutzten wir einen Teil des Geldes dafür.

»Aber nicht alles«, ermahnte Lars mich. »Wir wollten ja noch einen neuen Ring kaufen.«

Das war dann aber gar nicht mehr nötig. Denn als ich am Abend dieses denkwürdigen Tages meine Sachen für den Flug nach Deutschland herauslegte, fand ich in der Innentasche der Jacke, die ich auf dem Hinflug getragen hatte, den vermissten Ring. Lars war leider dabei und sah mich ziemlich perplex an. Eine gute Erklärung hatte ich für dieses Wunder der Bilokation allerdings nicht.

Na, Hauptsache, der Ring war wieder da, und so steckte Lars ihn mir an den Finger und meinte: »Hast du ihn nun versetzt oder nicht?«

Ich zuckte mit den Schultern. »Vermutlich wollte ich es tun, habe es dann aber doch nicht übers Herz gebracht. Und damit ich nicht in Versuchung kommen konnte, habe ich ihn versteckt und einfach verdrängt.«

Das war doch wenigstens eine einigermaßen fundierte psychologische Erklärung, die Lars auch dankbar schluckte.

Vor unserem Abflug rief ich Alix an und warnte sie vor: »Wer immer sich während meiner Abwesenheit in der WG breitgemacht hat«, sagte ich, »schmeiß alle raus! Und wehe, ich finde ein Hundehaar auf dem Sofa in der Wohndiele!«

Alix lachte nur und schien mich gar nicht ernst zu nehmen.

»Komm nur«, sagte sie kichernd. »Du wirst staunen.«

»Echt? Worüber? Du weißt, ich hasse Überraschungen in meinem unmittelbaren Lebensumfeld.«

Alix kicherte immer noch. »Ist auch eher in deinem mittelbaren Lebensumfeld.«

»Was? Nun stehe ich aber echt auf dem Schlauch.«

»Nicht Schlauch«, korrigierte Alix. »Bauch. Paulas Bauch! Du glaubst nicht, wie der gewachsen ist. Ich glaube, die kriegt ein Riesenbaby, aber sie meint, es wäre das Fruchtwasser, weil nämlich ihre Frauenärztin beim Ultraschall …«

Grundgütiger! Um diesem Babygeschwafel zu entkommen, sagte ich: »Äh, Alix, ich muss jetzt das Handy ausmachen, wir starten gleich …«

»Ja, ja, okay, dann guten Flug und … du wirst es ja dann selber sehen … Ciao!«

Na, da war ich aber mal gespannt. Vielleicht gab die hochschwangere Paula ja ein brauchbares Motiv für eines meiner nächsten Meisterwerke ab.

»Was hältst du von einer nackten Schwangeren in einer Mandorla?«, fragte ich Lars, als der Flieger losrollte.

»Mandorla?«

»Lichterkranz, das ist ein Lichterkranz, der eine Heilige umgibt. Ich dachte … könnte ganz nett aussehen …«

Lars lachte und meinte leicht ironisch: »Kann ich

mir gut vorstellen. Dachtest du an ein Selbstporträt?«

»Natürlich nicht!«

»Schade«, meinte er bedauernd, als das Flugzeug abhob. »Ich hätte es mir ins Büro gehängt.«

♡ ♡ ♡

Es war ein seltsames Gefühl, wieder in Deutschland zu sein.

Am merkwürdigsten fühlte ich mich in der WG. Als befände ich mich in einem völlig anderen Zeitkontinuum, in dem das Leben nur halb so schnell pulsierte wie in New York.

Sollte mich das Metropolenvirus bereits infiziert haben? Im Moment konnte ich mir tatsächlich nicht mehr vorstellen, hier zu leben. Gut, es war auch nicht wirklich gemütlich in meinem Zimmer. Alix erzählte, dass sie es an Zara zwischenvermietet und die es nun extra für mich wieder geräumt hatte.

»Ist doch nett von ihr, nicht wahr?«, meinte Alix.

»Ja, schon«, stimmte ich zu, »aber musste es grade Zara sein?«

Eigentlich hätte sich Alix doch wohl denken können, dass ich, wo mir schon Justins Anwesenheit in der WG ein Dorn im Auge war, nicht unbedingt seine Bekanntschaften in meinem Zimmer haben wollte. Da gurkte Justin dann wohl ständig rein und raus?!

»Das war ziemlich unsensibel von dir«, schob ich bei dem unangenehmen Gedanken nach.

Aber Alix meinte nur trocken: »Du wolltest ja schnell Geld haben, und ich hatte keine Zeit, lange nach einer Zwischenmieterin zu suchen. Zara bot sich an, und wenn du ehrlich bist, hättest du vermutlich an jeder anderen auch was auszusetzen gehabt.«

Na toll, wie sie mich wieder einschätzte! Aber okay, um des lieben Friedens willen ließ ich die Sache wohl besser auf sich beruhen.

»Und wo ist Zara jetzt untergekrochen? Pennt sie bei Justin?« Ich konnte mir die Frage nicht verkneifen.

Alix wirkte angepisst. »Sie wohnt so lange, wie du da bist, in meinem Zimmer. Mietfrei übrigens, und zwar allein aus alter Freundschaft zu dir.«

Ich nahm sie kurz in den Arm. »Sorry, bist doch die Beste.«

Ich trug meinen Koffer in mein Atelier und schnupperte. Hm, roch irgendwie fremd, so feucht-warm und irgendwie grün. Doch, auch wenn Farbe eigentlich keinen Geruch hatte, ich konnte sie riechen. Und es roch grün.

»Warum riecht es in meinem Atelier eigentlich so grün?«, fragte ich Alix, als wir wenig später in der Küche bei einer Tasse Kaffee und einem Gläschen Begrüßungssekt zusammenhockten.

»Wie, es riecht grün?« Sie warf mir einen verwirrten Blick zu, so als wollte sie sagen: New York scheint dir wohl nicht bekommen zu sein. Dann aber lachte sie. »Vermutlich ist es noch der Duft von Zaras Tropenwald.«

»Tropenwald?« Mir wurde schlecht. Ich hatte doch gleich geahnt, dass diese Zara irgendwie abartig war. »Sag nur, dieses Grünzeug in der Wohndiele ist auch von ihr? Hat sie damit etwa mein Zimmer verschandelt?«

»Also, Melli!« Alix blies sich empört auf. »Ich finde

Tropengewächse schön, und es sah in dem Wintergartenambiente ganz toll aus.«

»Ja klar, und in der Erde wimmelt es von Fadenwürmern, und an den Stämmen sitzen Schildläuse, die Farnsporen lösen Asthma aus, und beim Berühren der Blatthärchen kriegt man eine allergische Hautreaktion, als wäre man in einen Schwarm Feuerquallen geraten. Romantisch kann das nur jemand finden, der vom tropischen Regenwald keine Ahnung hat.«

»Die du natürlich hast«, sagte jemand hinter mir, und als ich mich umdrehte, blickte ich in das verschmitzt grinsende Gesicht von Justin.

Das war ja mal wieder typisch. Der Kerl hatte sich kein bisschen verändert. Mir schwoll sofort die Halsschlagader, was anzeigte, dass ich auf ihn noch allergischer reagierte als auf Tropenpflanzen. Eine Antwort erübrigte sich jedoch, denn Robbie und Jenna polterten in die Diele, und mit ihnen Putzi, ein weiteres wandelndes Allergen! Wenn ich dieses Trumm von einem Hund nur ansah, bekam ich schon Ausschlag auf den Augen.

»Hi, Melli!«, begrüßte mich Robbie und boxte mit seiner schmalen Faust gegen mein Schultergelenk. »Was geht?«

Ich grinste, vermutlich leicht gequält, und versuchte, tolerant zu bleiben. »Okey dokey«, antwortete ich. »Alles roger! Was macht die Schule?«

Damit hatte ich ihn kalt erwischt.

Er zuckte mit den Schultern und meinte lasch: »Standard.«

Aha. Und ehe ich noch nachfragen konnte, war er mit seiner gesamten Mischpoke in seinem Zimmer verschwunden.

»Willst du mitessen?«, fragte Justin, und ich sah erst jetzt, dass er in Begleitung mehrerer Einkaufstüten gekommen war.

»Was gibt es denn?«

Er grinste sein Johnny-Depp-Grinsen, eine Marotte, die er wohl bis ins hohe Alter nicht mehr ablegen würde, und sagte leicht geheimnisvoll: »Melli-Kubinski-Begrüßungsdinner in vier Gängen mit einem Überraschungsdessert.«

»Nein!«, rutschte es mir heraus.

Das war aber wirklich nett von ihm. Im nächsten Moment erschien mir das aber doch zu unwahrscheinlich, und ich sah ihn skeptisch an. Der verarschte mich doch?

Tat er nicht. Denn Alix hatte sich mit ihm zusammen schon an das Auspacken der Tüten gemacht.

»Wir dachten, du bist nach dem langen Flug bestimmt erst mal müde und dann hungrig«, erklärte sie die gute Absicht.

»Genau«, stimmte ich ihr zu. »Da habt ihr völlig Recht.«

Und während die beiden in der Küche werkelten, zog ich mich in mein immer noch etwas grün riechendes Zimmer zurück und schlief ein wenig meinen Jetlag aus.

Als wir dann später alle beim Essen saßen, fühlte ich mich fast wieder richtig zu Hause. Nur auf diese Zara hätte ich verzichten können. Es war einfach unerträglich, wie sie Justin mit ihren Blicken verschlang. Konnte die sich nicht aufs Essen konzentrieren? War doch genug zum Futtern da.

Der Gedanke, dass Alix ausgerechnet sie als Zwischenmieterin für mein Zimmer ausgesucht hatte, war mir wirklich total zuwider. Als wenn ein Schauspieler in der WG nicht schon reichen würde!

Natürlich waren alle begierig darauf, etwas über New York zu hören, und als ich in meiner bekannt krassen Art meine Erlebnisse dort zum Besten gab, war es für meine Mitbewohner eine emotionale Achterbahnfahrt erster Klasse.

Wohnungssuche zwischen Tropfsteinhöhle und Rattenplage, versiffte Buden zu Luxuspreisen, Preisspiralen in schwindelnde Höhen, Hektik, Hetze, Menschenmassen, Verkehrschaos und Straßenschluchten beeindruckten genauso wie romantische Lokale in Little Italy, das Guggenheim Museum und das Metropolitan.

»Und der Broadway?«, fragte Justin mit glänzenden Augen. »Erzähl vom Broadway! Bist du da gewesen?«

Da musste ich leider passen. »Nee, hab ich noch nicht geschafft, aber er liegt nicht weit entfernt von der neuen Wohnung, die Lars und ich mieten wollen. Dann gehen wir da auf jeden Fall mal ins Theater. Was würdest du denn empfehlen?«

Offenbar konnte er überhaupt nicht verstehen, dass man nicht sofort nach der Landung in New York zum Broadway stürzte, denn sein Interesse an meinen Erzählungen war nun sichtlich gedämpft. Auch gut. Ich war Malerin, und so war es ja wohl logisch, dass mich die bildende Kunst mehr interessierte. Im Übrigen war ich schließlich krank gewesen, und die Eintrittskarten bekam man auch nicht grade geschenkt. Aber wenn ich erst richtig in der Stadt wohnte, dann würde Lars mich garantiert einmal dorthin ausführen. Der hatte schließlich ein Händchen für stylishe Events.

Aber damit das alles klappte, musste zuerst mein Stipendium verlängert werden.

Schon am nächsten Tag schwang ich mich auf meine gute alte Vespa und bretterte in die Kunsthochschule. Na, das würde spaßig werden, die alten Kumpel und Neider in Geschwindners Malklasse wiederzusehen. Ob er Gretchen und Hugo wirklich rausgeschmissen hatte?

Hatte er natürlich nicht. Er war einfach zu gutmütig. Dabei lag vor den beiden in meinen Augen mit Sicherheit keine brillante künstlerische Karriere. Kein Funken Originalität. Reine Technik ohne Inspiration. Da lobte ich mir doch Boris, bei dem es genau umgekehrt war: Inspiration noch und nöcher, aber eine Technik, für die die Bezeichnung »chaotischer Pinselstrich« noch geschmeichelt war.

Natürlich gab es ein großes Bohei, als ich so unverhofft im Malsaal auftauchte. Boris und Kurtchen wirkten echt erfreut, Hugo schleimte sich ein, weil er mich nun für Geschwindners Lieblingsstudentin hielt, mit der man sich zum eigenen Vorteil besser gutstellen sollte, und Gretchen quälte sich ein wertneutrales »Ach, schon zurück aus New York?« ab.

Ihr unterschwelliger hämischer Tonfall zeigte deutlich, dass sie vermutete, ich sei dort wohl nicht zurechtgekommen. Na, dann würde ich ihr mal kurz Bescheid stoßen, was Sache war.

So uneitel wie möglich antwortete ich ihr: »Nur ein kurzer Besuch, Gretchen, um meine Sachen zu holen. Ich bleibe nämlich länger als geplant.« Und weil sie hinter allen Eiern auf zwei Beinen her war, flötete ich noch: »Mein Verlobter hat nun auch einen attraktiven Job dort, und wir ziehen jetzt in ein traumhaftes Apartment in Greenwich Village, falls dir das etwas sagt.«

Es sagte ihr zumindest so viel, dass sie vor Neid grün anlief. Sie so zu sehen, war einer der wenigen Momente, wo es mir richtig Spaß machte, Erfolg zu haben und meinen Mitmenschen auch davon zu erzählen.

Nachdem die erste Neugier bei meinen Kommilitonen befriedigt war, begann ich in meiner Malecke, die Bilder zu sortieren und einige auszuwählen, die ich mit nach New York nehmen wollte, um sie dort den Galeristen anzubieten. Wenn meine Bilder hier ein interessiertes Publikum fanden, wie die Versteigerung meines Galeriebestandes ja gezeigt hatte, dann mussten sich doch auch in New York Käufer dafür finden lassen.

Und etwas Geld musste ich mir zum Stipendium auf jeden Fall dazuverdienen, wenn ich über die Runden kommen wollte. Mit Lars in eine Wohnung zu ziehen, sollte schließlich nicht heißen, dass ich mich komplett von ihm aushalten ließ. Er hatte selber nur sein Gehalt, und davon musste er nicht nur seinen Lebensunterhalt und einen Teil der Wohnungsmiete bezahlen, sondern auch noch erhebliche Schulden aus seinen geplatzten Börsenspekulationen an die Gläubiger zurückerstatten. Da würden wir schon etwas sparsamer wirtschaften müssen, als er es bisher gewohnt war. Aber für mich war das ja kein Problem. Für mich war es geradezu ein sozialer Aufstieg vom Nichts-Haben zum immerhin Wenig-Haben.

Das alles ging meine Kommilitonen aber gar nichts an. Sollten sie doch glauben, ich lebte dort in Saus und Braus, und vor Neid platzen.

Ich hatte meine Durchsicht der Bilder fast beendet, als Geschwindner hereinkam. Nein, was war er heute wieder mal lässig gekleidet. Sogar mit Hut – ein echtes Beuys-Outfit. Und er roch sogar wie dessen Badewanne voll ranzigem Fett! Hatte er im Schnellimbiss am Bahnhof zu Mittag gegessen? Ein anderer Ort fiel mir spontan nicht ein, an dem man einen so grauenhaft verranzten Geruch annehmen konnte.

Natürlich begrüßten wir uns überschwänglich, und unter den neidvollen Blicken von Hugo und Gretchen legte ich ein Schippchen intime Verbundenheit extra auf. Die sollten gleich merken, dass Geschwindner nicht nur mein Mentor war, sondern auch ein Freund. Und da Geschwindner in der Hinsicht sowieso locker drauf war und sich wirklich über meine Anwesenheit zu freuen schien, kam das sehr überzeugend rüber.

Tja, da staunt ihr, Leute.

Geschwindner schaute sich dann mit mir die Auswahl meiner Bilder für New York an und nickte sie ab.

»Sehr schön, Melli. Wir werden uns gleich nach Ihrer und meiner Rückkehr nach New York um eine Ausstellung in einer Galerie in SoHo kümmern. Ich habe da einen befreundeten Galeristen und Kunsthändler …«

Spätestens jetzt fielen Gretchen die Augen aus dem Kopf und die Ohren ab.

Dann zog er mich in sein Büro. Wieder saß ich auf dem Elefantenstuhl zwischen den großen Ohren und fummelte nervös am Rüssel herum. Da mir das peinlich war, stopfte ich das Teil zwischen meine Beine.

Ähm, das könnte ein wenig pornografisch rüberkommen … Ich zog den Rüssel wieder weg und versuchte ihn unter die Sitzfläche des Stuhls zu biegen.

Geschwindner schaute mir amüsiert zu. »Irgendwelche Probleme, Melli?«, fragte er belustigt.

Ich schüttelte den Kopf, war aber etwas peinlich berührt. Wütend stellte ich meinen Fuß drauf. »Nein, ist alles okay.«

»Schön, dann können wir ja jetzt über Ihr Stipendium sprechen. Was meinen Sie, wie die Entscheidung des Kuratoriums ausgefallen ist?«

So eine Fragerei hasste ich. Was sollte man da auch sagen? Wohl kaum, dass man annahm, es hätte nicht geklappt, obwohl man das ja am meisten fürchtete.

Ich gab mir einen Ruck. Think positively, Melli!

»Nun«, begann ich vorsichtig, »ich würde mich natürlich sehr freuen, wenn die Entscheidung positiv ausgefallen wäre …«

»Ich könnte es Ihnen sagen, wenn Sie mich fragen würden«, sagte er und sonnte sich in seiner Rolle als Weihnachtsmann, der kleine Mädchen und Jungen endlos lange Gedichte aufsagen ließ, bevor er in seinen großen Sack griff und ein Geschenk herausholte.

Na ja, warum sollte der Mann nicht auch mal eine kleine Freude haben. Also sagte ich mein Sprüchlein auf: »Lieber guter Weihnachtsmann, sieh mich nicht so böse an. Ich bin schlau und gar nicht dumm, drum schenk mir ein Stipendium.«

Geschwindner brach in bellendes Gelächter aus. War ich denn jetzt völlig durchgeknallt?

»Äh, Pardon …«, stotterte ich und war wirklich von der Rolle. »Der Jetlag … äh … und ich fühlte mich grade so an Weihnachten erinnert. Es ist ja auch ein bisschen so ... wie Weihnachten, oder?«

»Doch«, sagte Geschwindner, »so kann man es sehen. Das Stiftungskuratorium hat sich natürlich *für* eine Verlängerung ausgesprochen, was übrigens eine reine Formalie war, nachdem Ihrem Bild *Straßen von New York* der diesjährige Akademiepreis zuerkannt worden ist.«

Ich hatte schon wieder diesen Rüssel in der Hand und stopfte ihn erneut völlig unkonzentriert zwischen meine Beine. War das einfach nur ein Zeichen von Nervosität oder sexuelle Unausgeglichenheit? Egal, wofür Geschwindner es hielt, er sah dezent darüber hinweg.

Ich sprang auf, bedankte mich wort- und gestenreich, stammelte etwas von »Das müssen wir in New York aber feiern« und stürzte aus seinem Büro. Grundgütiger!

Mir begannen plötzlich die Beine zu zittern, und hätte Boris mich nicht aufgefangen, hätte es mich direkt vor Geschwindners Tür auf die Schnauze gesemmelt.

»Du bist ganz blass, Melli, geht es dir nicht gut?«, fragte er besorgt und führte mich zu einem der alten Sessel, die in jedem Malsaal herumstanden.

Kurtchen kam mit einer Flasche Wasser und Gretchen und Hugo mit einer doppelten Portion Neugier.

»Ist was passiert?«, fragte Gretchen, und Hugo hakte lauernd nach: »Schlechte Nachrichten?«

Ich atmete einige Male tief durch, trank einen Schluck aus Kurtchens Flasche und sagte dann ganz beiläufig: »Das ist sicherlich Ansichtssache. Wie, meint ihr, soll ich den Gewinn des Akademiepreises von New York einschätzen?«

Es klatschte gewaltig, als Gretchen ohnmächtig auf dem Saalboden aufschlug, aber der Beifall von Boris und Kurtchen war dennoch lauter und vor allem herzlicher. Klar, dass wir uns erst mal absetzten und eine Tüte durchzogen.

»Mensch, Melli«, sagte Boris beeindruckt. »Das wird mir keiner glauben, dass ich mit einer Berühmtheit wie dir mal das Kamasutra durchgeturnt habe.«

Ich grinste und zog entspannt an meinem Joint. »Dann erzähl es besser gar nicht erst«, empfahl ich.

»Doch, muss ich, aber kannst beruhigt sein, erst meinen Kindern.«

Ich starrte Boris verblüfft an. Hatte er »Kinder« gesagt?

»*Boris!?*«

Er lief rot an und sah fast so verlegen aus wie damals, als er nackt als Erleuchteter für meine *Apokalypse* posiert hatte.

»Doch, Melli«, sagte er leise. »Ich werde Vater.«

Ich verschluckte mich am Rauch. »Äh, ja, dann mal herzlichen Glückwunsch ... Äh ... gibt es denn auch eine Mutter dazu?«

Nun musste er grinsen. »Klaro, und ich sag dir, das ist ein Schneckchen. Drittes Semester Modedesign ... und ...«

»Passt schon, Boris«, sagte ich. »Melde dich, wenn das Baby da ist.«

Ich machte mich vom Acker. Hatte der Typ nicht immer über das unerträgliche Spießerdasein junger Studentenfamilien gelästert?

*O tempora, o mores!*

♡ ♡ ♡

## *PAULA: Teamarbeit*

Melli war zurück aus New York. Ganz und gar überraschend hatte Lars sie mitgebracht. Alix rief mich an, um mir die Botschaft zu übermitteln. Das war ja toll!

Ich war gerade vom Partnerabend des Geburtsvorbereitungskurses, den ich jetzt regelmäßig besuchte, zurückgekommen und hatte mit Karlos zusammen ein leckeres Abendessen für uns gekocht: Lachsfilet mit Kartoffeln und Salat. Sehr gesund! Es war mir wichtig, dass eine gute Stimmung herrschte, denn ich wollte etwas Wichtiges mit Karlos besprechen.

»Du, Karlos, wir müssen mal reden«, begann ich, als wir nach dem Essen gemütlich zusammen auf dem Sofa saßen.

Mir gingen die Worte von Frau Klinger, der Hebamme, zu Beginn der heutigen Sitzung des Geburtsvorbereitungskurses nicht mehr aus dem Kopf: »Natürlich ist mit der Geburt auch die Erfahrung von großen Schmerzen verbunden.« Auf dem Nachhauseweg war mir dann der Artikel aus einem Schwangerschaftsmagazin wieder eingefallen, über den ich längst mal mit Karlos sprechen wollte.

»Gerne, Paulchen«, sagte Karlos und streichelte mir über den Rücken. »Ist mit dem Kind alles in Ordnung?«

»Ja, alles okay. Es geht dabei auch eher um mich. Äh ... was würdest du von einer Wassergeburt halten?«

»Wassergeburt?« Karlos sah mich verwundert an. »Ist das nicht nur so ein komischer Modetrend?«

»Nein, gar nicht«, widersprach ich. »Ich hab gelesen, dass eine Wassergeburt viele Vorteile hat. Es ist viel entspannter für die Frau, und außerdem wird die Dauer der Geburt in der Regel deutlich verkürzt.«

Um Karlos zu überzeugen, brauchte es scheinbar noch etwas mehr, ich fuhr also fort: »Für das Kind ist diese Art der Geburt auch viel weniger stressig.«

»Das klingt ja alles ganz gut«, unterbrach mich Karlos. »Aber solche Wassergeburten werden doch bestimmt nicht in allen Krankenhäusern angeboten, und normale Geburten haben sich schließlich jahrhundertelang bewährt.«

Himmel, was war der Mann altmodisch.

»Na ja, die Möglichkeit gibt es nicht in allen Kliniken, aber die meisten haben inzwischen spezielle Becken dafür. Außerdem müssen dabei keine Schmerzmittel verabreicht werden, und ...«, ich zögerte etwas, » ... und Wassergeburten sind auch nicht so ... äh ... zerstörerisch.«

»Wie meinst du das, zerstörerisch?« Karlos sah mich irritiert an.

»Ja, also ... Da geht nicht so schnell was kaputt.«

»Kaputt? Am Baby?«

»Nee, an mir.«

»Hä?« Karlos stand komplett auf dem Schlauch.

Wieso drückte ich mich denn nicht klarer aus? Vielleicht, weil es eine etwas unerotische Angelegenheit war? Ach, was sollte es!

»Karlos, ich rede von einem Dammriss oder -schnitt.«

»Oh.« Karlos bekam einen roten Flash.

Verdammt, hätte ich das lieber nicht sagen sollen? Ich fand den Gedanken, dass mir da unten jemand rumschnippelte, äußerst unangenehm. Bei Karlos würde diese Vorstellung sicher auch nicht gerade die Erotik steigern. Ich konnte irgendwie verstehen, warum manche Männer, die bei der Geburt dabei gewesen waren, ihre Frauen plötzlich nicht mehr sexy fanden.

Oh, nein, so weit durfte es bei uns nicht kommen. Wo wir doch so ein wundervolles, ausgefülltes Sexleben hatten.

Karlos fing sich aber schnell wieder und sagte: »Na, wenn das so ist, dann erkundige dich doch mal, ob es Wassergeburten in einem unserer Krankenhäuser gibt. Ich will schließlich, dass mein kleines Paulchen so wenig Schmerzen wie möglich bei der Geburt hat.«

Er küsste mich auf die Wange und drückte mich ganz fest. Glücklich kuschelte ich mich in seine Arme. Was hatte ich doch für einen liebevollen Ehemann.

Eine passende Klinik, die Wassergeburten anbot, würde sich garantiert finden lassen. So war es beschlossene Sache: Wenn medizinisch nichts dagegen sprach, würde Paula Meyer-Möllering ihr erstes Kind im Wasser zur Welt bringen! Aber was sollte schon dagegen sprechen? Nichts eigentlich! Murkelchen, zieh schon mal die Schwimmflügel an.

Also, Melli. Alix hatte mich total aufgeregt angerufen: »Sie hat gesagt, sie kommt, um ihr Zimmer leerzuräumen, weil ihr Stipendium wahrscheinlich verlängert wird und sie mit Lars in New York in eine Wohnung ziehen will. Sein Vater hat ihm dort einen Job besorgt.«

»Nein!«

Ich war reichlich platt gewesen, obwohl es mich natürlich für Melli und Lars gefreut hatte. Wir hatten ja alle gehofft, dass sich das mit Melli und Lars wieder einrenken würde, aber eine solche Entwicklung hätte ich mir nicht mal mit der blühendsten Fantasie ausmalen können.

Und nun war Melli seit drei Tagen wieder da, und Alix hatte vorgeschlagen, sich mit allen zum Stammtisch im Irish Pub zu treffen. Eine wirklich gute Idee, auch wenn ich keinen Alkohol trank und aufgrund meines fortgeschrittenen Babybauches nicht mehr so gerne in Lokalen rumschwirrte.

Als ich Karlos davon erzählte, war er natürlich sofort dabei und meinte: »Das muss ich mir mit eigenen Augen ansehen, denn ehrlich gesagt, hätte ich den beiden nach dem ganzen Stress eine Versöhnung wirklich nicht zugetraut. Wenn du mich fragst, sieht das tatsächlich nach echter Liebe aus.«

Er grinste und biss herzhaft in ein Brötchen mit Tatar.

Uuh, da drehte sich mir aber der Magen um. Das hieß, eigentlich hatte er dazu gar keinen Platz mehr. Jeden Zentimeter Freiraum in meinem Bauch beanspruchte nämlich inzwischen das Murkel, das sich zu einem echten Riesenbaby zu entwickeln schien.

»Nein, nein, keine Angst«, hatte meine Frauenärztin beim letzten Termin beruhigend gesagt. »Sie haben einfach sehr viel Fruchtwasser. Das ist gut für das Kind, heißt aber nicht, dass es so groß ist. Nach meinen Messungen liegt alles im Normbereich. Ich denke, bei der Geburt wird Ihr Baby etwa zweiundfünfzig Zentimeter groß sein. Das ist nicht klein, aber auch nicht übermäßig groß.«

Aber selbst wenn es in der Norm lag, drückte das Kind inzwischen auf sämtliche inneren Organe, und ich geriet beim Treppensteigen ganz schnell aus der Puste. Wenn ich die WG besuchte, musste ich meist auf jedem Treppenabsatz eine Verschnaufpause einlegen.

Na ja, noch drei Wochen etwa, und dann war Schluss mit der Plackerei, und ich würde endlich mein Baby im Arm halten. Wie es wohl aussehen würde? Wie Karlos oder eher wie ich? Ein Mädchen mit Karlos' Augen würde sicherlich total süß aussehen. Und wenn es ein Junge werden würde? Hm, dann sollte er auch wie Karlos aussehen, damit er mich immer, wenn ich ihn ansah, an meinen Schatz erinnerte.

Ich musste bei dem Gedanken vor innerer Freude gestrahlt haben, so dass Karlos erstaunt sagte: »Ich hätte nie gedacht, dass Mellis Schicksal dir so nahegeht. Du scheinst dich ja außerordentlich für die beiden zu freuen.«

Ich kicherte, weil er so total danebenlag. Klar, freute ich mich für Melli und Lars, aber der Glanz in meinen Augen hatte damit nichts zu tun. Der hatte andere Ursachen.

»Ich habe ans Murkel gedacht«, sagte ich lächelnd. »Es wird mir schon etwas schwer in letzter Zeit, und da habe ich mich gefreut, dass wir es in drei Wochen geschafft haben.«

Karlos sah mich besorgt an. »Es geht dir aber gut,

oder? Du musst sagen, wenn du Hilfe brauchst und ich etwas tun kann, um es dir leichter zu machen.«

Das war ja lieb gemeint, aber diese übertriebene Fürsorglichkeit hatte er offenbar von seiner Mutter geerbt.

»Nein, nein«, wehrte ich ab, »es geht mir ganz prima, das hat auch die Ärztin gesagt. Aber du siehst ja selbst, mein Bauch ist nicht von schlechten Eltern!«

Karlos lachte laut. »Nein, echt nicht ... von sehr guten und lieben Eltern.« Er schaute mich einen Moment aufmerksam an, wie ich da mit meiner gewaltigen Melone unterm Umstandskleid auf dem Stuhl mehr hing als saß. »Wenn ich dich so ansehe«, sagte er, »dann kann ich Mutter Natur nur dankbar sein, dass sie uns Männern das Schicksal des Kinderkriegens erspart hat. Sie zu zeugen, scheint mir eindeutig leichter und spaßiger zu sein.«

»Ja, ja«, stöhnte ich gespielt leidvoll auf. »Ihr macht es euch ganz schön leicht. Eine himmelschreiende Ungerechtigkeit ist das!«

Auch wenn ich es jetzt nur scherzhaft gemeint hatte, gerecht war es wirklich nicht. Nach fast neun Monaten Schwangerschaft hatte ich allmählich die Nase voll.

Mellis Ankündigung ihrer unerwarteten Rückkehr hatte in der WG zunächst einen gewissen Wirbel ausgelöst. Am Tag vor ihrer Ankunft hatte ich mich darum mit Alix im Café am Theater getroffen. Ich war zwar seit einigen Wochen im Mutterschutz, konnte aber natürlich die Arbeit am Märchenstück nicht einfach hinwerfen und Frau von Raven gänzlich hängen lassen. So ging ich immer mal wieder für ein bis zwei

Stunden in die Kostümbildnerei, um die Fertigstellung der Perücken zu überprüfen.

An diesem Tag aber sollte es definitiv mein letzter Besuch vor der Geburt gewesen sein. Es war einfach zu beschwerlich, mich mit meinem dicken Bauch durch die langen Flure und steilen Treppenhäuser zu schleppen. Das sahen alle ein, und so wurde ich mit einem schönen Blumenstrauß, herzlichem Dank für meinen Einsatz und ganz vielen guten Wünschen verabschiedet.

»Und melde dich sofort, wenn das Baby da ist«, verlangten alle von mir.

Auf dem Weg nach draußen lief ich Zara und Justin in die Arme, und als sie hörten, dass ich mich mit Alix im Theatercafé treffen wollte, kamen sie gleich auf einen Sprung mit rüber. Mellis unerwartete Rückkehr stellte die WG-Bewohner nämlich vor ein kleines Problem, denn genaugenommen war Mellis Zimmer gar nicht frei für sie, weil Zara schließlich dort zur Zwischenmiete wohnte und jeder sich darauf eingestellt hatte, dass Melli sich mindestens ein halbes Jahr nicht blicken lassen würde.

Darum hatten Alix und Zara Mellis Sachen zusammengeräumt und in die Abstellkammer verfrachtet, und Zara hatte den Wintergarten ein wenig nach ihrem Geschmack dekoriert. Danach sah er wie ein tropischer Regenwald aus, denn Zara hatte Unmengen von Palmen und Farnen und tropischen Schlingpflanzen mitgebracht.

»Melli wird 'ne Krise kriegen«, befürchtete Alix. »Sie hat zwar gesagt, ich soll ihr Zimmer zwischenvermieten, denn sie braucht Geld in New York, aber ihr war sicherlich nicht bewusst gewesen, dass ein

Zwischenmieter nicht unbedingt im Melli-Style zwischen stinkenden Farben und Horrorgemälden leben wollte.«

»Das könnt ihr doch noch ein bisschen ändern«, meinte ich zuversichtlich. »Stellt die Palmen in die Wohndiele, und hängt ein paar von Mellis Bildern wieder auf.«

Viel wichtiger schien mir im Übrigen die Frage zu sein, wie lange Melli eigentlich bleiben wollte, und wo Zara in der Zeit unterkam. Die beiden in einem Zimmer? Das konnte auf keinen Fall gut gehen.

Justin lachte, als ich das Problem ansprach. »Nee, ich befürchte auch, das gäbe Mord und Totschlag. Melli ist einfach von Natur aus stutenbissig.«

Ich schaute von Justin zu Zara, deren Wangen von einer zarten Röte überzogen waren.

»Alles kein Problem«, sagte Alix. »Zara pennt die paar Tage, die Melli hier ist, einfach bei mir. Ich bin sowieso fast immer bei Jean-Paul unten. Am besten fahren wir jetzt gleich rüber und räumen ein bisschen um, dann ist alles perfekt, wenn Melli morgen kommt, und es gibt keinen Stress.«

Die drei waren abgedüst, und ich ging mit meinem Blumenstrauß im Arm die wenigen Meter zu unserer Wohnung zu Fuß. Ich freute mich ehrlich, Melli wiederzusehen.

Ich wäre ja mit zum Flughafen gefahren, um Melli abzuholen, aber das Blöde war, dass ich mich irgendwie überhaupt nicht mehr richtig bewegen konnte, wodurch ich genug damit zu tun hatte, meinen Alltag zu bewältigen, und mir nicht noch mehr aufbürden musste.

Schrecklich, so halb behindert zu sein. Ich kam nicht mehr an die oberen Küchenregale ran, hing in halb liegender Stellung auf Sesseln und Sofa herum und fand nachts kaum noch eine Position, in der ich nicht das Gefühl hatte, während des Schlafens von meinem eigenen Bauch erdrückt zu werden. Ständig verspürte ich einen äußerst lästigen Druck auf der Blase und wankte darum nächtens mehrmals auf die Toilette, wobei ich jedes Mal, wenn ich mich zurück ins Bett plumpsen ließ, ein Beben wie nach dem Einschlag eines mittleren Meteoriten auslöste, das Karlos meistens aus dem Schlaf riss.

Der Arme, er tat mir echt leid, denn er musste schließlich am nächsten Morgen ausgeschlafen für die Arbeit sein, während ich im Mutterschutz war. Das war schon sehr angenehm. Wenn ich daran dachte, dass die Frauen früher bis zum letzten Tag in der Fabrik gestanden oder auf dem Feld gearbeitet hatten, dann war ich froh, dass ich jetzt und nicht in einem vergangenen Jahrhundert lebte. Ich konnte mich gemütlich auf dem Sofa breitmachen und in aller Ruhe Babysachen stricken, fernsehen, in Zeitschriften blättern, gesunden Tee trinken oder meditieren und mich auf unseren Nachwuchs freuen.

Sehr beunruhigend fand ich allerdings, dass ich in letzter Zeit gar keine Kindsbewegungen mehr gespürt hatte. Das war immer ein tolles Gefühl gewesen, wenn das Murkelchen in meinem Bauch herumruderte und geradezu Purzelbäume zu schlagen schien. Da wusste ich doch, dass es ihm gutging. Und nun war seit Tagen Ruhe. Das konnte einen schon nervös machen. Einmal wachte ich mitten in der Nacht schweißgebadet auf, weil ich eine regelrechte Panikattacke hatte.

Ich rüttelte Karlos wach.

»Was, was ist denn …?«, fragte er verwirrt.

»Meinst du, dem Murkel ist was passiert? Es bewegt sich nicht mehr … Wenn es nun tot ist … und ich habe es nicht gemerkt.«

Karlos setzte sich im Bett auf und machte Licht. Er sah so süß aus mit dem verschlafenen Blick und den verstrubbelten Haaren. Aber das tröstete mich im Moment auch nicht. Mein Herz raste, und ich war den Tränen nahe.

Karlos legte den Kopf auf meinen Bauch.

»Hört sich wie immer an«, sagte er beruhigend. »Hast du schlecht geträumt?«

Ich schüttelte den Kopf und schalt mich innerlich eine hysterische Kuh. Dennoch war ich nicht völlig beruhigt. Gleich morgen früh würde ich meine Frauenärztin anrufen.

Die aber meinte nur, dass das ganz normal sei. »Das Baby hat einfach keinen Platz mehr zum Herumturnen. Das ist auch gut so, denn Ihr Kind liegt schon vorbildlich in Geburtsposition, wie wir ja beim letzten Ultraschalltermin sehen konnten. Köpfchen voran, so ist es prima. Daran sollte sich in den nächsten drei Wochen nichts mehr ändern.«

Nach dem Telefonat blätterte ich natürlich noch in meinen klugen Schwangerschaftsratgebern. Nachdem ich einige Horrorstorys über ungünstige Geburtslagen gelesen hatte, fand ich, dass ich froh sein konnte, dass sich das Murkel so kooperativ in die bestmögliche Poleposition gebracht hatte. Da sollte es mal ruhig bleiben.

»Es war gut«, sagte ich zu Karlos, als wir zum Irish Pub fuhren, »dass wir Lars ein bisschen unter Druck gesetzt haben.«

Er nickte. »Da hast du Recht. Vermutlich würde er sonst noch immer den Blues schieben und sich durch die Kneipen der Stadt saufen. Sein Vater hätte sich nie mit ihm ausgesöhnt, und der Konkurs hätte ihm wirklich das Genick gebrochen.«

Natürlich waren alle zu unserem Stammtisch im Irish Pub gekommen, und Pat war total aus dem Häuschen. Vor Freude über das Wiedersehen mit Melli schmiss er gleich mehrere Runden für unseren Tisch. Besonders froh schien er auch darüber zu sein, dass Lars gesund und munter war und offenbar seinen Lebensmut wiedergefunden hatte. Die peinlichen Szenen, die er hier volltrunken gemacht hatte, waren vergessen.

Als Lars sich bei Pat dafür entschuldigen wollte, winkte der nur ab und meinte: »Hauptsache, bei dir ist wieder alles klar.« Er warf einen Blick auf Mellis Hand mit dem Verlobungsring und fragte anzüglich: »Darf man denn schon die Hochzeit planen? Mein Lokal steht euch natürlich ebenfalls für den Polterabend zur Verfügung. Stehgeiger eingeschlossen.«

Ich sah, wie Melli blass wurde, und war froh, als Lars schnell sagte: »Ach, so eilig haben wir es ja nicht. Wir werden erst mal ein Jahr in New York verbringen, dann sehen wir weiter.«

Von da an wurde die Stimmung richtig locker, und wir waren wohl die aufgekratzteste Gruppe im ganzen Pub. Es gab ja so viel zu erzählen.

Ich sang darum erst ganz zum Schluss einen Song. Melli hatte ein altes Lullaby ausgegraben, das meine

Mutter immer für mich gesungen hatte, und als sie mir den Titel vorschlug, war ich natürlich sofort begeistert und stimmte das Lied für mein Baby an. Es war so schön ... Plötzlich gingen bis auf den kleinen Bühnenscheinwerfer alle Lichter im Pub aus, und die letzten Gäste ließen ihre Feuerzeuge aufflammen. In diesem Moment fühlte ich mich wie in einem romantischen Film.

*Lalelu, nur der Mann im Mond schaut zu, wenn die kleinen Babys schlafen, dann schlaf auch du ...*

Nun kannst du aber allmählich kommen, Murkelchen, dachte ich, hätte aber nicht im Traum erwartet, dass es so bald sein würde.

Am nächsten Tag hatte Karlos frei, und wir saßen gerade beim Frühstück, für das Karlos frische Brötchen geholt und Eier gekocht hatte, als meine Schwiegermutter mal wieder unangemeldet auflief. Ich war noch im Bademantel, der sich wegen meines dicken Bauches gar nicht mehr richtig zubinden ließ.

Was war mir das wieder peinlich! Aber offenbar legte es meine Schwiegermutter absichtlich darauf an, mich immer wieder in solche Situationen zu bringen, sonst könnte sie ja wie andere Menschen auch erst mal anrufen und fragen, ob uns ihr Besuch überhaupt passte.

Irgendwie hatte ich gleich ein ungutes Gefühl, aber was sie dann wieder von sich gab, verschlug mir wirklich die Sprache. Nach ein paar einleitenden Floskeln und der üblichen Frage nach meinem Befinden zog sie aus ihrer großen Prada-Handtasche ein schmales Bündel Papiere und legte sie auf den Frühstückstisch neben die Butter und die Marmelade.

»Karlos«, sagte sie in einem bestimmenden Tonfall, der nichts Gutes verhieß. »Dein Vater und ich sind der Ansicht, dass es nun wirklich an der Zeit ist, die Vermögensverhältnisse zu ordnen, damit dein Kind abgesichert ist. Schau dir doch bitte mal unsere Vorstellungen an.«

In meinem Kopf schrillte eine Alarmsirene. Zu gut erinnerte ich mich an das Theater wegen dem Ehevertrag, das sie hinterlistig wie eine Schmierenkomödie inszeniert hatte. Das hier war doch garantiert wieder eine ähnliche Teufelei. Vermögensverhältnisse ordnen? Was musste denn da geordnet werden?!

Ich sah Karlos, der in den Papieren blätterte, fragend an. »Worum geht es denn? Kann ich das bitte auch mal lesen?«

»Nicht nötig«, lehnte meine Schwiegermutter ab. »Das ist ganz allein Karlos' Angelegenheit.«

»Das sehe ich nicht so, Mutter«, fuhr Karlos ihr allerdings in die Parade und reichte mir die Seite, die er gerade durchgelesen hatte.

Ich spürte plötzlich, wie sich ein fetter Kloß in meinem Hals breitmachte. In der Hand hielt ich eine Art Testament, mit dem Karlos sein gesamtes Erbe im Falle seines Todes auf sein Kind überschrieb. Ich lebte zwar mit Karlos in einer Zugewinngemeinschaft, aber über sein Erbe war ich nicht verfügungsberechtigt. Er hatte es sich teilweise von seinen Eltern schon auszahlen lassen, um unsere Eigentumswohnung zu bezahlen. Im Falle seines Todes – ein schrecklicher Gedanke, bei dem mir ganz elend wurde – hätte ich die Wohnung dennoch bekommen.

Natürlich war das nicht im Sinne meiner Schwiegermutter, und so witterte sie nun offensichtlich eine Chance, mich durch ein Testament zugunsten unseres Kindes aus der Erbfolge zu drängen. Wie perfide war diese Frau eigentlich?

Ich raste wirklich nicht leicht aus, und man kann mit mir über alles vernünftig reden, aber jetzt stieg mir die Galle hoch. Ich war ihr in den vergangenen Monaten so sehr entgegengekommen, hatte ihre Hysterie und ihre dämlichen Sprüche klaglos ertragen, ihre ständige Einmischerei und sogar ihren Babysimulator hingenommen, die angestaubten Kinderklamotten von Karlos nebst der Familienwiege mit dankbarem Lächeln quittiert und mich deswegen fast mit meiner eigenen Mutter überworfen …

Jetzt war Schluss! Der Krug ging nur so lange zum Brunnen, bis er brach, und meine Schwiegermutter hatte nun endgültig genug Porzellan zerschlagen. Ich ließ die Blätter sinken und starrte sie wütend an.

»Was soll das?«, fragte ich mit gebremstem Zorn in der Stimme.

»Klare Verhältnisse schaffen, meine Liebe«, flötete sie süßlich.

Ich sah Karlos an.

Bitte, Karlos! Bitte, mach endlich Schluss mit diesem Terror. Ich halte das nicht mehr aus.

»Hatten wir das Thema nicht bei der Hochzeit erledigt?«, fragte ich leise.

Karlos nickte. »Doch, Paula, hatten wir«, sagte er ruhig. Er schob langsam die Papiere zusammen und erhob sich vom Tisch. »Mutter, ich darf dich bitten, zu gehen.«

Meiner Schwiegermutter entgleisten die Gesichtszüge. Sie sah plötzlich alt aus. Unter der dicken Schicht

Make-up wirkte ihre Haut extrem verbraucht und faltig. Ihr Blick wirkte irritiert.

»Aber wollen wir nicht erst mal …?«

»Nein, wollen wir nicht.« Karlos' Stimme klang fest, fast hart.

»Hast du denn schon alles gelesen?«, fragte sie nun sichtlich verunsichert.

»Habe ich.« Karlos blieb einsilbig.

Seine Mutter erhob sich. »Wollen wir nicht noch den Notartermin verabreden? Wenn du einverstanden bist …«

»Nicht nötig, denn ich bin nicht einverstanden. Ich habe dich vor meiner Eheschließung mit Paula gebeten, von jeglichen Einmischungen in mein Privatleben Abstand zu nehmen. Das betrifft insbesondere meine Vermögensverhältnisse und mein Zusammenleben mit meiner Frau. Du glaubst doch nicht im Ernst, dass ich die Frau, die ich mehr als alles auf der Welt liebe und die mein Kind unter ihrem Herzen trägt, im Falle meines Todes unabgesichert zurücklassen würde? Wie krank muss es in deinem Gehirn aussehen, eine hochschwangere Frau so vor den Kopf zu stoßen?! Ich verachte dich dafür, Mutter! Und was Vater angeht, den lass bitte aus deinen Ränkespielen raus. Er mag Paula und würde ihr nie etwas Böses wünschen.«

Nun war auch der letzte Blutstropfen aus dem Gesicht meiner Schwiegermutter gewichen, und sie sah aus wie eine alte, böse Hexe, als sie Karlos mit schriller Stimme entgegenschleuderte: »Das wirst du bereuen, Karlos! Das wirst du bitter bereuen. Ich habe immer nur dein Wohl im Auge gehabt …«

Sie hat nichts im Auge als einen Splitter vom Spiegel der Schneekönigin, dachte ich traurig. Er vernebelt den klaren Blick und verhärtet das Herz zu Eis.

»Du hast kein Herz«, sagte Karlos, als hätte er meine Gedanken gelesen. »Du bist vielleicht nicht mal ein Mensch. Bitte, verlass diese Wohnung, und bevor du dich nicht in aller Form bei Paula entschuldigt hast, verbiete ich dir, sie jemals wieder zu betreten.«

Er hatte ruhig gesprochen, aber mit einer Bestimmtheit, die ich an ihm zuvor noch nie gesehen hatte. Schon gar nicht im Umgang mit seiner Mutter. In deren Gegenwart wirkte er sonst immer ein wenig wie ein Muttersöhnchen, das seiner geliebten Mama alles recht machen wollte und ihr darum gerne nach dem Munde redete. Davon war nichts mehr zu spüren.

Das hatte selbst seine Mutter gemerkt, denn sie drehte sich um und schritt erhobenen Hauptes in die Diele, offenbar krampfhaft bemüht, die Contenance zu wahren.

»Meinen Mantel, Karlos«, hörte ich sie mit mühsam beherrschter Stimme sagen. »Dann sehen wir uns also nicht mehr wieder.«

»Das liegt ganz bei dir, Mutter«, entgegnete Karlos, dann fiel die Tür ins Schloss.

Als Karlos zu mir zurückkam, wirkte er nicht deprimiert, wie ich erwartet hatte, sondern irgendwie erleichtert.

»Irgendwann muss Schluss sein«, sagte er. »Eltern müssen auch mal loslassen. Sie hat mich mein ganzes Leben lang gegängelt und bevormundet, das Maß ist voll.«

Er setzte sich zu mir aufs Sofa, nahm meine schweren Beine hoch, legte sie auf seinen Schoß und begann, meine Füße zu massieren.

»Wie kann sie dir so etwas antun wollen«, sagte er verständnislos, »wo du ihr in allem entgegengekommen bist. Sie ist eine egoistische, herzlose Frau, die keine Liebe geben kann und meinen Vater seit Jahrzehnten unterdrückt und frustriert. Ich kann ihr nicht mehr helfen.«

»Du hast Recht«, sagte ich leise. »Wir lassen uns doch von ihr unser Glück und die Freude auf unser Murkelchen nicht kaputtmachen.«

Karlos nickte. »Nein, Paulchen, unserem Glück kann niemand etwas anhaben, auch meine Mutter nicht.«

Ich lächelte. Einen größeren Beweis für seine Liebe hätte Karlos mir nicht geben können.

Wie wunderbar, nur noch drei Wochen bis zur Geburt, dann würden wir eine richtige kleine Familie sein. Und das Beste war, dass das Problem mit meiner Schwiegermutter, die sich ständig in alles einmischte, aus der Welt geschafft war. Da standen uns wahrhaft himmlische Zeiten bevor.

Melli sah müde aus, war aber offenbar total glücklich. Als ich ihr und Alix in der WG einen Besuch abstattete und von dem neuen Anschlag meiner Schwiegermutter auf mein Eheglück erzählte, fanden beide nur bewundernde Wort für Karlos.

»Doch kein Muttersöhnchen«, sagte ich mit einem Blick zu Melli.

Sie grinste. »Nee, offenbar nicht. Ich nehme alles zurück, was ich diesbezüglich mal gesagt habe.«

»Und, Melli, wie sehen deine Pläne jetzt aus?«

»Bestens«, sagte sie und erzählte, dass sie den Akademiepreis gewonnen hatte und ihr Stipendium für ein weiteres Semester verlängert worden war.

»Es ist einfach Wahnsinn, wie Geschwindner sich bei der Stiftung für mich eingesetzt hat. Der glaubt wirklich an mich.«

Sie erzählte auch, dass Lars einen Job in einer Firmenfiliale seines Vaters in New York angenommen hatte und sie mit ihm für ein Jahr in eine gemeinsame Wohnung ziehen wollte.

»Und jetzt wird gepackt«, sagte sie, »denn wir müssen in einer Woche schon wieder zurück sein, damit Lars seinen neuen Job antreten kann.«

Das klang ja alles ganz großartig, und ich freute mich wirklich für die beiden. Zwar hätte ich mir eine Liebesaffäre zwischen Melli und Justin auch total aufregend und romantisch vorgestellt, aber Lars war sicherlich besser für sie. Ich war immer nur deswegen ein bisschen skeptisch gewesen, weil ich mir einfach nicht vorstellen konnte, dass Lars sein unstetes Sexleben für Melli aufgeben könnte. Aber scheinbar waren die beiden auch sexuell füreinander eine Offenbarung und eine dauerhafte Herausforderung. Einen Moment dachte ich an den Quickie mit Lars unter der WG-Dusche, der – ohne Karlos irgendwie zu nahe treten zu wollen – der absolut beste Sex meines Lebens gewesen war, wenn man Liebe mal außen vor ließ, rein lustbezogen …

Ach, lassen wir das … Und meine innere Stimme sagte zu dem Murkelchen: »Du hast nichts gehört, verstanden?!«

Lars war Melli jedenfalls von Herzen gegönnt, denn gegen meinen Karlos würde ich keinen Mr. Lover

Lover der Welt eintauschen. Sex *mit* Liebe war eh durch nichts zu toppen!

Natürlich kamen wir auch auf Alix' Situation zu sprechen.

»Wie, Jean-Paul geht nach Australien?«, fragte Melli. »Du lässt ihn doch wohl nicht noch mal mit vollbusigen Kolleginnen alleine?«

Alix lachte. »Nee, da kannst du Gift drauf nehmen. Diesmal fahre ich mit. Kiesling hat mir einen guten Tipp gegeben. Ich nehme ein Urlaubssemester und gehe mit nach Australien.«

»Das ist ziemlich egoistisch von euch«, sagte ich scherzhaft. »Ihr düst ab in die weite Welt und mich lasst ihr mit dem Babybauch hier sitzen.«

Die beiden lachten. »Nun tu nicht so, Paula. Es ist doch genau das, was du immer wolltest: Ehe, Kinder, ein gemütliches Zuhause ...«

Alix zwinkerte mir zu. »Und sogar die Schwiegermama bist du nun los. Besser geht es doch gar nicht.«

»Schade, dass ich nicht mehr hier bin, wenn dein Baby kommt, Paula«, sagte Melli, »aber du musst mir unbedingt Fotos mailen.«

Das versprach ich gerne, und als Zara nach Hause kam, verabschiedete ich mich. Womöglich kriegte sich Melli gleich wieder mit ihr und Justin in die Haare, den Stress musste ich mir heute nicht mehr antun.

Ich nahm ein Taxi und fuhr zum Frisiersalon meiner Mutter. Sie hatte Geburtstag, und wir wollten das mit einem Frauenabend ein bisschen bei ihrem Lieblingsitaliener feiern, da mein Vater, der in letzter Zeit ein kleines Alkoholproblem entwickelt hatte, zur ... äh ... Kur war.

Natürlich erzählte sie zum hundertsten Mal, wie dramatisch sie meine Geburt empfunden hatte, meinte aber aufbauend, dass meine Schwiegermutter eine hysterische Kuh wäre, die völlig unbegründete Ängste schüren würde.

»Leicht ist so eine Geburt nicht, Paula, aber ich habe alles ohne Schmerzmittel in ziemlich kurzer Zeit hingekriegt. Drei Presswehen und dann bist du rausgeflutscht.« Sie lachte bei der Erinnerung. »Die Hebamme hätte dich fast fallen gelassen, so schnell warst du da.«

Sie lachte noch einmal und wirkte dabei sichtlich zufrieden, so als hätte sie sich grade für die reife Leistung meiner Geburt selbst auf die Schulter geklopft. Sie griff bei den Antipasti zu und hob ihr Chiantiglas.

»Prost!«, sagte sie.

Hm, so einen leckeren Tropfen hätte ich auch gerne mal wieder getrunken, aber vorerst musste ich mich noch zurückhalten, denn schließlich wollte ich mein Baby stillen, und das hieß, ich musste bei stillem Wasser bleiben. Ich erzählte ihr von der Wassergeburt, und obwohl sie dem etwas skeptisch gegenüberstand, akzeptierte sie unsere Entscheidung.

Bevor wir uns verabschiedeten, kam meine Mutter noch auf Jenna zu sprechen.

»Sie macht sich wirklich gut im Salon, und die Lehre scheint ihr Spaß zu machen. Sie meint, Robbie wäre in der Schule jetzt auch ganz ordentlich, jedenfalls würde er regelmäßig zum Unterricht gehen. Sie würde so gerne ein eigenes Zimmer haben. Meinst du, Paula, wenn Alix jetzt mit Jean-Paul nach Australien geht, könnte Jenna solange ihr Zimmer haben? Die machen das doch alle in den WGs, zur Zwischenmiete oder wie das heißt.«

»Keine Ahnung, ob Alix das macht«, sagte ich. »Aber Jenna soll sie ruhig fragen. Sie hat auch Zara gerade ihr Zimmer überlassen, warum sollte sie es Jenna also nicht ebenfalls vorübergehend vermieten?«

»Ich sage es ihr«, meinte meine Mutter, und ich fragte mich, wie sie es geschafft hatte, Jennas Vertrauen zu gewinnen. Der Kleinen konnte ein bisschen mütterliche Zuwendung nur guttun. Sie war schließlich nicht ohne Grund von zu Hause abgehauen und in der Punkerszene abgetaucht. Dabei war sie wirklich eine ganz Liebe, deren Charakter offenbar viel stärker war, als wir alle geglaubt hatten. Immerhin hatte sie Alix' Bruder Robbie dazu gekriegt, wieder regelmäßig zur Schule zu gehen, damit er sein Abi machen konnte.

Ich lächelte meine Mutter an. Schön, wenn sie Jenna ein bisschen bemutterte, da würde sie nicht ständig ihre mütterlichen Gefühle an mir und dem Baby auslassen.

♡ ♡ ♡

Am nächsten Tag fühlte ich mich irgendwie seltsam. Ich fand, dass mein ganzer Bauch nach unten gerutscht war, aber da in der WG großes Packen angesagt war, hatte ich keine Zeit, mir darüber lange Gedanken zu machen. Melli hatte Umzugskartons besorgt, und alle WG-Mitglieder hatten für den Nachmittag ihre Hilfe zugesagt.

Bevor der Stress losging, wollte ich noch mal kurz

vorbeischauen und der arbeitenden Bevölkerung Kartoffelsalat und Würstchen vorbeibringen. Das gehörte einfach traditionell zu einem Umzug dazu, und Justin wurde zum Kistenschleppen gebraucht und würde deswegen keine Zeit zum Kochen haben. Außerdem war mein Kartoffelsalat unschlagbar, was man schon daran sah, dass mein Ex Thomas ihn seinerzeit sogar für würdig befunden hatte, an ihm seinen Heiratsantrag zu proben.

Der Bursche war schon immer ein wenig abartig gewesen, dachte ich und kicherte. Gut, dass ich den Antrag damals nicht angenommen hatte, denn nach Alix' Erlebnis mit dem »Liebesgott« zu urteilen, musste aus ihm ein richtiges Sexmonster geworden sein. Wer hätte das gedacht? Bei mir war er mit zunehmender Dauer unserer Beziehung eher zur Schlaftablette im Bett mutiert. Es musste die Sexualtherapie von Frau Dr. Agneta Schmidt gewesen sein, die den Sexmaniac in ihm geweckt hatte. Klasse, wie Alix ihn entlarvt hatte!

Ich schüttelte gerade mit einer Kopfbewegung die unerfreulichen Gedanken an Thomas aus meinem Hirn, als plötzlich Frau Waschkowski vor mir stand. Ich hatte für einen Moment auf ihrer Etage haltgemacht, um zu Atem zu kommen, und natürlich hatte sie mich gleich entdeckt, weil sie rein zufällig – wie immer – hinter ihrem Türspion gelauert hatte. Sie freute sich aber sichtlich, mich zu sehen.

»Nein! Das Fräulein Paula! Und so schwanger! Wann is et denn so weit? Jeht et jut?«

Ich nickte lachend. »Alles bestens. Noch knapp drei Wochen ...«

»Warten Se mal«, sagte Frau Waschkowski und

stürzte mit einer gewissen Hektik wieder in ihre Wohnung zurück. »Ich hab da wat für Sie.« Als sie zurückkam, hielt sie mir ein richtig süßes Babyjäckchen mit Kapuze in Rosa und Himmelblau vor die Nase. »Dat hab ich für Sie gehäkelt«, erklärte sie stolz. »Gefällt Ihnen dat?«

Gerührt nahm ich das Jäckchen und betrachtete es. »Wirklich süß«, sagte ich. »Und das haben Sie wirklich für mich gemacht? Das ist aber lieb.«

»Is jrad fertig geworden. Ich pack et eben noch ein.«

Sie rauschte noch mal in ihre Wohnung und kam wenig später mit dem Jäckchen in einer niedlichen Babytüte zurück.

»Sollten Se ja erst zur Geburt kriegen, aber wer weiß, wann man sich dann wieder sieht. Nehmen Se et ruhig heut schon mit.«

Ich bedankte mich noch einmal ganz herzlich und stieg mit Babyjäckchen und Kartoffelsalat etwas kurzatmig weiter zur WG hinauf. Wie nett manche Leute einen plötzlich behandelten, wenn man schwanger war. Obwohl ... Grade bei Frau Waschkowski hatte es sich schon immer ausgezahlt, dass ich von Anfang an stets ordentlich die Treppe geputzt hatte. Dadurch hatte ich bei ihr einen Stein im Brett beziehungsweise einen Mariacron für jede Lebenskrise frei!

In der WG wurden der Kartoffelsalat und ich mit Hallo und natürlich einer anzüglichen Bemerkung von Melli begrüßt. Thomas war mittlerweile wirklich zu einem Running Gag mutiert.

Eine Weile lag ich auf dem Sofa in der Wohndiele herum und sah dem Treiben von Melli und Alix zu, dann aber machte mich meine Untätigkeit nervös.

Außerdem war meine Lage irgendwie unbequem, denn ich spürte ein starkes unangenehmes Ziehen im Rücken, das in kurzen Abständen immer wiederkam. Vielleicht war es besser, wenn ich mich ein wenig bewegte.

Ich wälzte mich also hoch und ging in Mellis Atelier rüber, um mich ein wenig nützlich zu machen. Ich wickelte Pinsel und Farben in Zeitungspapier und legte alles sorgfältig in einen Umzugskarton. Als der voll war, zog ich ihn in den Flur. Puh, ganz schön schwer das Ding.

»Paula!«, riefen Alix und Melli wie aus einem Munde. »Lass das, das ist viel zu schwer für dich!«

Diese Warnung kam aber leider zu spät. Als ich mich aufrichtete, verspürte ich plötzlich ein krampfartiges Ziehen in den Seiten und hatte das Gefühl, mir in die Hose gemacht zu haben.

»Was ... was ist das?«, fragte ich etwas orientierungslos.

Ich fasste mir unter den Rock, was mit meinem dicken Bauch gar nicht so einfach war. Dann hielt ich inne ... scheiße, da war ja alles nass. Hatte ich einen unwillkürlichen Harnabgang gehabt? Davon las man ja immer in den Schwangerschaftsbüchern, aber bisher war ich davon Gott sei Dank verschont geblieben.

Hm, das war ja ziemlich peinlich jetzt. Ich hatte nicht mal eine Unterhose zum Wechseln. Ich zog Alix zur Seite.

»Äh, Alix, ich glaube, ich hab mir ... aus Versehen in die Hose gemacht. Äh, ja, das soll vorkommen, wenn das Baby stark auf die Blase drückt ... äh ... Hast du vielleicht noch einen Slip für mich?« Was war mir das unangenehm.

Doch Alix lachte nur. »Kein Problem, Paula, kommt sofort.«

Wenig später zog ich im Badezimmer den nassen Slip aus und wollte grade Alix' Leihgabe anziehen, als ich einen heftigen, stechenden Schmerz spürte und sich unter mir eine Pfütze bildete. Aber es war kein Urin …

»Alix!«, schrie ich. »Alix … komm schnell … Ich … ich …«

Als Alix blitzartig auftauchte, blieb mir grade wegen einer fürchterlichen Schmerzwelle, die meinen ganzen Unterleib durchflutete, die Luft weg. Alix sah auf die Pfütze und kapierte fast schneller als ich.

»Ist das Fruchtwasser?«, fragte sie.

Ich nickte stöhnend.

»Das kenne ich«, sagte sie. »So fing es bei Robbies Geburt auch an. Vorzeitiger Blasensprung bei meiner Mutter und ratzfatz war der Knabe da. Eine Sturzgeburt.«

Sie stützte mich und bugsierte mich in die Wohndiele zum AWO-Sessel. Dann breitete sie ein Badehandtuch darauf aus und sagte: »Jetzt entspann dich erst mal.«

Kunststück! Wie sollte denn das wohl gehen, nach ihren Worten? Sturzgeburt! Das war bei mir überhaupt nicht vorgesehen. Im Buch hatte es doch ganz anders gestanden, und bei der Schwangerschaftsgymnastik hatten wir es ebenfalls anders gelernt. Langsam stärker werdende Eröffnungswehen … Blasensprung … Presswehen … Geburt. Alles schön über mehrere Stunden verteilt, in angenehmem Wechsel zwischen Geburtsarbeit und Erholungsphasen. Hallo! Darauf möchte ich jetzt aber auch bestehen! Es konnte doch nicht plötzlich alles gleichzeitig und völlig unkoordiniert losgehen.

Das war schließlich meine erste Geburt, und die war unter bester medizinischer Betreuung als Wassergeburt im St.-Vinzenz-Krankenhaus geplant, und bis zum errechneten Geburtstermin waren noch drei Wochen Zeit.

He, Murkel, flüsterte ich meinem Baby zu, halt dich da bitte dran. Kein Grund zur Eile!

Aber mein Murkelchen sah das wohl anders. Ein erneuter krampfartiger Anfall, und das Fruchtwasser lief in einem Schwall aus mir heraus. Ein Wunder, dass das Murkelchen nicht gleich mit rausgespült worden war.

Ich stöhnte, und Melli legte mir einen kalten Waschlappen auf die Stirn. Sie wirkte sehr besorgt, während Alix unter meinen Rock abtauchte. Als sie wieder darunter hervorkam, war sie ein wenig blass um die Nase.

»Äh, Paula, ich … ich glaube, das Baby …«

»Was ist mit dem Baby?«, fragte ich schrill und hysterisch.

»Äh, ich … Es kommt! Also, es sieht so aus, als würde es gleich kommen. Ich … äh … hab schon seine Haare gesehen …«

Wie bitte? Wie konnte das sein? Eine schmerzhafte Wehenwelle überflutete mich, und ich stopfte mir den Waschlappen in den Mund und biss darauf, um nicht vor Schmerzen zu schreien.

Das … das konnte doch alles nicht wahr sein. Meine schöne entspannte Wassergeburt. Stattdessen hing ich auf dem alten AWO-Sessel und wand mich in Krämpfen. Wo war überhaupt mein Mann? Der Kindsvater gehörte jetzt aber mal schleunigst an meine Seite!

»Karlos!«, stöhnte ich.

»Ich finde, wir sollten einen Krankenwagen rufen. Sie muss schleunigst in eine Klinik.«

»Ruf erst Karlos an«, verlangte ich. »Ohne den gehe ich nirgends hin. Er wollte unbedingt bei der Geburt dabei sein!«

Melli sauste ins Atelier, wo sie nach ihrem Handy suchte. Offenbar vergeblich, denn nach einer endlos erscheinenden Ewigkeit kam sie ohne wieder.

»Scheiße«, knurrte sie. »Es lag doch hier irgendwo … Hat es jemand mit eingepackt?«

Alix rannte in den Flur. »Hier, nimm meins«, sagte sie, als sie wieder zurückkam, und drückte Melli ihr Handy in die Hand.

Einen Moment verschwamm meine Umgebung, denn eine unglaublich heftige Wehe überkam mich, und ich hatte das Gefühl, ich müsste alles herausdrücken, was in meinem Bauch war. So, als hätte ich monatelang eine Verstopfung gehabt, die sich nun qualvoll löste.

»Das … das ist eine Presswehe«, hörte ich Alix nun doch ziemlich schockiert rufen. »Wo bleibt denn der Krankenwagen, Melli?«

»Ist unterwegs.«

»Kannst du's noch anhalten, Paula?«, wandte Alix sich nun direkt an mich. »Wäre … äh … gut …«

Ich röchelte. Anhalten? Eine Presswehe? Wie stellte sie sich das denn vor? Genaugenommen konnte ich in diesem Augenblick gar nichts mehr, außer diesem unglaublichen Druck nachgeben und … pressen …

Ich hörte mich stöhnen, schreien und wie ein Urmensch grunzen, dann sank ich erschöpft im Sessel zurück.

»Melli, hol eine Schüssel mit warmem Wasser«, hörte ich Alix wie aus weiter Ferne sagen. »Und bring ganz viele frische Handtücher mit.«

Etwas später zogen die beiden mich hoch und legten ein neues Badetuch auf den Sessel.

»Oder willst du dich lieber auf mein Bett legen, Paula?«, fragte Alix. »Wir bringen dich rüber ...«

Ich schüttelte schwach den Kopf. Ich wollte gar nichts mehr. Halb sitzend, halb liegend im Sessel war es jetzt einigermaßen auszuhalten, bloß keine Veränderung ... und laufen konnte ich ohnehin nicht mehr.

»Geburtsstühle sind ja wieder total in ...«, drang Mellis Stimme wie durch einen riesigen Wattebausch zu mir. »Da soll die Entbindung leichter sein als im Liegen ... von wegen der Schwerkraft, glaube ich ... flutscht besser ...«

Ich drehe durch, dachte ich einen kurzen Moment, dann kam die nächste Wehe und nahm mir Atem und Sinne.

»Hecheln, Paula«, hörte ich Alix mit eindringlicher Stimme rufen, und Melli wiederholte ganz nah an meinem Ohr: »Alix sagt, du sollst hecheln. Hast du das nicht im Geburtsvorbereitungskurs gelernt?«

Klar, hatte ich ... hecheln, pressen, hecheln, pressen ... entspannen ... atmen ...

Ganz mechanisch tat ich, was ich dort trainiert hatte.

»Paula!«, kreischte Alix plötzlich auf. »Pressen, pressen! Man sieht schon den Kopf ...«

O je, dann würde ich es wohl nicht mehr bis ins Krankenhaus schaffen. Wo blieb denn nur Karlos?

»Warum kommt denn der Krankenwagen nicht?«, fragte Melli mit Panik in der Stimme. »Ich rufe am besten noch mal an.«

»Nein, lass den!«, fiel Alix ihr ins Wort. »Hilf mir lieber. Halt Paulas Hand und unterstütze sie bei der nächsten Wehe. Das Kind muss jetzt raus …«

Dann hörte ich nichts mehr außer meinem lauten Stöhnen und gurgelnden Schreien und mittendrin plötzlich die Türklingel.

Endlich! Das konnten nur die Sanitäter sein. Professionelle Hilfe nahte.

Hatte sich was! Es war die Tussi aus der Wohnung unter der WG, die sich über den Lärm beschweren wollte. Die Tür knallte, und dann kam Melli schimpfend zurück. »So eine dämliche Kuh!«, hörte ich sie noch wütend schnauben, dann schwanden mir vorübergehend die Sinne.

Als ich wieder zu mir kam, lag auf meinem teilweise nackten Oberkörper ein warmes glitschiges, schrumpeliges Baby, das sich mit kleinen Fäustchen in meine Brust krallte und mit dem Mund herumsuchte.

Oh, nein, dachte ich ungläubig, das konnte doch nicht schon mein Baby sein? Es war mein Baby!

Als ich ganz automatisch die Brustwarze zu seinem Mündchen dirigierte, schnappte es herzhaft zu und gab sie nicht mehr frei. Himmel, hatte das Kind einen kräftigen Zug! Das konnte ja nur ein Junge sein. Aber ich hatte mich getäuscht.

»Herzlichen Glückwunsch!«, riefen Melli und Alix wie aus einem Munde, als sie sahen, dass ich wieder voll da war. »Du hast eine total fitte Tochter!«

Minuten später glich die WG einem Taubenschlag.

Karlos und Justin liefen fast gleichzeitig auf und waren beide ziemlich fassungslos. Da meine Tochter immer noch an der Nabelschnur hing, besorgte Justin eine Schere und kochte sie im Wasser aus, um sie zu desinfizieren. Dann drückte er sie Karlos in die Hand.

»Los, Papa«, sagte er. »Das ist jetzt deine Aufgabe!«

Er hielt die Nabelschnur straff, aber Karlos sah aus, als ob er jeden Moment umkippen würde.

»Äh, wollen wir nicht lieber auf den Krankenwagen warten?«, meinte er zögernd.

»Quatsch«, sagte Justin. »Wer weiß, wo der hingefahren ist. Wie ich Melli verstanden habe, ist der schon lange überfällig.« Er gab Karlos einen leichten Bodycheck. »Los, Kumpel, ran!«

Diesmal schnitt Karlos, wenn auch mit zitternden Händen, die Nabelschnur tatsächlich tapfer durch. Er erntete Beifall und Bravorufe und sank dann völlig erledigt aufs Sofa.

*Männer – außen hart und innen ganz weich ...*

Inzwischen waren auch Robbie, Jenna und Putzi aufgetaucht und standen staunend, aber nutzlos in der Gegend herum. Karlos hatte mit meiner Frauenärztin telefoniert, und als sie eintraf, kam auch endlich der Krankenwagen.

»Tut uns leid«, sagte einer der Sanitäter, »aber wir waren in einen Unfall verwickelt. Da hat so ein Trottel die Kreuzung nicht frei gemacht, kann man ja nicht ahnen ...«

Ihr Angebot, mich in eine Klinik zu fahren, lehnte ich danach lieber ab. Es gab zu viele Kreuzungen in dieser Stadt. Da meine Ärztin festgestellt hatte, dass sowohl mein Baby als auch ich diese Sturzgeburt bestens überstanden hatten, sah sie keinen Grund, mich in eine Klinik einzuweisen.

Ich ruhte mich noch eine Weile in Alix' Zimmer auf ihrem Doppelbett aus, dann bestellten wir einen Krankentransport.

Alix zog meiner Tochter einen Strampler an, den sie als Geschenk für mich gekauft hatte, und darüber das Kapuzenjäckchen von Frau Waschkowski. Das war so schön mollig und sah ganz süß aus an dem kleinen Würmchen. Für den Transport wickelte Karlos unsere Kleine noch zusätzlich in eine warme Babydecke, die Jenna uns als Geschenk brachte. Nein, was waren alle lieb zu uns.

Ich wurde in einen Tragestuhl gesetzt und zum Auto runtergeschleppt, während Karlos unsere Tochter im Arm hinterhertrug. Gemeinsam ließen wir uns mit dem Krankentransport zu unserer Wohnung fahren. Jean-Paul und Alix würden uns später Karlos' Wagen rüberbringen.

Vor unserem Haus erwartete mich schon meine Mutter. Jenna hatte sie angerufen. Sie freute sich schier weg und unterstützte Karlos tatkräftig, aber unaufdringlich.

Und dann lag ich endlich in meinem Luxusbett, war total erschöpft, aber glücklich, und hatte mein schlummerndes Baby im Arm.

Ich schloss die Augen. Karlos saß neben mir und hielt meine Hand. Irgendwann küsste er mich ganz sachte auf die Stirn und flüsterte mit weichgespülter Stimme, in der feuchte Rührung mitschwang: »Danke, Liebste, danke für die Geburt unserer wunderschönen Tochter.«

»Gern geschehen«, seufzte ich, während ich unwillkürlich lächeln musste. »Bin gespannt, ob sie weiterhin so ungeduldig ist. Von wem sie das wohl hat? Von mir ganz sicherlich nicht …«

»Von mir auch nicht …«

»Doch, von dir …«

»Nein, von deiner Mutter vielleicht …«

»Na, hoffentlich nicht von deiner …«

♡ ♡ ♡

## *Post für Justin*

Unsere kleine **Alli** ist da!

9. Januar 2009 – 13.13 Uhr – 3393 Gramm
Wir danken ganz herzlich den »Hebammen« **Al**ix und Mel**li** sowie Justin, der dem werdenden Vater beim Durchschneiden der Nabelschnur so hilfreich zur Hand ging.

Paula Meyer-Möllering & Karlos Möllering

♡ ♡ ♡

Februar 2009

Hallo, Justin,

wir sind gut in Australien gelandet und nach einer abenteuerlichen Fahrt im Jeep, den uns die Grabungsgesellschaft zur Verfügung gestellt hat, bei den Grabungsfeldern in den Outbacks angekommen. Jean-Paul hat es sich natürlich nicht nehmen lassen, die Route so zu planen, dass wir die großartigsten Naturdenkmäler dabei erleben konnten. Dieser Kontinent ist einfach gigantisch, und ich könnte permanent in Begeisterungsschreie ausbrechen. Ich kann es noch gar nicht glauben, dass ich tatsächlich hier bin. Ich fotografiere natürlich wie wild, und wenn wir zurück sind, musst du einige Stunden Fotoshow über dich ergehen lassen.

Alles läuft total toll, und die Leute hier sind riesig nett. Dies wird das ultimativ coolste Urlaubssemester, das je eine Studentin gehabt hat. Ich hätte schon damals mit Jean-Paul nach Amerika gehen sollen. Das wäre sicherlich weniger Stress für alle gewesen.

Pass mir gut auf Robbie und Jenna auf, und sag Robbie, wenn er brav sein Abi macht, dann kann er vielleicht im Sommer nachkommen und auch ein bisschen weite Welt schnuppern! Diese Erfahrung lohnt sich wirklich. Schon jetzt weiß ich, dass ich nach diesem Erlebnis nicht mehr die Gleiche sein werde, denn hier steht überall das Wort »Freiheit« an den Himmel geschrieben.

Ich wünsche dir alles Liebe und viel Glück mit Zara.

Es grüßen dich herzlich,
Alix und Jean-Paul

♡ ♡ ♡

Wir haben geheiratet!
**Melli und Lars Kubinski**
Martha's Vineyard im März 2009

Hey, Justin,

ich danke dir für alles, was du für mich getan hast. Ich hätte sicherlich nie das Stipendium für New York bekommen, wenn du die *Apokalypse* nicht gerettet hättest.

Danke auch, dass du mir in Sachen Lars seinerzeit so heftig den Kopf gewaschen hast. War ein guter Denkanstoß. Ich weiß jetzt, dass er und ich zusammengehören. Ohne Wenn und Aber!

Alles Gute für deine Karriere. Man sieht sich – vielleicht am Broadway, der bei uns ja gleich um die Ecke liegt.

Melli

**Bisher sind in dieser Reihe erschienen:**

**Bianka Minte-König / Gwyneth Minte**
**Band 1:**
**Liebe? Aber klar doch!**

Im ersten Band der Reihe erzählt Alix, wie sie sich in der Disko in ein Paar mittelmeerblaue Augen verliebt. Total besessen versucht sie den Typ zu finden, dem diese blauen Augen gehören. Das geht natürlich nicht ohne die Hilfe ihrer beiden Freundinnen Paula und Melli. Aber bis Alix ihren Traummann findet, muss sie eine ganze Reihe von Enttäuschungen hinnehmen. Zwar hat sie noch nie eine längere Beziehung gehabt, aber jede Menge Altlasten, und auch gegen einen üblen Praktikumsanleiter muss sie sich wehren.

Pleiten, Pech und Pannen sind vorprogrammiert, was manchmal aber auch ganz hilfreich sein kann, denn so kommt sie Jean-Paul näher. Kritisch wird es allerdings, als sie den Mann ihrer Träume in einer Umarmung mit Melli erwischt. Aber darf man einer Freundin den Typ ausspannen?

**Bianka Minte-König / Gwyneth Minte**
**Band 2:**
**Liebe? Immer wieder!**

Die drei Freundinnen haben endlich eine Wohnung gefunden und ziehen als WG zusammen. Das gefällt Paulas Freund Thomas gar nicht, und noch auf der Einweihungsparty der WG macht er ihr einen Heiratsantrag. Aber kann man jemanden heiraten, mit dem man sich im Bett langweilt? Paula denkt, nein! Sie will der Beziehung, die immerhin schon fünf Jahre andauert, aber eine Chance geben, und so besucht sie mit Thomas eine Paartherapie bei Dr. Agneta Schmidt. Deren Methoden sind so unkonventionell wie wirkungslos. Wie gut, dass da plötzlich Karlos beim Karaoke im Irish Pub auftaucht und sich offenbar rettungslos in Paula verknallt.

Doch was soll er davon halten, als nach einer stürmischen Liebesnacht plötzlich Thomas in der WG steht, um Paula eine Peitsche und ein paar Dominastiefel zurückzugeben? Ist das für den Spross aus gutbürgerlichem Elternhaus ein Witz oder eine Katastrophe? Und wie wird er reagieren, wenn er erfährt, dass Paula gar keine Jurastudentin, sondern eine Friseurin ist?

**Bianka Minte-König / Gwyneth Minte**
**Band 3:**
**Liebe? Jetzt sofort?!**

Melli hat lieber niemanden an der Backe! Männer, so erzählt sie bereitwillig in diesem Band, halten Frauen nur davon ab, sich selbst zu verwirklichen. Und die beste Selbstverwirklichung findet eine Künstlerin in ihrer künstlerischen Karriere. Männer stören dabei nur, außer sie sind Big Spender, welche die Kunst, besonders die von Melli natürlich, selbstlos fördern. Dann sollte eine Frau das Private und das Berufliche allerdings strikt trennen, das heißt: kein Sex mit Big Spender. Was aber, wenn der Förderer und Mäzen verdammt attraktiv und offenbar auch noch schwer in die Künstlerin verliebt ist, und Lars heißt? Für alle, die es vergessen haben: Lars ist Mr. One-Night-Stand und der schärfste Gockel der Stadt. Arme Melli! Da wundert es nicht, dass zum Sex bei Melli auch noch Drogen und Alkohol kommen. Wie gut, dass Justin als Retter in der Not bereitsteht.

**Bianka Minte-König / Gwyneth Minte**
**Band 4:**
**Liebe? Nur mit dir!**

Alles könnte so schön sein für Alix. Aber dann taucht dieses blonde amerikanische Busenwunder auf und entführt ihren Freund zum Ausgraben von Dinosaurierskeletten nach Amerika.

Da stellt sich natürlich die Frage, ob Männer überhaupt treu sein können angesichts solcher Versuchungen? Ein Nebenjob als Treuetesterin gibt Alix da interessante Aufschlüsse. Pech nur, dass Alix gerade auf den Professor angesetzt wird, bei dem sie ihr Vordiplom machen will. Und der scheint einer Affäre gar nicht mal abgeneigt zu sein. Auch Kommilitone Neville findet Alix durchaus attraktiv, und zwar nicht nur, weil er aus seinem Schlafzimmerfenster heraus direkt auf Alix' Schreibtisch in der WG gucken kann.

Beginnt ein Seitensprung wirklich im Kopf? Und ist Treue nur ein leerer Wahn? Warum zum Teufel meldet sich Jean-Paul überhaupt nicht mehr? Funkloch oder Funkstille wegen seines schlechten Gewissens?

**Bianka Minte-König / Gwyneth Minte**
**Band 5:**
**Liebe? Für immer!**

Paulas Märchen scheint wirklich wahr zu werden. Die Hochzeit mit Karlos ist so gut wie beschlossen, wenn er ihr nur endlich einen Heiratsantrag machen würde. Leider gehen diverse Versuche jedes Mal schief, und Paula beginnt an seinen ernsten Absichten zu zweifeln. Weil Paula keine Lust mehr hat, länger zu warten, fragt sie sich, warum es nicht auch einmal andersherum gehen kann!

Aber kann eine Frau wirklich einem Mann einen Heiratsantrag machen? Wird Karlos nicht beleidigt sein? Und was hat sie von der Schwiegermutter zu erwarten, die sie für eine Hochstaplerin und Mitgiftjägerin hält? Die wird doch ganz bestimmt nicht tatenlos zusehen, wie Paula ihren Sohn abschleppt? Tut sie auch nicht, sondern sie bringt Karlos' Ex ins Spiel.

**Bianka Minte-König / Gwyneth Minte**
**Band 6: Liebe? Ohne Wenn und Aber!**

**Neu im April 2009**

Werden, nachdem ihre Freundin Paula geheiratet hat, für Alix und Melli nun auch die Hochzeitsglocken läuten? Das Schicksal scheint anderes mit den beiden vorzuhaben. Jedenfalls herrscht in der WG nach Paulas Auszug erst mal Chaos. Als Lars sich an der Börse verspekuliert, Justin sich verliebt, Paula plötzlich schwanger wird und Karlos seinen Job verliert, liegen die Nerven blank. Und dann wird auch noch Alix, die bei ihrem Rundfunkpraktikum ausgerechnet die Nachtsendung *Seelentröster* moderieren muss, von einem anonymen Verehrer terrorisiert. Wer zum Teufel ist dieser Typ, den sie jede Nacht mit seinem Liebesgesäusel in der Leitung hat?